KNAUR

MICHAEL PEINKOFER

DAS BLUT DER ORKS

ROMAN

Besuchen Sie uns im Internet:
www.knaur.de
Facebook: https://www.facebook.com/KnaurFantasy/
Instagram: @KnaurFantasy

Aus Verantwortung für die Umwelt hat sich die Verlagsgruppe Droemer Knaur zu einer nachhaltigen Buchproduktion verpflichtet. Der bewusste Umgang mit unseren Ressourcen, der Schutz unseres Klimas und der Natur gehören zu unseren obersten Unternehmenszielen. Gemeinsam mit unseren Partnern und Lieferanten setzen wir uns für eine klimaneutrale Buchproduktion ein, die den Erwerb von Klimazertifikaten zur Kompensation des CO_2-Ausstoßes einschließt. Weitere Informationen finden Sie unter: www.klimaneutralerverlag.de

Originalausgabe Oktober 2023
Knaur Taschenbuch

Ein Imprint der Verlagsgruppe
Droemer Knaur GmbH & Co. KG, München

Redaktion: Carsten Polzin
Covergestaltung: Guter Punkt, München
Coverabbildung: Guter Punkt, München, unter Verwendung eines Motivs von Mihai Radu
Karte: © Markus Weber, Guter Punkt, München
Satz: Adobe InDesign im Verlag
Druck und Bindung: CPI books GmbH, Leck
ISBN 978-3-426-52819-8

2 4 5 3 1

HANDELNDE PERSONEN

Balbok und Rammar, Ork-Brüder

Aderyn, Kriegsherrin, Oberhaupt des Rates der Ewigen
Beeka, eine junge Kriegerin
Chulain, ihr Bruder, General der kaiserlichen Armee
Drel, eine Baumkreatur
Durwain, oberster Berater des Drachenkaisers
Enok, der neue Drachenkaiser
Evan, ein Wechselbalg
Finras, einst Widerstandskämpfer, jetzt Kronrat
Glesa, einst Schankwirtin, jetzt Kronrätin
Gullwyn, ein Fischmann
Hirulon, Lady Aderyns Berater
Kelon, Lady Aderyns Chronist
Kilif Rattenzahn, kaiserlicher Leibwächter
Logras Narbengesicht, kaiserlicher Leibwächter
Mirra, Offizierin der kaiserlichen Armee
Nemion, ergebener Diener, ein Zwerg
Pyaras, Kapitän der *Gorwal*
Raybert, sein Erster Offizier
Riek, Zweiter Maat der *Gorwal*
Turpin, Erster Maat der *Gorwal*

Syola, eine Reisende

PROLOG

Hafen von Tirgaslan
Frühjahr des Jahres 33152

Die Sonne war am Horizont versunken.

Die Nacht brach herein, senkte sich über die steingemauerten Gebäude, die sich entlang der Kais und der Wasserwege erstreckten, und über die zahllosen Schiffe, die dort vor Anker lagen, von kleinen Fischerbooten über die Karavellen der Händler bis hin zu den mächtigen Galeonen. Ein Wald von Masten zeichnete sich gegen das tiefe Rot ab, das den Himmel im Westen gefärbt hatte und nun allmählich verblasste. Und mit den Sternen, die nun hier und dort im violetten Mantel der Nacht aufblitzten, loderten auch die Flammen der unzähligen Talglichter, Öllampen und Laternen auf, die allerorten entzündet wurden. Sie machten die Nacht für all jene, die entlang der Piers Vergnügen und Zerstreuung suchten, zum Tag. Tavernen und Freudenhäuser öffneten ihre Pforten, die kühle Nachtluft war erfüllt vom Geruch gesottenen Fleisches und dem lockenden Gekicher der Huren.

Dies war ganz sicher nicht mehr der Hafen, von dem aus die Söhne Sigwyns einst in See gestochen waren und ihre Reise nach den Fernen Gestaden angetreten hatten; wenn es ein solches Goldenes Zeitalter überhaupt je gegeben hatte – was Pyaras stark bezweifelte –, so lag es in ferner Vergangenheit.

Vom Elfenstolz war wenig geblieben, außer ein paar steinernen Gebäuden, die den Glanz der alten Zeit noch ein wenig erahnen ließen – jedenfalls dort, wo sie nicht als Steinbrüche missbraucht oder durch grobe Anbauten aus Holz oder Stein verändert worden waren. Die neue Zeit überlagerte die alte, kroch und wucherte darüber hinweg. Seepocken gleich, die sich am Kiel eines Schiffes festgesetzt hatten …

»Darf's noch was sein, Fremder?«

Pyaras sah von dem Bierkrug auf, in den er gedankenverloren

gestarrt hatte. Die lärmende Umgebung – das Stimmengewirr und das derbe Gelächter, der Flötenklang und der metallische Rhythmus des Tamburins, zu dem mehr oder weniger bekleidete junge Frauen auf Tischen tanzten, zur hellen Freude der geifernden Zuschauer – hatte er für einen Moment völlig vergessen. Was vermutlich daran lag, dass dies schon sein vierter Humpen Bier war.

Wenn Pyaras zu viel getrunken hatte, wurde er bisweilen grüblerisch, verlor sich in seinen Gedanken. Nun jedoch wurde er sich des Ortes jäh wieder bewusst … des von rußgeschwärzten Bogen getragenen Gewölbes, das vom Schein der Öllampen beleuchtet wurde; der Nische, in der er auf einer grob gezimmerten Holzbank hockte; der warmen Luft, die nach Bier und Schweiß und Sünde roch.

Mit bereits etwas schwerem Blick sah Pyaras an der Gestalt empor, die vor seiner Nische aufgetaucht war. Sie war eine Schönheit, mit üppigen Rundungen und wildem rotem Haar, das ihr bis zu den Hüften reichte. Ihr Kleid war ein grünes Nichts aus dünner Seide, an den Hüften so gerafft, dass es die endlos langen Beine wie beiläufig enthüllte.

»Ich habe gefragt, ob es noch etwas sein darf«, wiederholte sie, wobei ihr Lächeln ziemlich genau erklärte, worin dieses Etwas bestehen sollte.

Pyaras zögerte. Er war erst zwei Tage wieder an Land und hatte sich vorgenommen, die letzte Heuer nicht gleich wieder auszugeben. Andererseits war die Fahrt von Arun herauf lang gewesen und die Nächte in der Kajüte einsam …

Statt einer Antwort grinste er nur, worauf ihr Lächeln noch breiter wurde und sie sich auf seinen Schoß setzte und die schlanken Arme um seinen Nacken legte. Ihr süßlicher Duft hüllte ihn ein und benebelte seine Sinne noch zusätzlich, und was sie ihm ins Ohr flüsterte, ließ die Hoffnung auf eine Nacht aufkommen, die sehr viel weniger einsam werden würde als jene, die hinter ihm lagen. Er war gewillt, seinen Krug mit dem schal gewordenen Bier im Stich zu lassen und ihr nach oben in ihre Kammer zu folgen – doch dazu kam es nicht.

»Leutnant Pyaras?«

Die Stimme war unangenehm und ein wenig quäkend, wahrscheinlich war sie deshalb durch den Lärm und die Musik hindurch zu hören. Aber Pyaras wollte nicht hinhören. Wollüstig vergrub er sein Gesicht zwischen den Brüsten der Dirne in der Hoffnung, dass er dort seine Ruhe finden würde.

»Leutnant Pyaras«, beharrte die Stimme, jetzt so energisch, dass diesem keine Wahl blieb, als aufzusehen.

»Ja doch, verdammt«, maulte er mit vom Alkohol schwerer Zunge. »Ich bin beschäftigt.«

»Das ist offenkundig.« Der Blick, mit dem der Störenfried zuerst Pyaras und dann die beinahe entblößte Brust des Freudenmädchens bedachte, war unverhohlen despektierlich.

»Verdammt, wer … wer bist du?« Pyaras musste die Augen mehrmals zusammenkneifen, bis sie sich auf die kleine Gestalt fokussierten, die vor seinem Tisch stand.

Es war ein Zwerg – oder jedenfalls hatte der Kerl Zwergenblut in seinen Adern –, doch unterschied er sich grundlegend von allen anderen Söhnen und Töchtern Winmars, denen Pyaras je begegnet war. Das Alter des Fremden war unmöglich zu schätzen, denn zwar hatte sein Haar die Farbe von Gischt, doch trug er keinen Bart. Im Gegenteil, sein Kinn war so glatt wie ein frisch geteerter Schiffsrumpf, was ihm trotz seines in Wahrheit wohl fortgeschrittenen Alters einen recht jugendlichen Anschein gab. Seine Kleidung, die aus einem nach der neuesten Mode geschnittenen Mantel und gestreiften Pluderhosen bestand, ließ ihn aussehen wie einen Gecken. Das Symbol, das in Höhe des Herzens auf den Mantel gestickt war – eine blaue Blume –, verstärkte diesen Eindruck noch.

»Mein Name ist Nemion«, stellte sich der Zwerg vor. »Ich bin hier im Auftrag meiner Herrin.«

»Tut mir leid, Kleiner.« Pyaras setzte ein unverschämtes Grinsen auf. »Für heute Nacht bin ich schon beschäftigt. Deine Herrin wird sich gedulden müssen.«

Die Dirne kicherte, und Pyaras hielt die Sache damit für erledigt, wollte den Halbhohen einfach stehen lassen und endlich mit der

Dame seiner Wahl nach oben gehen – doch der Zwerg hielt ihn zurück. Wortlos legte er ein Geldstück auf den Tisch.

»Was ist das?«, fragte Pyaras dümmlich.

»Gold«, erklärte Nemion. »Sie können es gerne überprüfen.«

Pyaras griff nach dem gelben Stück Metall, biss flüchtig hinein und betrachtete den Abdruck seiner Zähne. Der lästige Zwerg schien tatsächlich die Wahrheit zu sagen.

»Das schickt Euch meine Herrin«, erklärte er dazu. »Es ist eine Anzahlung.«

»Soso. Und wofür?«

»Sie bedarf Eurer Dienste … als Seemann«, fügte der Zwerg der Korrektheit halber hinzu, wobei er Pyaras' Begleiterin abermals einen geringschätzigen Blick schenkte. »Aus diesem Grund wünscht sie Euch zu sprechen – und zwar auf der Stelle.«

»Jetzt?« Pyaras starrte ihn an. »Aber ich bin gerade erst wieder an Land gekommen!«

»Das ist uns bekannt«, bestätigte der Zwerg mit einer Bestimmtheit, die Pyaras unangenehm berührte. Das Gefühl überkam ihn, dass der kleine Kerl mit der großen Klappe noch sehr viel mehr wusste, als er sagte. »Wo dies herkommt«, fügte Nemion hinzu, auf das Goldstück deutend, »gibt es noch sehr viel mehr für Euch zu verdienen.«

Pyaras stieß eine Verwünschung aus. »Und was soll ich dafür tun?«

»Nicht hier. Meine Herrin wird Euch alles sagen, was Ihr wissen müsst. Aber dazu müsst Ihr mich begleiten.«

Pyaras' Schädel brummte und seine Zunge war schwer, er fühlte sich weder in der Lage noch hatte er Lust, Verhandlungen zu führen. So wie er auch kein Verlangen danach verspürte, gleich wieder in See zu stechen. Andererseits – ein Auftraggeber, der mit purem Gold bezahlte, war einfach zu selten geworden in diesen Tagen …

»Süßer, was ist jetzt mit uns?« Die Schöne auf seinem Schoß zog einen Schmollmund. »Ich habe schließlich nicht die ganze Nacht Zeit, wenn du verstehst …«

Pyaras überlegte, dann fällte er eine Entscheidung. »Doch,

Schätzchen, hast du«, widersprach er, schob sie von seinen Oberschenkeln und erhob sich schwerfällig. Und noch ehe Nemion etwas dagegen unternehmen konnte, hatte Pyaras der Dirne schon das Goldstück in die Hand gedrückt. »Ist deine Glücksnacht heute«, knurrte er dabei.

»Wie könnt Ihr?«, fragte der Zwerg entsetzt, während das Mädchen in hysterische Begeisterung ausbrach.

»Du hast gesagt, dass Deine Herrin noch mehr davon hat, oder nicht?«

»Aber das Geld war doch noch nicht Euers!«

»Und wenn schon.« Pyaras zuckte mit den Schultern und deutete grinsend nach der verblüfften Dirne. »Jetzt gehört es jedenfalls ihr. Geh schon mal nach oben und halte das Bett für uns warm, Schätzchen. Ich komme nach, sobald ich kann«, fügte er mit einem letzten bedauernden Blick auf ihre wohlgeformten Brüste hinzu. Dann griff er zu dem großen Hut mit dem Federbusch, der am Wandhaken über dem Tisch hing, und setzte ihn auf. Den Gurt mit dem Entermesser legte er ohnehin nur bei wenigen Gelegenheiten ab. »Nach dir, Zwerg«, meinte er und gab mit einer galanten Geste den Weg frei.

Das Mienenspiel, das über Nemions kahle, von grauem Haar umrahmte Züge huschte, verriet nicht gerade Begeisterung. Dennoch leistete er der Aufforderung Folge und ging voraus. Mit für seine Körpergröße beachtlicher Durchsetzungskraft bahnte er sich einen Weg durch die Menge. Pyaras folgte ihm in seinen ledernen Stulpenstiefeln, vorbei an tanzenden Dirnen, grölenden Matrosen und raufenden Orks, die sich im Hafen als Tagelöhner verdingten und hier ihr Geld versoffen.

Die Nachtluft, die sie draußen empfing, war mild und klar und vertrieb ein wenig die Benommenheit des Alkohols. »Und nun?«, fragte Pyaras seinen eigentümlichen Führer. »Wohin soll es gehen?«

»Dort entlang«, erwiderte der Zwerg und bog in eine der angrenzenden Gassen ein. Auch nach den vier Krügen Bier, die er intus hatte, entging Pyaras nicht, dass es die schmalste und dunkelste von allen war.

»Bist du sicher?«, fragte er. »Ich warne dich, Zwerg. Wenn das ein Trick ist und du mich in einen Hinterhalt zu locken versuchst, damit deine Kumpane mich überfallen und ausrauben können, kriegst du blanken Stahl zu schlucken.«

»Ihr, Leutnant«, rief der andere ungerührt über die Schulter zurück, »habt nichts, das ich begehre, und in meiner rechten Rocktasche befindet sich mehr Geld, als Ihr je besessen habt. Warum meine Herrin sich ausgerechnet für Euch entschieden hat, ist mir ein Rätsel. Wie sie auch immer …«

Er unterbrach sich, als er das plätschernde Geräusch hinter sich vernahm. Pyaras hatte ein dringendes Bedürfnis verspürt und erleichterte sich gegen die Wand der Gasse.

»Ein absolutes Rätsel«, betonte der Zwerg, ehe sie weitergingen, ein gutes Stück die Gasse hinab, in der es beinahe stockdunkel war. Nur ein schmaler Streifen Sternenhimmel hoch über ihren Köpfen wies ihnen den Weg. Sie erreichten eine steile, steingemauerte Treppe, die Nemion eilig emporstieg. Pyaras folgte ihm, wenn auch mit langsameren Schritten und infolge des Alkohols heiser keuchend, eine Hand am Griff der Klinge.

An die hölzerne, eisenbeschlagene Tür, die sie schließlich erreichten, klopfte sein kleinwüchsiger Führer mehrmals und nach einem eigenartigen Rhythmus. Einige Augenblicke verstrichen, dann wurde der Riegel auf der anderen Seite zurückgezogen. Die Tür schwang auf, und Nemion forderte Pyaras auf, ihm ins Innere zu folgen.

Pyaras nahm den Hut ab und tauchte unter dem tiefen Sturz hindurch. Anders als er erwartet hatte, stand kein Diener hinter der Tür – wer also hatte sie geöffnet?

Es blieb ihm keine Zeit, darüber nachzudenken, er hatte Mühe, dem Zwerg auf den Fersen zu bleiben, der wieselflink einen kurzen Gang durchschritt. Der Raum am anderen Ende hatte eine niedrige, von Holzbalken getragene Decke. Ein Feuer in einem gemauerten Kamin war die einzige Lichtquelle, sein Schein beleuchtete die Einrichtung, die aus einer großen Seemannskiste und einem langen Tisch mit dazugehörigen Stühlen bestand. Die hintere Hälfte des

Tisches lag jenseits des Lichtscheins in unergründlicher Schwärze. Denoch glaubte Pyaras, in der Dunkelheit eine schemenhafte, kapuzenverhüllte Gestalt zu gewahren, die dort zu warten schien …

»Leutnant Pyaras.«

»Wer will das wissen?«

»Mein Name ist Syola«, erwiderte die Gestalt. Ihre Stimme war die einer alten Frau, sanft und voller Weisheit. Doch ließ sie auch erkennen, dass die Dame, die jenseits des Feuerscheins im geheimnisvollen Dunkel saß, Widerspruch nicht gewohnt war – und ihn wohl auch nicht gelten ließ. Nemion trat vor den Kamin und legte einige Holzscheite nach, so als wollte er demonstrieren, dass ihn das Gespräch von nun an nichts mehr anging …

»Syola«, echote Pyaras, »und wie weiter? Kein Haus? Kein Titel? Woher kommt Ihr?«

»Das alles braucht Ihr nicht zu wissen«, lautete die ebenso schlichte wie endgültige Antwort. »Wenn Ihr nicht bleiben wollt, so steht es Euch jederzeit frei zu gehen. Falls Ihr Euch jedoch anhören wollt, was ich vorzuschlagen habe, so lasst die umständliche Fragerei und setzt Euch.«

Trotz des Alkohols, den er noch immer spürte und der ihn für gewöhnlich mutiger werden ließ, zögerte Pyaras. Natürlich, da war der Gedanke an das Gold, das der Diener der Alten auf den Tisch gelegt hatte. Aber es war auch etwas an dieser schemenhaften Gestalt, das ihn verunsicherte, mehr noch, das ihm Angst einjagte. Eine abergläubische Art von Furcht, die ihm tief unter die Haut ging …

Wer war dieses alte Weib? Wieso zeigte sie nicht ihr Gesicht? Und wer, verdammt noch mal, hatte ihnen vorhin die Tür geöffnet?

Trotz seiner Bedenken ertappte er sich dabei, dass er am Ende des Tisches Platz nahm. Vielleicht war es Neugier, die ihn dazu veranlasste, vielleicht auch die Aussicht auf das Gold. Möglicherweise hatte er auch nur weiche Knie.

»Ich kenne Euch, Leutnant«, drang es ihm aus der Dunkelheit entgegen.

»Wie kann das sein? Woher?«

»Ihr fragt schon wieder«, spottete die Alte. »Ich beobachte Euch schon eine ganze Weile. Seit Eurem dreizehnten Lebensjahr fahrt Ihr zur See. Zunächst auf kleineren Schiffen, später auf den Handelsrouten, habt Euch vom Schiffsjungen zum Offizier der Merkatorenflotte emporgedient.«

»Aye«, bestätigte Pyaras murmelnd und wusste nicht, ob er geschmeichelt oder bestürzt sein sollte, dass sein Gegenüber das alles wusste.

»Wie würde es Euch gefallen, ein eigenes Kommando zu führen?«, fragte sie unvermittelt.

»E-ein Kapitän? Ich?«

»Wie ich gehört habe, ist der Kommandant Eurer letzten Fahrt dem Arunfieber zum Opfer gefallen, sodass es an Euch lag, das Schiff sicher nach Hause zu bringen.«

Pyaras schnaubte. Er hatte die Sache nicht an die große Glocke gehängt und das Kontor, für das der Kahn gefahren war, ganz sicher auch nicht. Wie also …?

»Wie ich schon sagte, ich beobachte Euch. Und deshalb glaube ich, dass ich in Euch den passenden Kommandanten für das Unternehmen gefunden habe, das ich plane.«

»Was für ein Unternehmen? Ich weiß, es ist eine Frage.«

»Eine Expedition.«

Pyaras schnaubte abermals. »Ich bin kein verdammter Forscher.«

»Offen gestanden glaube ich, dass Ihr noch zu jung seid, um beurteilen zu können, was Ihr tatsächlich seid und was nicht«, lautete die rätselhafte Antwort. »Was wisst Ihr über den Rand der Welt, Leutnant? Über die letzte Grenze?«

»Über die letzte …?« Pyaras verstummte, schickte einen misstrauischen Blick in die Dunkelheit jenseits des Feuerscheins. »Ihr habt mich mitten in der Nacht zu Euch gerufen, um Euch über mich lustig zu machen.«

»Durchaus nicht. Was also habt Ihr darüber gehört?«

»Nun, was jeder Seemann weiß … dass die Große See tief im Süden begrenzt ist, von einer undurchdringlichen Barriere aus Nebel und Dunkelheit. Wir Seefahrer nennen sie den ›Grauen Wall‹ …«

»So ist es«, bestätigte Syola leise. »Habt Ihr Euch je gefragt, was jenseits dieses Walls liegt?«

»Das brauche ich nicht, denn das ist allgemein bekannt«, versicherte Pyaras im Brustton. »Gar nichts. Der Wall verbirgt das Ende der Welt. Wer ihn zu überwinden sucht, der stürzt mit Mann und Maus über den Rand in unendliche Tiefen.«

»Wusstet Ihr, dass sich jedes Volk und jede Kultur Erdwelts ihre eigene Geschichte darüber erzählt, was sich jenseits des Grauen Walls befindet? Die Orks in ihrer Schlichtheit zum Beispiel glauben, dass die dunkle Grube ihrer Gottheit Kurul jenseits des Nebels lauert. Für die Zwerge hingegen«, fuhr die Alte fort, wobei sie einen Blick in Nemions Richtung zu werfen schien, »ist der Weltenrand nur ein weiterer dunkler Abgrund, den zu überschreiten sie jedoch nie den Mut hatten. Und auch die Menschen, trotz all ihrer Neugier und dem Wissensdurst, die ihnen innewohnen, haben es nie gewagt, sich dieser letzten Grenze zu nähern.«

»Das stimmt nicht ganz«, fühlte sich Pyaras genötigt, zu widersprechen. »Im Lauf der Jahrhunderte gab es immer wieder Verrückte, die es versucht haben. Aber keiner von ihnen ist je zurückgekehrt …«

„… was im Umkehrschluss bedeutet, dass niemand etwas mit Bestimmtheit darüber sagen kann, nicht wahr?«, folgerte Syola. »Die Letzten, die die Wahrheit kannten, waren wohl die Elfen.«

»Möglich. Wenn es so war, so haben sie ihr Wissen mit sich genommen, als sie Erdwelt verließen. Und vielleicht hatten sie ja auch einen guten Grund dafür.«

»Was wollt Ihr andeuten?«

Pyaras überlegte. »Dieser Nebel«, sagte er dann, »befindet sich dort sicher nicht ohne Grund. Wie es heißt, ist der Blick in jenen Abgrund so schrecklich, dass jedes sterbliche Wesen dabei augenblicklich den Verstand verliert.«

»Oder«, hielt die Alte dagegen, »es handelt sich nur um eine Geschichte, einen Mythos, seit Jahrhunderten verbreitet, um die Sterblichen von dem fernzuhalten, was sich *hinter* der Barriere befindet.«

»Da ist nichts.«

»Seid Ihr davon wirklich überzeugt? Oder ist es nur die Furcht, die aus Euch spricht, Leutnant? Bereits Euer ganzes Leben lang sucht Ihr nach Antworten, fragt nach Eurer Herkunft und Eurer Bestimmung, nach dem Sinn Eures Daseins. Doch wie alle Menschen, die sich diese Fragen stellen, begleitet Euch stets auch die furchtsame Ahnung, dass Ihr die Antwort darauf womöglich nicht ertragen könntet …«

»I-ich habe keine Ahnung, wovon Ihr sprecht«, bekannte Pyaras, dem bereits der Kopf schwirrte von all den bedeutungsschwangeren Worten.

»Dann lasst es mich anders ausdrücken: Wie würde es Euch gefallen, trotz Eurer jungen Jahre Kapitän zu werden und ein eigenes Kommando zu führen? Nicht nur über ein eigenes Schiff, sondern über drei: eine Expeditionsflotte, die zum Ziel hat, jenes letzte Geheimnis zu ergründen.«

»Ich soll für Euch zum Rand der Welt segeln.«

»Und darüber hinaus.«

»Ist das Euer Ernst? Das ist das Kommando, das Ihr mir anbieten wollt?«

»Bislang machtet Ihr nicht den Eindruck, als hörtet Ihr schlecht.«

Pyaras schnitt eine Grimasse und pfiff dabei spöttisch durch die Zähne. »Kein Wunder, dass Euer Diener gewartet hat, bis ich besoffen war.«

»Die späte Stunde ist den Vorsichtsmaßnahmen geschuldet, die ich treffen muss«, entgegnete die alte Syola rätselhaft. »Und natürlich werdet Ihr für Eure Dienste zur See mehr als reich entlohnt werden. Welche Antwort habt Ihr also für mich?«

Einigermaßen fassungslos starrte Pyaras in das Halbdunkel. Dann erhob er sich. »Die Antwort, dass Ihr verrückt seid«, knurrte er dabei. »Behaltet Euer Geld – ich habe nichts davon, wenn ich tot und zerschmettert auf dem Weltengrund liege.«

»Ich habe geahnt, dass Ihr so etwas sagen würdet.« Erneut schien sie sich ihrem Diener zuzuwenden, der daraufhin an die große Seemannskiste trat, sie quietschend öffnete und etwas herausnahm. Es war ein lederner Köcher, wie man ihn zur Aufbewahrung von Seekarten benutzte. Nemion entnahm ihm eine Pergamentrolle, die er vor Pyaras auf den Tisch legte.

»Was soll das sein?« Längst schalt er sich einen Narren dafür, dass er die Dirne allein gelassen hatte. Verdammte Zeitverschwendung. Und vermutlich würde ihr nicht im Traum einfallen, das bereits bezahlte Goldstück nachträglich mit ihren Diensten aufzuwiegen.

»Seht selbst, fragender Pyaras«, verlangte die Alte, worauf er fluchend nach dem Pergament griff und es entrollte.

Es war eine Karte der Großen See.

Am oberen Rand war die vertraute Südküste des Kontinents mit den vorgelagerten Inseln zu erkennen, im Osten die Landmasse Aruns.

Doch etwas war anders.

Während alle anderen Karten, die Pyaras je gesehen hatte, am unteren Rand den Vermerk *penambar* getragen hatten – das alte elfische Wort für den Rand der Welt –, oftmals mit Totenköpfen oder anderen warnenden Symbolen versehen, reichte diese Karte weiter nach Süden als alle anderen. Und als wäre das noch nicht seltsam genug, war am unteren Rand eine weitere Küstenlinie verzeichnet …

»Was soll das darstellen?«, entfuhr es ihm verblüfft.

»Das, was sich jenseits des Nebels befindet.«

Er zuckte zusammen, denn die Stimme war jetzt plötzlich neben ihm. Die dunkle Gestalt hatte ihren Platz am anderen Ende des Tisches verlassen und war unbemerkt neben Pyaras getreten.

Und in diesem Moment, als sie sich ihm zuwandte und der Schein des Kaminfeuers sie erfasste, sah er ihr Antlitz.

BUCH I:

RURASH

(DIE SUCHE)

1.

BUUN OS KOUM

»*Rammar!*«

Mit einem Aufschrei erwachte Balbok. Keuchend schnappte er nach Luft. Sein Herzschlag raste, sein grüner Schädel schmerzte, als wollte er platzen.

»Ja doch, was ist los?«

Mit Erleichterung vernahm der hagere Ork die Stimme seines Bruders. Wirklich sehen konnte er ihn im Halbdunkel nicht, aber er schien sich ganz in der Nähe zu befinden. Balbok konnte die marlige Mischung aus kaltem Schweiß, speckigem Leder und ranzigem Fett riechen, die seinen Bruder stets umgab.

»Da … da war dieses Gesicht«, stammelte Balbok. »Es gehörte einer Frau, sie war alt, uralt … und doch jung.«

»Was du nicht sagst. Alt und jung also.«

»*Korr*, und da waren ihre Augen … sie hat mich damit angestarrt!«

»Das war ein Albtraum, du Trollgeburt!«

»Ein Albtraum?«

Balbok war ehrlich verblüfft – dieser Gedanke war ihm noch gar nicht gekommen. Aber natürlich hatte sein Bruder recht, schließlich hatte er geschlafen, und gerade, wenn man am Abend zuvor zu viel *bru-mill* gefressen hatte, konnte es durchaus vorkommen, dass man …

Die Sache war nur – Balbok hatte keinen *bru-mill* verspeist. Überhaupt war es schon ziemlich lange her, dass man ihnen einen herzhaften orkischen Magenverstimmer zubereitet hatte. Und noch etwas war ganz und gar nicht so, wie es sein sollte …

Eben noch hatte Balbok Erleichterung darüber verspürt, dass die von Falten zerfurchte Schreckgestalt nur einem Traum entsprungen sein sollte. Doch jetzt, da sich seine Augen allmählich an das spärliche Licht gewöhnten, dämmerte ihm, dass die Wirklichkeit nicht viel rosiger aussah.

Alles war verkehrt herum:

Das Felsgestein, das sie umgab und an dem glänzende Rinnsale nach oben krochen statt nach unten. Rammars *faltash*, der nicht wie sonst senkrecht herunterhing, sondern spitz wie ein Dolch auf Rammars fettem, ansonsten kahlem Schädel stand. Und schließlich die spiegelnde Fläche schwarzen Wassers, die die Decke über ihren Köpfen bildete …

»Da stimmt was nicht, Rammar.«

»Ich bin beeindruckt, *umbal*! Wenn du damit meinst, dass wir an eisernen Ketten kopfüber in einem Schacht hängen, der sich langsam mit dieser dunklen Brühe füllt, dann könntest du zum allerersten Mal in deinem nutzlosen Leben etwas Sinnvolles gesagt haben!«

Er hatte so laut gebrüllt, dass es von den Schachtwänden widerhallte. Jedes einzelne Wort dröhnte wie ein Hammerschlag in Balboks Schädel, der elend schmerzte … was vermutlich auch der Tatsache geschuldet war, dass sie verkehrt herum hingen.

»Wie lange geht das schon so?«, wollte er wissen.

»Wie lange das schon so …?« Rammar, der nur eine Armlänge von ihm entfernt baumelte, sah ihn entnervt an. »Was ist los mit dir? Haben sie dich am Kopf getroffen, dass du dich nicht erinnerst?«

»Na ja, ich …« Noch während Balbok sprach, kehrten seine Erinnerungen zurück. Besonders angenehm war allerdings keine davon.

Die Bucht.

Das Schlachtfeld.

Der Flug.

Das Elfenweib.

Kein Wunder, dass er schlecht geträumt hatte …

»Und vor allem ist es mal wieder ganz allein deine Schuld, dass ich das hier erdulden muss«, warf sein Bruder ihm vor.

»Aber Rammar, ich wollte doch nur …«

»Wie oft schon hast du uns einen *bru-mill* eingebrockt, den ich dann wieder auslöffeln durfte?«, fuhr der dicke Ork in seinem Lamento fort. »Aber das eine sage ich dir, du langes Elend: Diesmal ist endgültig Schluss! Das war das allerletzte Mal, dass du Halbhirn mich in Schwierigkeiten gebracht hast, das ist so sicher wie die Nacht nach dem Tag!«

»A-aber wieso denn?«, fragte Balbok kleinlaut. »Du wirst mich doch nicht allein lassen wollen? Ich bin immerhin dein Bruder ...«

»Erinnere mich bloß nicht daran«, grunzte Rammar. »Aber darum geht es nicht – sondern eher darum, dass wir beide schon bald nicht mehr am Leben sein werden. Und sosehr ich es bedaure, in Kuruls dunkle Grube springen zu müssen, habe ich dort wenigstens meine Ruhe vor dir. Zumal es dich langes Elend noch vor mir erwischen wird.«

Balbok wusste nicht, was er darauf erwidern sollte, zumal Rammar nur zu recht hatte: Die Decke aus Wasser, die sich über – beziehungsweise unter – ihnen erstreckte, hatte sich allein im Lauf ihres Wortwechsels merklich genähert. Allzu lange würde es nicht mehr dauern, dann würden ihre Köpfe eintauchen, und sie würden in diesem dunklen Pfuhl elendig ersaufen. Und da Balbok der Größere der beiden war und sein Kopf tiefer hing, würde ihm diese Ehre zuerst zuteilwerden ...

»Aber Rammar«, wandte er ein. »Ich will nicht sterben. Und so schon gar nicht.«

»Das glaube ich dir sofort, Feigling. Ist aber kein Wunschkonzert hier. Die haben beschlossen, uns elend verrecken zu lassen, und daran kann weder ich noch du etwas ...«

»So muss es nicht enden«, drang eine Stimme zu ihnen herüber. Das Echo im Schacht verstärkte sie noch, sodass sie vielfach in den Ohren der Orkbrüder dröhnte.

»Wer hat da gesprochen?« Rammar versuchte hinaufzusehen, aber sowohl sein praktisch nicht vorhandener Hals als auch sein feister Körper hinderten ihn daran. »Kannst du was sehen?«, fragte er deshalb seinen hageren Bruder.

»*Douk.*« Balbok schüttelte den Kopf, was bei all dem Blut, das sich darin angesammelt hatte, höllisch wehtat. Tatsächlich konnte er über sich nichts erkennen als die rostigen Ketten, die in ungeahnte Höhe reichten. Und irgendwo über ihnen blakender Fackelschein.

»Wer ist da?«, rief Rammar deshalb hinauf. Seine Stimme hörte sich an, als würde sie aus einem tiefen Brunnen gurgeln … was im Grunde ja auch der Fall war.

»Mein Name ist für euch nicht von Belang. Ich bin der Archivar«, kam es erneut mit Donnerstimme zurück. »Und ich habe viele Fragen an euch.«

»Dann nur heraus damit«, verlangte Rammar, jähe Hoffnung schöpfend. Es war ihm ziemlich gleich, wer dort oben stand und mit ihnen sprach. Viele Fragen bedeuteten, dass es mit dem Ertrinken so schnell nichts werden würde, denn viele Fragen verlangten nach vielen Antworten. Und Rammar war gewillt, *in aller Ausführlichkeit* zu antworten …

»Aber Rammar, das gehört sich doch nicht«, wandte Balbok ein.

»Wovon redest du?«

»Ich weiß jetzt wieder, wie wir hierher geraten sind«, erklärte Balbok. Er wollte belehrend einen Zeigenfinger heben, aber da seine Arme eng an seinen hageren Körper gefesselt waren, blieb es beim Versuch. »Wir befinden uns in der Gewalt unserer Feinde.«

»Na und?«

»Das bedeutet aber doch, dass wir nichts verraten dürfen. Kein Sterbenswort.«

»Sondern lieber elend ersaufen?«

Balboks Zögern währte nur einen Augenblick. »*Korr*«, bestätigte er dann.

Rammar knirschte mit den fauligen Zähnen. Ohne Zweifel hatte sein dämlicher Bruder da einen Funken Wahrheit ausgesprochen. Natürlich stand ihr unbekannter Kerkermeister im Dienst ihrer Feindin, die ihnen so übel mitgespielt hatte – sollten sie also lieber heldenhaft schweigen und elend, aber ehrenvoll untergehen!

Rammar sah auf das dunkle Wasser des Pfuhls, das nur noch eine Orklänge von ihm entfernt war – und merkte, wie sich die Oberfläche kräuselte, weil irgendetwas unmittelbar darunter dahinglitt. Etwas, das ziemlich gewaltig sein musste …

»Stell deine Fragen, Archivierer«, rief Rammar mit lauter Stimme hinauf. »Wir werden jede einzelne davon umfassend beantworten …«

2.

KADAL-GASH

Zuvor …

Es hatte sich nichts geändert.

Noch immer waren sie in Anwar, im kaiserlichen Burgpalast der Hauptstadt Taras Caron, der Stadt des Drachenkaisers, die jetzt wieder ihren alten Namen »Dragana« trug. Auf seinem gewaltigen roten Felsen thronend, überragte der Palast das Häusergewirr der Stadt, seine Türme und Kuppeln reckten sich in den sternklaren Himmel.

Es war eine ruhige Nacht.

Mondlicht fiel blass auf die Dächer der Stadt, in den Gassen und auf den Plätzen waren Laternen entzündet worden, und von den Kaminen stieg der helle Rauch der Holzfeuer auf. Es war ein Bild des Friedens.

Rammar hasste es.

Zwar war es ihm auch nicht recht gewesen, als noch Todesangst in den Straßen Draganas geherrscht hatte und man nach Einbruch der Dunkelheit stets hatte fürchten müssen, von den Schergen des Rates der Ewigen geschnappt, verschleppt und seiner Lebenssäfte beraubt zu werden. Doch immer nur herumzusitzen – und Rammar konnte kaum glauben, dass ausgerechnet er so empfand, wo sein breiter *asar* doch geradezu ideal dafür geeignet war –, bereitete ihm langsam Unbehagen.

Der *bru-mill*, den man eigens für seinen Bruder und ihn zuzubereiten versuchte, war grässlich, und das Bier schmeckte schal; tagsüber wusste er nicht, wie er die Zeit totschlagen sollte, und nachts fand er keinen Schlaf. Ruhelos wälzte er sich dann in seinem Lager hin und her, das viel zu weich und zu bequem für einen Ork aus echtem Tod und Horn war. Bis er sich dann irgendwann auf die kurzen Beine raffte und quer durch die Turmkammer zum Fenster watschelte, um blöde hinauszustieren und dabei Balboks Schnarchen zuzuhören.

So wie jetzt …

Der Lulatsch, dachte Rammar verdrießlich, hatte natürlich kein Problem damit, zu schlafen. Eingerollt in seine Decke lag er da wie ein grünes Riesenbaby und hörte sich dabei an, als würde er den ganzen Dämmerwald bis auf den letzten Baum absägen. Was wusste dieser *umbal* von den Gedanken, die sich Rammar machte? Von den Sorgen und Befürchtungen, die ihn in diesen Nächten verfolgten?

Knapp drei Monde waren vergangen, seit sie den Rat der Ewigen aus Dragana vertrieben hatten, im Zuge eines Aufstands, an dem die beiden Orkbrüder wesentlich mitgewirkt hatten – und das, obwohl sie in dieser Stadt, in diesem fremden Land und sogar in dieser neuen Welt eigentlich gar nichts verloren hatten. Schließlich waren sie Könige auf ihrer eigenen Insel!

Doch auf dieser Insel war eines Tages ein rätselhaftes Ding niedergegangen, das sich als Wrack eines elfischen Kristallschiffs herausgestellt hatte. Und wie immer, wenn die Schmalaugen ihre dürren, bleichen Hände im Spiel hatten, bedeutete das Verdruss. Hatten sie *sochgal* nicht schon vor langer Zeit verlassen? Was mussten sie sich immer noch einmischen? Hatten Sie der Welt nicht schon genug Ärger gemacht? Waren nicht schon genug Überraschungen geschehen?

In diesem Fall hatte die Überraschung aus einem kleinen Orkling bestanden, Enok, der sich in dem Wrack befand. Balbok und Rammar hatten ihn bei sich aufgenommen, mit dem erklärten Ziel, ihn zu ihrem Nachfolger auf dem Königsthron zu machen – und wie hatte der elende Racker es ihnen gedankt? Indem er sich durch faulen Elfenzauber aus dem Staub gemacht hatte. Obwohl sie es hätten besser wissen müssen, waren die Orks ihm gefolgt … leider.

Denn in Anwar, dem Reich, in dem sie gelandet waren, herrschte der Rat der Ewigen, ein Zusammenschluss übler Gestalten, die ihr elfisches Erbe mit dem von Drachen gekreuzt hatten und sich die Unsterblichkeit mit dem Blut ihres Volkes erkauften.

Dieses Volk, das war die nächste Überraschung gewesen, setzte sich aus Orks zusammen, die diesen Namen eigentlich nicht verdienten, weil ihre Haut die Farbe hellen Schimmels aufwies (nicht von ungefähr hatte Rammar ihnen den Namen *oltorr'hai* gegeben) und sie in ihrer ganzen Erscheinung mehr an Schmalaugen denn an Unholde erinnerten. Doch wie Balbok und Rammar erfuhren, waren all diese traurigen Figuren die Nachfahren von Kreaturen, die der Dunkelelf Margok einst ins Leben gerufen hatte, als er sich ein Volk von Dienern, von erbarmungslosen Kriegern hatte schaffen wollen.

Die ersten Versuche waren schmählich misslungen, sodass sie Margok schließlich hierhergeschickt hatte, an den *asar* der Welt, zusammen mit anderen Ungestalten, deren Nachkommen man hier schlicht als »Wildwüchse« bezeichnete. Doch der Dunkelelf hatte aus seinen Fehlern gelernt, und was er danach in seinen Pfuhlen gezüchtet hatte, bevölkerte bis zum heutigen Tag die Schluchten und Höhlen der Modermark.

Die Orks.

Es war seltsam für Balbok und Rammar gewesen, an diesem entlegenen Ort auf die Ursprünge ihrer Rasse zu stoßen, wobei sie ganz nebenbei auch noch lernten, woher all die illustren Gestalten kamen, die die Mythen der Orks bevölkerten, von Koruk dem Giftpisser bis hin zu Borsh dem Stinkfisch. Sogar ihrem Urahnen Curran waren sie begegnet, wenn auch in anderer Form als gedacht … Rammars Nackenborsten sträubten sich noch jetzt, wenn er an den Moment dachte, da sie dem Drachen gegenübergestanden hatten …

Doch sie waren siegreich geblieben. Zusammen mit den Schimmelingen hatten sie eine Revolte angezettelt und den Rat der Ewigen gehörig in seinen selbstgefälligen Hintern getreten. Am Ende hatte Balboks und Rammars Schützling Enok, der sich als legtimer Erbe Currans herausstellte, den Drachenthron bestiegen. Und auch wenn die beiden Brüder ihn lieber als Herrscher ihrer eigenen Insel gesehen hätten, war es doch ein gewisser Trost, dass er den Schimmelingen in Zukunft beibringen würde, was echtes Orktum bedeutete.

Alles hätte also bestens sein können – aber warum fühlte sich Rammar dann so elend wie lange nicht?

Warum fand er keine Ruhe?

Lag es an den Blähungen, die der *bru-mill* ihm bereitete? Nein, daran war er gewöhnt.

Vielleicht ja die Tatsache, dass ein paar der Ewigen entkommen waren, etwa Aderyn, die Garstigste von ihnen, die nun fraglos auf Rache sannen. Oder dass es dem weisen Durwain trotz aller Bemühungen noch immer nicht gelungen war, durch Elfenmagie ein Portal zu öffnen, das die Orks wieder zurück auf ihre Insel brachte. Womöglich lag es auch daran, dass Rammars Gefühl, nicht hierherzugehören, immer stärker wurde und sein Heimweh nach seinem Thron immer größer.

Douk, sagte er sich einmal mehr.

Es steckte mehr als das dahinter … ein mieses Gefühl, das seinen breiten Rücken emporkroch und ihn bis ins Mark erschaudern ließ. Irgendwelche Idioten, die, anders als er, an die Macht der Vorsehung glaubten, hätten so etwas wohl als unheilvolle Ahnung bezeichnet. Damit konnte ein Ork zwar nichts anfangen, aber der Eindruck, dass etwas an diesem Ort, an dieser neuen Welt ganz und gar nicht stimmte, hatte Rammar nicht losgelassen, seit er sie mit seinen breiten, ungewaschenen Klauenfüßen betreten hatte.

Mit einem Schnauben wandte er den Blick nach Süden. Die Roten Berge erhoben sich dort in der Ferne, jene gewaltige Gebirgswand, die jetzt im Mondlicht violett schimmerte und deren Gipfel eine so gerade Kante bildeten, als hätte Gulz der Schlächter sie persönlich mit dem *saparak* abgeschnitten.

Dorthin war Curran verschwunden … ihr Ahne, der mit einer

Drachin zu etwas verschmolzen war, für das es keinen Namen gab, jedenfalls nicht in der orkischen Sprache. Sosehr Rammar seinen Ahnen für dessen Stärke bewunderte, so sehr fürchtete er ihn auch. Wie er überhaupt so ziemlich alles fürchtete, was Schuppen hatte, am Boden kroch oder sich schlängelte, von anderen garstigen Eigenschaften, wie Feuer zu speien oder sich durch die Lüfte bewegen zu können, ganz zu schweigen. Und irgendwie hatte er das Gefühl, dass sie Curran nicht zum letzten Mal begegnet waren.

Alles in ihm sehnte sich danach, diesen seltsamen Ort endlich zu verlassen und wieder auf ihre Insel zurückzukehren, wo seit ihrer Abreise dank einer anderen Art Zauber sicher nur ein paar Stunden, bestenfalls Tage vergangen sein würden. Sie würden also nichts weiter tun müssen, als sich auf ihre Throne zu fläzen, *bru-mill* zu löffeln und Blutbier zu saufen und das Leben endlich wieder zu genießen.

Doch jenes nagende Gefühl in seinem Inneren flüsterte Rammar zu, dass daraus nichts werden würde, und schaudernd erinnerte er sich daran, dass er sein Königreich mit dem hässlichen Gefühl verlassen hatte, es niemals wiederzusehen …

Douk, etwas stimmte ganz und gar nicht, das sagte ihm nicht nur seine Verdauung. König Rammar der Schrecklich Rasende hatte Angst.

Aber er hätte sich lieber die Zunge abgebissen, als seinem munter weiterschnarchenden Bruder auch nur ein Sterbenswort davon zu verraten.

3.

GHU FORR

Der Name des Schiffes war *Gorwal.*

In der alten Sprache bedeutete dieses Wort »Horizont«, und im Grunde fasste das die Mission der Galeone und der beiden Karavellen, die sie begleiteten, sehr treffend zusammen: Zu neuen Horizonten aufzubrechen und kühn dorthin vorzustoßen, wo weder Mensch noch Ork noch Zwerg zuvor gewesen war.

Breitbeinig und mit vor der Brust verschränkten Armen stand Pyaras auf dem Poopdeck, das achtern aufragte und sich im Gang der Wellen gleichmäßig hob und senkte.

Kapitän Pyaras ...

Zu Beginn hatte es sich noch seltsam angefühlt, wenn die Mannschaft ihn so angesprochen hatte, doch inzwischen, nach fast sechs Wochen auf See, hatte er sich daran gewöhnt. So wie an so manches andere, das ihm zu Beginn der Fahrt noch eigentümlich erschienen war. Und nicht zum ersten Mal fragte er sich, warum er all dies auf sich nahm.

Zugegeben, das Geld hatte eine Rolle gespielt. Der Reiz, sich eine Heuer zu verdienen, die nicht mit ein paar durchzechten Nächten schon wieder ausgegeben sein würde. Doch das allein war es nicht gewesen. Ebenso wenig wie die Aussicht, sich selbst in den Büchern der Geschichte wiederzufinden, den Annalen der Seefahrt – Pyaras war schlicht nicht eitel genug, um dafür sein Leben zu riskieren.

Nein, es war die Karte gewesen.

Jenes uralte, brüchige Pergament, das der Zwerg und seine geheimnisvolle Herrin ihm gezeigt hatten und von dem er instinktiv gewusst hatte, dass es echt war ... und das deutlich zeigte, dass die angeblich letzte Grenze, vor der die Seefahrer Erdwelts sich fürchteten, nicht mehr war als bloße Einbildung, eine Barriere der Angst, die es zu durchdringen galt – und auf deren anderer Seite eine neue Welt darauf wartete, erkundet und entdeckt zu werden.

Pyaras legte den Kopf in den Nacken, blickte hinauf zu den Segeln, die sich im Wind blähten und das Schiff vorwärtstrieben, auf südlichem Kurs.

Sie waren weit gekommen, seit sie in See gestochen waren, wohlgemerkt nicht in Tirgaslan oder einem anderen der geschäftigen Häfen der Südküste, sondern von einer der vorgelagerten Inseln aus, wo Lady Syola und ihr Diener die Expedition im Geheimen vorbereitet hatten. Die Schiffe, die sie dafür erstanden und ausgerüstet hatten, waren gut und zuverlässig und in den Werften der

Südlande gebaut worden. Anfangs hatte Pyaras sich noch gefragt, warum sie das Kommando über diese kleine Flotte ausgerechnet ihm angeboten hatte und nicht jemandem, der sehr viel erfahrener war als er. Die Antwort war wohl, dass kein anderer so tollkühn – oder töricht? – gewesen war, sich auf das Wagnis einzulassen. Schließlich war niemand erpicht darauf, über den Rand der Welt zu stürzen und dem ewigen Verderben anheimzufallen.

Das ganze Unternehmen war ebenso tollkühn wie vermessen, und Pyaras hatte sich darüber gewundert, dass es Syola scheinbar mühelos gelungen war, die drei Schiffe zu bemannen. Bis ihm irgendwann aufgegangen war, dass abgesehen von seinem Ersten Offizier Raybert, den er selbst mit an Bord gebracht hatte, keiner der Männer über das Ziel der Reise in Kenntnis gesetzt worden war. Nicht, dass man sie belogen hätte – man hatte ihnen gesagt, dass es nach Süden ging, dass die Fahrt der Erschließung neuer Handelswege diente und man Ausschau halten wollte nach bislang noch unentdeckten Gestaden; den Rest hatte die großzügige Heuer besorgt, die die Männer derart lockte, dass sie keine weiteren Fragen stellten.

Gewiss, es war ihre eigene Entscheidung gewesen, dennoch fühlte sich Pyaras den Leuten gegenüber schuldig, die dort in den Wanten und an den Trossen ihren Dienst versahen. Brave, aufrechte Seeleute, die darauf vertrauten, dass ihr Kapitän sie sicher ans Ziel und wieder nach Hause bringen würde …

»In Gedanken?«

Über die knarrenden Planken trat Raybert zu ihm. Die Schärpe des Ersten Offiziers stand ihm gut, auf ihrer letzten gemeinsamen Reise war er noch als Fähnrich gefahren. Dass der Freund ihn begleitete, war Pyaras' Bedingung gewesen. Oder vielleicht, gestand er sich insgeheim ein, war er auch nur nicht mutig genug gewesen, um dieses Wagnis allein einzugehen.

Er antwortete nicht auf Rayberts Frage, worauf sich sein Erster Offizier schweigend neben ihn an die Reling begab. Nach beinahe sechs Wochen auf See trugen sie wie alle Männer an Bord Bärte, die sie älter aussehen ließen, als sie in Wirklichkeit waren. Nur der zwergenhafte Diener Lady Syolas schabte sich nach wie vor täglich sein Gesicht, als befände er sich irgendwo bei Hofe. Während Pyaras' Haar so schwarz war wie die Nacht, war Rayberts feuerrot – selbst bei heftigstem Sturm, so pflegte er zu behaupten, brauchte er nur den Ausguck zu erklimmen, und sie würden weithin gesehen.

»Einundvierzig Tage sind wir nun auf See«, brach Raybert endlich das Schweigen. »Die Männer fangen langsam an, sich Fragen zu stellen …«

»So? Und was genau fragen sie sich?«

»Was der Bestimmungsort dieses Schiffes ist.«

Pyaras sah den Freund prüfend von der Seite an. »Ahnen sie es nicht bereits?«

»Ein paar, die Älteren … vielleicht. Bislang hat keiner etwas ausgesprochen, aber je weiter wir nach Süden gelangen …«

Pyaras nickte. »Behalte die Augen offen, Raybert. Und teile mir umgehend mit, wenn du etwas bemerkst. Wir müssen auf der Hut sein.«

»Ich weiß.« Raybert biss die von Wind und Sonne spröden Lippen zusammen und fuhr sich durch den roten Bart. »Wie lange noch, glaubst du?«

Pyaras zuckte mit den Schultern. »Die Karte hat keinen einheitlichen Maßstab.«

»Aber du bist sicher, dass sie uns zuverlässig leiten wird?«

Pyaras nickte. Es stimmte ja, er war durchaus sicher gewesen … dass seine Zuversicht mit jedem Tag abnahm, den sie weiter nach Süden fuhren, behielt er für sich. Es war Aufgabe des Kapitäns, das Ziel im Auge zu behalten und die Ordnung an Bord zu bewahren. So hatte man es ihn gelehrt, und so wollte er es halten. Auch wenn diese Reise anders war als alle vorherigen, an denen er teilgenommen hatte.

»Bist du schon mal so weit im Süden gewesen?«

»Einmal.« Pyaras nickte. »Ist lange her.«

»Das Blau des Himmels scheint anders zu leuchten«, stellte Raybert fest, den Kopf in den Nacken legend. »Und in der Nacht sind es andere Sterne als die, die uns in nördlichen Gefilden führen. Wir sind wirklich weit weg von zu Hause.«

»Bereust du es bereits, mitgekommen zu sein?«

»Nein«, entgegnete Raybert ein wenig zu schnell. »Aber es gibt einen Teil in mir, der sich vor dem Unbekannten fürchtet«, fügte er ein wenig leiser hinzu.

»Ich weiß.« Eine solche Stimme der Furcht hatte es auch in seinem Inneren gegeben. Doch wann immer sie sich meldete, dachte er an die Karte und an das, was sie verhieß, und der Entdecker in ihm gewann die Oberhand.

Syola hatte recht gehabt.

Sie kannte ihn wohl besser als er sich selbst …

Er wandte sich um und sah zu der Ducht, die unter Deck führte, zur Kajüte des geheimnisvollen Gastes, den sie an Bord beherbergten.

»Etwas Neues von unserer … Passagierin?«, erkundigte sich Raybert.

Pyaras schnitte eine Grimasse. Als Lady Syola ihm enthüllt hatte, dass sie diese Expedition nicht nur auf den Weg zu bringen, sondern auch selbst daran teilzunehmen gedachte, hatte er es für einen schlechten Scherz gehalten. Doch er hatte schnell herausgefunden, dass die Alte generell nicht scherzte, weder in solchen Dingen noch in anderen. In Begleitung ihres Dieners war sie am Tag der Abreise an Bord gekommen und hatte ihre Kajüte aufgesucht, die sich achtern neben der des Kapitäns befand – und sie seither nicht mehr verlassen. Wann immer es nötig war, schickte sie den Zwerg, der nicht nur für ihr leibliches Wohl verantwortlich zu sein schien, sondern auch als ihr Sprachrohr diente. Anfangs hatte Pyaras noch darauf gedrängt, der alten Dame, die immerhin die Schirmherrin dieser Unternehmung war, wenigstens ab und zu persönlich zu begegnen, doch Nemion hatte dies in ihrem Namen stets kategorisch abgelehnt.

Irgendwann war Pyaras der ein wenig unheimliche Gedanke gekommen, Syola könnte womöglich nicht mehr am Leben sein und der Zwerg erhalte das Theater nur aufrecht, damit er an Bord etwas zu sagen hatte. Doch dann hörte er in der Nacht wieder jemanden unruhig in der Passagierkajüte auf und ab schreiten, und ihm war klar, dass es die Alte sein musste, die keine Ruhe fand.

»Nichts«, beantwortete er Rayberts Frage kopfschüttelnd. »Es ist, als hätten wir einen Geist an Bord.«

»Über derlei Dinge solltest du nicht scherzen. Die Männer erzählen sich auch so allerhand Gerüchte über den Gast, den sie nie gesehen haben.«

»Was für Gerüchte?«

»Das Übliche. Die einen behaupten, dass sie in Wahrheit gar nicht existiere und der Zwerg unser einziger Passagier sei. Die andere halten sie für einen Dämon, der das Schiff ins Verderben reißen könnte. Normalerweise würde ich nichts darauf geben, wir Seeleute sind nun mal ein abergläubisches Völkchen. Aber in Anbetracht des Ziels unserer Reise …«

»Schon gut.« Pyaras nickte abermals, während er den Blick wieder gen Süden schweifen ließ. Noch mochten die Männer damit zufrieden sein, in regelmäßigem Wechsel ihre Befehle und ihre Mahlzeiten zu bekommen und dazwischen mit Halbwahrheiten abgespeist zu werden. Aber der Tag würde kommen, da sie energischer nach Antworten verlangten.

Und der junge Kapitän hoffte, dass er sie ihnen dann auch geben konnte.

4.

SGIRK MADON

Als Balbok die Augen aufschlug, hatte er das Gefühl, mit einem Drachen gekämpft zu haben. Im Grunde war es auch so, allerdings nur im Traum. Generell hatte er in letzter Zeit lebhafte Träume, in denen alles wild durcheinanderging und in denen sich all das vermischte, was Rammar und er seit ihrer Ankunft in der neuen Welt erlebt hatten. Denn längst nicht alles davon war angenehm gewesen …

»So, ist der Herr *umbal* auch endlich aufgewacht«, plärrte es quer durch die Kammer, die sich im mächtigen Hauptturm des Palasts von Dragana befand – dort, wo auch der Herrscher selbst residierte. Die Kuppel, die den Turm krönte, war während des Kampfes um die Stadt zu Bruch gegangen, das Bauwerk selbst war weitgehend unversehrt geblieben.

Im deutlichen Gegensatz zu Rammars Laune …

»Hast du wieder nicht geschlafen?«, fragte Balbok, während er die ebenso dürren wie langen Beine aus dem Bett schwang.

»Keine Spur! Nicht ein einziges Auge habe ich zugetan«, führte Rammar aus, während er wie ein waidwunder Keiler in der Kammer auf und ab schlurfte und dabei die hölzerne Klaue schwenkte, die er am linken Arm trug. Die echte hatte er bei einem früheren Abenteuer eingebüßt, und man tat gut daran, ihn nicht an diese Episode zu erinnern.

»Weißt du«, meinte Balbok, während er sich das dünne Haar an seinem Hinterkopf zunächst raufte, um es dann mit etwas Spucke glatt zu streichen, »ich glaube, ich weiß, woran das liegt, Rammar.«

Sein feister Bruder blieb abrupt stehen und schickte ihm einen kritischen Blick. »Woher will so ein Halbhirn wie du das denn wissen?«

»Es sind die schlechten Schwingungen hier«, erklärte Balbok im Brustton der Überzeugung und nickte dazu bekräftigend.

Rammar sah ihn entgeistert an.

»Beeka hat mir davon erzählt. Sie sagt, dass jede Kreatur, jedes Tier und jedes Ding in Anwar eine gewisse Schwingung in sich trägt.«

Rammars Blick blieb auf ihm haften. »Schwingung?«

»*Korr.*« Balbok war erfreut, dass sein Bruder so rasch begriff. »Und wenn diese Schwingungen nicht gut sind oder nicht zusammenpassen, dann …«

»Was dann?«, verlangte Rammar zu wissen.

»Dann gibt es Ärger«, eröffnete Balbok rundheraus. »Man hat

dann das Gefühl, dass etwas nicht stimmt oder dass Unheil bevorsteht. Man hat keinen Appetit und kann nachts nicht schlafen, weil man pausenlos …«

»So ein Schmarren!«, fiel Rammar ihm ins Wort. »Als ob ich irgendwelche Befürchtungen hätte! Ausgerechnet ich, Rammar der Schrecklich Rasende! Das ist lächerlich! Lächerlich ist das!«

»Sagtest du schon.« Balbok nickte. »Aber du isst in letzter Zeit nicht viel und kannst nachts nicht schlafen.«

»Na und? Natürlich kann ich das nicht, weil der Fraß hier zweitens lausig ist und weil mich erstens dein Geschnarche davon abhält, auch nur den kleinsten Helm voll Schlaf zu bekommen! Ich habe das Gefühl, der Donnerer persönlich liegt in deinem Bett und schnarcht vor sich hin, als ob das Ende aller Tage gekommen wäre!«

»Tut er nicht«, versicherte Balbok, nachdem er vorsichtshalber kurz nachgesehen hatte. »Aber hast du nicht auch manchmal dieses seltsame Gefühl?«

»Was denn für ein Gefühl?«

Aus seinen großen gelben Kuhaugen sah Balbok seinen Bruder fragend an. »Na ja, dass irgendetwas hier … nicht stimmt«, rückte er dann zögernd heraus.

»So ein vershnorshter Unsinn!«, blaffte Rammar und begann wieder, die Turmkammer zu durchschreiten. Sein ganzer ungeheurer Körper war dabei in heftiger Bewegung. »Schon deshalb nicht, weil ein Ork aus echtem Tod und Horn gar keine Gefühle hat, geht das nicht in deinen Schädel? Außerdem kann uns das alles ziemlich egal sein, denn sobald der Möchtegernzauberer herausgefunden hat, wie er uns auf unsere Insel zurückschicken kann, werden wir alldem hier für immer Lebewohl sagen, und dann können uns alle hier gern am …«

»Balbok! Rammar!«

Die eisenbeschlagene Tür der Kammer flog auf, und Enok trat ein.

Ihr Ziehsohn. Und zugleich der neue, frisch gekrönte Kaiser von Dragana.

Das lange Haar im Nacken gebunden, das kaiserliche Flammensymbol auf der Brust, den roten Umhang um die Schultern und mit dem Drachenschwert an seiner Seite machte er tatsächlich eine ziemlich gute Figur als Herrscher. Aber das hätte Rammar im Leben nicht zugegeben.

»Schimmeling!«, rief Balbok erfreut und sprang auf, worauf der Junge ihm entgegeneilte und ihn mit freudiger Umarmung begrüßte. Davon, dass der hagere Ork ihn noch vor nicht allzu langer Zeit als Säugling aus dem Wrack des Elfenschiffs geborgen hatte, war nicht mehr viel zu merken – dank eines Zaubers, dessen Wirkung bislang niemand so recht durchschaute, war Enok innerhalb kürzester Zeit zu einem stattlichen jungen Mann gereift. Was er über die Dinge des Lebens, über den Umgang mit dem *saparak* und das Wesen eines wahren Orks wissen musste, hatten ihm seine orkischen Ziehväter beigebracht – all das überflüssige Zeug dagegen, das sich auf die Regierungsgeschäfte und die Pflichten eines Herrschers bezog, hatten sie dem alten Durwain überlassen. Er war Enoks Berater, schien so ziemlich alles zu wissen, viel darüber zu reden, aber in Wahrheit nur die Hälfte preiszugeben, und ging Rammar damit regelmäßig auf die ohnehin strapazierten Nerven.

»Wie geht es euch?«, fragte Enok, wobei er zuerst Balbok und dann Rammar mit einem fragenden Blick bedachte. »Tut mir leid, dass ich die letzten Wochen so wenig Zeit für euch hatte. Regierungsgeschäfte, ihr wisst schon.«

»*Korr*«, versicherte Balbok mit wissendem Grinsen und schlug sich vor die schmale Brust. »Wir sind schließlich Könige!«

»So ist es, und deshalb wollen wir endlich auf unsere Insel zurück!«, bekräftigte Rammar unwirsch.

»Rammar hat Heimweh«, erklärte Balbok.

»Schmarren«, widersprach der dicke Ork. »Wenn du das noch mal sagst, ramme ich dir den *saparak* dahin, wo die Sonne nie scheint.«

»Hört mal, es tut mir wirklich leid, dass es mit der Rückreise zur Insel bislang noch nicht geklappt hat«, beschwichtigte Enok. »Meister Durwain hat mir immer wieder versichert, dass alles unternommen wird, um …«

»Der Echsenkopf sagt viel, wenn der Tag lang ist«, konterte Rammar.

»Ihr mögt Rat Durwain noch immer nicht.« Enoks Blick ging von einem Ork zum anderen.

»Wir haben wenig Grund dazu«, maulte Rammar. »Schließlich hat er nicht nur dich, sondern auch uns die ganze Zeit über getäuscht und uns verheimlicht, dass auch er einmal zum Rat der Ewigen gehörte.«

»Von dem er sich allerdings losgesagt hat«, wandte Enok ein. »Seitdem hat er uns sehr geholfen.«

»Dir vielleicht, uns eher nicht. Und wie heißt es so schön? Troll bleibt Troll, auch wenn er mal keinen Ork frisst«, gab Rammar verdrießlich zur Antwort.

Dass seine Abneigung gegen Durwain auch damit zusammenhing, dass der alte Gelehrte ihnen Enok abspenstig gemacht, ihm mit kruden Lehren den Kopf verdreht und ihn schließlich dazu gebracht hatte, die Kaiserkrone anzunehmen, ließ er unerwähnt. Wer wollte schließlich ein Kaiserreich regieren, wenn er auch ein Inselchen voller Orks haben konnte?

»Andererseits könntet ihr auch einfach hierbleiben«, schlug Enok vor.

»Hä?«, machte Rammar.

»Ihr könntet eure Pläne, nach Hause zurückzukehren, noch ein wenig aufschieben«, erklärte Enok und wirkte für einen Moment wieder wie der kleine Junge, den die Orkbrüder großgezogen hatten. »Ihr könntet bei mir bleiben und mir dabei helfen, Lady Aderyn und die Überreste der Schwarzen Garden endgültig zu besiegen. Wir drei zusammen, wie in alten Zeiten – wäre das nichts?«

»*Korr*«, versicherte Balbok. Spontane Begeisterung blitzte in seinen Kuhaugen, während er sich die prankengroßen Hände rieb. »Das wollen wir doch, Rammar, oder?«

»Und unser Königreich im Stich lassen? Bist du jetzt völlig übergeschnappt?«

»Bitte überlegt es euch noch mal«, bat Enok, eines Kaisers unwürdig – wie gut, dass der alte Durwain nicht dabei war. »Aderyn und ihre Gefolgsleute halten immer noch einige Garnisonen im Nordwesten. Meister Durwain ist der Ansicht, dass wir einen Feldzug beginnen müssen, um sie zu stellen und endgültig zu vernichten. Wäre das nichts für euch?«

»*Douk*«, lehnte Rammar rundheraus ab und schüttelte dabei das klobige Haupt. »Ich habe meinen *asar* oft genug für andere riskiert, also lass mich bloß in Ruhe.«

»Aber Rammar …«, wollte Balbok einwenden, doch ein einziger Blick seines Bruders genügte, um ihm klarzumachen, dass es besser war zu schweigen.

»Mit dem Drachenweib wirst du auch ohne uns fertig«, fügte Rammar in Enoks Richtung hinzu, »schließlich haben wir dir gezeigt, wie man mit dem *saparak* umgeht, *korr*?«

»*Korr*«, stimmte Enok seufzend zu. »Dann sollte ich euch wohl verkünden, dass ich gute Nachrichten für euch habe«, gab er leise und ziemlich zerknirscht bekannt.

»Was ist es?«, fragte Balbok und rieb sich begeistert die Klauen. »Gnomensülze zum Frühstück?«

»Oder haben die *umbal'hai* in der Palastküche endlich rausgefunden, wie man ordentlichen *bru-mill* macht?«, fügte Rammar mit einem Anflug Hoffnung hinzu.

»Weder noch.« Enok rang sich ein Lächeln ab. »Ich kann euch mitteilen, dass Meister Durwain vergangene Nacht den entscheidenden Durchbruch erzielt hat. Es ist ihm gelungen, eine Kristallpforte zu öffnen und die Verbindung aufrechtzuerhalten.«

»Eine Kristallpforte?«, echote Balbok mit großen Augen. »Du meinst …?«

»Genau das«, bestätigte Enok. »Euer sehnlichster Wunsch geht in Erfüllung – ihr könnt endlich auf eure Insel zurückkehren und …«

Der Rest ging im Triumphgeschrei unter. In Rückenlage, die verbliebene Pranke zur Faust geballt, rannte Rammar wie von Sinnen im Kreis und brüllte dabei die Decke an, dass die schweren Holzbalken erzitterten und Staub hinabrieseln ließen. Auch Balbok freute sich, wenn auch ein wenig leiser und mit einem Hauch von Wehmut. Seine gelben Augen schimmerten.

»Ich war mir sicher, dass euch das freuen würde«, sagte Enok ein wenig steif, nachdem sich Rammar wieder halbwegs beruhigt hatte.

»*Korr*, das ist in der Tat eine gute Nachricht«, versicherte Rammar. »Endlich weg von diesem garstigen Flecken Erde, von Drachenbrut und Elfenzauber und von Orks, die keine sind.«

»Bis auf dich natürlich«, fügte Balbok hinzu, als er merkte, wie die schmalen Schultern unter Enoks Umhang herabfielen.

»Keine Sorge, ich verstehe schon.« Enok nickte. »Ich habe angeordnet, dass es heute Abend zu euren Ehren ein großes Bankett geben soll.«

»Ein großes Fressen?«, blaffte Rammar.

»Ein großes Fressen«, bestätigte Enok. »Wir werden ausgiebig feiern, im Anschluss könnt ihr Dragana verlassen.«

»Sieh an«, feixte Rammar. »Du kannst es wohl kaum erwarten, uns endlich loszuwerden?«

»*Korr*.« Enok nickte und grinste verwegen, auch wenn ihm anzusehen war, dass ihn etwas belastete.

»Alles in Ordnung?«, fragte Balbok.

Enok wich dem Blick des großen Orks aus und sah zu Boden, schien einen Augenblick lang innerlich mit sich zu ringen. »Natürlich«, versicherte er, »es ist nur …«

»Was?«, hakte Rammar nach, als ihr Schützling verstummte.

Enok schüttelte den Kopf. »Nichts. Es ist schon gut. Ich freue mich für euch, dass ihr beide endlich nach Hause kommt. Ihr habt es wirklich verdient.«

»Tu nicht so wehmütig«, meinte Rammar mit listigem Blitzen in den Augen. »In Wahrheit kannst du froh sein, uns aus dem Weg zu haben, denn dann bist du endlich das einzige gekrönte Haupt in diesem Palast.«

Enoks Zögern währte nur einen kurzen Augenblick. »*Korr*«, stimmte er dann zu und lächelte matt. Dann machte der junge Kaiser auf dem Absatz kehrt und verließ die Kammer so unvermittelt, wie er sie betreten hatte. Mehr noch, er beschleunigte seine Schritte und rannte Hals über Kopf hinaus.

»Was ist denn in den gefahren?«, fragte Rammar, dessen Schweinsäuglein noch immer vor Begeisterung leuchteten. »Diese jungen Orks von heute versteht doch wirklich keiner mehr.«

»Ich schon«, versicherte Balbok und hob belehrend einen Klauenfinger. »Glaub mir, Rammar – das liegt alles an den Schwingungen.«

5.

ORDUCHG'HAI

»Den Himmel beobachten?«

Auf dem Vordeck der *Gorwal* stehend, die Arme in die Hüften gestemmt und das Haupt zweifelnd geneigt, sah Kapitän Pyaras auf die kleinwüchsige Gestalt herab, die vor ihm stand.

Er hatte sich stets für einen guten Menschenkenner gehalten; seine Fähigkeit, zu lesen, was hinter glänzenden Augenpaaren und verwilderten Bärten vor sich ging, war ihm schon in mancher Lage von Nutzen gewesen. Doch schien sich seine Fähigkeit tatsächlich nur auf Menschen zu beziehen, denn wann immer er in Nemions Miene blickte, hatte er den Eindruck, gegen eine massive Wand zu starren, so unbewegt und ausdruckslos blieben die Gesichtszüge des Zwergs, während seine kleinen Augen ihn herausfordernd ansahen.

»Das sagte ich gerade, oder nicht?«, schnarrte er. »Lady Syola erwartet, dass ihre Anweisungen umgehend ausgeführt werden.«

»Wie immer«, seufzte Pyaras und betrachtete die glatt geschabten Wangen des Zwergs. Womöglich, dachte Pyaras bei sich, ging ja auch das auf eine Anweisung seiner geheimnisvollen Herrin zurück … »Ist es erlaubt zu fragen, *wonach* wir Ausschau halten sollen?«

»Das hat meine Herrin nicht gesagt. Nur so viel: Wenn Ihr es seht, so würdet Ihr es erkennen. Und sie fügte auch an, dass Ihr dies nicht auf die leichte Schulter nehmen solltet. Das Wohl oder Wehe der gesamten Unternehmung könnte davon abhängen.«

»Großartig.« Pyaras sammelte Speichel und spuckte über die Reling. »Richte deiner Herrin aus, dass ich ihre Anweisung wie immer sorgfältig ausführen werde.« Mit einem flüchtigen Blick vergewisserte er sich, dass kein Matrose in der Nähe war, dennoch senkte er seine Stimme, ehe er fortfuhr. »Aber erinnere sie auch daran, dass ich meine Leute nicht mehr ewig hinhalten kann. Seeleute sind eine abergläubische Zunft. Wenn sie erst anfangen, Verdacht zu schöpfen …«

»Meine Herrin ist sich des Risikos bewusst.«

»Das bezweifle ich. Denn wäre es so, hätte sie sich irgendwann auf Deck gezeigt – so jedoch machen bereits Gerüchte die Runde, dass sie ein Geist sei … oder noch Schlimmeres.«

»Das ist lächerlich.«

»Es gibt auch Stimmen, die behaupten, dass die Lady längst nicht mehr an Bord weile, weil nämlich ihr vertrauter Diener ihr des Nachts die Kehle durchgeschnitten und ihren Leichnam durch die Luke der Achtergalerie ins Meer geworfen habe.«

»So … lauten die Gerüchte?« Über Nemions breiter Nase erschienen Falten der Empörung. »Aber das ist grober Unfug!«

»Ich weiß das«, versicherte Pyaras gelassen, »aber meine Leute nicht. Sie können nur Vermutungen anstellen, und Furcht ist dabei ein schlechter Ratgeber.«

»Ich verstehe.« Der Zwerg nickte und beugte das graue Haupt, schien tatsächlich einen Moment nachzudenken. »Was schlagt Ihr vor?«

»Dass deine Herrin sich auf Deck zeigt. Dass sie beweist, dass sie nicht nur ein Geist ist oder bloße Einbildung. Und dass sie den Männern Mut zuspricht.«

»Ich bedaure, aber das geht nicht.«

»Warum nicht?«

»Weil es ihre Kräfte überfordern würde. Meine Herrin ist alt … sehr alt.«

»Das verstehe ich«, versicherte Pyaras, »ich habe sie gesehen, aber …«

»Nein«, widersprach Nemion entschieden, »ich glaube kaum, dass Ihr versteht. Wenn ich Euch versichere, dass meine Herrin alt sei, so meine ich dies nicht etwa nur bildhaft, sondern im wörtlichen Sinn. Und was auch immer Ihr gesehen habt – oder gesehen zu haben glaubt –, hat Euch nichts über ihr wahres Wesen verraten.«

Pyaras Kieferknochen mahlten. Natürlich hätte er den Zwerg gerne gefragt, was das nun wieder bedeuten sollte, aber aus Erfahrung wusste er, dass solche Wortwechsel stets auf dieselbe Weise endeten – nämlich damit, dass Syolas Diener keine weitere Silbe mehr verlor und sich unter Deck zurückzog.

»Ich weiß nicht, was das bedeuten soll«, gestand er deshalb, »und genauso soll es ja wohl auch sein. Aber ich weiß, dass deine Herrin dieses Versteckspiel nicht ewig aufrechterhalten kann. Spätestens wenn wir das Ziel dieser Fahrt erreichen, wird sie sich offenbaren müssen.«

»Wir werden sehen«, entgegnete Nemion schulterzuckend, »bis dahin haltet die Augen offen.« Er ließ einen argwöhnischen Blick über den Himmel schweifen, der sich im Westen bereits rötlich zu färben begann. Die Umrisse der beiden Karavellen zeichneten sich davor ab.

Dann verließ er das Vordeck, bahnte sich einen Weg durch die Seeleute, die mittschiffs ihren Dienst versahen. Die Söhne Winmars waren keine geborenen Seefahrer. Von den Meeren hielten sie sich in der Regel fern, erst recht nach den Erfahrungen des letzten Krieges, sodass der Anblick eines Zwergs an Bord zu Beginn der Reise noch für Aufsehen gesorgt hatte. Inzwischen hatte sich die Mannschaft jedoch mit dem Anblick der kleinwüchsigen, in bunte Seide gehüllten Gestalt abgefunden und ebenso mit seinen merkwürdigen Anordnungen.

Das Wohl oder Wehe der gesamten Unternehmung könnte davon abhängen …

Nemions mahnende Worte hallten in Pyaras' Bewusstsein nach.

Sie sollten den Himmel beobachten … aber wonach sollten sie Ausschau halten und aus welchem Grund? Befürchtete Syola, dass ein Sturm aufzog? Die See lag vergleichsweise still, und weder Wind noch Wolken ließen solches vermuten. Oder hatte sie Angst vor einem Angriff? Gewiss, Piraten machten mitunter auch von Luftschiffen Gebrauch, doch waren sie über der See schwer zu steuern und meist von Weitem auszumachen.

Warum also diese besondere Vorsicht?

Oder ging es um eine Gefahr ganz anderer Art?

Von einer Bedrohung, von der nur die Alte wusste?

Ein banges Gefühl beschlich Pyaras, ein Ziehen in der Magengegend wie bei seiner allerersten Schiffsreise, und wieder einmal fragte er sich, was ihn geritten hatte, dieses Kommando zu übernehmen. Dann musste er wieder an ihre erste Begegnung denken, an die uralte Karte, die sie ihm gezeigt hatte und die Pyaras' Bild von der Welt nicht nur ins Wanken gebracht, sondern auf den Kopf gestellt hatte.

Und die alte Entschlossenheit, diese drei Schiffe an ihr Ziel zu bringen und dafür alles zu tun, was notwendig war, kehrte wieder zu ihm zurück.

6.

KARAL'HAI

Was die schlechten Schwingungen betraf, die Balbok im Palast vermutete, so wurden diese im Lauf des Tages zwar nicht besser, doch vermischten sie sich zusehends mit dem Duft frischen Bratens, der von der Küche aus durch die Gänge und Hallen des kaiserlichen Palasts kroch. Und wenn es auch nicht die verbrannten, mit Unmengen von Zwiebeln und Knoblauch versetzten Aromen eines *bru-mill* waren, so brachten sie den hageren Ork doch auf etwas andere, angenehmere Gedanken. Zumal die Aussicht, endlich wieder nach Hause zu gelangen, auch ihn allmählich mit Vorfreude erfüllte.

Nur ein Hindernis gab es auf dem Weg.

Von dem Moment an, da er erfahren hatte, dass Rammar und er zurückgehen würden, hatte es ihn bedrückt, lag ihm im Magen wie ein Stück ungekauter Wargwurst … *Abschied* lautete das Wort, das die Milchgesichter dafür hatten.

Die Orksprache hatte keine rechte Entsprechung dafür, überhaupt wurde unter Unholden recht wenig gegrüßt. Wenn man jemanden zum ersten Mal an einem Tag sah, rief man ihm allenfalls ein *Achgosh douk!* entgegen, was übersetzt im Grunde nur bedeutete, dass einem die dumme Visage des Gegenübers nicht gefiel. Aber das war nicht die Art von Gruß, an die Balbok dachte.

Im Lauf ihrer gefahrvollen Abenteuer und zahlreichen Reisen waren Rammar und er auf viele Weggefährten getroffen, Schmalaugen, Milchgesichter und andere. Aber nur selten hatten sie Freundschaften geschlossen – schon deshalb, weil Rammar stets behauptete, dass ein Ork aus echtem Tod und Horn gar keine Freunde hatte. Höchstens Kampfgefährten, Waffenschwestern und -brüder. Sofern er sie nicht vorher in einem Anfall von *saobh* erschlug.

Diesmal aber war es anders.

Vielleicht, sagte sich Balbok, während er den langen, von Säulen gesäumten Gang zu den Quartieren der Palastwache hinabging, hatte sein Bruder ja recht, wenn er behauptete, dass er, Balbok, zu viel Zeit mit Milchgesichtern verbracht hatte. Doch der Gedanke, sich von jenen zu trennen, die an seiner Seite in der Arena von Taras Caron um ihr Leben gekämpft hatten, sorgte dafür, dass ihn Wehmut beschlich. Rammar hatte darauf gedrängt, sich nach dem Fest einfach davonzuschleichen und alles hinter sich zu lassen. So hatten sie es früher gehalten, aber das wollte Balbok nicht.

Nicht dieses Mal.

Mit hängenden Schultern, die wulstige Unterlippe weit vorgeschoben, schlug er gegen die hölzerne Tür des Mannschaftsquartiers und drückte sie ein Stück weit auf. Mit traurigen Augen spähte er in das dahinter liegende Halbdunkel.

Da waren sie.

Evan, der auf den ersten Blick wie ein gewöhnlicher und nicht besonders kräftiger Schimmelork aussah, in Wahrheit jedoch ein dunkles Geheimnis barg, das schon manchem Gegner zum Verhängnis geworden war.

Drel, seinerseits noch dürrer und größer als Balbok selbst; seine Haut hatte die Farbe und Beschaffenheit von Baumrinde, und Arme und Beine waren wie Äste, die er tatsächlich willentlich wachsen lassen konnte. Dass er nicht wirklich ein Gesicht hatte, lediglich ein weißes Augenpaar, das aus der Borke blinzelte, spielte für Balbok keine Rolle – er mochte das Baumwesen so, wie es war.

Gullwyn schließlich war der Dritte im Bunde – ein Fischmann, dessen ebenso schlanker wie buckliger Körper von blauer Schuppenhaut überzogen war. Seine Gliedmaßen waren geradezu lächerlich dünn im Vergleich zu dem großen, vorgewölbten Kopf, sodass auch er einen ziemlich eigentümlichen Anblick bot. Von den halbkugelförmigen, seitlich abstehenden Augen und dem großen, mit nadelspitzen Zähnen bewehrten Maul ganz zu schweigen.

Sie alle waren das, was man hier in Anwar als Wildwuchs bezeichnete: Wesen, deren Ursprünge in ferner Vergangenheit lagen, in den frevlerischen Experimenten, die der Dunkelelf Margok einst vorgenommen, und dem, was die Natur daraus gemacht hatte; die sich keiner Rasse zurechnen ließen und auf diese Weise ein eigenes Volk bildeten, eine Sippe von Sonderlingen und Ausgestoßenen – denen sich Balbok von Beginn an verbunden gefühlt hatte. Pflegte Rammar nicht stets zu behaupten, dass er ein elender *umbal* war, womöglich der dürrste und dämlichste Ork, der je aus Luraks Pfuhl gekrochen war? Das bedeutete im Grunde doch nichts anderes, als dass auch er ein Wildwuchs war, ein Exemplar, das seinesgleichen suchte …

Die drei waren so beschäftigt, dass sie Balbok nicht gleich bemerkten. Im spärlichen Lichtschein, der durch ein hohes Fenster einfiel, hielten sie Kampfübungen ab, wobei jeder von ihnen die bevorzugte Waffe führte: Gullwyn hatte einen kurzen, harpunenartigen Spieß gewählt, dessen Spitze mit Widerhaken versehen war und mit dem er blitzschnell zu attackieren verstand; Drel war am stärksten, wenn er seine Gliedmaßen wie lange, lebende Peitschen einsetzte. Nur Evan beschränkte sich darauf, mit einem gewöhnlichen Schwert zu üben, obschon seine eigentliche Stärke auf ganz anderem Gebiet lag.

Angeleitet wurden die drei bei ihren Übungen von einer jungen Frau, die den Rock der kaiserlichen Palastwache trug. Ihr langes Haar war rabenschwarz und zum Zopf geflochten, sodass ihre spitzen Ohren keck hervorschauten. Ihre blassen Gesichtszüge waren fein geschnitten, selbst für eine Anwar-Orkin. Ihre Nase war schmal, und ihre schiefergrauen Augen hatten die Form von Mandeln.

Ihr Name war Beeka.

Die einstige Dorfvorsteherin, die sich wie ihr Bruder Chulain dem Widerstand gegen den Rat der Ewigen angeschlossen und mit Balbok und Rammar gegen die Schwarzen Garden gekämpft hatte, gehörte jetzt Enoks Palastwache an. Sie war ungeheuer klug, wie Balbok fand, und anmutig wie eine Elfin – aber auch eine knallharte Kämpferin, wie Rammar einst leidvoll hatte feststellen müssen.

»Was ist denn hier los?«, fragte Balbok und trat in das Gewölbe, in dem es nach Schweiß und altem Leder roch.

»Übungen«, erklärte Beeka schlicht, während sie die drei Gefährten umkreiste und dabei nicht aus den Augen ließ. »Wer zur Wache des Kaisers gehören will, muss eine Reihe von Prüfungen absolvieren – und unsere Freunde hier sind noch weit davon entfernt, sie zu bestehen.«

»Warum sollten wir auch?« Entnervt ließ Evan seine Klinge sinken und strich das lange Haar zurück. »Wir haben in der Arena von Taras Caron gekämpft, war das nicht Prüfung genug? Balbok kann es bezeugen, er war dabei!«

»*Korr*«, pflichtete der Ork bei. Auch Gullwyn blubberte eine Zustimmung.

»Außerdem haben wir an der Schlacht um den Palast teilgenommen und an Enoks Seite gefochten! Die anderen Kämpfer des Widerstands sind inzwischen längst Mitglieder der Garde, so wie dein

Bruder und du. Wir hingegen müssen uns erst noch beweisen – und das alles nur, weil wir sind, was wir sind!«

»Ich weiß«, gab Beeka zu, »und ihr habt recht. Würde es nach Enok gehen, so wärt ihr längst in seine Leibwache gerufen worden, schließlich hat er ein ausgeprägtes Herz für Wildwüchse.«

»*Korr*«, pflichtete Balbok abermals bei und straffte sich in beinahe väterlichem Stolz auf seinen Schützling. »So habe ich es ihm ja auch beigebracht.

»... aber er ist jetzt Kaiser und trägt große Verantwortung«, fuhr Beeka fort. »Und das bedeutet, dass er auch andere Dinge im Blick haben muss.«

»Was denn für Dinge?«, fragte Gullwyn. Wie immer, wenn er sprach, bildeten sich Schaumblasen in den Winkeln seines breiten Mundes, die dann zerplatzten, was für das blubbernde Geräusch sorgte.

»Traditionen«, drückte Beeka es anders aus. »Rat Durwain ist der Ansicht, dass es für das Volk verwirrend sein könnte, wenn zu viele der alten Regeln auf einmal abgeschafft werden.«

»Aber die alten Regeln waren *shnorsh*«, wandte Balbok ein, worauf Drel einen unterstützenden hellen Pfiff von sich gab.

»Das ist wahr, nicht von ungefähr haben wir sie bis aufs Messer bekämpft«, räumte Beeka ein, »aber sie haben den Leuten auch Sicherheit gegeben. Nun sind sie frei von den alten Gesetzen und der Bevormundung durch den Rat der Ewigen. Doch das bedeutet zugleich, dass sie ihr Schicksal nun selbst in die Hand nehmen müssen. Was wiederum bei vielen für Unsicherheit, manchmal auch für Furcht und Zorn sorgt. Einige haben die Stadt verlassen, um nach Westen zu gehen und sich Lady Aderyn und ihren Schergen anzuschließen.«

»Sollen sie doch.« Evan fuchtelte wütend mit der Klinge. »Wenn sie lieber wieder in Furcht leben und sich das Blut aus den Adern saugen lassen wollen, nur zu!«

»Der Kaiser weiß das alles«, versicherte Beeka. »Ich bin sicher, dass er den Wildwüchsen schon bald dieselben Rechte einräumen wird. Aber bis es so weit ist ...«

»… müssen wir uns erst noch beweisen«, vervollständigte Gullwyn blubbernd.

»Jedenfalls, wenn ihr diesen Rock tragen und in die kaiserliche Garde aufgenommen werden wollt«, erwiderte Beeka, auf das Flammensymbol auf ihrer Brust deutend, das Enok zu seinem Wappen bestimmt hatte.

»Ich weiß, dass ihr das könnt«, fügte Balbok hinzu. »Rammar sagt immer, wenn man etwas wirklich haben will, dann muss man es sich nehmen, ohne Rücksicht.«

»Da hört ihr's«, meinte Beeka und schickte Balbok ein breites Grinsen. »Dein Bruder ist ein kluger Mann.«

»Ork«, verbesserte Balbok und grinste breit, den Klauenfinger einmal mehr belehrend erhoben – als ihm dämmerte, warum er eigentlich gekommen war.

Das Lächeln fiel ihm jäh aus dem Gesicht, und seine Schultern sanken wieder herab wie zuvor.

»Was bedrückt dich?«, wollte Beeka wissen.

»Ja«, blubberte Gullwyn. »Machst du dir Sorgen, dass wir es nicht schaffen könnten?«

»*Douk*.« Balbok schüttelte den Kopf und sah zu Boden, als könnte er dort die passenden Worte finden. »Es ist nur … ich weiß nicht, wie ich es euch sagen soll … Rammar und ich … wir werden weggehen.«

»Wissen wir«, beteuerte Evan gelassen. »Sobald der alte Durwain einen Weg gefunden hat, euch zurück auf eure Insel zu schicken. Aber bislang ist es ihm nicht gelungen, und so wie ich das sehe, wird es damit so schnell wohl auch nichts werden.«

»So ist es, also kein Grund zur Besorgnis«, stimmte Beeka zu, dann stutzte sie. »Oder … gibt es etwas, von dem wir noch nichts wissen?«

Balbok nickte wieder. Ein Kloß steckte in seinem Hals, wie wenn man zu viel Gnomensülze auf einmal verschlungen hatte. »Enok war vorhin bei uns«, rückte er schließlich heraus. »Durwain hat es geschafft. Es ist so weit … wir werden gehen.«

»Was?«, blubberte Gullwyn. Drel stieß ein ebenso grelles wie entsetztes Pfeifen aus.

»Wann?«, wollte Evan wissen.

»Heute Nacht. Es soll noch ein Bankett geben – das ist ein großes Fest zu unseren Ehren, bei dem man fressen darf, so viel man …«

»Ich weiß, was ein Bankett ist«, versicherte Beeka, »und das habt ihr euch mehr als verdient. Aber …« Sie unterbrach sich und wich dem Blick seiner Kuhaugen aus.

»Und das ist kein Scherz?«, fragte Evan.

»*Douk*«, versicherte Balbok. »Kein Scherz. Wir verlassen Anwar.«

»Aber … würdest du nicht lieber bleiben?«, hakte Beeka nach. »Vielleicht kannst du Rammar ja überreden, dass ihr …«

Balbok schüttelte das hängende Haupt. »Rammar will zurück. Wir sind schließlich Könige und tragen ebenfalls große Verantwortung. Und das bedeutet wohl«, fügte er seufzend hinzu, »dass auch wir andere Dinge im Blick haben müssen.«

»Ich verstehe«, sagte sie.

»Ich bin gekommen, um Lebewohl zu sagen«, fuhr Balbok leise, fast flüsternd fort. »Ihr werdet mir fehlen. Ihr alle.«

»Du wirst uns auch fehlen, großer Ork«, versicherte Evan leise. »Deine Stärke im Kampf und dein Mut … und deine Schläue.«

Gullwyn blubberte eine Zustimmung.

Drel ließ einen leisen Pfiff vernehmen.

»Echt?« Mit dem Klauenrücken fuhr sich Balbok wie beiläufig über die Augen. Dann blickte er zaghaft auf. »Ihr findet, dass ich schlau bin?«

»Schlauer als Rammar«, bestätigte Beeka und zwinkerte ihm verschwörerisch zu. »Aber das darf er nie erfahren.«

»Wird er nicht«, versprach Balbok. Auch wenn sein Bruder an dieser Stelle wohl eingewendet hätte, dass Orks aus echtem Tod und Horn erstens nichts versprachen und dass sie zweitens, falls es doch einmal vorkam, ihre Versprechen grundsätzlich nicht einhielten. Ein verschmitztes Grinsen spielte um seine schmalen Züge, ehe die Traurigkeit wieder Einzug hielt. »Sehen wir uns auf der Feier?«

»Natürlich«, versicherte Evan, Drel pfiff etwas wie widerwillige Zustimmung.

»Vorausgesetzt, wir werden eingelassen«, schränkte Gully mit erhobenen Flossenhänden ein.

»Werdet ihr, und wenn ich persönlich dafür sorgen muss«, versicherte Beeka dem Fischmann.

Balbok versuchte noch einmal ein Grinsen, das ihm aber nicht recht gelingen wollte. Dann machte er kehrt und schlich hängenden Hauptes davon.

»Freunde«, sagte er auf halber Strecke und wandte sich noch einmal um, »ich wünschte …«

»Was?«, hakte Beeka nach, als er plötzlich verstummte.

»Ach, nichts«, versicherte er. Dann wandte er sich endgültig ab und ging hinaus.

Die Tür fiel hinter ihm ins Schloss und ließ Beeka, Evan, Gullwyn und Drel betroffen zurück. Alle vier waren tief erschüttert, ein Leben ohne ihre grünhäutigen Freunde konnten und wollten sie sich nicht vorstellen, keiner von ihnen.

Beeka nicht, weil die Begegnung mit den Orks ihr ganzes Leben verändert und ihr gezeigt hatte, was wirklich in ihr steckte. Und Evan, Gullwyn und Drel, weil Balbok sich nie darum geschert hatte, dass sie anders waren, und er sie einfach als das genommen hatte, was sie waren …

Im fahlen Lichtschein, der durch das Fenster einfiel, sahen die Kriegerin und die drei Wildwüchse sich verschwörerisch an.

Und eine kühne Idee begann in ihren Köpfen Gestalt anzunehmen …

7.

BARRA LAIRK

Als der Posten im Ausguck eine Sichtung meldete, war Kapitän Pyaras unter Deck.

Zusammen mit dem Smut war er dabei gewesen, die Proviantvorräte zu sichten, als der gellende Ruf erklang. Pyaras war wie vom Donner gerührt.

Würde sich die Gefahr, vor der Syola gewarnt hatte, nun zeigen? Seit Nemions Warnung hatte Pyaras sich oft den Kopf darüber zerbrochen, worin diese Gefahr bestehen mochte, schließlich hatte der Zwerg vom Scheitern der Expedition gesprochen. In den Nächten hatten ihn gar finstere Albdrücke verfolgt, Geschichten über Seeschlangen und andere Monstren aus der tiefen See, die er einst als Schiffsjunge gehört hatte und an die er sich nun wieder erinnerte.

Er wies den Schiffskoch an, die Zählung allein fortzusetzen, und stieg den Niedergang hinauf. Die Männer, die auf Deck ihren Dienst versahen, hatten ihre Arbeit liegen lassen und standen wie erstarrt.

Pyaras schaute zum blauen Himmel, doch seine an das unter Deck herrschende Halbdunkel gewöhnten Augen schreckten vor der Helligkeit zurück. Blinzelnd stürzte er zum Poopdeck, wo Raybert an der Reling stand.

»Was gibt es?«, fragte er seinen Ersten Offizier, sich noch immer die Augen reibend. »Was hat der Ausguck gemeldet?«

»Sieh selbst«, sagte Raybert nur, und Pyaras konnte sich nicht erinnern, den Freund jemals mit einer solchen Stimme sprechen gehört zu haben.

Furcht schwang darin mit.

Mehr noch … nacktes Grauen.

Pyaras merkte, wie sich sein Pulsschlag beschleunigte, und er wappnete sich im Innersten – doch nichts konnte ihn auf den Anblick vorbereiten, der ihn erwartete, als seine Augen endlich wieder etwas erkennen konnten.

Es war eine Wand.

Ein gewaltiges graues Hindernis, das im Süden aufgetaucht war. Die Entfernung ließ sich unmöglich schätzen, aber die Wand war da, so wirklich wie die Planken, auf denen sie standen. Von einem Ende des Horizonts spannte sie sich zum anderen, reichte direkt in den Himmel, mit dem sie zu verschmelzen schien. Es gab keine Naht, keinen Übergang. Kein Tor und keine Pforte in dem, was auf Pyaras und die Seinen wie eine gewaltige Mauer wirkte, ein unüberwindliches Bollwerk.

Der Anblick genügte, um Pyaras' Herz mit blankem Schrecken

zu erfüllen. Er zweifelte keinen Augenblick daran, dass diese Barriere diejenige war, von der alte Sagen kündeten und von der selbst die unerschrockensten Seeleute nur hinter vorgehaltener Hand zu sprechen pflegten.

Die letzte Grenze.

Das Ende der Welt.

Es am Horizont zu sichten war so, als würde man in einen tiefen Abgrund blicken. So, als würde man am Beginn einer Nacht stehen, die niemals endete.

Entsprechend groß war das Entsetzen.

Auch Pyaras' Verstand hatte noch kein Mittel gefunden, auf das Unbegreifliche zu reagieren. Doch oben in den Wanten und auf dem Vor- und Hauptdeck begann sich Widerstand zu regen.

Zunächst war es nur ein leises Murren, ein Ausdruck von Furcht hier und dort. Doch je mehr Matrosen begriffen, wohin ihr Kurs sie geführt hatte und was dort vor dem Bug ihrer Schiffe lag, desto lauter wurde das Aufbegehren. Und schließlich wurde jener Ruf laut, den Pyaras seit dem Tag, da die *Gorwal* in See gestochen war, mit großer innerer Anspannung erwartet hatte. Denn nun erst würde sich zeigen, aus welchem Holz diese Mannschaft tatsächlich geschnitzt war …

»Es ist der Graue Wall«, brüllte der Ausguck von seinem hohen Posten herab. »Wir haben den Rand der Welt erreicht! Das Ende ist nahe!«

8.

RABHASH

Mit der Nachricht, dass sie Dragana nun bald verlassen würden, hatte sich Rammars Laune schlagartig gebessert.

Anders als sein dämlicher Bruder, der gerne sentimentale Bindungen pflegte – woran man abermals erkennen konnte, wie dämlich er tatsächlich war –, hatte sich Rammar stets peinlich davor gehütet, Freundschaften zu schließen. Ganz abgesehen davon, dass ein Ork aus echtem Tod und Horn so etwas wie Freundschaft ohnehin nicht kannte.

Zugegeben, der junge Enok war eine Ausnahme, schließlich hatten sie ihn als kleines Kind gefunden und aufgezogen und ihm alles beigebracht, was ein unordentlicher Ork wissen musste. Aber jetzt war der Knabe groß geworden (auch wenn es viel zu schnell gegangen war) und traf seine eigenen Entscheidungen – und die erste war gewesen, nicht mit ihnen zur Insel zurückzukehren, sondern den Drachenthron zu besteigen. Das passte Rammar zwar nicht, aber er musste wohl damit leben, schließlich war Enok nicht nur Currans Erbe, sondern in mancher Hinsicht auch dessen Ebenbild.

Wie es dazu gekommen war, hatte Rammar nie wirklich verstanden, und eigentlich wollte er das auch gar nicht. Denn natürlich war fauler Zauber dabei im Spiel gewesen, und das nicht zu knapp, und wenn es etwas gab, das er auf den Tod nicht leiden konnte, dann war es Zauberei.

Außer natürlich, wenn sie dazu diente, Balbok und ihn zurück nach Hause zu bringen. In diesem Fall sollte Rammar auch ein wenig Schmalaugen-Magie recht sein.

Das miese Gefühl, das sich immer noch meldete und in seinem Magen ballte wie unverdautes Trollgekröse, ignorierte er deshalb geflissentlich. Sobald sie zu Hause wären, sagte er sich, würde es sich ohnehin in Luft auflösen. Warum sich also noch darüber Gedanken machen? Rammar der Schrecklich Rasende war ohnehin kein Ork langer und tiefschürfender Gedankengänge, sondern der schnellen Tat.

Vorausgesetzt, sie war nicht zu anstrengend.

Als es an die Tür ihres Quartiers klopfte, war Rammar gerade dabei, seine Sachen für die Abreise zu packen. Viel würde er nicht mitnehmen – die Rüstung und den Helm, die man hier für ihn geschmiedet hatte und die bei ihren Untertanen auf der Insel mächtig Eindruck schinden würden, und natürlich ausreichend Verpflegung für den Fall, dass die Reise länger dauerte. Und auch den kleinen *saparak*, den Balbok und er einst für Enok hatten anfertigen lassen, die bevorzugte Waffe eines Orks, die man im Nahkampf wie auch zum Wurf einsetzen konnte. Rammar würde ihn natürlich nicht als Andenken behalten, sondern nur aus praktischen Gründen; schließlich trug Enok nun ja die Drachenklinge des Kaisers und brauchte das Ding nicht mehr, ganz abgesehen davon, dass es für ihn zu klein geworden war …

Wieder klopfte es.

»Ja doch, was ist los?«, schnauzte Rammar.

Er war vielleicht kein Ork tiefschürfender Gedanken. Aber wenn er schon mal nachdachte, wollte er verdammt noch mal nicht dabei gestört werden …

»Seid Ihr allein?«, fragte eine Stimme. Sie flüsterte, sodass Rammar sie nicht zuordnen konnte.

»Wer will das wissen?«

»Kommt an die Tür, aber öffnet sie nicht.«

»*Shnorsh* noch eins, das ergibt doch keinen Sinn.« Rammar schüttelte unwirsch das klobige Haupt, watschelte dann aber zur Tür. »Warum, bei Kuruls Grube, klopfst du an die Tür, wenn ich sie nicht …«

»Hört mir zu, ich habe nicht viel Zeit«, fiel die Stimme ihm ins Wort, noch immer flüsternd, aber sehr energisch.

»Dann rede schon, ich bin ganz Ork«, versicherte Rammar. Er blieb vor der Tür stehen, die Klaue am Griff des *saparak*. Nur für alle Fälle …

»Ihr seid in Gefahr«, wisperte es.

»Was du nicht sagst.«

»Ihr müsst mir glauben, Herr. Ich scherze nicht.«

Rammar stieß ein Grunzen aus. Die Anrede »Herr« ließ vermuten, dass es einer der Palastdiener war, der auf der anderen Seite der Tür stand. Oder einfach nur jemand, der wusste, dass er es mit einem waschechten König zu tun hatte …

»Die Feier, die heute Abend stattfinden wird …«

»Was ist damit?«

»Sie wird Eure letzte sein, wenn Ihr Euch nicht vorseht. Es gibt

Mächte im Palast, die Euren Tod wollen, womöglich noch in dieser Nacht.«

»Was? Wer?«, verlangte Rammar zu wissen. Seine Rechte klammerte sich jetzt so fest um den Griff des *saparak*, dass die Knöchel unter der grünen Haut gelblich hervortraten.

»Ich weiß es nicht, aber es gibt Gerüchte …«

»Worüber?«

»Dass man Euch und Eurem Bruder ans Leben will. Die Speisen auf dem Bankett … rührt sie nicht an.«

»Warum nicht?«

»Weil sie vergiftet sein könnten.«

»Vergiftet«, echote Rammar, während sich sein Bauch gleich noch mehr verkrampfte. »Ausgerechnet die Speisen. Dabei ist das doch das Einzige, was meinen verfressenen Bruder und mich noch hier hält.«

»Denkt an meine Warnung, Herr! Seht Euch vor, und Ihr werdet leben – und vertraut niemandem. Niemandem, hört Ihr?«

»*Korr*, ich bin ja nicht taub«, knurrte Rammar durch die Tür und wünschte sich inständig, sie würde nicht aus massivem Holz, sondern aus Glas bestehen. »Wer bist du? Wer schickt diese Warnung?«

Er lauschte, aber es kam keine Antwort mehr.

»Heda, *umbal*!«, zischte Rammar.

Doch vor der Tür blieb es still.

Der Informant, wer immer er auch gewesen sein mochte, hatte offenbar das Weite gesucht.

Mit einer Verwünschung auf den wulstigen Lippen zog Rammar den Riegel zurück. Die Tür knarrte, als er sie öffnete, gerade weit genug, um sein fettes Haupt hinausrecken zu können.

Wachsam sah er sich um, aber von dem anonymen Wohltäter war nichts mehr zu sehen. Seine Warnung lag Rammar dafür noch umso deutlicher im Ohr, jetzt nicht mehr flüsternd, sondern lauthals schreiend: *Es gibt Mächte im Palast, die Euren Tod wollen, womöglich noch in dieser Nacht …*

Schweiß trat ihm auf die breite Stirn. Das hässliche Gefühl, die dunkle Vorahnung, war plötzlich wieder da, und zwar stärker denn je. Und jetzt erkannte er auch den Grund dafür: Jemand wollte Balbok und ihm ans Leder, und das noch vor Sonnenaufgang!

Sein erster Impuls war es, zu Enok zu gehen und ihm davon zu erzählen. Die Warnung, niemandem zu vertrauen, schloss den Kaiser selbst ja wohl nicht mit ein … oder?

Vertraut niemandem. Niemandem, hört Ihr? klang es in seinem Hinterkopf nach.

Nein, beschloss er kopfschüttelnd, er durfte niemandem trauen. Und er durfte an diesem Abend nichts essen.

Also gab es nur einen Ausweg: Wenn er dieses Abenteuer heil überstehen wollte, so musste Rammar der Schrecklich Rasende diese Stadt und diese verflixte Welt so schnell wie möglich verlassen.

Um jeden Preis.

9.

KOUNNORSH!

Die Stille, die sich über das Deck der *Gorwa* gebreitet hatte, war gespenstisch.

Eben noch hatten die Männer wild durcheinandergeschrien, hatten ihre Furcht vor der grauen Wand aus Nebel und Dunkelheit laut hinausgebrüllt. Mit einem heiseren Befehl hatte Pyaras sie zur Ordnung gerufen und dabei in einer Aufmerksamkeit heischenden Geste die Arme ausgebreitet. Nun schwiegen sie tatsächlich – aber nicht, weil ihr Kapitän in seinem weiten Offiziersmantel eine so respektgebietende Erscheinung geboten hätte. Sondern weil sie Antworten wollten.

Aller Aufmerksamkeit hatte sich auf Pyaras gerichtet, der vom Poopdeck aus auf seine Männer blickte. Furcht lag in den bärtigen, wettergegerbten Gesichtern. Nur noch der Wind und die Geräusche des Schiffes waren zu hören, das Knarren der Taue und Planken, das Zischen der Gischt um den Bug.

»Hört mich an, Männer«, sagte Pyaras in die Stille, »ich weiß, dass ihr euch fürchtet, aber dazu besteht kein Grund.«

»Ach nein?«, rief jemand. »Ist dies etwa nicht der Rand der Welt?«

»Es ist der Nebel, von dem unsere Vorväter erzählten, dass er die Grenzen Erdwelts verhülle«, drückte Pyaras es genauer aus – woher er die Gelassenheit dazu nahm, wusste er in diesem Augenblick selbst nicht.

»Und alle, die mehr darüber herausfinden wollten, haben für ihre Neugier mit dem Leben bezahlt«, erwiderte Turpin, der Erste Maat, ein vierschrötiger Kerl mit kahlem, tätowiertem Haupt. »Keiner ist je zurückgekehrt.«

Zustimmende Rufe wurden laut, zunächst nur wenige, dann immer mehr, sodass sich Turpin ermutigt fühlte. »Wir müssen abdrehen und den Kurs ändern, Käpt'n, oder wir werden dasselbe grässliche Schicksal erleiden!«

Wieder Zustimmung, hier und dort auch geballte Fäuste zur Bekräftigung. Man brauchte kein Hellseher zu sein, um zu erkennen, dass sich die Furcht der Männer jeden Augenblick in blanke Wut verwandeln konnte. Von dem Augenblick an, da sie in See gestochen waren, hatte sich Pyaras vor diesem Moment gefürchtet. Nun war er gekommen.

Es war Zeit für die Wahrheit …

»Ruhe, Männer«, bat er sich wieder aus, wobei er seinen Blick über das Hauptdeck schweifen ließ. »Natürlich kenne auch ich die alten Geschichten. Ich bin so wie ihr damit aufgewachsen und habe viele alte Seebären davon erzählen hören. Und nun, da ich mich dem Grauen Wall wahrhaftig gegenübersehe, scheint er mir noch um vieles bedrohlicher zu sein als alles, was mir je davon erzählt wurde.«

Wieder Zustimmung, sogar Turpin schien zur Abwechslung seiner Meinung zu sein. Pyaras merkte, wie Rayberts warnender Blick ihn von der Seite traf. Zwei Offiziere gegen den Rest der Mannschaft – das konnte nicht gut gehen …

»Aber ich bin nicht hier, um mich einschüchtern zu lassen, und ihr ebenfalls nicht«, fuhr Pyaras unbeirrt fort. »Ihr alle seid brave Seeleute, die beste Mannschaft, die ich jemals hatte …«

»Die *einzige* Mannschaft, die Ihr jemals hattet!«, rief jemand, was für derbes Gelächter sorgte.

An einem anderen Tag hätte eine solche Respektlosigkeit einen Tag Haft in der Bilge eingetragen, doch Pyaras sah darüber hinweg. »Es ist wahr«, räumte er stattdessen ein, »ich habe nie ein Hehl daraus gemacht, dass dies mein erstes Kommando ist, und ihr habt euch nicht daran gestört, als ihr bei mir angeheuert habt!«

»Weil die Bezahlung ordentlich war«, räumte Turpin ein. »Aber da wussten wir auch noch nicht, dass wir ans Ende der Welt segeln sollen!«

»Aye«, erscholl es zustimmend reihum.

»Wirklich nicht?«, fragte Pyaras dagegen. »Erinnert euch, ihr alle habt zugestimmt, an einer Erkundungsfahrt teilzunehmen, die in den Süden führt und der Erschließung neuer Seewege dient, die keiner je befahren hat. Die wenigsten von euch haben mit ihren Namen unterzeichnet, viele nur mit einem Kreuz und andere nach alter Tradition mit ihrem Blut. Doch ihr alle habt dem Zweck der Reise zugestimmt, nicht einer hat mir Fragen gestellt. Ihr habt das Geld genommen, das ihr als Vorschuss auf eure Heuer bekommen habt, und es in die nächste Taverne getragen. Wohin die Reise gehen würde, darüber habt ihr nicht lange nachgedacht, habt eure Bedenken im Rum ertränkt und euch mit den Damen vergnügt – und jetzt wollt ihr mir weismachen, ihr hättet von alldem nichts gewusst? Es noch nicht einmal geahnt?«

»Das spielt keine Rolle mehr, Käpt'n!«, widersprach Riek, der Zweite Maat. »Der Rausch ist längst verflogen, und unsere Maiden liegen in den Armen anderer!«

»Glück ist flüchtig.« Pyaras nickte. »Aber das hättet ihr euch überlegen sollen, bevor ihr an Bord kamt. Nun seid ihr fest mit diesem Schiff verbunden – und mit dem Kurs, den es nehmen wird.«

»Was für ein Kurs soll das sein?«, verlangte Turpin zu wissen. »Doch nicht etwa in den Nebel hinein?«

»Nicht nur das«, gestand Pyaras. »Wir fahren durch den Nebel *hindurch*.«

»Was?«

Erneut gab es auf Deck Tumult. Diesmal wurde nicht nur lauthals geschrien, es wurden unverhohlen auch Fäuste geballt. Pyaras konnte die Verzweiflung in den Gesichtern seiner Leute lesen. Und er wusste, wozu sie selbst den besten Seemann treiben konnte …

»Hört mich an«, verlangte er abermals, doch der Sturm der Empörung ließ sich nicht mehr ganz beruhigen. »Ich weiß, was ihr denkt und wovor ihr euch fürchtet. Aber anders als alle anderen Seefahrer, die sich je so weit nach Süden gewagt haben, wissen wir etwas, das alle anderen nicht wussten – nämlich dass dieser Nebel dort, der Graue Wall« – Pyaras zeigte demonstrativ auf das düstere, einschüchternde Phänomen am Horizont –, »nicht das Ende der Welt ist.«

»Was soll es denn sonst sein?«

»Eine Barriere«, eröffnete Pyaras schlicht, »und wie jedes Hindernis lässt sie sich überwinden.«

Einige lachten, andere schrien teils wütend, teils verzweifelt auf.

»Es trifft wohl zu, dass man sie überwinden kann«, räumte Maat Turpin ein, »aber jenseits davon stürzt man in den Weltenschlund.«

»Nein«, widersprach Pyaras entschieden, »da ist kein Weltenschlund. Hinter diesem … unheimlichen Gebilde erwartet uns eine andere Seite. Ein Meer ist dort, ähnlich dem unseren, mit Wasser und Wellen, wie wir sie kennen. Und jenseits davon liegt ein fremdes Land, eine andere, neue Welt, die nur darauf wartet, von uns entdeckt zu werden!«

Es war wieder ruhiger geworden an Bord, der Aufruhr hatte sich gelegt. Aus ihren bärtigen, wettergegerbten Gesichtern starrten die Männer Pyaras an. Zu ihren Zweifeln und ihrer Furcht hatte sich ein Hauch von Hoffnung gesellt …

»Eine neue Welt!«, wiederholte er deshalb beschwörend. »Bedenkt, was dies bedeutet! Nicht nur, dass eure Namen in die Geschichte der Seefahrt eingehen werden, dass man euch als Helden feiern wird und ihr auf diese Weise unsterblich werdet. Eine neue

Welt birgt auch Beute, meine Freunde, Reichtümer, von denen ihr bislang noch nicht einmal etwas ahnt und die eure Heuer wie Almosen wirken lässt. Ihr könnt euch zur Ruhe setzen, braucht nicht länger zur See zu fahren …«

Es blieb ruhig. Der Gedanke schien den einen oder anderen zumindest zum Nachdenken zu bringen – ehe erneut Maat Turpin die Rede an sich riss.

»Das ist Blödsinn!«, begehrte er auf. »Lasst euch nicht von ihm täuschen, Männer! Der einzige Name, der je in den Geschichtsbüchern auftauchen wird, ist der seine – oder glaubt ihr, irgendjemand wird sich noch an den erinnern, der auf der *Gorwal* die Planken geschrubbt hat? Oder sich im Krähennest den Arsch abfror? Und was nützt uns die Aussicht auf Beute, wenn uns vorher ein grässliches Ende zuteilwird?«

Pyaras hatte alles aufgewendet, was er an Redekunst zustandezubringen vermochte; doch es waren Turpins Worte, die Eingang in die von Furcht und Aberglauben getränkten Gemüter der Seeleute fanden. Ihre Furcht wurde zu Ablehnung, und aus dieser erwuchs heilloser Zorn …

»Denkt ihr wirklich, dass ich den ganzen weiten Weg auf mich genommen habe, nur um einen sinnlosen Tod zu sterben?«, unternahm Pyaras einen letzten, beinahe verzweifelten Versuch, die sich anbahnende Meuterei im Keim zu ersticken. »Dass ich vor euch stünde und euch etwas von Ruhm und Reichtum erzählen würde, wenn ich nicht selbst fest daran glauben würde?«

»Glauben bedeutet nicht wissen, Kapitän!«

»Das ist wahr. Aber wenn ihr mir nicht glauben wollt, dann glaubt dem Geld! Meint ihr, jemand würde drei Schiffe für eine Expedition ausrüsten, um sie dann über den Rand der Welt stürzen zu lassen? Geschweige denn selbst an der wagemutigen Erkundung teilnehmen?«

»Wenn jene Kajüte dort unten überhaupt bewohnt ist«, wandte Turpin ein und erntete auch dafür wieder allgemeine Zustimmung. »Kaum jemand von uns hat unseren geheimnisvollen Gast an Bord kommen sehen – und diejenigen, die dabei waren, sind sich nicht einmal sicher, was genau sie gesehen haben«, führte der Maat weiter aus. »Mal abgesehen von diesem zu klein geratenen Gecken, der auf Deck umherschleicht und seine dicke Nase überall hineinsteckt.«

»Nemion steht in den Diensten unserer Auftraggeberin«, bestätigte Pyaras. »Er ist ihr Auge und ihr Ohr und darf sich an Bord frei bewegen …«

»Eine Auftraggeberin? Also ist es wahr, dass eine Frau an Bord ist?«

»In der Tat. Sie ist so wirklich wie du und ich, Turpin. Und sie ist im Besitz der Karte.«

»Welcher Karte?«

Pyaras schürzte die Lippen. Sein Gespür sagte ihm, dass dies seine einzige verbliebene Chance war …

»Die uns den Weg weist«, erklärte er rundheraus. »Diese Karte ist alt, sehr alt. Sie stammt aus einer Zeit, als es den Grauen Wall noch nicht gab, und aus ihr geht hervor, dass er nichts weiter als eine Barriere ist, vor langer Zeit gerufen, um zu verbergen, was sich dahinter befindet – nämlich unbekannte Gestade, eine eigene Welt, die darauf wartet, entdeckt zu werden.«

»Eine Welt, die darauf wartet, entdeckt zu werden«, echote Turpin. »Ihr solltet Euch reden hören! Ich sage, kehren wir um, solange noch Zeit dazu ist!«

Wieder zustimmende Rufe.

»Und ich sage, wir nehmen Kurs auf den Nebel«, hielt Pyaras dagegen, die Autorität seines Rangs in die Waagschale werfend. »Dies befiehlt euch euer Kapitän, und wer sich diesem Befehl widersetzt, der …«

Der Rest von dem, was er sagte, ging in Unmutsbekundungen unter. Noch mehr Fäuste wurden geballt, unbändiger Zorn erschien in den Mienen.

»Wir wenden!«, verlangte Turpin, der sich zum Sprecher aller erhoben hatte. »Auf der Stelle!«

Pyaras fuhr herum – nur um zu sehen, wie der Steuermann sich anschickte, der Anweisung des Maats Folge zu leisten. »Leutnant

Raybert, übernehmt das Ruder!«, wies Pyaras daraufhin seinen Ersten Offizier an. »Kurs beibehalten!«

»Zu Befehl, Kapitän«, bestätigte Raybert. Mit dem Säbel in der Hand vertrieb er den treulosen Rudergänger und übernahm selbst das Steuer, hielt die *Gorwal* auf südlichem Kurs.

»Ihr Übrigen auf eure Posten!«, rief Pyaras, wobei er alle Autorität, zu der er fähig war, in seine heisere Stimme legte. »Wir haben ein Treffen mit dem Schicksal!«

»Ich fürchte«, widersprach Maat Turpin, ohne dass auch nur einer auf Deck sich anschickte, den Befehl zu befolgen, »das Schicksal wird vergeblich auf uns warten.«

Er entblößte die Zähne zu einem Grinsen, und Pyaras sah Mordlust in seinen rot geänderten Augen. Schon näherte sich Turpin dem Aufgang zum Poopdeck, gefolgt von einer Meute Matrosen. Allenthalben sahen Pyaras und Raybert nun kaltes Metall aufblitzen – die Tür zur Waffenkammer war offenbar aufgebrochen worden, Enterhaken und lange Messer wurden ausgegeben.

Der Kapitän zückte seine eigene Klinge. Mit leisem Fauchen fuhr der Stahl aus der Scheide.

»So muss es nicht enden«, mahnte Pyaras.

»Ganz meine Meinung, Käpt'n«, stimmte Turpin zu, der nun das Poopdeck enterte, ein breites Entermesser in der Rechten. »Gebt euren Wahnsinn auf. Lasst uns den Kurs ändern und wieder Freunde sein.« Er knurrte mit einem wölfischen Lächeln, das die letzten Worte Lügen strafte.

Eine gütliche Einigung würde es nicht mehr geben, die war in dem Augenblick unmöglich geworden, als sich die Männer offen widersetzten. Meuterei kannte in ganz Erdwelt nur eine Strafe – und wollte man ihr entgehen, gab es nur den Weg, keinen vorgesetzten Offizier am Leben zu lassen, der einen wegen Meuterei hätte belangen können.

Turpin und die Seinen drängten heran. Pyaras zog sich zum Ruderstand zurück, um sich notfalls Rücken an Rücken mit Raybert der Angreifer zu erwehren. Allerdings gab er sich bezüglich der Dauer des Kampfes keiner Illusion hin. Innerhalb von Augenblicken würden sie unterliegen und die Klingen ihrer Leute sie in handliche Stücke gehauen haben, die man an die Haie verfüttern würde.

Trotz mancher Zweifel hatte Pyaras nicht gedacht, dass sein erstes Kommando zugleich das letzte sein würde. Plötzlich kam ihm alles sinnlos vor. Hatten seine Männer nicht recht? Handelte er nicht wider alle Vernunft? Ja, sagte er sich, er hatte sich von der Aussicht auf Ruhm und Ehre blenden lassen. Womöglich hatten die geheimnisvolle Alte und ihr seltsamer Diener ihn verzaubert.

Mit blanken Klingen kamen der Maat und seine Kumpane näher, wie Raubtiere kurz vor dem Sprung. Pyaras spürte sein Herz gegen seine Brust hämmern, hörte das Rauschen des Blutes in seinem Kopf, während er den Griff des Entermessers mit vor Schweiß nasser Hand entschlossener umfasste.

»Dies ist eure letzte Chance«, rief er den Meuterern entgegen.

»Nein, Käpt'n – deine«, widersprach Turpin grinsend und hob die Klinge zum Angriff, als plötzlich eine Stimme erklang.

»Haltet ein!«

Sie war hell wie ein Möwenschrei und so scharf wie ein Messer. Jeder, sowohl an Bord der *Gorwal* als auch auf den begleitenden Karavellen, hörte sie, obschon niemand recht zu sagen wusste, ob der Wind sie herantrug oder ob sie einfach nur in ihren Köpfen war, laut und eindringlich.

»Lasst die Waffen fallen«, befahl sie, und tatsächlich ließen schon im nächsten Moment die ersten Seeleute von ihren Klingen ab. Mit hellem Klang polterten sie auf das Deck, zunächst nur vereinzelt, dann, als immer mehr Männer von ihren Entermessern abließen, als ein metallisch prasselnder Regen. Zuletzt standen sich nur noch Pyaras und Turpin mit blanken Säbeln gegenüber. Der Kapitän war wild entschlossen, seine Waffe abwehrbereit in der Hand zu behalten – doch in dem Moment, da sein Erster Maat die Klinge sinken ließ, verspürte er den unwiderstehlichen Drang, dies ebenfalls zu tun.

»So ist es gut«, lobte die Stimme, sanfter nun, und im Niedergang, der zu den Achterkajüten führte, regte sich etwas.

Zuerst erschien Nemion. Mit gravitätischer Miene erklomm der

Zwerg das Deck, wie immer in bunte Seidenkleider gehüllt, doch wirkten sie diesmal nicht geckenhaft oder lächerlich. Vielmehr wirkte er wie der Herold eines mächtigen Herrschers, denn hinter ihm entstieg eine Gestalt der Dunkelheit unter Deck, deren Anblick alle Versammelten mit Ehrfurcht erfüllte.

Sie war so groß, dass sie sich erst aufrichten konnte, als sie den Niedergang hinter sich gelassen hatte. Dabei bewegte sie sich mit derartiger Anmut, als würden ihre Füße dabei kaum die Planken berühren. Ein schwarzes, bis zum Boden reichendes Gewand umwehte ihre schlanke Gestalt, die Pyaras um Haupteslänge überragte. Ihr in den Tiefen einer Kapuze verborgenes Gesicht sah bald in diese, dann in jene Richtung, ehe Hände, die aus kaum mehr als von Haut überzogenen Knochen zu bestehen schienen, den weichen Stoff zurückschlugen.

Das Antlitz war jenes, in das Pyaras auch in jener Nacht im Hafen von Tirgaslan geblickt hatte.

Alt und bleich, von den Spuren eines unbegreiflich langen Lebens zerfurcht und in dunklen Winkeln bereits von den Schatten des Todes gezeichnet … doch zugleich auch voller Anmut und Würde und von einer rätselhaften Schönheit. Es mochte am schmalen Mund und den hohen Wangenknochen liegen, vor allem aber an den Augen, aus deren rätselhaftem Blau die aufmerksame Neugier der Jugend sprach. Glattes, schlohweißes Haar umrahmte ihr Gesicht wie feiner Nebel.

»Lady Syola«, stieß Pyaras hervor, erleichtert sowohl über ihr Erscheinen als auch darüber, dass sie ganz offenkundig noch am Leben war. »Wir haben das Ziel unserer Reise beinahe erreicht …«

»Noch nicht, Kapitän«, gab sie sanft, aber bestimmt zurück. »Der wichtigste Teil des Weges liegt noch vor uns, und ich fürchte, wir werden den Ort der Bestimmung nicht erreichen, wenn Eure Leute sich gegen uns wenden.«

Damit winkte sie Nemion zu sich, und der Zwerg brachte ihr jenen ledernen Köcher, den Pyaras bereits kannte. Mit ihren schlanken Fingern öffnete die alte Frau ihn und entnahm ihm das Pergament, das sie vor den Augen der staunenden Matrosen entrollte.

»Dies«, sagte sie dazu, »ist die Karte, von der euer Kapitän gesprochen hat. Wenn ihr ihm nicht glauben wollt, so glaubt ihr … und dann entscheidet, welchen Kurs dieses Schiff und seine beiden Begleiter nehmen sollen …«

10.

MORBAISH

Das Bankett war in vollem Gang.

In einem der prunkvollen Säle, derer der Palast von Dragana so viele zählte, waren Feuerkörbe entzündet worden, die Licht und angenehme Wärme spendeten. Spielleute sorgten für Musik, Gaukler gaben ihre Künste zum Besten.

Quer zur Stirnseite der Halle war auf Befehl Enoks I. eine breite Tafel errichtet worden, auf der die kaiserlichen Leibköche alles auftrugen, was die Palastküche hergab – von Gebratenem und Gesottenem bis hin zu Bergen von süßen Früchten und verführerisch duftenden Kuchen. Wein und Bier flossen dazu in Strömen, und wenn es auch kein altgelagertes Blutbier war, so wusste Rammar doch aus Erfahrung, dass es sich durchaus trinken ließ … aber nicht an diesem Abend.

Auf dem extrabreiten Hocker fläzend, den Enok eigens für ihn hatte anfertigen lassen, saß der dicke Ork am Tisch und ließ die Köstlichkeiten an sich vorüberziehen, ohne auch nur einmal die Klaue danach auszustrecken. Nicht, dass er keinen Hunger gehabt oder das Zeug nicht nahezu grausam verführerisch gerochen hätte. Aber die anonyme Warnung, die er am Nachmittag durch die geschlossene Tür seiner Kammer erhalten hatte, klang Rammar noch immer in den spitzen Ohren, und wenn er etwas nicht wollte, dann am Vorabend seiner triumphalen Rückkehr nach Hause eines jämmerlichen Todes sterben.

Folglich ließ er die Krallen von dem ganzen Zeug, anders als Balbok, der nach Herzenslust zugriff und dessen Appetit dabei immer noch größer zu werden schien.

Gleich zwei Echsenkeulen in den Pranken haltend, biss er mal von der rechten und mal von der linken ab, dazu schüttete ihm ein Diener in regelmäßigen Abständen Bier in den Schlund.

»Eine fabelhafte Feier, nicht wahr?«, fragte er schmatzend und rollte dabei vergnügt mit den gelben Augen.

»Wenn du es sagst.« Rammar sah ihn missmutig von der Seite an. »Von dir könnte selbst Gonz der Fresssack noch was lernen.«

»Aber Rammar!« Balbok schlang einen Brocken Fleisch hinunter und sah seinen Bruder fragend an. »Was hast du denn? Sonst bist du doch auch ganz vorn dabei, wenn es was zu futtern gibt.«

»*Korr*, aber nicht heute«, gab Rammar verdrießlich zurück.

»Du musst dir keine Sorgen machen«, versicherte Balbok.

Rammar horchte auf – war sein Bruder etwa auch gewarnt worden und hatte ihm womöglich nichts darüber gesagt? »Worüber sollte ich mir denn Sorgen machen?«, fragte er lauernd.

»Na ja, die Schimmelinge wissen vielleicht nicht, wie man ordentlichen *bru-mill* zubereitet, aber die Echse vom Spieß ist nicht zu verachten. Und die Sülze und das Gehackte auch nicht«, versicherte Balbok schmatzend.

Rammar grunzte nur und atmete innerlich auf.

Eigentlich hatte er Balbok von der Warnung erzählen wollen, sich dann aber dagegen entschieden. Wenn dieser Einfaltspinsel von nichts wusste, würde er sich folglich ganz normal verhalten – wenn sie dagegen beide nichts aßen, würde es auffallen, und wer immer ihnen nach dem Leben trachtete, würde dann womöglich seine Taktik ändern. Sich still zu verhalten und in aller Ruhe zu beobachten, war in Rammars Augen also das Klügste, was er tun konnte. Die Sorge, dass sein Bruder womöglich am Gift zugrunde gehen könnte, überging er geflissentlich, denn wenn er im Lauf ihrer Reisen eines gelernt hatte, dann, dass Dummheit immer einen Weg zu überleben fand …

»Ich glaube, ich weiß, was los ist«, meinte Balbok mit vollen Backen. »Du hast Bauchweh, weil wir diesen Ort bald verlassen. Du willst dich nicht von unseren Freunden trennen.«

»Was? Schmarren«, fauchte Rammar. »Wir Orks haben keine Freunde, wie oft muss ich dir das noch sagen?«

»Und Enok?«, fragte Balbok und spähte verstohlen zur Mitte der Tafel, wo ihr Schützling auf seinem Thron saß und sich sichtlich zu langweilen schien, umgeben von Hofdienern, die ihm jeden Wunsch von den Augen ablasen.

»Was soll mit ihm sein?«

»Tut es dir denn nicht leid, dass er hierbleibt?«

»Woher denn? Der Knabe ist jetzt alt genug, um auf sich selbst aufzupassen. Außerdem hat er sich dafür entschieden, hier bei den Schimmelingen zu bleiben, also muss er sehen, wo er bleibt«, fügte Rammar grob hinzu, die Arme vor der ungeheuren Brust verschränkt.

Balbok hörte zu kauen auf. Er ließ die beiden Keulen sinken, sein grünes Gesicht wurde lang und traurig. »Mir tut es schon leid«, gestand er leise.

»Weil du ein alter *umbal* bist«, beschied ihm Rammar grunzend. »Glaubst du denn, dass sich irgendeiner von deinen sogenannten Freunden noch um uns schert, wenn wir erst …?«

Er unterbrach sich, als vier abenteuerliche Gestalten über den roten Läufer schritten, der von der Pforte der Halle bis zur Tafel führte. Rammar kannte diese vier nur zu gut: Es waren der Gestaltwandler, das Fischwesen und der Baumgeist, Balboks wildwüchsige Gefährten, die mindestens ebenso schräg und absonderlich waren wie er selbst. Und auch Beeka war dabei, die einstige Dorfvorsteherin, die ihm damals so übel mitgespielt hatte, dass Rammar sie schon fast dafür bewundert hatte, und die jetzt den Rock der kaiserlichen Wachen trug.

»Majestät«, sagte sie, und alle vier verneigten sie sich vor Enoks Thron.

»Beeka! Enok! Gullwyn! Drel!«, rief Enok aus, der sich anders als Rammar ihre Namen offenbar gemerkt hatte. »Da seid ihr ja endlich! Kommt, setzt euch zu uns und feiert!«

»Das werden wir gerne tun, Majestät, aber vorher wollen wir eine Gunst von euch erbitten«, erwiderte Beeka.

»Natürlich, was immer es auch sein mag«, versicherte Enok lachend. »Betrachtet die Gunst als bereits gewährt.«

»Wir …« Bekka wandte den Blick und sah fragend zu den anderen, die ihr ermunternd zunickten. »Wenn es möglich ist, Majestät, so würden wir gerne aus Euren Diensten entlassen werden und Balbok und Rammar auf ihre Insel begleiten.«

»Was?«, machte Rammar.

»Was?« Auch Balbok spitzte die Ohren. Die beiden Keulen ließ er vor Überraschung auf den Tisch fallen, Soße spritzte nach allen Seiten.

»Ist das euer Ernst?«, fragte Enok sichtlich bestürzt. »Ich meine, habt ihr euch diesen Schritt auch gut überlegt? Ihr alle könnt es hier bei Hof weit bringen!«

»Das wissen wir zu schätzen, Majestät«, versicherte Evan, der nun das Wort ergriff. »Noch vor wenigen Monden waren Wesen wie wir nichts als Ausgestoßene, von jedermann verachtet. Wie viel sich in der kurzen Zeit Eurer Herrschaft bereits geändert hat!«

»Doch kommt Ihr sicher auch ohne unsere Hilfe zurecht, Majestät«, fuhr Beeka fort. »Balbok und Rammar hingegen sind allein, und wir wollen sie begleiten.«

»Kurul bewahre«, knurrte Rammar.

Gesellschaft war ihm zuwider.

»Warum wollt ihr das tun?«, wollte Enok wissen. »Hier ist eure Heimat, hier sind eure Familien …«

»Wildwüchse haben keine Familien«, erwiderte Evan leise. »Bis wir Balbok trafen, waren wir nichts als Ausgestoßene. Er hat uns erst beigebracht, dass auch wir etwas wert sind. Er ist unsere Familie.«

»So ist es«, blubberte Gully.

Drel fiepte Zustimmung.

Ob es am Bier lag, das er getrunken hatte, oder am Rauch, der von den Feuerkörben aufstieg – Balbok wischte sich mit dem Klauenrücken über die Augen und schniefte leise, während Rammar nur genervt mit den blutunterlaufenen Augen rollte.

»Das also ist euer Begehr?«, fragte Enok. »Ihr wollt die Könige der Orks auf ihre Insel begleiten?«

»Ja, Majestät«, bestätigte Beeka mit fester Stimme. »Für uns ist es ein neues Abenteuer, eine neue Welt …«

»Neue Welten werden überschätzt«, knurrte Rammar. »Und Abenteuer auch.«

Enok überlegte und rieb sich das Kinn, auf dem inzwischen ein dünner Bart spross. »Ich verstehe euren Wunsch«, versicherte er schließlich, »aber ich kann dem Ersuchen, euch aus meinen Diensten zu entlassen, nicht entsprechen.«

»Nein?«, fragte Evan ängstlich.

»Aber Majestät …«, begann Beeka.

»Stattdessen«, fuhr Enok mit breitem Grinsen fort, »werde ich euch zu Hofbeamten ernennen und euch als kaiserliche Botschafter zu den Orks entsenden. Ich bin sicher, dass ihr das Reich gut und würdevoll vertreten werdet.«

»Ein Teilzeit-Pelzvieh, ein Fisch, ein Baum und ein Weibsstück«, kommentierte Rammar halblaut. »Ganz sicher werden sie das.«

Beeka und ihre Begleiter sahen sich an – die Überraschung stand dreien von ihnen in die Gesichter geschrieben, nur in Drels baumrindenhaften Zügen war keine Regung zu erkennen. Dafür pfiff er seine Begeisterung laut und schrill hinaus.

»Nun, also … es wäre uns eine Ehre, Majestät«, versicherte Beeka, und alle vier verbeugten sich tief vor dem Thron.

»Vorausgesetzt natürlich, es macht den Königen nichts aus«, schränkte Enok ein und wandte sich den beiden Orks zu. »Auf diese Weise würden unsere Reiche einander verbunden bleiben, auch wenn ihr nicht mehr hier seid.«

»*Korr*, das ist eine gute Idee«, versicherte Balbok, noch ehe Rammar widersprechen konnte, und im nächsten Moment brach der Hofstaat auch schon in Jubel aus.

Die Musik wurde noch lauter, und die Feierlichkeiten schritten voran. Beeka nutzte die Gelegenheit, um sich von ihren Kameraden zu verabschieden und von ihrem Bruder Chulain, der einer der Anführer des Widerstands gewesen war und Enok jetzt als General diente.

Bis spät in die Nacht hinein wurde gesungen und getanzt, und sogar Balbok ließ sich dazu überreden, zu Flötenspiel und Trommelklang das lange Bein zu schwingen – auch wenn die Verrenkungen, die er dabei machte, mehr an einen tödlich verwundeten Troll erinnerten, wie Rammar fand.

Er selbst hütete sich davor, sich zur Musik zu bewegen, so etwas war unter seiner Würde, sowohl als König als auch als Ork. Wenn Unholde tanzten, dann allenfalls über den Leichen erschlagener Feinde, und heute hatte er ja noch niemanden erschlagen und hatte es auch nicht vor … es sei denn, jemand versuchte doch noch, ihn hinterrücks zu ermeucheln.

Rammar blieb wachsam.

Von seinem Platz an der Tafel aus behielt er den Saal und das ausgelassene Treiben im Auge … doch alles blieb ruhig.

Kein offener Angriff, keine heimliche Attacke, nur Gesang und fröhliche Gesichter. Und je weiter die Nacht voranschritt, desto mehr war Rammar der Schrecklich Rasende bereit zu glauben, dass sich jemand nur einen dummen Scherz mit ihm erlaubt hatte. Wie gut, sagte er sich jetzt, dass er niemandem davon erzählt hatte.

Es war weit nach Mitternacht, als die Tür zum Saal aufging und Durwain eintrat, seines Zeichens Enoks oberster Berater und – auch wenn er dies meist abstritt – in Zauberdingen überaus beschlagen. Das war der eine Grund, warum Rammar den Alten nicht besonders gut leiden konnte. Der andere bestand darin, dass Durwain ein Echsenkopf war – so pflegte der Ork jene uralte Art zu nennen, die einst aus einer Kreuzung von Elfen und Drachen hervorgegangen war und der auch die Mitglieder des Rates der Ewigen angehört hatten, die die Stadt und das Reich grausam unterdrückt hatten. Allen voran die zwar äußerst anziehende, aber auch ebenso grausame Aderyn.

Nicht von ungefähr hatte das Drachenweib Balbok zunächst den Kopf verdreht, ehe sie versucht hatte, ihn mit ihrer Klinge vom Rumpf zu trennen.

Wie genau diese Mixtur aus Elf und Drache entstanden war, lag im Dunkel der Vergangenheit verborgen – mit Bienen und Blüten und damit, wie die kleinen Orks gemacht wurden, hatte es jedenfalls nichts zu tun, so viel hatte Rammar verstanden. Vielmehr hatte der Dunkelelf Margok seine Klauen dabei im Spiel gehabt, mit dem sie es im Lauf ihrer Reisen immer wieder zu tun bekommen hatten. Und vermutlich war auch eine gute Portion Elfenmagie dabei im Spiel gewesen.

Das Ergebnis waren Kreaturen, die einerseits an Schmalaugen gemahnten, andererseits aber Reptilienhaut besaßen und deren Gesichter mit ihren platten Nasen und giftig grünen Augen etwas Drachenhaftes an sich hatten. Von den Hornplatten, die Hinterkopf, Schultern und einen Teil der Arme bedeckten, ganz zu schweigen. Durwain hatte Täuschung und Maskerade betrieben, um all das zu verbergen – inzwischen stand er offen zu seiner Herkunft und seinem Erbe.

In seinem langen, fast bis zum Boden reichenden Gewand durchquerte der kaiserliche Berater die Halle. Die Autorität, die dabei von ihm ausging, war so groß, dass die Tanzenden vor ihm zurückwichen, gleich wie betrunken sie waren. Flötenklang und Trommelschlag verhallten wie ein *pochga* nach zu viel Zwiebeln, schlagartig wurde es still.

»Meister Durwain«, rief Enok seinem Berater entgegen. »Was gibt es?«

Der Alte trat vor die Tafel, wo er sich respektvoll verneigte. »Verzeiht die Störung, mein Kaiser«, sagte er, »aber die Vorbereitungen sind abgeschlossen. Die Konstellation ist günstig, die Kristallpforte steht jetzt offen.«

»Das bedeutet …«, folgerte Enok, unterbrach sich dann aber. Sein Blick ging zuerst zu Balbok, der nach seiner wilden Tanzeinlage nun völlig reglos stand, und dann zu Rammar.

Die ausgelassene Freude war schlagartig einer ernüchternden Erkenntnis gewichen – nicht nur der Kaiser, sondern auch alle anderen im Saal begriffen in diesem Moment, dass dies die Stunde des Abschieds war.

11.

UCHL'BHUURZ'HAU ANN NIFFUL

Pyaras konnte es nicht glauben.

Eben noch hatte es nach einer blutigen Meuterei an Bord der *Gorwal* ausgesehen, war die Mannschaft willens und bereit gewesen, gegen jedes geltende Recht zu verstoßen, um nur ja nicht weiter nach Süden segeln zu müssen, der Wand entgegen, die dort dunkel und drohend aufregte – und nun taten sie genau das. Und nicht etwa, weil jemand sie dazu gezwungen hätte, sondern aus freien Stücken …

»Wie habt Ihr das gemacht?«, fragte der Kapitän die alte Frau, die neben ihm an der Reling des Achterdecks stand und auf das geschäftige Treiben auf dem Hauptdeck blickte.

»Was denkt Ihr?«, fragte sie zurück.

Pyaras sah sie von der Seite an. Die Kapuze ihres schwarzen Gewandes verdeckte ihr Gesicht. »Ich kenne mich nicht aus in solchen Dingen«, gab er offen zu, »aber … habt Ihr die Männer in Eurem Sinn … gelenkt?«

»Ihr wollt wissen, ob ich ihre Gedanken beeinflusst habe? Ihnen den freien Willen genommen?« Sie sah ihn nicht an, während sie das fragte, sondern blickte weiter starr geradeaus.

»Etwas in der Art.« Er nickte und dachte abermals daran, dass es auch in seinem Fall so gewesen sein mochte.

Nun wandte sie das Haupt, und ihre blauen Augen sahen ihn von unter der Kapuze unverwandt an. »Nein, Kapitän«, gestand sie, »ganz im Gegenteil – ich habe den Männern die Entscheidung überlassen, genau wie ich sie Euch überließ, als wir uns das erste Mal trafen. Der menschliche Geist, so müsst Ihr wissen, ist zu erstaunlichen Dingen fähig, doch bedarf er ständiger Ermutigung.«

»Die Karte«, folgerte Pyaras. »Sie hat ihnen einen Weg aufgezeigt. Und sie ermutigt, ihn zu gehen.«

Syola nickte nur. »Wenn ich eines im Lauf meines Lebens gelernt habe, dann dass ein in Freiheit gefällter Entschluss einem Zugeständnis unter Zwang zu jeder Zeit vorzuziehen ist. Und es ist ein langes Leben, auf das ich zurückblicke, das dürft Ihr mir glauben.«

»Aye«, sagte Pyaras nur.

Inzwischen hatten sich die *Gorwal* und ihre beiden Begleitschiffe dem Grauen Wall weiter genähert. Immer gewaltiger und riesenhafter wuchs die Wand aus Nebel vor ihnen empor, sodass man tatsächlich den Eindruck gewinnen konnte, nicht nur die See, sondern die ganze Welt würde hier enden. Doch obwohl die Bedrohung jetzt so nah war und sie alle die Kälte fühlten, die dunkle Verzweiflung, die von jener Barriere ausging, gab es keine Unruhe mehr an Bord. Erfüllt von der Hoffnung, die Syola ihnen gegeben hatte (oder was immer es sonst gewesen sein mochte), schienen Turpin und alle anderen, die zuvor noch furchtsam aufbegehrt hatten, nicht mehr den leisesten Zweifel an Sinn und Ziel der Fahrt zu hegen. Um vor bösen Überraschungen gewarnt zu sein, behielt Pyaras den aufrührerischen Maat und seine Kameraden zwar scharf im Auge, doch fand er keinen Anlass zur Besorgnis mehr, die Seeleute versahen bereitwillig ihren Dienst. Nach Leutnant Rayberts Anweisungen setzten sie die Segel und brachten die *Gorwal* hart an den Wind.

Inzwischen konnte man Himmel und Barriere nicht mehr unterscheiden. Dunkles Grau lag vor dem Bug wie eine gewaltige Gewitterfront, und tatsächlich glaubte Pyaras, hier und dort Blitze irrlichtern zu sehen. Wieder sandte er Syola einen fragenden Seitenblick, doch die Greisin reagierte nicht.

Schweigend stand sie neben ihm und blickte bugwärts, so als versuchte sie, das dichte Grau mit Blicken zu durchdringen. Es schien sie sehr anzustrengen, denn immer wieder wankte sie, sodass Nemion hinzutreten und sie stützen musste. Mit ihren zerbrechlich wirkenden Händen hielt sie sich dann an der hölzernen Reling fest und sammelte sich, ehe sie ihre alte Gestalt wieder straffte.

Pyaras entgingen nicht die Blicke, mit denen der Zwerg seine Herrin bedachte und die voller Sorge waren – nicht etwa der Nebelwand wegen oder weil sie womöglich alle über den Rand der Welt stürzen würden, sondern einzig und allein Syolas wegen. Was immer die beiden miteinander verband, es war tief und reichte weit in die Vergangenheit. Das Vertrauen, das der Zwerg gegenüber der geheimnisvollen Alten hegte, schien unerschütterlich zu sein.

»Nebel voraus«, meldete der Ausguck.

Sie hatten den Wall nun fast erreicht.

Unwillkürlich musste Pyaras an die anderen Kapitäne denken, die ihre Schiffe in diese Gefilde gesteuert hatten. Die meisten waren beim bloßen Anblick der Barriere sogleich wieder umgekehrt und hatten den nächsten sicheren Hafen angesteuert. Nur wenige hatten versucht, was auch Pyaras und die Seinen nun versuchen würden. Von keinem hatte man je wieder gehört …

Er verdrängte den Gedanken und schickte Raybert, der das Steuer übernommen hatte, einen entschlossenen Blick. Der Erste Offizier nickte grimmig. Nun würden sie bald erfahren, ob die alte Dame so weise war, wie es den Anschein hatte, oder eine Närrin, die den Verstand schon vor langer Zeit verloren hatte.

»Hören Sie das, Kapitän?«, fragte Syola unvermittelt.

Pyaras lauschte – und hörte nichts.

Kein Wind, obschon sich über ihnen die Segel blähten.

Kein Ächzen des Schiffes, kein Knarren der Taue.

Kein Plätschern der Wellen gegen den Bug.

Die Männer in den Wanten und an den Rahen waren wie erstarrt, gespenstische Stille herrschte, als die Gorwal und die beiden Karavellen in den Nebel einfuhren.

Obwohl er für einen Kapitän jung an Jahren war, hatte Pyaras schon viele Nebel durchfahren. Vor der Westküste Anurs, die für ihre plötzlich aufkommenden Dunstbänke berüchtigt war, hatte er einmal mehrere Wochen lang festgesessen, umgeben von Untiefen und undurchdringlichem Grau – doch dies war anders als alles, was er je erlebt hatte.

Gewöhnlich, wenn man in eine Nebelbank fuhr, umlagerten zunächst nur einzelne Schwaden das Schiff, die sich dann verdichteten; der Graue Wall jedoch umgab die *Gorwal* schlagartig, so als würde er die Galeone und ihre beiden Begleiter wie ein gieriges Maul verschlingen.

Dämmerung umgab die Seefahrer plötzlich, nicht einmal das Sonnenlicht konnte den Nebel mehr durchdringen, und es wurde so dunkelgrau, dass man nur noch wenige Schritte weit sehen konnte. Die Deckslaternen, die Pyaras entzünden ließ, hatten keine Chance gegen die Düsternis, die sie von allen Seiten zu bedrängen schien.

»Veränderte Schöpfung, die Natur als Feind«, hörte er Lady Syola leise murmeln. »Margok hat ganze Arbeit geleistet …«

Der Kapitän wusste nicht, was sie meinte oder wovon genau sie sprach. War es Ausdruck ihrer tiefen Weisheit oder nur geistloses Geschwafel?

Er sah nach den Karavellen. Die Schiffe selbst waren längst nicht mehr zu erkennen, allenfalls noch konnte man die Lichter der großen Hecklaternen erahnen. Halbdunkel und Nebel hatten auch sie ohne Federlesens verschluckt.

»Besondere Anweisungen?«, erkundigte er sich bei Syola.

»Nein.« Sie schüttelte das schlohweiße Haupt. »Haltet nur den Kurs, Kapitän. Je eher wir die Barriere überwinden, desto besser ist es für uns alle.«

»Was ist es?«, wollte Pyaras wissen. »Was befürchtet Ihr?«

Sie wandte sich ihm zu und sah ihn durchdringend an. »Fühlt Ihr es nicht?«

Pyaras war kein Mann tiefgehender Empfindungen, dennoch lauschte er für einen Moment in sich hinein – und wusste sofort, was die Greisin meinte.

»Ich fühle Kälte«, erklärte er schaudernd. »Eine seltsame Leere … Dunkelheit.«

Syola nickte. »Diese Dunkelheit ist sehr alt, Kapitän, ebenso wie das, woraus sie entstanden ist. Schon viele sind ihr zum Opfer gefallen, aber Ihr und Eure Leute werdet nicht zu den Unglücklichen zählen. Vertraut mir.«

»Aye«, sagte Pyaras, überzeugt war er nicht. »Wieso wisst Ihr von all diesen Dingen? Seid Ihr …« – er zögerte, scheute sich davor, das Wort auszusprechen – »eine Zauberin?«

»Dieses Wort habe ich schon sehr lange nicht mehr gehört.« Ihr

Lächeln wurde noch breiter, was seltsam unangemessen schien, sowohl angesichts ihres Alters als auch des düsteren Ortes. »Kapitän, Ihr scheint mir nicht der Mann zu sein, der an Zauberei glaubt. Nicht zuletzt deshalb habe ich Euch ausgewählt.«

»Das habt Ihr schon einmal erwähnt – ausgewählt wofür? Was genau ist es, das Ihr …?«

In diesem Moment veränderte sich ihre Umgebung.

So schlagartig, wie sich der Nebel um sie herum gebildet hatte, lichtete er sich jetzt wieder, von einem Augenblick zum anderen waren der Bug der *Gorwal* und die beiden Karavellen wieder zu sehen. Das Dämmerlicht allerdings blieb bestehen, die See matt und dunkel, so als wäre es Abend und nicht heller Tag.

»Was ist das?«, fragte Pyaras verwirrt. An den Masten empor blickte er zum Himmel, der von dichtem Grau durchzogen war, Wolken wie mit einem dicken Pinsel gemalt. »Wir sind noch nicht hindurch«, stellte er fest.

»Nein«, pflichtete Syola bei, die den Kopf ebenfalls in den Nacken gelegt hatte. »Wir sind jetzt im Inneren der Barriere – so wie man im Auge eines Orkans sein kann.«

Wieder sah Pyaras sie an. »Seid Ihr schon einmal hier gewesen?«

»Nein. Aber es gibt Aufzeichnungen aus ferner Vergangenheit … Habt Ihr je von den Alten Chroniken gehört? Den Schriften Nevians? Den Aufzeichnungen Syolans von Shakara?«

Pyaras schüttelte den Kopf. »Ich fürchte nicht.«

»Es ist Segen und Fluch der neuen Zeit zugleich, dass sie die Vergangenheit vergisst«, entgegnete Lady Syola ernst. Womöglich, sagte er sich, lebte sie schon so lange, dass sie genau um die Vorzüge und Stärken, aber auch um die Verfehlungen und Schwächen der Menschen wusste …

»Habt Ihr dort auch die Karte gefunden?«, fragte er. »In diesen alten Aufzeichnungen?«

Sie nickte, während sie über die Reling hinweg in das Halbdunkel spähte, das über der See und den schwarzen Wellen lag. »Ihr solltet die Fahrt verlangsamen, Kapitän«, sagte sie unvermittelt.

»Warum? Was seht Ihr?«

»Vertraut mir«, sagte sie wie schon zuvor, und etwas sagte ihm, dass es besser war, ihre Warnung zu befolgen.

Er gab Befehl, einen Teil der Segel zu reffen, und verdoppelte die Wachen auf Deck. Wonach sie Ausschau halten sollten, konnte er ihnen nicht sagen, Syola schien es selbst nicht zu wissen. Sie wirkte müde, wie sie dort an der Balustrade stand, erschöpft nicht nur von der langen Reise, sondern wohl auch von dem, was sie fühlte, von dem alten Wissen, das sie in sich trug …

»Wie lange wird es noch dauern?«, fragte Pyaras.

»Bis wir auf der anderen Seite sind?«

Er nickte.

»Ich weiß es nicht, Kapitän. Dies ist ein Ort, an dem die herkömmlichen Gesetze der Natur nicht gelten. Ein Ort, den es eigentlich nicht geben so…«

Sie unterbrach sich, als ein Geräusch erklang. Ein Gurgeln, dumpf und grollend wie aus großer Tiefe.

»Was war das?«, rief Raybert vom Ruderstand herüber.

Pyaras kannte die Antwort nicht, doch er ließ Alarm geben. Der Trommelschlag war kaum erklungen, als das Wasser auf der Steuerbordseite der *Gorwal* plötzlich in Bewegung geriet: Ein Strudel bildete sich und formte einen tiefen Krater in den Wellen, genau dort, wo eine der Karavellen durch die Dünung glitt – und einen Lidschlag später schien die dunkle See sich aufzutun, den wendigen kleinen Segler wie ein gewaltiger Schlund zu verschlingen.

Pyaras konnte nicht anders, als sein Entsetzen laut hinauszubrüllen, und er war nicht allein damit. Auch die Seeleute an Bord der *Gorwal* schrien, und sie hatten auch allen Grund dazu, denn es war tatsächlich ein gewaltiges Maul, das sich urplötzlich unter dem Segler auftat! Es gehörte zu einer Kreatur von riesenhafter Größe, die lotrecht aus der Tiefe emporschoss. Die Karavelle verschwand in ihrem Rachen, samt ihrer Takelage und Ladung und allen Seelen an Bord, während die Bestie selbst weiter emporstieg, vom Schlag ihrer riesigen Flossen getrieben, so als wollte sie den Himmel durchstoßen.

Nie zuvor hatten die Männer der *Gorwal* etwas Gigantischeres, nie etwas Schrecklicheres erblickt.

Es war ein riesiger Fisch, von grauer Haut überzogen, an der weiße Gischt Wasserfällen gleich in die Tiefe stürzte. Der Kopf mit dem ungeheuren Maul erinnerte an den eines Krokodils, der Rest an einen riesigen Hai, mit Flossen an den Seiten, von denen jede größer war als das Hauptsegel der *Gorwal*. Die Länge der Kreatur konnte Pyaras nur schätzen, da sie sich nicht ganz aus dem Wasser erhob, doch sie mochte leicht an die vierzig Mannslängen betragen. Kein Wunder, dass sie die Karavelle ohne viel Federlesens verschlungen hatte.

Einen grässlichen Augenblick lang schien die Zeit stillzustehen, starrten alle auf den ungeheuren Körper, der aus der See emporgestiegen war – dann kam die Erkenntnis, dass er wieder ins Wasser zurückstürzen und dabei womöglich sowohl die *Gorwal* als auch ihr verbliebenes Begleitschiff zerschmettern würde.

»Ruder hart steuerbord!«, hörte Pyaras sich selbst brüllen, während er zum Steuer eilte, um Raybert zu helfen. Gemeinsam rissen sie das große Rad herum, suchten dem Schatten zu entgehen, der schon im nächsten Moment auf sie fiel.

Die *Gorwal* reagierte langsam.

Mit der Trägheit, die für ein Schiff dieser Größe üblich war, stemmte sich die Galeone gegen das Manöver, neigte sich schräg in die dunkle See, die überall um sie zu kochen und zu brodeln schien. Einzelne Seeleute sprangen von Bord, suchten zur verbliebenen Karavelle zu gelangen, die leichter zu steuern war und sich bereits aus der Gefahrenzone manövriert hatte. Für die *Gorwal* jedoch würde es eng werden.

Zu eng, wie Pyaras in diesem Moment begriff.

Das Ungeheuer neigte sich, würde im nächsten Moment auf sie niedergehen und alles zerschmettern, ihren hochtrabenden Plänen ein grausames Ende bereiten. Sein Ehrgeiz, seine Neugier, sein Entdeckerdrang – all das kam Pyaras jetzt lächerlich vor angesichts des grausigen Endes, das sie alle ereilen würde. Er ließ das Steuer los, bereit, sich in sein Schicksal zu ergeben, hörte die Rufe seines Freundes Raybert gegen das laute Tosen der See.

Sein Blick – der letzte, den er in diesem Leben auf etwas werfen würde – ging zu Lady Syola, die noch immer dort an der Balustrade stand. Doch als hätte das Wissen um das nahe Ende sie mit neuer Kraft erfüllt, schien sie nicht länger müde und vom Alter gebeugt zu sein. Ihren Umhang hatte sie abgeworfen und sich zu ihrer vollen Größe aufgerichtet, die schlanken Arme in Richtung der riesigen, grässlichen Kreatur erhoben, die sich bereits in ihre Richtung neigte und im nächsten Moment auf sie stürzen würde.

Pyaras hörte sein eigenes Schreien. Ob es Warnung war oder Anklage oder ob er nur sein Entsetzen hinausbrüllte, wusste er selbst nicht. Doch schon im nächsten Moment hätte er nicht mehr zu sagen vermocht, warum er überhaupt geschrien hatte, wer er war oder was er hier tat.

Das Letzte, was er sah, war blaues Licht, das plötzlich aufflammte und eine alte Frau umgab.

Dann kam die Dunkelheit.

Und die Zeit.

12.

SMUGAL'DOK'DH

Balbok stöhnte.

Rammar stieß eine Verwünschung aus.

Blauer Lichtschein hatte sie für einen Moment umgeben, so blendend hell, dass er selbst durch die geschlossenen Lider gedrungen war – doch nun war es ringsum wieder dunkel, und zu seiner Verblüffung fand sich der dicke Ork nicht auf seinen kurzen Beinen, sondern rücklings am Boden liegend wieder, strampelnd wie ein riesiger Käfer.

»Was … was soll der *shnorsh*?«, lamentierte er. Sehen konnte er noch immer nichts, aber sein Rüssel erschnüffelte Gerüche, die ihm ganz und gar nicht behagten. »Wo sind wir hier? Und was ist das für ein elender Gestank?«

»Frischer *bru-mill* ist es jedenfalls nicht«, stellte Balbok fest, der sich neben ihm schwankend auf die Beine raffte. Die Sinne schwirrten ihm, er griff sich an die Schläfen. »In meinem Kopf dreht sich alles.«

»Bei dir ist das nicht weiter verwunderlich, aber mir geht's genauso«, knurrte Rammar. »Ich sag' dir, das kommt von dem verdammten Elfenzauber.« Indem er ordentlich Schwung nahm, gelang es ihm, sich auf die Bauchseite zu wälzen und wankend vom Boden hochzukommen.

Auch ihre Gefährten kamen nun zu sich, zuerst Gullwyn, dann Evan und Beeka. Drel blieb am Boden liegen wie ein Stück Holz, aber dem Pfeifen nach war er in Ordnung.

»Alles ist so schnell gegangen«, meinte Evan verblüfft. »Im einen Moment waren wir noch in Dragana, und jetzt ...«

»*Korr*«, pflichtete Rammar bei. »So geht es immer, wenn Schmalaugen-Magie im Spiel ist.« Unwillkürlich musste auch er an den Moment denken, da sie die Kristallpforte durchschritten hatten, einen Bogen aus Licht und blauen Blitzen, kurz nachdem sie sich von Enok verabschiedet hatten. Der verdammte Bengel hatte ihnen Glück und ein langes Leben gewünscht und sie umarmt, so als wollte er sie niemals wieder loslassen.

Für einen kurzen – wirklich sehr kurzen – Moment war Rammar tatsächlich versucht gewesen, alles abzublasen und in Dragana zu bleiben, um auf den Knaben aufzupassen. Aber der Orkling war inzwischen alt genug, um selbst zurechtzukommen.

Die vom Kristallschein geblendeten Augen des Orks gewöhnten sich allmählich an die spärlicheren Lichtverhältnisse. Schemenhaft konnte er die anderen sehen, wie sie dem noch immer pfeifenden Drel dabei halfen, auf die dürren Beine zu kommen – was sich ansonsten noch aus der umgebenden Schwärze schälte, gefiel Rammar allerdings ganz und gar nicht.

Sie befanden sich in einer Höhle.

Zu einer Seite hin verlor sie sich in tiefer Dunkelheit, die auch der Ursprung des elenden Gestanks zu sein schien. Auf der anderen Seite befand sich ein beinahe kreisrunder Ausgang. Das Gestein, das ihn umgab, war spitz und schroff, sodass es wie das Gebiss eines gefräßigen Untiers wirkte. Dahinter lag ein dunkelblauer Himmel, an dem ein bleicher Vollmond hing. Und Sterne, die ganz und gar nicht so aussahen, wie Rammar sich das vorgestellt hatte …

»Was soll der *shnorsh*?«, fragte er, während er auf seinen kurzen Beinen zum Höhlenausgang wankte. »Wo ist Kuruls Keule? Wo der Große Troll?«, fragte er, als er die berühmten orkischen Sternbilder nicht unterhalb des Mondes erblickte.

Sich die blutunterlaufenen Augen reibend, watschelte er hinaus ins Freie, gefolgt von Balbok und den anderen. Vor der Höhle gab es einen Vorsprung aus Felsgestein, breit genug, dass sie alle darauf Platz fanden. Davor fiel der Fels fast senkrecht ab und ging in eine Klippe über, gegen deren Fuß dunkle, schäumende Wellen brandeten.

»Da geht es aber weit runter«, stellte Balbok mit einem besorgten Blick in die Tiefe fest. »Hundert Orklängen mindestens.«

»Faulhirn, das sind wenigstens ein paar Dutzend!«, wies Rammar ihn schroff zurecht – im Schätzen war er seinem Bruder schon immer haushoch überlegen gewesen.

»Freunde«, blubberte Gullwyn, der ein Stück nach rechts gegangen war, um die Klippe herum. »Ich finde, ihr solltet euch das mal ansehen …«

»Ich bin nicht dein Freund, Fischmann, merk dir das«, maulte Rammar. »Wenn schon, dann solltest du dich langsam daran gewöhnen, mich ›König‹ zu nennen. Schließlich sind wir hier in meinem Reich!«

»Da wär ich mir nicht so sicher«, meinte Balbok, der Gullwyns Aufforderung bereits nachgekommen und auf die andere Seite des Felsens gegangen war.

»Was faselst du da?«, wollte Rammar wissen, während er sich schwerfällig in Bewegung setzte. »Was hast du *umbal* gesehen, dass ich es mir unbedingt …« Er verstummte, als er die andere Seite des Felsens erreichte.

»Das da«, sagte Balbok und deutete auf die Bucht hinab, die sich tief unter ihnen erstreckte.

Vom fahlen Mondlicht beschienen, öffnete sie sich in einem weiten Halbkreis zur glitzernden See, gesäumt von schroffen Klippen, die sich wie Wachtürme in den dunklen Himmel reckten. Draußen auf dem Meer erhoben sich weitere Felsen, die zu einem Riff zu gehören schienen, das sich vor der Küste erstreckte. Teils standen sie einzeln, teils waren sie durch natürliche Brücken miteinander verbunden, und das so zahlreich, dass sich die Gefährten unwillkürlich an einen Wald erinnert fühlten. Und am Fuß jener steinernen Bäume lag all das, was sich in diesen Wald verirrt hatte.

Schiffswracks, so weit das Auge reichte.

Verrottenden Gebeinen gleich ruhten sie im seichten Wasser, so marode und wild durcheinander, dass man nicht mehr auseinanderhalten konnte, was einmal zum einen und was zu einem anderen Schiff gehört hatte. Dutzende von Rümpfen waren es, kieloben oder auf die Seite gedreht wie riesige waidwunde Tiere, die Planken verrottet und die Spanten offen; hier ragten Masten auf, an denen noch letzte traurige Fetzen von Segeln hingen, dort der konische, mit einer Ramme versehene Bug einer Kriegsgaleere. Kampfschiffe waren ebenso darunter wie Handelssegler oder Fischerboote, Schiffe der Hutzelbärte ebenso wie solche aus den Reichen der Menschen. Sogar die Überreste eines Luftschiffs glaubte Rammar zu erkennen, wie der Mensch Daghan es einst geflogen hatte. Und wenn sich Rammar nicht sehr täuschte – denn mit der Seefahrt hatte ein Ork aus echtem Tod und Horn gewöhnlich nicht allzu viel am Helm, weil ihm das Wasser als Element grundsätzlich verhasst war –, dann waren alte Schiffe ebenso darunter wie solche neueren Ursprungs.

»Was, in aller Welt, ist das?«, flüsterte Beeka.

»Das weiß ich nicht«, meinte Balbok und schüttelte ratlos den Kopf, »aber eins steht fest.«

»Ach ja?«, fragte Rammar und sah ihn argwöhnisch von der Seite an. »Und was wäre das?«

Balbok wandte das lange Haupt und sandte seinem Bruder einen vielsagenden Blick. »Dass das hier nicht unsere Insel ist.«

Und nicht einmal Rammar konnte widersprechen.

13.

AOMURASH

Sie waren fort.

Endgültig.

Enok wandte sich um und verließ das Laboratorium, das Meister Durwain in den Katakomben des kaiserlichen Palasts betrieb. Ohnehin hielt sich Enok nicht gerne dort auf, er mochte diese alten Gewölbe nicht. Auch die Schergen des Rates der Ewigen waren hier unten ihren Experimenten nachgegangen. Hier war es auch gewesen, wo man wahllos eingefangene Bürger ihrer Lebensessenz beraubt hatte, um sie den Räten zuzuführen und ihnen so ein langes Leben zu ermöglichen. Ein unnatürlich langes Leben …

Wie in Trance schritt Enok durch die Gänge, zurück zur Großen Halle. Nur noch wenige Gäste waren geblieben, zu betrunken, um zu Bett zu gehen. Die Musikanten fragten, ob sie wieder spielen sollten, aber Enok stand der Sinn nicht mehr nach fröhlichen Klängen. Er fühlte sich einsam und so allein wie selten in seinem Leben – zuletzt, als er ohne seine orkischen Ziehväter in Taras Caron gestrandet war. Da war er noch ein halbes Kind gewesen, ein unmündiger Knabe, und seither schien eine Ewigkeit verstrichen zu sein – dabei waren es in Wahrheit nur wenige Monde.

Der Moment, als Balbok, Rammar und ihre Gefährten durch das Tor gegangen waren, stand ihm noch immer vor Augen.

Bis zuletzt hatte er in den grellen Lichtschein geblickt, hatte noch miterlebt, wie sich ihre Gestalten darin aufzulösen begannen, ehe er die Augen hatte schließen müssen. Als er sie wieder geöffnet hatte, waren sie fort gewesen.

Und mit ihnen, so kam es ihm vor, auch sein ganzer Mut.

Er ließ sich Wein bringen, den er schnell trank, um den Schmerz zu betäuben. Die Gesellschaft der anderen Gäste ertrug er jetzt nicht mehr. Sie war nur ein fader Nachgeschmack des Festes, das sie gefeiert hatten, und er wollte es so ausgelassen und fröhlich in Erinnerung behalten, wie es zu Beginn gewesen war. Einen nach dem anderen brachten die Diener hinaus, und auf Enoks Bitte hin löschten sie die Feuer in den Körben und ließen nur die Kerzen auf der Tafel brennen. Dort kauerte Enok auf seinem erhöhten Sitz und starrte in die flackernden Flammen, während er sich an den Kelch in seiner Hand klammerte wie ein Ertrinkender an ein Stück Treibholz.

»Gräm dich nicht. Auf die eine oder andere Weise werden die beiden immer bei dir sein.«

Enok schreckte hoch. Ob es am Wein lag oder daran, dass er in Gedanken versunken gewesen war – er hatte nicht bemerkt, dass sich jemand genähert hatte. Mit Erleichterung erkannte er Durwains Stimme.

»Auf die eine oder andere Weise«, wiederholte er nickend. »Aber ich wollte sie hier haben. In meiner Nähe.«

»Selbst ein Kaiser bekommt nicht immer, was er sich wünscht.« Aus dem Dunkel jenseits des Lichtscheins der Kerzen tauchten die reptilienhaften Gesichtszüge des Beraters auf. Anfangs hatte Enok ihnen gegenüber eine gewisse Abneigung empfunden, inzwischen hatte er sich daran gewöhnt. Auch hatte er mittlerweile gelernt, das Mienenspiel des Drachenmannes zu deuten. Und so wusste er, dass die sich verengenden Augen Missfallen bedeuteten …

»Du solltest deine Gedanken nicht mehr in die Vergangenheit richten, sie nicht an Dinge verschwenden, die geschehen und nicht mehr zu ändern sind. Als Kaiser hat deine Sorge zuvorderst der Zukunft zu gelten.«

»Aber ich vermisse sie nun einmal!«

»Wie kann das sein?« Durwain schnaubte in unverhohlenem Spott. »Sie haben uns doch gerade erst verlassen.«

»Ich kann es mir selbst nicht wirklich erklären«, gestand Enok kopfschüttelnd ein und starrte abermals in die Kerzenflamme. »Ich meine, Balbok ist vielleicht nicht der Schlauste«, resümierte er dann, worauf Durwain erneut ein Schnauben von sich gab, »und Rammar hat eigentlich immer schlechte Laune … Aber gemeinsam haben sie mir etwas gegeben, das mir nun fehlt.«

»Und was wäre das?«

Enok blickte auf, sah in die unbewegten Züge seines Beraters. »Heimat«, erwiderte er dann. »Eine Familie.«

»Deine Heimat ist hier, in Dragana«, entgegnete Durwain ohne Zögern. »Und was eine Familie betrifft – du hast keine, wurdest aus dem Erbe deines Ahnen ins Leben gerufen. Aber du kannst dich auf eine Tradition besinnen, die viele Tausend Jahre in die Vergangenheit reicht.«

Nur war es Enok, der schnaubte. »Tradition«, wiederholte er spöttisch.

»Tradition ist alles. Die meisten der Sterblichen verbringen ihre ganze Lebenszeit damit, darüber nachzudenken, woher sie kommen, wer sie sind und wohin sie gehen. An keine dieser Fragen brauchst du auch nur einen Gedanken zu verschwinden, junger Kaiser. Du weißt, wer du bist und was dein Ursprung ist. Und um deine Zukunft zu kennen, bedarfst du nicht zweier tumber Unholde, denn als dein Berater werde ich dir sagen, wohin dein Weg dich führen soll.«

»Natürlich«, knurrte Enok und rollte mit den Augen – wenn es etwas gab, das er jetzt nicht ertragen konnte, dann war es jemand, der ihm sagte, was er tun und wie er empfinden sollte. Er hob den Kelch, um auch noch den Rest des Weins in sich hineinzuschütten, doch das Gefäß erreichte seine Lippen nie. Eine Reptilienklaue zuckte heran und schlug es ihm aus der Hand. In hohem Bogen wirbelte das Gefäß davon, wobei es sich entleerte und den Tisch mit rotem Wein besudelte, ehe es mit profan blechernem Klang auf dem Boden landete.

»Was bei Kuruls Keule …?«, wollte Enok erschrocken fragen, doch Durwain schnitt ihm polternd das Wort ab.

»Schluss damit!«, herrschte der Berater seinen Schützling an. »Ich werde nicht zulassen, dass du dich wegen zweier barbarischer Unholde in feigem Selbstmitleid suhlst!«

»Unholde mögen die beiden sein«, räumte Enok trotzig ein, »dennoch waren sie stets für mich da, haben in der Schlacht von Taras Caron für mich gekämpft …«

»So wie viele andere! Das Leben eines Herrschers ist voller Begleiter, die ihm auf seinem Weg nützlich sind und derer er sich entledigt, wenn sie ihren Zweck erfüllt haben! Willst du wegen jedem Einzelnen von ihnen in Wehmut und Trauer verfallen?«

»Derer er sich entledigt?«, hakte Enok nach. »Was soll das heißen?«

»Nicht mehr und nicht weniger, als dass die Unholde fort sind und niemals wiederkommen werden – und frei von dem Schatten, den sie auf dich geworfen haben, musst du jetzt damit aufhören, ein unmündiger Knabe zu sein, und endlich anfangen, ein Kaiser zu werden!«

»Aber ich bin Kaiser!«, widersprach Enok empört.

»Noch lange nicht.« Durwain warf das Reptilienhaupt in den Nacken und lachte bitter auf. »Du magst auf einem Thron sitzen und eine Krone auf deinem Haupt tragen – von allen anderen Dingen bist du noch weit entfernt!«

»Wovon sprichst du?«

»Du Ahnungsloser, ich spreche von Verantwortung! Von Entscheidungen, die du wirst treffen müssen und die schwerer wiegen werden, als du es dir jetzt auch nur entfernt vorstellen kannst. Und ich spreche von Feinden.«

»Ihr meint … Lady Aderyn?«

»Von ihr und den anderen Mitgliedern des Rates, die entkommen sind, von Kelon und Hirulon, die ihr an Verschlagenheit und Grausamkeit in nichts nachstehen. Alle drei trachten sie danach, dir deine eben erst gewonnene Herrschaft wieder zu entreißen und nach Dragana zurückzukehren. Ihnen hat deine ganze Sorge, dein ganzes Streben zu gelten und nicht zwei geistlosen Orks, die du niemals wiedersehen wirst, weil sie dich schon in diesem Moment vergessen haben!«

»Das ist nicht wahr!« Enok schüttelte missmutig den Kopf.

»Du weißt, dass es so ist«, beschied Durwain ihm hart und so laut, dass es von der hohen Decke widerhallte, »denn du bist bei ihnen aufgewachsen. Erinnere dich an das, was sie dich gelehrt haben: Ein Ork kennt nur Orks, alles andere ist ihm gleichgültig. Nur an sich selbst zu denken, gehört zu ihrem Wesen, hat das Überleben ihrer Art über Jahrtausende gesichert. Es ist in ihrem Blut – und du solltest dich auf das besinnen, was in deinem Blut liegt, nämlich zu herrschen und jene zu vernichten, die diese Herrschaft bedrohen.«

»Sie zu vernichten?« Enok sah ihn fragend an. »Ist es nicht genau das, was wir weiser handhaben wollten als der Rat der Ewigen? Wenn Ihr so redet, klingt Ihr kaum anders als Lady Aderyn …«

»Wir werden alles weiser handhaben«, versicherte Durwain, »aber nicht, solange unsere Feinde noch am Leben sind. Wie es heißt, bereiten sie zur Stunde einen Feldzug gegen uns vor. Es ist höchste Zeit, dass du dich ihnen stellst!«

»Aber …« Enoks fragender Blick wurde hilflos, beinahe verzweifelt. »Wie kann ich das, allein?«

»Du bist nicht allein«, versicherte Durwain und legte eine schuppenbesetzte Hand auf seine Schulter. »Tu, was ich dir sage, mein junger Kaiser – und du wirst niemals allein sein, das verspreche ich dir.«

14.

UOCHG UR'LONK

Solange es dunkel war, blieben sie in der Höhle.

Zwar ließ sich, wenn man in die Tiefe blickte, so etwas wie ein Pfad erahnen, der am schroffen Fels entlang in die Tiefe führte. Doch die Gefahr, ihn bei den spärlichen Lichtverhältnissen aus den Augen zu verlieren und einen Fehltritt zu tun, war, zumal in Anbetracht von Rammars breiten Füßen, entschieden zu groß, und der dicke Ork verspürte kein Verlangen nach einem zweiten Debakel innerhalb einer einzigen Nacht. Leider sah der Abstieg am nächsten Morgen nicht unbedingt vertrauenswürdiger aus.

»*Shnorsh*«, knurrte Rammar mit prüfendem Blick in die Tiefe. Jetzt, bei Tageslicht, konnte man erkennen, dass ein breiter Strand die Bucht säumte. Und dass es in Wahrheit noch sehr viel mehr gestrandete Schiffe waren, als es in der Nacht den Anschein gehabt hatte. Wrack über Wrack türmte sich dort unten, ein wahrer Friedhof von Schiffen, von einem Ende der Bucht bis zum anderen.

»Ich habe es mir anders überlegt«, verkündete Rammar. »Ihr könnt runtersteigen und euch alle Knochen brechen, wenn ihr wollt. Ich werde hierbleiben.«

»Um was zu tun?«, fragte Balbok. Beeka, die Wildwüchse und er waren dabei, ihre wenige Habe zusammenzupacken – da sie damit gerechnet hatten, geradewegs in ihrer Festung zu landen, hatten sie außer ein paar persönlichen Dingen, im Fall der Orks also ihren Waffen, nichts mitgenommen. Weder hatten sie Wasser noch Proviant – und natürlich auch kein Seil, das sie jetzt gut hätten brauchen können.

»Um abzuwarten«, erklärte Rammar mit vor der breiten Brust verschränkten Armen. »Irgendwann wird der Drachenkopf ja wohl merken, dass er uns an der falschen Stelle abgesetzt hat, und seinen Irrtum rückgängig machen.«

»Und wenn er es nicht merkt?«, hielt Beeka dagegen.

»Du meinst …?« Rammar starrte sie fassungslos an – daran hatte er noch gar nicht gedacht. Wie laut er in seiner Höhle auch lamentieren mochte, der Zauberer würde es nicht hören. Womöglich saß er just in diesem Moment bei einem ausgiebigen Frühstück im Palast von Dragana, ohne von all dem *shnorsh* hier auch nur das Geringste zu ahnen …

Rammar merkte, wie allein der Gedanke an ordentliche *brakost* seinen Magen knurren ließ – so laut, dass Gullwyn ihm einen fragenden Blick zuwarf.

»Was ist, Fischkopf? Hast du noch nie einen Orkmagen knurren hören?«

»Wenn du Hunger hast, solltest du auf jeden Fall mit uns kommen«, schlug Beeka vor. »Unten am Strand gibt es auf jeden Fall mehr zu essen als hier oben auf der Klippe.«

Auch da konnte Rammar nicht widersprechen.

Der Gedanke, sich von Schalentieren und Muscheln ernähren zu müssen, gefiel ihm zwar nicht, aber es war immerhin besser als nichts – vor allem dann, wenn man aus Sorge vor Vergiftung seit nunmehr fast einem Tag *überhaupt nichts* gegessen hatte … Im Nachhinein schalt er sich einen *umbal* dafür, auf die Warnung des unbekannten Dieners hereingefallen zu sein. Sie waren nicht vergiftet worden. Sie waren nicht gemeuchelt worden.

Nichts war geschehen.

Sie begannen den Abstieg.

Evan ging voraus, Beeka und Balbok folgten ihm, dann Gullwyn und Rammar. Den Schluss des kleinen Zuges bildete Drel, der darauf bestand, am Ende zu gehen. Zwar hatte Rammar keine Ahnung, wieso, aber da er selbst auf gar keinen Fall die Nachhut bilden wollte, konnte es ihm nur recht sein. Nicht, dass er am Ende noch in die Tiefe stürzte, und die anderen bemerkten es noch nicht einmal …

Am schroffen Fels der Klippe entlang in die Tiefe zu steigen, war ein ebenso gefährliches wie mühsames Unterfangen. Nicht nur, dass der Pfad, den Wind und Wetter in das dunkle Gestein getrieben hatten, ungleichmäßig und mitunter derart schmal war, dass die Gefährten sich mit dem Rücken eng an das Felsgestein pressen mussten, um ihn überhaupt passieren zu können; es herrschte auch feiner Nieselregen, der das Gestein nass und glitschig machte, und heulende Böen strichen um die Klippen. Da sie bei Rammar reichlich Widerstand fanden, zerrten sie an ihm entsprechend heftig. Mehrmals war er kurz davor, das Gleichgewicht zu verlieren, und stieß spitze Schreie aus, die er im Nachhinein als sein gefürchtetes Kampfgebrüll gedeutet haben wollte. Außerdem nahm sein Hunger mit jedem Schritt weiter zu.

Entsprechend tief sank seine Laune.

»Elender *shnorsh*«, maulte er vor sich hin. »Ich habe immer gesagt, dass dieser *dhruurz* nichts taugt. Zur einen Hälfte Schmalauge, zur anderen Drache, was soll da schon rauskommen? War doch klar, dass dieser *umbal* uns überall absetzt, bloß nicht da, wo wir hinwollen. Wehe, wenn ich ihn erwiii…«

Rammars Murmeln ging in einen gellenden Schrei über, als das Gestein unter seinen dicken Füßen plötzlich bröckelte. Mit den kurzen Armen rudernd, versuchte er, das Gleichgewicht zu bewahren, doch es war zu spät. Hilflos taumelte er hinaus ins Leere, unter ihm Gestein, gegen das die tosende Brandung schlug.

Rammar schloss mit dem Leben ab.

Überzeugt davon, an der Klippe hinab in die Tiefe und damit geradewegs in Kuruls Grube zu stürzen, kniff er die Augen zu und wartete auf den Aufschlag – aber der kam nicht.

Stattdessen merkte Rammar, wie ihn etwas in der Luft festhielt. Etwas, das sich um seinen linken, wild fuchtelnden Arm und seinen noch auf dem Vorsprung stehenden Fuß geschlungen hatte … ein Seil? Aber sie hatten doch gar keins dabeigehabt?

Blinzelnd schlug er die Augen auf, sah die gähnende Tiefe unter sich klaffen, der er jedoch nicht länger entgegenstürzte – dank der Wurzelstränge, die sich innerhalb von Augenblicken um sein Hand- und Fußgelenk geschlungen hatten und die keinem anderen als Drel gehörten.

Als das Baumwesen bemerkte, dass Rammar abzustürzen drohte, hatte es kurzerhand seine Gliedmaßen nach ihm ausgeworfen und sich gleichzeitig selbst an der Felswand verwurzelt. So hielt es ihn fest, am Fels klebend, während Rammar im Wind flatterte wie eine grüne und ziemlich runde Standarte und noch immer lauthals schrie.

»Aber Rammar!«, rief Balbok.

»Aber Rammar«, äffte seinen Bruder den überraschten Tonfall nach und rollte wild mit den Augen. »Wollt ihr *umbal'hai* mir vielleicht mal helfen, statt nur blöd dazustehen und mich anzugaffen? Und vielleicht ein bisschen plötzlich?«

Die Gefährten zögerten nicht, der Aufforderung nachzukommen. Gullwyn benutzte seine mit Widerhaken versehene Harpune dazu, Rammar wie ein Stück Treibholz einzuholen, dann erst löste Drel die Stränge, mit denen er den Ork vor dem Absturz bewahrt hatte.

»Sehr gute Arbeit, Drel«, lobte Evan und nickte dem Baumwesen anerkennend zu.

»*Korr*«, pflichtete Balbok nickend bei, »ohne deine Hilfe wäre es um Rammar geschehen gewesen.«

»Schmarren«, widersprach der, nachdem er den ersten Schrecken überwunden hatte, »so leicht ist Rammar der Schrecklich Rasende nicht totzukriegen.«

»Aber?«, fragte Beeka und sah ihn auffordernd an.

»Aber für einen hässlichen Baum hast du ziemlich schnell reagiert«, räumte Rammar ein wenig widerstrebend ein.

Drel schien damit zufrieden zu sein. Das Baumwesen pfiff eine freundliche Erwiderung, dann löste es seine Wurzeln vom Fels, und sie setzten den Abstieg fort.

Je tiefer sie gelangten, desto breiter wurde der Pfad, und endlich erreichten sie den Strand. Der Sand war nass und klebrig, die Abdrücke ihrer Stiefel zeichneten sich darin ab. Es nieselte noch immer, zu Rammars Missfallen – und von einer Mahlzeit war weit und breit nichts zu sehen.

Dafür zahllose Wracks.

Wie Totengerippe lagen sie im Spülsaum des Meeres, halb verfallen und von Muscheln überwuchert, und tatsächlich schienen sie den unterschiedlichsten Epochen der Geschichte zu entstammen – und den verschiedensten Gegenden. Beeka und die Wildwüchse kamen aus dem Staunen gar nicht mehr heraus.

»So große Schiffe habe ich noch nie gesehen«, stellte Evan beeindruckt fest.

»Natürlich nicht.« Rammar schnaubte. »Die hier stammen alle aus der anderen Welt … der *alten* Welt, aus der auch Balbok und ich kommen. Das dort war mal eine Galeere der Hutzelbärte«, erklärte er, auf die Überreste eines klobigen Schiffes deutend, das aus der Epoche der Königskriege stammen musste.

»Und das ein Schiff der Eisbarbaren«, fügte Balbok hinzu und deutete auf eine von schwarzen Muscheln überwucherte Seeschlange, die über einem morschen Bug aufragte. »Weißt du noch, Rammar?«

»Allerdings, Langer. Sie waren der größte Haufen *umbal'hai*, den ich je gesehen habe.«

Sie gingen weiter den Strand hinab, die Augen dabei stets auf die eigentümliche Menagerie gerichtet, die sich wie ein bizarres Gebirge entlang des Ufers erhob, mit Wäldern aus geborstenen Masten. Niemand sprach ein Wort, der düstere Anblick schlug alle in den Bann. Zumal keiner von ihnen wusste, wo sie sich eigentlich befanden.

»Wisst ihr, was ich mich bereits die ganze Zeit frage?«, ließ sich Beeka nach einer Weile vernehmen.

»Hoffentlich, wo es was zu futtern gibt«, meinte Rammar. »Das sollte nämlich unsere erste Sorge sein.«

»Nein«, widersprach die Kriegerin. Des Regens und des Windes wegen hatte sie ihren Umhang eng um die Schultern gezogen. »Ich würde gerne wissen, was all diesen Schiffen widerfahren ist.«

»Wahrscheinlich waren sie zu dämlich, um an der Küste langzuschippern, und sind hier gegen das Riff gedonnert«, meinte Rammar. »Schluss und aus, Ende der Reise.«

»Gleich so viele?«, fragte Balbok.

»Vielleicht ist die Strömung hier ja besonders heftig«, gab Gullwyn zu bedenken.

»Und wo sind all die Seeleute geblieben?«, fragte Beeka.

»Wo sollen sie schon geblieben sein? Die Fische haben sie geholt«, meinte Rammar achselzuckend mit einem flüchtigen Blick in Gullwyns Richtung. »Die fressen doch alles, was nicht niet- und nagelfest ist.«

»Und selbst wenn nicht, wären sie vermutlich längst tot«, fügte Evan hinzu. »Manche von diesen Wracks scheinen schon sehr lange hier zu liegen.«

»Und genauso riechen sie auch.« Rammar zog missbilligend den Rüssel kraus. »Gegen ein wenig Fäulnisgeruch hat kein Ork was einzuwenden, der gehört in jeden *bolboug*. Aber das hier ist kaum auszuhalten.«

»*Korr.*« Balbok hatte den Kopf in den Nacken gelegt und schnüffelte. »Das ist derselbe Geruch wie oben in der Höhle …«

»Derselbe erbärmliche Gestank, meinst du wohl.«

»… und genau wie oben in der Höhle sind wir nicht allein«, brachte Balbok seinen Satz zu Ende.

»Was?«, schnappte Rammar.

»Bist du sicher?«, fragte Beeka.

»*Korr.*« Balbok nickte.

»Schmarren!«, blaffte Rammar ihn an. »Wie willst du denn am Geruch erkennen, ob wir allein sind oder nicht?«

»Doch nicht am Geruch.« Balbok schüttelte den Kopf.

»Wie dann, Faulhirn?«

»Na, weil sich der Sand bewegt«, entgegnete der hagere Ork und deutete zum Boden – und tatsächlich hatte Rammar den Eindruck, als würde sich dort etwas regen. Nur ein wenig und auch nur für einen ganz kurzen Moment, aber …

»Was bei Narkods Hammer …?«

Er bückte sich, soweit seine Leibesfülle es zuließ, um den Sand näher in Augenschein zu nehmen, doch jetzt lag der feuchte Sand ganz still. Kurzerhand stampfte der feiste Ork daraufhin mit dem Fuß auf, so fest, dass ein kleiner Krater entstand – und plötzlich begann der Sand nicht nur an dieser Stelle, sondern überall um sie herum zu wogen!

Wie um einen ins Wasser geworfenen Stein bildeten sich Wellen, die sich nach allen Seiten ausbreiteten. Fleischig rote Streifen traten darunter zutage, die kreuz und quer durcheinander verliefen, ein wirres Muster, in dessen Mitte sich die Orks und ihre Gefährten befanden …

»Rammar«, entfuhr es Balbok, während er sich bekümmert nach allen Seiten umblickte, »das ist nicht gut …«

»Was du nicht sagst, *umbal*!«

Plötzlich veränderte sich das Muster im Sand. Die roten Streifen, aus denen es bestand, begannen sich zu bewegen, entpuppten sich als glibberig-fleischige Körper, die von allen Seiten auf die Gefährten zukrochen – und sie im nächsten Moment attackierten!

Gullwyn blubberte, Drel fiepte entsetzt.

»*Snagor'hai!*«, brüllte Rammar und riss den *saparak* von seinem Rücken. »Wir sind in ein verdammtes Nest geraten!«

15.

LAOCHG AMHASH SOCHGASH

Seine alte Pracht hatte der Thronsaal von Dragana, der sich ganz oben im höchsten Turm befand, noch nicht zurückgewonnen.

Die Schlacht, durch die die Schreckensherrschaft des Rates der Ewigen beendet worden war, hatte deutliche Spuren hinterlassen. Nicht nur, dass Aderyn und ihre Kumpane hier gestellt und in erbittertem Kampf vertrieben worden waren – dass sich ein Drache aus den Tiefen der Vergangenheit erhoben und bei der Auseinandersetzung mitgemischt hatte, hatte wesentlich zur Zerstörung beigetragen.

In der Folge war der ehrwürdige Saal völlig verwüstet worden. Die hohen Fenster waren geborsten, die Schlangensäulen beschädigt, die Kuppel über dem Thronsaal teils eingebrochen. Drachenfeuer hatte das rote Marmorgestein des Bodens geschmolzen. Von den Ratsstühlen, auf denen die Ewigen gesessen und mit grausamer Hand regiert hatten, waren nur Trümmer geblieben, die zu einem bizarren Haufen aufgeschichtet worden waren. Darauf hatte man einen weiteren Sitz errichtet, den neuen Drachenthron, auf dem der neue Herrscher Platz genommen hatte, Enok, Erster seines Namens …

Die Sache war nur – Enok fühlte sich ganz und gar nicht wie ein Herrscher, und wie ein Kaiser schon gar nicht.

Zwar sagten ihm alle, dass er von Curran abstamme, dem Drachenkaiser selbst; dass er dessen rechtmäßiger Erbe wäre und dass dessen Blut in seinen Adern fließe. Doch hatte Enok deshalb noch längst nicht das Gefühl, zum Kaiser zu taugen. Erst recht nicht mehr, seit Rammar und Balbok fort waren, und mit ihnen auch seine Freunde, Beeka und Evan, Drel und Gully, die an seiner Seite gekämpft und den Sieg über den Rat der Ewigen errungen hatten.

Das hässliche Gefühl, einen schweren Fehler begangen zu haben, beschlich Enok, und das nicht zum ersten Mal.

Vielleicht, sagte er sich, hätte er lieber das Angebot der Orks annehmen sollen, ihre Nachfolge als König ihrer Insel anzutreten, wenn sie dereinst in Kuruls Grube sanken. Schließlich hatte er zwischen beidem die Wahl gehabt – oder war das nur eine Illusion gewesen?

Hatte er sich angesichts des uralten Blutes, das in seinen Adern floss, in Wirklichkeit gar nie aussuchen können, auf welchem Thron er saß und was seine Bestimmung sein würde?

»Schwermütig, Majestät?«

Eine sanfte Stimme riss Enok aus seinen Gedanken. Chulain, der General der kaiserlichen Armee, stand am Fuß des bizarren Thronpodests und sah mit einer Mischung aus Vorsicht und Besorgnis zu ihm auf. Beekas Bruder, ein Mann von gedrungener Postur, aber großer Durchsetzungskraft, war immerhin bei ihm geblieben, das war ein kleiner Trost. Für einen Moment erwog Enok, ihm tatsächlich von den Zweifeln zu erzählen, die einen Herrscher plagten, von den Ängsten und Nöten, die er hatte, seit die Krone des Reiches auf seinem Haupt ruhte.

Doch Chulains besorgter Blick machte klar, dass dieser nichts von den Ängsten seines Kaisers wissen wollte. Führungsstärke war es, die das Volk in solchen Zeiten von seinem Herrscher erwartete.

Enok winkte ab und sah zur Kuppel hinauf, die die Handwerker wieder so verschlossen hatten, dass sie Wind und Regen trotzte – bis der Thronsaal wieder in alter Pracht erstrahlte, würde allerdings noch einige Zeit vergehen. Die meisten der hohen Fenster, von denen sich einst ein prächtiger Ausblick auf die Stadt und das Umland geboten hatte, waren nach wie vor mit Holzbrettern verschlossen, sodass Dämmerlicht im Thronsaal herrschte; und die Gerüste, die um die ramponierten Säulen errichtet worden waren, ließen ihn eher wie eine Baustelle anmuten. Dennoch hatte Meister Durwain darauf bestanden, dass die Versammlungen des neu gewählten Kronrats künftig wieder hier stattfanden. Der Drachenthron, so pflegte er zu sagen, repräsentierte die Macht des Reiches. Nur wer auf ihm saß, konnte auch herrschen …

In diesem Moment wurden die Türflügel zum Thronsaal geöffnet. Die Wachen beidseits der Pforte nahmen Haltung an, als der kaiserliche Hofstaat die breite Treppe heraufstieg.

Allen voran schritt Durwain selbst, in seiner scharlachroten Robe mit der Flamme auf der Brust, die ihn als höchsten Berater und verlängerten Arm des Herrschers auszeichnete. Seine wahren Gesichtszüge brauchte er nicht mehr zu verbergen, es hatte sich längst herumgesprochen, dass ein abtrünniges Ratsmitglied geholfen hatte, die Despoten zu vertreiben. Mehr noch, dass er das geheimnisvolle Oberhaupt des Widerstands gewesen war, der sich im Verborgenen geformt und gegen die Herrschaft der Ewigen erhoben hatte. Dass auch zwei gewisse Orks dabei eine Rolle gespielt hatten, ließ Durwain dabei gerne unter den Tisch fallen. Enok bezweifelte, dass sie in den Annalen überhaupt erwähnt werden würden, wenn es nach seinem obersten Berater ging. Aber da hatte er ja auch noch ein kaiserliches Wort mitzureden.

Durwain folgten die Minister, die dem neuen Kronrat angehörten und die ohne Ausnahme Angehörige des ehemaligen Widerstands waren. Allen voran Finras, der einst Durwains rechte Hand gewesen war und Enok nun in Gesetzesfragen beriet, sowie Glesa, eine beherzte Schankwirtin, die unter Einsatz ihres Lebens für die Rebellen tätig gewesen war und nun als Enoks Beraterin in Finanzdingen diente. Die übrigen Mitglieder des Kronrats waren so ausgewählt worden, dass sie jeweils einen anderen Teil der Bürgerschaft vertraten. Zu ihnen gesellte sich Beekas Bruder Chulain, der das Kommando über die kaiserliche Armee führte, sowie Mirra, eine ehemalige Widerstandskämpferin, die sich während des Kampfes um die Hauptstadt besonders ausgezeichnet hatte. Sie hatte dafür mit einem Auge bezahlt, weshalb sie seither eine Klappe trug, doch war sie zum Lohn für ihre Tapferkeit in den Kreis der Hauptleute aufgenommen worden und diente Chulain als Adjutantin.

»Wir grüßen Euch, Majestät«, sagte Durwain, wie immer bei offiziellen Anlässen die ebenso offizielle Anrede gebrauchend. Dabei verbeugte er sich vor dem Thronpodest, um seinem Respekt Ausdruck zu verleihen, und die anderen taten es ihm gleich. »Ihr habt hoffentlich gut geruht?«

»Nicht wirklich.« Enok schüttelte den Kopf – tatsächlich hatte er kaum ein Auge zugetan, sondern immer nur an Balbok und Rammar gedacht. Und wenn er doch einmal für kurze Zeit eingeschlafen war, so hatte er von seltsamen, bizarren Monstren geträumt, die sich im Sand eines entlegenen Strandes verbargen … »Aber Ihr seid sicher nicht gekommen, um mit mir über die vergangene Nacht zu plaudern?«

»Durchaus nicht, Majestät«, gab Durwain zu, »sondern über die Tage und Wochen, die vor uns liegen.«

Er nickte seinen Begleitern zu, worauf sie sich – insgesamt zwölf an der Zahl – um das Modell verteilten, das vor dem Thronpodest errichtet worden war. Im Grunde bestand es nur aus vier langen Brettern, die rechtwinklig zusammengenagelt worden waren, sodass eine quadratische Fläche entstanden war. Ins Innere hatte man dann Sand gefüllt, sodass man das Gebilde auf den ersten Blick für einen Spielplatz hätte halten mögen. Wer genauer hinsah, erkannte jedoch, dass nicht ungelenke Kinderhand, sondern das Geschick eines Künstlers den Sand geformt hatte, sodass er in maßstäblicher Verkleinerung exakt jener Region entsprach, die sich westlich von Dragana erstreckte, von den Ausläufern der Roten Berge bis hin zu den Klippen der See. Dorthin hatten Aderyn und ihre Kumpane sich geflüchtet, schwarze Fähnchen markierten die Orte, wo ihre Schwarzen Garden Garnisonen unterhielten, fünf an der Zahl …

»Leider«, ergriff Chulain das Wort, »gibt es Grund zur Sorge, Majestät. Unsere Späher berichten übereinstimmend, dass in den westlichen Garnisonen Vorbereitungen getroffen werden.«

»Vorbereitungen?«

»Für einen Angriff«, entgegnete Durwain anstelle des Generals. »Ich habe es Euch immer wieder gesagt, Majestät, wir dürfen nicht den Fehler begehen, Aderyn zu unterschätzen. Weder dürfen wir ihr die Zeit geben, ihre Wunden zu lecken, noch, eine Armee gegen uns aufzustellen.«

»Ich fürchte, dazu ist es bereits zu spät, Herr«, wandte Chulain ein. Er nickte Mirra zu, die daraufhin vortrat und Klötzchen aus geschwärztem Holz im Sandkasten verteilte.

»Jedes einzelne Stück«, erläuterte Chulain dazu, »stellt eine Hundertschaft Gardisten dar, und unsere Späher berichten übereinstimmend, dass sie die Garnisonen von *Carryg* und *Lafanor* bereits verlassen haben, um sich hier zu sammeln, in *Sgruth* …« Mit einem langen Stab deutete er auf die entsprechende Garnison, die die am weitesten östlich gelegene war und zugleich auch die größte. »Wir müssen davon ausgehen, dass auch in den Gebirgsgarnisonen Einheiten in Marsch gesetzt wurden, um sich in Sgruth zu sammeln. Und Ihr wisst, was das bedeutet …«

Enok nickte nachdenklich. Durwain hatte ihn gelehrt, dass in der alten, reinen Elfensprache das Wort *sgruth* »Sturm« bedeutete – und einen solchen gedachte Aderyn wohl über Dragana hereinbrechen zu lassen.

Er erschauderte bei dem Gedanken.

Gerade erst war ein Krieg zu Ende gegangen, hatte unzählige Leben gefordert und unsägliches Leid gebracht. Und er sollte nun den nächsten führen?

»Der Feind sammelt sich, Hoheit«, bekräftigte Durwain, als Enok nicht antwortete. »Aderyn rüstet zum Angriff auf Dragana. Sie will Eure Krone und Eure Macht – vor allem aber will sie Rache nehmen. An jedem einzelnen Mann, an jeder Frau und an jedem Kind, das in dieser Stadt und ihrer Umgebung lebt!«

Enok blickte reihum. Selbst von seinem hohen Sitz herab konnte er die Furcht in den Gesichtern seiner Minister erkennen. Viele von ihnen hatten am Kampf um die Stadt teilgenommen und wussten genau, was Krieg bedeutete. Jeder von ihnen hatte geliebte Menschen verloren, die Zeit der Trauer war noch nicht einmal zu Ende – und die einzige Antwort, die es geben sollte, war ein neuerlicher Krieg?

»Dann sollten wir mit ihr verhandeln«, hörte Enok sich selbst sagen. Eigentlich war es nur ein heimlicher Gedanke gewesen, aber er hatte ihn laut ausgesprochen.

»Was meint Ihr, Majestät?« Durwains grüne Reptilienaugen sahen zweifelnd zu ihm auf.

»Ich sollte mit Aderyn zusammentreffen«, führte Enok seinen Gedanken aus. Nun, da er ausgesprochen war, gab es ohnehin kein Zurück mehr. »Ich bin der Kaiser, also sollte ich mit ihr sprechen …«

»Verhandlungen mit der grausamen Aderyn?«, echote Finras. »Bei allem Respekt, das ist keine gute Idee.«

»Hört auf Euren Minister, Majestät«, bekräftigte Durwain. »Er hat sein Leben lang nichts anderes getan, als gegen den Rat der Ewigen zu kämpfen!«

»Ich weiß«, versicherte Enok. »Auch ich kenne nichts anderes als den Kampf, aber ich …« Er unterbrach sich und dachte kurz nach. »Balbok und Rammar, meine orkischen Ziehväter, haben mich ein Sprichwort gelehrt«, sagte er dann. »Es lautet *laochg amhash sochgash.*«

»Tatsächlich?«, fragte Durwain, wobei er mit den Augen rollte. »Und wollt Ihr uns bezüglich der Bedeutung dieses Sprichworts erhellen, Majestät?«

»Übersetzt bedeutet es etwa so viel wie ›Der Krieger kennt nur den Krieg‹«, erklärte Enok bereitwillig und ungeachtet des sarkastischen Untertons, den sein oberster Berater an den Tag legte. »Nehmt mich als Beispiel. Aufgrund meiner Herkunft bin ich sehr viel schneller erwachsen geworden als irgendjemand sonst oder als ich es mir je gewünscht hätte. Doch nun sitze ich hier vor euch als Herrscher und soll über eure Leben, über eure Zukunft entscheiden, dabei habe ich in meinem Leben noch nie etwas anderes kennengelernt als Kampf und Krieg. Wie soll ich wissen, dass dieser Weg der richtige ist?«

»Er ist richtig, weil es der *einzige* Weg ist«, entgegnete Durwain ruhig, aber mit Nachdruck in der dunklen Stimme.

»Ist er das?« Enok schüttelte den Kopf. »Ich bin mir nicht sicher. Vielleicht gibt es doch eine andere Möglichkeit. Ich muss Aderyn treffen und herausfinden, ob dem so ist …«

»Das ehrt Euch, Majestät, und zeigt mir, dass Ihr aus gutem Grund auf diesem Thron sitzt. Doch worüber wollt Ihr mit Aderyn verhandeln? Was wollt Ihr jemandem anbieten, der unseren Untergang will?«

»Die Schatzkammern des Reiches sind gut gefüllt. Womöglich …«

»Aderyn ist ebenso alt, wie ich es bin, und das bedeutet, dass ihr an weltlichem Tand nicht mehr gelegen ist«, wehrte Durwain ab, sein Reptilienhaupt schüttelnd. »Macht und Rache, nur daran ist sie interessiert. Wenn es das ist, was Ihr ihr anbieten wollt, so übergebt Krone und Herrschaft. Aber seid gewiss, dass Euer Volk dann noch mehr leiden wird, als es jemals zuvor gelitten hat.«

»Bitte nicht, Majestät«, sagte die sonst so wackere Glesa. »Tut uns das nicht an!«

»Darüber könnt Ihr doch nicht ernsthaft nachdenken wollen«, pflichtete Finras bei. »Wollt Ihr alles preisgeben, wofür wir gekämpft und geblutet haben?«

Wie zuvor konnte Enok die Furcht in ihren Augen sehen – nun jedoch nicht davor, einen neuen Krieg zu führen und einem grausamen Feind zu trotzen. Sondern dass er sie verlassen und der grausamen Aderyn überlassen könnte …

Enok seufzte. Im Grunde, sagte er sich, war die Entscheidung bereits gefallen. Sosehr sich alles in ihm dagegen sträubte, den Kampf fortzusetzen und einen weiteren Krieg zu führen, sosehr sich alles in ihm nach einem Leben in Frieden und Geborgenheit sehnte – vorerst würde es weder das eine noch das andere geben.

»Was also schlagt Ihr vor?«, fragte er Durwain, ahnend, was nun kommen würde.

»Dass wir dem Feind zuvorkommen«, erwiderte dieser ohne Zögern. »Dass wir angreifen und die Schlange ihres Hauptes berauben, ehe sie erneut zubeißen kann!«

»Chulain?«, wandte sich Enok an seinen General.

»Ich gebe dem obersten Ratsherrn recht, Majestät. Statt hier in Taras Caron zu sitzen und abzuwarten, wie sich der Feind gegen uns formiert hat, sollten wir selbst eine Streitmacht ausrüsten und ihm entgegenziehen.«

»Ihr wollt die Sturmfeste belagern?«

»Das wird nicht erforderlich sein«, war Durwain überzeugt. »Ich kenne Aderyn länger und besser als jeder andere hier, habe einst

Seite an Seite mit ihr gekämpft. Deshalb weiß ich, dass sie einer solchen Versuchung nicht widerstehen können und uns entgegenziehen wird, um in einer offenen Feldschlacht die Entscheidung zu suchen.«

»Und für eine solche Schlacht sind wir gerüstet?«

»Die Umformung der Widerstandsgruppen zum kaiserlichen Heer ist noch längst nicht abgeschlossen«, erstattete Mirra auf Chulains Aufforderung hin Bericht, jedoch haben wir rund eintausend Krieger unter Waffen, über die Ihr jederzeit gebieten könnt, davon die Hälfte beritten.«

»Kriegsherrin Aderyn bringt es nach Auskunft unserer Späher derzeit auf nicht einmal halb so viele Kämpfer«, fügte Chulain hinzu. »Doch je länger wir abwarten, desto mehr werden es werden.«

»Ich verstehe«, sagte Enok nur.

»Da hört Ihr es, Majestät, die Lage ist günstig«, ergriff Durwain erneut das Wort. »Wenn wir zuschlagen wollen, so dürfen wir nicht zögern. Lasst ein Heer aufstellen und übernehmt selbst die Führung. Reitet an der Spitze Eurer Streitmacht in die Schlacht und führt sie zum endgültigen Sieg über Aderyn und die Reste des alten Rates. Fegt sie hinfort, und mit ihnen alle Schrecken, die sie verbreitet haben!«

Auch wenn es im Rahmen dieser Beratung nicht vorgesehen war, gab es Beifall, die Minister bekundeten lautstark ihre Zustimmung zu Durwains flammender Rede. Schon zu Zeiten des Widerstands hatten sie auf ihn gehört, war er ihr Anführer gewesen – und daran, sagte sich Enok, schien sich bis zum heutigen Tag nichts geändert zu haben, unabhängig davon, wer auf dem Thron saß und die Krone trug …

Die Zeichen für einen Feldzug schienen günstig zu stehen. Doch obwohl dieser Schritt offenbar notwendig war und jeder einzelne seiner Minister dafür zu sein schien, sträubte sich etwas in Enok dagegen. War es Currans Vermächtnis, das ihn warnte? Oder war es nur die Unsicherheit eines Herrschers, der äußerlich als erwachsener Mann erscheinen mochte, jedoch tief in seinem Inneren noch das Wesen eines Kindes hatte?

Dass er sich so rasch in einem solchen Zwiespalt befinden würde, damit hatte Enok nicht gerechnet. Instinktiv griff er an den kleinen ledernen Beutel, den er in alter Ork-Tradition um den Hals trug, verborgen vom Stoff des Wappenrocks, und befühlte die kleinen Gegenstände darin. Und einmal mehr wünschte er sich, dass seine Ziehväter hier gewesen wären.

Wie sehr er sie vermisste …

»Ich weiß, was du denkst«, sagte Durwain leise.

Enok schreckte hoch. Offenbar war er tief in Gedanken versunken gewesen. Chulain und die Minister hatten den Saal bereits verlassen, nur der oberste Berater war geblieben.

»Wirklich?«

»In der Tat«, bekräftigte Durwain, während er in seiner roten Robe vor dem Thronpodest auf und ab schritt. »Aber du solltest keinen Gedanken mehr an die beiden verschwenden.«

»Warum nicht?«, fragte Enok verblüfft – Meister Durwain schien ihn tatsächlich gut zu kennen, seine Gedanken waren wie ein offenes Buch für ihn.

»Weil sie nicht mehr hier sind und deine Sorgen teilen. Weil sie es vorgezogen haben, in ihre eigene Heimat zurückzukehren.«

»Vielleicht«, sagte Enok leise, »hätte ich das ja auch tun sollen …«

»Nein!« Durwain schrie so laut, dass seine Stimme von der hohen Kuppel widerhallte, gleichzeitig gestikulierte er wild mit den schuppenbesetzten Armen. »Deine Heimat ist hier, ebenso wie deine Herkunft und deine Zukunft! Das ist die Wahrheit, junger Curran, und es wird höchste Zeit, dass du dich ihr stellst!«

»Enok ist mein Name.«

»Den die Unholde dir gegeben haben«, spottete Durwain. »Du kannst deiner Bestimmung nicht entgehen, so wie sie ihrer nicht entgehen konnten.«

»Was soll das heißen?«

»Nichts weiter. Aber du wirst sie niemals wiedersehen, junger Kaiser, denn die beiden Orks werden niemals nach Dragana zurückkehren. Sie sind jetzt wieder in ihrem Königreich und haben dich schon längst vergessen – du jedoch musst jetzt an dich denken. An dein Reich und an die Krone auf deinem Haupt.«

»Ich … das ist mir bewusst«, sagte Enok leise.

»Also, Majestät, wie entscheidet Ihr Euch?«, fragte der Berater. Er verschränkte die Reptilienhände so, dass sie in den weiten Ärmeln seiner Robe verschwanden, seine Stimme hatte wieder einen offiziellen Tonfall angenommen. »Für den Krieg oder für den Frieden?«

Enoks Zögern währte nur einen Augenblick, doch ihm selbst kam es vor, als würde eine Ewigkeit verstreichen.

»Für den Krieg«, flüsterte er dann.

16.

SABAL ANOCHG UCHL'BHUURZ'HAI!

Wenn es tatsächlich Schlangen waren, so waren es die eigenartigsten, die Balbok und Rammar je gesehen hatten.

Sie waren nur an die vier *knum'hai* lang und hatten weder Schuppen noch Reptilienhaut, sondern schienen lediglich aus rot geädertem Fleisch zu bestehen. Ob sie Augen hatten, war nicht festzustellen, das vordere Ende konnte man überhaupt nur daran erkennen, dass die Biester von mörderischen Beißern gesäumte Mäuler ihr eigen nannten. Dem Herdentrieb folgend – oder war es ein dunkler, gemeinsamer Wille, der sie lenkte? –, bäumten sich die Tiere im Sand auf und pendelten mit den Häuptern zurück, um sich im nächsten Moment auf ihre Opfer zu katapultieren.

Dem ersten Tier, das so auf ihn zuflog, sah Rammar noch mit vor Staunen geweiteten Augen dabei zu – prompt flog ihm der Wurm mitten ins Gesicht und grub seine spitzen Zähne in den Rüssel des Orks. Rammar stieß einen Schrei aus, packte den dürren Körper des Tieres und riss es von sich ab, wobei er eine blutende Wunde in seinem Gesicht hinterließ.

»Was fällt dir ein, du Gewürm?«, herrschte er die sich in seiner Faust ringelnde Kreatur an und warf sie in hohem Bogen von sich – nur um zu sehen, wie ein halbes Dutzend weitere Tiere heranschnellten.

Balbok und Gullwyn waren zur Stelle.

Kreisförmig führten sie ihre Waffen – der eine seinen *saparak*, der andere die Harpune – und wehrten den Angriff ab, indem sie die Würmer noch in der Luft erwischten und zerteilten. Die Hälften, die auf dem Boden landeten, waren jedoch zu ihrer Verblüffung nicht tot, sondern schienen eigenständig weiterzuleben, jede davon vergrub sich im Sand und war im nächsten Augenblick verschwunden. Selbst Rammar, dem das Rechnen nicht in die Kuhle gelegt worden war, erkannte, dass die Zahl dieser scheußlichen Biester zunahm, je mehr sie von ihnen in Stücke hieben. Doch was blieb ihnen übrig?

»Es werden immer mehr!«, rief Beeka – tatsächlich drängten immer noch mehr der Biester über den Strand heran, und allen war offenkundig gemeinsam, dass sie das Blut der Gefährten wollten. »Wir können sie nicht ewig von uns fernhalten …«

Das war nur allzu wahr, zumal es Balbok, Gullwyn und ihr längst nicht gelang, alle Angreifer abzuwehren. Denn nicht genug damit, dass die Würmer über den Boden heranhuschten und sich durch die Luft katapultierten; einige von ihnen wühlten sich auch durch den tiefen Sand und attackierten die Gefährten von unten. Für diese Art von Angreifern war Drel zuständig, der mit langen Wurzeln im Sand stocherte, doch alle Würmer konnte auch er nicht aufhalten. Wenn sie durchkamen, schnappten sie unbarmherzig zu und fügten den Gefährten schmerzhafte Bisswunden an den Beinen zu.

Auch Rammar hieb wie ein in *saobh* verfallener *faihok* auf die rote Pest ein. Dass das eine Riesensauerei gab, dass Körpersäfte und halbierte Tiere nur so durch die Gegend flogen und den Ork von Kopf bis Fuß besudelten, war eine Sache – viel schwerer wog, dass es verflixt anstrengend war.

»Wie lange … soll das … noch so weitergehen?«, stieß Rammar hervor. Ungeachtet des Massakers, das er unter den Würmern angerichtet hatte, schlängelten immer noch mehr von ihnen heran. In ihrer Gier nach Blut und Beute krochen und warfen sie sich kreuz und quer übereinander, sodass rings um die Gefährten ein kreisrunder Wulst aus, so schien es, rohem Fleisch entstand, der stetig noch anwuchs …

»Weiß nicht«, gab Balbok lakonisch zurück, während er ohne Unterbrechung weiterhäckselte. Rings um ihn spritzte Sand und Gewürm. »Es sind doch ziemlich viele.«

»Was du … nicht sagst … Schmalhirn …«

Rammars heisere Stimme ging in ein hohles Pfeifen über. Der *saparak* wurde schwer in seinen Klauen, es kostete unendliche Mühe, ihn anzuheben, geschweige denn, damit zuzuschlagen. Tumb wie das Beil eines Henkers fiel die Waffe herab, die Schläge wurden immer weniger …

»Nicht nachlassen«, mahnte Beeka. »Sonst haben sie uns …«

»Das sagst … du so leicht … Weib«, ächzte es aus Rammars ungeheurem Körper. »Ich kann … nicht mehr …«

»Du musst«, beharrte die Kriegerin – doch auch das nutzte nichts. Rammar war der Erschöpfung nahe, und als würde das rote Gewürm diese Schwäche sofort erkennen, konzentrierte es seinen Angriff auf ihn. Bereits hüfthoch türmte der wimmelnde, stinkende Wulst sich auf Rammars Seite auf, sodass er wie ein einziges, mit fleischigen Tentakeln bewehrtes Monstrum aussah, das sich jeden Augenblick auf die Gefährten stürzen und sie alle verschlingen würde, den fettesten Brocken zuerst …

»*Shnorsh!*«, ächzte Rammar mit vor Schreck geweiteten Augen – als mit Evan eine Verwandlung vor sich ging.

Dichtes schwarzes Haar wucherte plötzlich nicht nur von seinem Kopf, sondern auch an seinen Armen und Beinen. Auch seine Physiognomie veränderte sich. Sein Gesicht wölbte sich nach vorn, und eine Schnauze entstand, seine Hände wurden zu Klauen. Gleichzeitig verformten sich seine Beine, sodass sie nicht mehr länger dazu taugten, aufrecht zu stehen. Er fiel auf alle viere nieder, wobei seine Kleider zerrissen und zwischen seinen Schultern ein fellbewehrter Buckel entstand – so kauerte er am Boden, die Muskeln unter dem glänzend schwarzen Fell zum Sprung gespannt. Dies war das Raubtier, das in ihm schlummerte, der Evanwolf … sein dunkles Geheimnis.

Wie stets, wenn Todesgefahr drohte, hatte die Verwandlung nur Augenblicke gedauert. Mit wüstem Gebrüll warf Evan sich herum und stürzte sich auf den Wall der Angreifer, wo er am höchsten war, und zerfetzte ihn buchstäblich in der Luft. Der rohen Gewalt des Raubtiers, das fünf, sechs von ihnen mit einem Prankenhieb tötete, hatten die Würmer nichts entgegenzusetzen. Sie versuchten noch, das wild um sich schlagende Raubtier zu umgehen und unter Bergen von Angreifern zu begraben, doch Balbok und die anderen setzten vor und hielten ihm den Rücken frei. Und egal, was es war, was die Schlangenwürmer lenkte, ob bloßer Instinkt oder kollektiver Wille – es entschied, dass der Blutzoll zu hoch sein würde, um diese Beute zu erlegen.

So unvermittelt, wie sie angegriffen hatten, zogen sich die Tiere wieder zurück, verschwanden im Sand, der sich wellenförmig von den Gefährten fortzubewegen schien – und waren einen Lidschlag später verschwunden. Zurück blieben nur stinkende Körpersäfte, die den Boden tränkten.

»Lasst euch das vershnorsht noch mal eine Lehre sein!«, rief Rammar ihnen hinterher, der plötzlich wieder Puste zu haben schien. Ein halber *knum* hing von seinem Helm, den er unwirsch abriss und den anderen hinterherwarf. »Kommt mir noch einmal in die Quere, und Rammar der Schrecklich Rasende wird euch zeigen, wie er an diesen Namen gekommen ist! Habt ihr das verstanden, ihr elendes Gesocks?«

Die übrigen Gefährten waren ebenfalls erleichtert, dass der Angriff abgewehrt war, aber zu erschöpft, um noch Drohungen auszusprechen. Balbok stützte sich keuchend auf seinen blutigen *saparak*, Gullwyn stieß eine Blase nach der anderen aus, und Drel pfiff in kläglichen Tönen. Beeka hatte ihre Klinge fallen lassen und war zu Evan geeilt.

Das Raubtier sah furchterregend aus, wie es dort im Sand kauerte, heftig atmend und blutbesudelt – doch die Augen, die aus dem behaarten Schädel des Evanwolfs blickten, waren noch immer die des Freundes. Es würde eine Weile dauern, bis er sich wieder beruhigt hatte und sich zurückverwandeln konnte. Und es würde anstrengend und schmerzhaft für ihn sein.

»Danke, Evan«, sagte Beeka und berührte zaghaft sein Fell. »Du hast uns alle gerettet.«

»Das ist wahr«, pflichtete Balbok bei, auch Drel pfiff Zustimmung. »Ohne dich hätten die Viecher uns erwischt. Ich glaube«, fügte er hinzu, wobei er sich den Helm in die Stirn schob und sich nachdenklich am Hinterkopf kratzte, »die sind schon die ganze Zeit hinter uns her gewesen.«

Rammar legte den Kopf schief und sah ihn fragend an. »Du hast dieses Schlangengewürm schon vorher bemerkt?«

»*Korr.*«

»Warum hast du nichts gesagt?«

»Ich wollte nicht, dass du dich aufregst.«

»Du wolltest nicht, dass ich mich aufrege?« Rammar schnaubte gedehnt. »Du dämlicher *umbal*, lieber rege ich mich auf und bleibe am Leben, als entspannt in Kuruls Grube zu stürzen, geht das in deinen Schädel?«

»*Korr*«, stimmte Balbok zu und machte ein langes Gesicht – es seinem Bruder recht zu machen, war wirklich nicht leicht.

»Wir sollten uns eine Zuflucht suchen, vielleicht dort drüben auf den Felsen«, schlug Beeka vor. »Da können wir in Ruhe unsere Wunden versorgen, und Evan kann sich ausruhen.«

»*Korr*«, meinte Rammar verdrossen. »Womöglich greift das Viechzeug noch einmal an – oder irgendwas anderes. So langsam glaube ich, dass wir nicht zufällig hier gelandet sind.«

»Hm?« Balbok horchte auf.

»Was meinst du?«, wollte Beeka wissen.

»Was soll ich schon meinen?« Rammar schnaubte, während er sich in Richtung des Felsens in Bewegung setzte. »Zuerst setzt uns der Drachenkopf nicht bei uns zu Hause, sondern auf diesem miesen Flecken Erde ab. Als Nächstes werden wir von garstigem Gewürm angegriffen, das uns ans Leben will. Man müsste schon ein elender *umbal* sein, wenn einem das nicht seltsam vorkommen würde.«

Die anderen tauschten betroffene Blicke, dann folgten sie Rammar. »Du meinst … Meister Durwain hat das absichtlich getan?«, fragte Beeka.

»Genau das. Ich wusste die ganze Zeit, dass man keinem Typen trauen kann, der zur einen Hälfte Schmalauge und zur anderen *uchl-bhuurz* ist. Und wieder mal hatte ich recht.«

»Aber Rammar«, wandte Balbok ein, »was bringt dich denn auf den Gedanken? Enok hat doch gesagt, dass …«

»Was der Kleine gesagt hat und was nicht, spielt keine Rolle«, fiel Rammar ihm ins Wort, »er weiß nichts von alldem, da bin ich sicher. Dieses verschlagene Stinkmaul von Berater hat ihm versprochen, uns sicher auf unsere Insel zu bringen, und der Orkling hat das geschluckt, naiv, wie er ist. In Wirklichkeit hatte Durwain nie vor, uns nach Hause zu bringen. Sein Plan war es, uns an diesem Strand abzusetzen und von dem roten Gewürm auffressen zu lassen – das war es, was der Diener meinte.«

»Welcher Diener?«, hakte Beeka nach.

»Äh … gar nichts.« Rammar biss sich auf die wulstigen Lippen, dann machte er eine wegwerfende Klauenbewegung. »Das habe ich nur so dahingesagt …«

Mit ein paar ausgreifenden Schritten seiner langen Beine überholte Balbok seinen Bruder und stellte sich ihm in den Weg. »Welcher Diener?«, verlangte nun auch er zu wissen. Er betonte jede Silbe dabei und sah seinen Bruder aus großen Augen fragend an.

»Also gut, von mir aus!« Rammar blieb stehen und schnitt eine Grimasse. »Am Tag unserer Abreise aus Dragana …«

»Also gestern«, ergänzte Beeka.

»… hat sich jemand vor unser Quartier im kaiserlichen Palast geschlichen und mich durch die Tür vollgequatscht.«

»Und was hat er gesagt?«, wollte Balbok wissen.

»Dass … wir uns vorsehen sollen«, rückte Rammar ein wenig zögernd heraus. »Und dass uns jemand ans Leben will«, fügte er hinzu, eine eindeutige Geste quer über seinen kaum vorhandenen Hals beschreibend.

»Und wer?«

»Woher soll ich das wissen, das hat er schließlich nicht gesagt. Aber er warnte uns, dass wir vorsichtig sein sollen.«

»Moment mal«, machte Balbok. »Hast du deshalb den ganzen Abend nichts gegessen? Weil du Angst hattest, es könnte vergiftet ein?«

Rammar sah zu Boden, bohrte mit einer Stiefelspitze im feuchten Sand. »*Douk* … *korr* … vielleicht.«

»Warum hast du mir nichts davon verraten?«

»Ich dachte nicht, dass es wichtig wäre, was so ein Verräter daherredet«, erklärte Rammar. Die Bräune der Verlegenheit war ihm ins Gesicht gestiegen, er wedelte hilflos mit den kurzen Armen.

»So. Dachtest du.« Balbok schnaubte gedehnt und hob belehrend einen Klauenfinger. »Wie oft habe ich dir schon …«

»Ihr da! Seid ihr jetzt fertig?«

Die Stimme, die über den Strand drang, war so hart und drohend, dass Balbok den Satz nicht zu Ende sprach. Alarmiert fuhren die Gefährten herum – und sahen sich der unwahrscheinlichsten Kreatur gegenüber, die sie je erblickt hatten.

17.

KOMHORRA UR'ADERYN

Der Thronsaal verdiente den Namen nicht.

Es war die Haupthalle der Garnisonsfestung, in der bis vor wenigen Monden der Garnisonskommandant residiert hatte; in der gemeinsame Mahlzeiten abgehalten worden waren und wo die Hauptleute des Nachts geschlafen hatten, während die Unterführer und Mannschaften unter freiem Himmel nächtigten; der gestampfte Boden war von Stroh bedeckt, und es roch nach Ruß, Metall und kaltem Schweiß … und hin und wieder trug ein Luftzug auch eine penetrante Note von den benachbarten Latrinen herüber.

Aderyn hasste es, hier zu sein.

Sie hasste diesen Ort beinahe so sehr, wie sie sich selbst dafür hasste, hier gestrandet zu sein, auf diesem letzten Außenposten der Zivilisation … und wie sie jene verfluchte, die dafür verantwortlich waren.

Das Volk, das sich gegen sie erhoben und sie und die übrigen Räte aus Taras Caron vertrieben hatte.

Den Verräter Dufanor, der die Seiten gewechselt hatte und sich jetzt Durwain nannte.

Den Betrüger Curran, den zweiten seines Namens, der jetzt auf dem Drachenthron saß.

Und die beiden Unholde, die ihm geholfen hatten. Die Brüder des Chaos.

Sie alle mussten bestraft werden, mussten erfahren, was es bedeutete, sich mit einer Macht anzulegen, deren Wurzeln noch in einem anderen Zeitalter lagen. Schon aufgrund ihres Alters nahm Aderyn die Herrschaft für sich in Anspruch. Nicht sie selbst, sondern die Zeit hatte sie ihr verliehen, und niemand konnte sie ihr entreißen.

Keine Orks.

Kein Verräter.

Kein falscher Kaiser.

Nicht nur der Ort, an dem sie sich befand, war ihrer nicht würdig, auch die Bedingungen ihres Aufenthalts waren es nicht. Dennoch war die Flucht hierher die einzige Möglichkeit gewesen, ihrer Vernichtung zu entgehen.

Als der aus der Tiefe entfesselte Drache sich gegen sie wandte, hatte das ihre Pläne durchkreuzt und die Aufständischen zum Sieg geführt, und bei allem Hass, den Aderyn empfand, war sie doch klug genug, um zu erkennen, wann eine Niederlage unabwendbar war. Also war sie geflohen, um an einem anderen Tag zu triumphieren.

Und dieser Tag rückte näher …

Auf dem schlichten Hocker des Garnisonskommandanten sitzend, der nur einen sehr unzureichenden Ersatz für den Drachenthron darstellte, lauschte sie den Berichten ihrer Berater. Der Gedanke, dass die beiden noch vor nicht allzu langer Zeit gleichberechtigt neben ihr im Rat der Ewigen gesessen, es hin und wieder sogar gewagt hatten, ihr Wort gegen sie zu erheben, mutete jetzt geradezu lächerlich an.

Aderyn hatte immer gewusst, dass sie den anderen Räten überlegen war, hatte ihre männlichen Kollegen manipuliert und benutzt, während in Wahrheit sie es gewesen war, die die Entwicklungen des Reiches lenkte. Doch seit ihrer Flucht aus Taras Caron hatte sie jede Zurückhaltung aufgegeben und die verbliebenen Räte auf jene Plätze verwiesen, die ihnen ihren Fähigkeiten und ihrer Gesinnung nach zukamen:

Der einst so selbstherrliche Hirulon fungierte jetzt als ihre rechte Hand und ihr Kontakt zu den Anführern der Garnisonen. Und Kelon, dessen Stärke von jeher die Rechthaberei gewesen war, diente als Chronist und Archivar, auf dass die Nachwelt erfahren solle, wie sie, Aderyn, zur Herrscherin von Anwar geworden war, allen Widerständen zum Trotz.

Die Ratsroben, die sie einst mit großem Stolz getragen hatte, hatten beide gegen einfache Rüstungen getauscht und sich darüber noch nicht einmal beschwert. So hochmütig beide einst gewesen sein mochten, inzwischen waren sie dankbar, sich in Aderyns Schutz verkriechen zu dürfen – und die Kriegsherrin ließ sie gewähren, wissend, dass es Schlangen waren, die sie an ihrer Brust nährte und die sich bei der ersten sich bietenden Gelegenheit gegen sie wenden würden. Zumal, wenn sie erfuhren, was bislang nur sie selbst wusste …

»Sind die Berichte unserer Späher ausgewertet worden?«

»In der Tat«, bestätigte Hirulon und deutete dabei eine leichte Verbeugung an. Er sah nicht gut aus, seine Schuppenhaut war merklich gealtert, eine Folge des *Dragwaith*. Der Fluch, mit dem der Drachenkaiser sie einst belegt hatte, nötigte sie dazu, sich ihre Unsterblichkeit mit dem Blute Unschuldiger zu erkaufen. Und da sie nicht mehr über die Metropole geboten, wo Wildwüchse und andere wertlose Kreaturen im Überfluss zur Verfügung gestanden hatten, hatte Aderyn ihren Artgenossen Enthaltsamkeit verordnet; es war ihnen nur gestattet, ihren Durst nach Leben am Blut von Tieren zu stillen, an Echsen und anderem Getier aus den nahen Wäldern. In Anbetracht des Kampfes, der ihnen bevorstand, bedurften sie jedes einzelnen Soldaten und konnten es sich nicht leisten, sie leichtfertig zu opfern – lediglich Aderyn selbst labte sich am Blut ihrer Streiter, das diese ihr bereitwillig darbrachten.

»Und?«, verlangte sie zu wissen, wobei ihre Reptilienaugen die Berater prüfend musterten. »Was wird aus unserer geliebten Hauptstadt berichtet?«

»Dass dein Plan aufzugehen scheint«, erwiderte Hirulon unterwürfig. »Offenbar hat der Kaiser damit bego…«

»Du sollst ihn nicht so nennen!«, fiel Aderyn ihm ins Wort. Die Schuppen, die ihr schmales Gesicht umrahmten, sträubten sich in tief empfundener Abscheu. »Bezeichne ihn als das, was er ist – einen Verräter, einen Emporkömmling, einen Hochstapler …«

»Aber – bei allem Respekt – er ist Currans Nachkomme!«, wandte Kelon ein.

»Ist es das, was du in deinen Chroniken niederschreiben wirst?« Ihr auffordernder Blick ging zu den Wachen am Eingang der Halle, die sofort nach ihren Klingen griffen, bereit, auf ihren Befehl hin zu handeln.

»Na-natürlich nicht«, beteuerte Kelon augenblicklich. »Ich wollte nur darauf hinweisen …«

»… dass der Scharlatan in Taras Caron – oder Dragana, wie er es vermessen nennt – sich jenen Titel anmaßt, der mir zusteht?« Sie sah ihn kalt und prüfend an.

»Genau das.« Kelon nickte.

Aderyn stieß ein leises Zischen aus. »Also«, wandte sie sich dann wieder Hirulon zu, »was ist es, das der Hochstapler im Schilde führt?«

»Ganz offenbar ist er dabei, ein Heer für einen Feldzug aufzustellen«, erstattete der einstige Rat nun umso beflissener Bericht. »Es ist ein Aufruf an die Bauern des Umlands ergangen, Futter und Lasttiere für eine – wie es heißt – kaiserliche Unternehmung aufzubieten.«

Aderyn nickte, der Anflug eines Lächelns spielte um ihre gelblich grünen Gesichtszüge. »So hat der Verräter die Informationen bekommen, die wir ihm zugespielt haben?«

»Davon ist auszugehen.«

Das Lächeln der Drachenfrau wurde noch breiter.

Zu Beginn war ihre Flucht nach Sgruth nichts als eine Verzweiflungstat gewesen – die Garnisonsfeste, die sich am Rand ausgedehnter Wälder befand und die Grenzen des Reiches sicherte, war nicht nur eine der größten; die Gardisten, die dort ihren Dienst versahen, galten auch als die loyalsten des gesamten Reiches, dorthin zu gehen, war also die naheliegende Wahl gewesen. Inzwischen hatte sich jedoch herausgestellt, dass es auch strategisch klug gewesen war, befand sich Sgruth doch am Knotenpunkt zwischen den anderen Garnisonen.

Die Kommandanten in den Grenzfestungen von Carryg und Lafanor hatten ihre Krieger bereits in Marsch gesetzt, in einer langen, aufsehenerregenden Kolonne, die nicht lange verborgen bleiben konnte. Dass auch von den weiter südlich gelegenen Vorposten Truppen aufgebrochen waren, würde hingegen niemand bemerken, denn diese Soldaten bewegten sich nicht in einem großen Heeresverband, sondern in kleinen Gruppen, die die verborgenen Waldpfade benutzten. Dass sie es in Wahrheit mit beinahe doppelt so vielen Gegnern zu tun bekamen, wie sie im Augenblick erwarteten, würde Durwain und seinem impertinenten Zögling erst dann aufgehen, wenn es zu spät war – und spätestens dann würde Aderyns blutige Vison von Macht und Rache sich erfüllen.

Die Aufständischen würden besiegt, der Hochstapler entmachtet und der Verräter bestraft werden.

Und wenn sie erst auf dem Thron von Dragana saß, würde ihr Blick sich gen Süden wenden. Dorthin, wohin der alte Drache verschwunden war und wo die Macht des Reiches nach alter Tradition endete.

18.

SPRAKA UR'SOCHGAL SOUN

Der Anblick war wenig erbaulich.

Das Tier, das unvermittelt am Strand aufgetaucht war, war geradezu bizarr: Der Körper länglich wie der einer Schnecke, aber so grau und fett wie ein Elefant und vermutlich ebenso stark; die sechs abgewinkelten Stelzen, auf denen es sich bewegte, wirkten spindeldürr im Vergleich zum Rest des Körpers, für sich genommen aber war jeder so dick wie Rammars Schädel; der Kopf der Kreatur war mit Fühlern und langen Stielaugen versehen, die die Gefährten anglotzten – noch ungleich bedrohlicher waren jedoch die beiden stachelbewehrten Scheren. Auf dem hohen Rücken des Tieres wuchs ein gewundenes, von Seepocken übersätes Schneckenhaus. Davor saß ein Reiter, der nicht weniger fremdartig aussah als das Tier selbst.

Sein Helm, dessen geschlossenes Visier sein Gesicht bedeckte, war offenbar aus einer großen Muschel gefertigt, ebenso wie die Brustplatte und die Schulterstücke seiner Rüstung; in seiner Rechten hielt er eine große Harpune, gegen die sich Gullwyns Spieß wie ein Zahnstocher ausnahm.

»*Shnorsh*«, stieß Rammar hervor. »Wo kommt der denn plötzlich her?«

»Keine Sorge, mit dem werde ich fertig«, versicherte Balbok. Er schob sich den Helm tiefer in die Stirn, hob den *saparak* und war schon dabei, auf den Fremden zuzumarschieren, der klappernden Scheren ungeachtet, von denen jede dazu angetan war, seine schlanke Gestalt in der Mitte zu teilen. Doch in diesem Moment erschienen drei weitere Reiter über den Dünen. Auch sie trugen Rüstungen aus dickem Perlmutt und saßen auf riesigen Schneckentieren.

»*Shnorsh*«, sagte jetzt auch Balbok und ließ den *saparak* wieder sinken. Und niemand, nicht einmal Rammar, widersprach.

Instinktiv drängten sich die Gefährten aneinander. Rücken an

Rücken gruppierten sie sich um den noch immer halb bewusstlosen Evan, dessen Rückverwandlung soeben eingesetzt hatte. Sie krümmend wand er sich im Sand, unfähig, seinen Gefährten beizustehen.

Mit bedrohlicher Langsamkeit schleppten sich ihre Tiere über Felsen und Sand. Dabei senkten die Krieger ihre harpunenartigen Lanzen.

»Langsam glaube ich, Rammar hat recht«, stieß Beeka hervor. »Wir sind absichtlich hierhergeschickt worden.« Mit erhobener Klinge stand sie da, bereit, ihr Leben so teuer wie möglich zu verkaufen.

»*Korr*, jede Kreatur an diesem Strand scheint es nur darauf abgesehen zu haben, uns umzubringen«, bekräftigte der Ork. »Ich sag's doch, der Drachenschädel meint es nicht gut mit uns. Der hat uns nur hergeschickt, damit wir sterben.«

»Aber warum?«, blubberte Gullwyn.

»*Korr*«, pflichtete Balbok nickend bei, wobei er die Reiter keinen Moment aus den Augen ließ. »Wieso sollte er das tun?«

»Was weiß ich? Vielleicht passte ihm ja meine Nase nicht. Oder vielleicht missfällt ihm auch der Gedanke, einen mächtigen König in seiner Nachbarschaft zu haben.«

»*Zwei* mächtige Könige«, verbesserte Balbok.

»Wie auch immer.«

Inzwischen war der erste der Reiter auf Wurfweite herangekommen. Balbok wog den *saparak* in seinen Händen und überlegte, dem Feind das Ding entgegenzuschleudern. Ein samt Helm gespaltener Schädel würde sicher Eindruck schinden – andererseits würde er dann keine Waffe mehr haben und wehrlos sein, wenn die Schneckenreiter zum Gegenangriff übergingen. Balbok zögerte, und das war gut so, denn im nächsten Moment ergriff der Anführer des Trupps das Wort.

»Könnt ihr mich verstehen?«, rief er ihnen zu. Seine Stimme klang hohl und dröhnend unter dem Muschelhelm.

»Natürlich können wir dich verstehen, Faulhirn! Warum auch nicht?«, blaffte Rammar.

»Du verstehst, was er sagt?«, fragte Beeka verblüfft.

»Natürlich.« Rammar zuckte mit den breiten Schultern. »Der Kerl spricht doch ganz nor…«

Der Rest von dem, was er sagen wollte, blieb ihm förmlich im Hals stecken. Er erinnerte sich noch gut an seine Ankunft in der neuen Welt und daran, wie wenig er von dem Kauderwelsch, mit dem Beeka und die anderen *oltorr'hai* sich verständigten, zu Beginn verstanden hatte. Zwar war ihre Sprache mit dem Orkischen der Modermark verwandt, doch hatte Rammar eine gewisse Zeit gebraucht, sich darin einzuhören, und Balbok war es nicht anders ergangen.

Der Schneckenreiter jedoch bediente sich weder des Orkischen noch des Kauderwelschs der *oltorr'hai*. Stattdessen – und bei dieser Erkenntnis traf Rammar fast der Schlag – beherrschte er die Sprache der Milchgesichter!

»Woher stammt ihr und wer seid ihr?«, wollte der Reiter wissen.

»Nicht so schnell«, verlangte Rammar und schüttelte unwirsch das klobige Haupt. »Zuerst stelle ich die Fragen: Woher stammt ihr und wer seid ihr?«

»Ihr seid Orks«, gab der Vermummte sich selbst die Antwort. »Aus der alten Welt.«

»Du merkst aber auch alles«, bestätigte Rammar grimmig. »Bist wohl einer von den ganz Schlauen dort unter dem Helm, was?«

Auch wenn sie das Gesicht des Reiters nicht sehen konnten – er brauchte offenkundig einige Momente, um sich wieder zu fassen. »Wie seid ihr hierhergekommen? Wie konnte es euch gelingen, die Barriere zu durchdringen?«

»Was für eine Barriere? Von so was wissen wir nichts!«

»Ich spreche vom Grauen Wall. Vom Ende der Welt.«

Balbok und Rammar sahen sich ratlos an.

»Wie seid ihr hierhergekommen?«, wollte der Fremde noch einmal wissen, wobei er sein monströses Reittier ein wenig vorwärtstrieb, so als wollte er seiner Frage Nachdruck verleihen.

»Wie wohl?«, schnauzte Rammar. »Solche Dinge passieren doch stets auf dieselbe Weise – durch faulen Elfenzauber!«

»Ich weiß nicht, was das bedeuten soll, Ork, aber es spielt ohnehin keine Rolle. Ihr seid unsere Gefangenen.«

»Ich habe mich wohl verhört?« Rammar runzelte die breite Stirn.

»Ihr seid unsere Gefangenen«, wiederholte der andere geduldig. »Legt eure Waffen nieder und ergebt euch.«

»Was sagt er?«, wollte Beeka in ihrer Sprache wissen.

»Dass wir uns ergeben sollen«, übersetzte Rammar.

»Nein!«, rief Beeka und schüttelte entschieden den Kopf.

»Da hörst du's«, knurrte Rammar. »In ihrer Sprache bedeutet das übrigens ›Nein‹.«

»Ich fürchte, ihr begreift nicht«, tönte der Vermummte von seinem hohen Sitz herab. »Es war keine Bitte, die ich geäußert habe, sondern ein Befehl.«

»Sag, hat dir jemand in den Helm geshnorsht, Muschelmann?«, fragte Rammar und legte den runden Kopf schief. »Du hast uns nichts zu befehlen. Ich bin König dort, wo ich herkomme!«

»Ich auch«, fügte Balbok hinzu, auf sich selbst deutend.

»Könige oder nicht, ihr habt keine Wahl«, stellte der Reiter klar. »Wenn ihr euch nicht ergebt und mit uns kommt, werden wir euch überwältigen – und das wird einige von euch das Leben kosten.« Alle vier lenkten sie ihre Tiere noch näher heran.

Gehetzt blickten sich die Gefährten um – wohin sie auch sahen, waren sie von schnappenden Riesenscheren und mit mörderischen Widerhaken versehenen Harpunen umgeben. Und gerade erst hatten sie mit knapper Mühe einen Kampf überlebt und waren noch immer geschwächt, von Evans Zustand ganz zu schweigen. Nur ein ausgesprochener Narr hätte sich unter diesen Voraussetzungen auf einen neuerlichen Kampf eingelassen, noch dazu gegen solche Gegner …

»Kommt doch her!«, rief Balbok.

»Versucht's nur«, blubberte Gullwyn.

»Was soll das? Seid ihr übergeschnappt?«, raunte Rammar ihnen zu. »Diese *umbals* auf ihren Riesenschnecken werden uns verhackstücken, ehe wir auch nur einen Mucks machen können!«

»Ist dann halt so«, versetzte Balbok grimmig.

»Hast du jetzt auch noch dein letztes bisschen Verstand verloren,

Schmalhirn? Die schnippeln denen hageren Körper kurz und klein, ehe du auch nur ›*shnorsh*‹ sagen kannst. Und was sie mit mir anstellen, darüber will ich gar nicht nachdenken.«

»Aber vorhin wolltest du doch noch kämpfen«, wandte Beeka ein.

»›Vorhin‹ ist eine Ewigkeit her«, konterte Rammar. »Es zeichnet einen König aus, dass er sich den Gegebenheiten mit Klugheit und Geschick anpassen kann. Jetzt ziehe ich es vor, noch eine Weile zu leben – schon allein, um dem alten Durwain in die Suppe zu spucken. Ich für meinen Teil will nämlich zurück nach Dragana und ihn zur Rede stellen, und ihr?«

Die Gefährten wechselten Blicke.

»Rammar hat recht«, entschied Beeka. »Im Augenblick können wir nur verlieren.«

»Nun? Wie entscheidet ihr euch?«, wollte der Reiter wissen. Er und seine Kumpane trieben ihre Tiere noch näher heran, die Scheren klapperten grässlich.

»Wir beugen uns der Gewalt eurer hässlichen Schnecken!«, erklärte Rammar laut und ließ seine Waffe sinken. Balbok und Gullwyn taten es ihm gleich, und auch Drel, der seine astähnlichen Arme hoch erhoben und wie ein kleiner Baum ausgesehen hatte, gab seine Verteidigungshaltung auf. Dabei pfiff er wie ein Blasebalg, aus dem Luft entwich.

»Vorläufig«, sagte Beeka leise.

Dann senkte auch sie ihre Klinge.

19.

RARK UR'LONK'HAI

Ihr Weg führte am Strand entlang.

Bewacht von den vermummten Reitern, die sie keinen Moment aus den Augen ließen, setzten die Orks und ihre Gefährten einen Fuß vor den anderen. Anfangs hatte Balbok Evan noch getragen, inzwischen hatte er sich wieder so weit erholt, dass er selbst laufen konnte. Beeka stützte ihn und hatte ihm ihren Umhang gegeben, da von seinen eigenen Kleidern nach der Verwandlung nur Fetzen geblieben waren.

Der Regen hatte inzwischen zwar aufgehört, doch noch immer ballten sich graue Wolken am Himmel, und es war nur eine Frage der Zeit, wann sie sich das nächste Mal entladen würden. Eisiger Wind fegte durch die Bucht, heulte um die schwarzen Klippen und ließ den Wrackfriedhof unheimlich rauschen, so als würden die Seelen jener, die diese Schiffe einst bemannt hatten, dort noch immer wandeln.

Rammar fröstelte, und er hätte selbst nicht sagen können, ob es an der klammen Kälte lag oder an den grausigen Geräuschen. Ohnehin war seine Laune auf dem Tiefpunkt, war noch schlechter als die eines *faihok* nach einer durchzechten Nacht. Ganz abgesehen davon, dass auch er schon lange keinen Schluck mehr bekommen hatte. In seiner Wut auf sich selbst und die Welt und die miese Lage, in die sie geraten waren, stieß er eine Reihe halblauter Verwünschungen aus, worauf unmittelbar neben ihm eine riesenhafte Schere schnappte.

»Maul halten da unten!«, rief der Reiter des Untiers von seinem hohen Sitz herab. Am liebsten hätte Rammar ihn aus dem Sattel gezogen und ihm Manieren beigebracht. Aber erstens wäre er aufgrund seines gedrungenen Wuchses gar nicht an ihn herangekommen, und zweitens hätte das Schneckentier sicher etwas dagegen gehabt. Wie alles in dieser neuen Welt schienen auch diese Kreaturen geradewegs aus der Suppe gekrochen zu sein, die Lurak in seinem Pfuhl einst angerührt hatte, urzeitliche Kreaturen, die nichts anderes im Sinn zu haben schienen, als arglose Orks zu fressen …

»Rammar«, raunte Balbok, der vor ihm ging, ihm über die Schulter zu.

»Was?«

»Was denkst du, wohin sie uns bringen werden?«

»Faulhirn, woher soll ich das wissen?«

»Und was werden sie wohl mit uns machen?«

Rammar verdrehte die Augen. »Vielleicht werden sie uns ja als Suppeneinlage verwenden. Oder an ihre Reittiere verfüttern.«

»Glaub ich nicht«, kam es zurück, mit einer Überzeugung, die Rammar schon fast ärgerte.

»Was du nicht sagst. Und warum nicht, großer *An-artum*?«

»Wenn sie uns verhackstücken wollten, hätten sie das schon längst getan. Ich glaube, sie wollen etwas von uns.«

»So?« Rammar schnaubte. »Von mir werden sie jedenfalls nichts bekommen. Und jetzt«, fügte er keuchend hinzu, als das Gelände steil anzusteigen begann, »spar dir … gefälligst … deine Puste!«

Ihr Marsch führte über eine hohe Düne. Für die Schneckentiere auf ihren langen Beinen war es ein Leichtes, sie zu erklimmen, doch für die Gefangenen das Vorankommen im Sand beschwerlich. Rammar, der am Ende gar auf allen vieren kriechen musste, nahm sich vor, den ersten Atem, den er oben schöpfen würde, für eine Tirade wüster Beschimpfungen zu nutzen, die er ihren Häschern angedeihen lassen wollte.

Aber es kam anders.

Denn als die Gefangenen den höchsten Punkt der Düne erreichten und sahen, was sich auf der anderen Seite befand, verschlug es dem feisten Ork abermals die Sprache. Diesmal allerdings nicht aus Erschöpfung, sondern vor Überraschung.

Auf den ersten Blick unterschied sich der Strand jenseits der Düne kaum von dem, den sie hinter sich gelassen hatten: Sand, steile Klippen und Wracks, wohin man blickte. Doch diese Wracks lagen nicht mehr willkürlich durcheinander: Ein kieloben liegender Rumpf bildete etwas wie ein Eingangstor, durch das ein breiter Steg aus Treibholz führte; mehrere lotrecht aufragende Buge stellten etwas wie Wachtürme dar, dahinter erhoben sich ehemalige Decksaufbauten und umgestürzte Rümpfe als bizarre Behausungen.

Jemand hatte sich viel Mühe gegeben und eine Art Stützpunkt aus den Wracks gebaut.

»Vorwärts, dort hinab«, befahl der Anführer der Reiter und lenkte sein Tier auf den Steg zu, der wie zufällig vom Strand zu der baufälligen Ansiedlung führte.

»Die haben es sich aber gemütlich gemacht«, kommentierte Balbok anerkennend – da Orks keine großen Baumeister waren, nutzten sie gerne die Hinterlassenschaften anderer, um ihre Behausungen und *bolboug'hai* zu errichten. Das hatten sie offenbar mit ihren Häschern gemeinsam.

»*Umbal,* was faselst du da?«, schnarrte Rammar zurück. »Sieh dich lieber nach einem Fluchtweg um!«

Auch Rammar selbst ließ seine gelben Augen verstohlen kreisen, doch was er sah, behagte ihm ganz und gar nicht. Die Fremden hatten sich nicht nur einfach inmitten der alten Wracks eingenistet, sie hatten eine regelrechte Festung daraus gemacht, ein *rark* aus alten Schiffen.

Hinter Mauern aus alten Galerien und Niedergängen verliefen Wehrgänge, auf denen weitere muschelgepanzerte Krieger standen und sie misstrauisch beäugten. Der Boden war mit Planken belegt oder mit Gittern aus rostigem Eisen, unter denen man die Brandung schäumen sah – gerade so, als wollten sich die Bewohner auch vor Angriffen aus dem Wasser schützen. Womöglich, dachte Rammar, hatten sie ja auch schlechte Erfahrungen mit dem roten Gewürm gemacht.

In einer Art Innenhof stiegen die Reiter von ihren Tieren. Ihre Riesenschnecken ließen sie zurück und gingen zu Fuß weiter, wobei Rammar mit grimmiger Genugtuung auffiel, das sie alle leicht gebückt gingen oder beim Gehen hinkten. Besonders gut zu Fuß schienen sie nicht zu sein – dagegen war er ja ein Ausbund an jugendlicher Beweglichkeit!

An den Innenhof schloss sich eine Halle aus einem kieloben liegenden Schiffsrumpf an. Das Eingangstor wurde schwer bewacht, mit Harpunen bewaffnete Krieger musterten die Orks und ihre Begleiter kritisch durch die Gitter ihrer Helmvisiere und durchsuchten sie nach weiteren Waffen. Erst dann öffneten sie die beiden Türflügel, die in einem früheren Leben zu einer geräumigen Kapitänskajüte geführt haben mochten. Beeka, die Wildwüchse und ihre Bewacher konnten sie ungehindert passieren. Balbok dagegen musste den Kopf einziehen, um hineinzugelangen, und Rammar den Bauch.

Miefiges, nach fauligem Fisch und vergammeltem Holz riechendes Halbdunkel empfing sie auf der anderen Seite. Zwischen den Rumpfplanken, die die gewölbte Decke bildeten, fielen fahle Streifen Tageslicht ein. Die eigentliche Lichtquelle jedoch war ein Kristall, der am anderen Ende des langen Ovals in einer Nische stand und ein geheimnisvoll blaues Leuchten verströmte.

»*Shnorsh*«, brummte Rammar, als er den Kristall erblickte, denn er hatte solche Dinger schon früher gesehen …

»Ein Kristall der Schmalaugen«, wunderte sich auch Balbok und kratzte sich am spärlich behaarten Hinterkopf. »Wie kommt der denn hierher?«

»Weiß ich nicht. Ich weiß nur, dass die Dinger Ärger bedeuten …«

Ihre Bewacher befahlen ihnen, stehen zu bleiben, dann traten sie vor sie – und nahmen ihre Muschelhelme ab.

Mit einer Verwünschung erkannte Rammar, dass er sich nicht getäuscht hatten.

Es waren tatsächlich *achgosh'hai-bonn.*

Milchgesichter.

Menschen.

Beeka stieß einen erschrockenen Laut aus, Evan, Drel und Gullwyn wichen unwillkürlich zurück. Dergleichen Kreaturen mit dunklen Augen, stumpfen Ohren und seltsam milchiger Haut hatten sie noch nie gesehen, entsprechend groß war ihr Befremden. Und auch Rammar hätte eigentlich ganz gut damit leben können, niemals wieder einen Menschen zu Gesicht zu bekommen …

»Ihr seid ja noch hässlicher als euer Schneckengesocks!«, entfuhr es ihm. »Was, bei Narkods Hammer, wollt ihr hier? Menschen haben hier nichts zu suchen!«

»Das ist wahr«, gab der Anführer des Trupps unumwunden zu. »Genauso wenig wie du, Ork.«

Rammar holte tief Luft und wollte zu einer geharnischten Erwiderung ansetzen, in der er argumentieren wollte, dass das, was einem Ork aus echtem Tod und Horn zustand, einem milchgesichtigen Menschen noch längst nicht zukam …

Doch etwas stimmte nicht.

Irgendetwas mit diesen Menschen war anders als bei den meisten anderen, denen die Brüder im Zuge ihrer Abenteuer begegnet waren. Die Milchgesichter, an die er sich erinnerte, hatten blondes oder dunkles Haar getragen und waren einigermaßen kräftig gewesen (wenn auch natürlich längst nicht so kräftig wie ein nur halbwegs vernünftig gewachsener Ork). Diese hier hingegen waren schmächtig und gingen teils gebückt. Ihr Haar, wenn sie überhaupt welches besaßen, war von grauer bis weißer Farbe. Auch sahen sie ohne ihre Helme weit weniger bedrohlich aus, denn ihre Gesichter ähnelten Satteltaschen aus altem, wettergegerbtem Leder …

»Die sind uralt«, entfuhr es Balbok.

»Quatsch mir nicht immer dazwischen, wenn ich denke. Aber das wollte ich auch gerade sagen«, knurrte Rammar. »Ihr seid eine Bande altersschwacher Greise …«

»… die euch überwältigt und gefangen haben, ganz so altersschwach können wir also nicht sein«, konterte der Anführer der Bande. »Und wenn du weiterhin unverschämt daherreden willst, dann kann ich dir gerne meine Klinge in den Rachen stopfen, Unhold«, fügte er hinzu und griff an seine Hüfte, wo ein langes, offenbar schon häufig benutztes Entermesser hing.

Das wird nicht nötig sein, sagte eine Stimme, die von allen Seiten zu kommen schien.

Erschrocken hielten sich die Orks und ihre Begleiter die Ohren zu – bis ihnen dämmerte, dass die Stimme nicht in der miefigen Luft um sie herum, sondern in ihren Köpfen war. Gleichzeitig intensivierte sich das Leuchten des Kristalls.

»*Shnorsh*«, stieß Rammar hervor. »Ich hab's gewusst.«

»Jetzt geht's los«, pflichtete Balbok bei.

»Was geht los?«, wollte Beeka verwundert wissen.

»Was wohl? Fauler Elfenzauber …«

Du da, sagte die Stimme. *Bitte tritt vor …*

»Ausgerechnet ich?«, maulte Rammar, machte aber den erwünschten Schritt nach vorn. »Warum kann nicht mal mein dämlicher Bru…?«

Nicht du, sondern die junge Frau, die bei euch ist, fiel ihm die Stimme ins Wort, und aller Augen richteten sich auf Beeka, der in diesem Moment dämmerte, dass sie die einzige Frau an diesem Ort war. In den Rüstungen aus Perlmutt schienen tatsächlich nur alte Männer zu stecken …

Komm näher, Kind, sagte die Stimme, die Rammar schmerzlich bekannt vorkam. Er suchte krampfhaft in den grauen Windungen seines Gehirns, konnte sie jedoch nicht zuordnen.

»Tu's nicht«, raunte er Beeka zu. »Das ist nur ein mieser Trick.«

Du hast nichts von mir zu befürchten, beteuerte die Stimme – und zum Entsetzen ihrer Gefährten trat Beeka tatsächlich vor.

»*Douk!*«, zischte Balbok und wollte sie festhalten, aber ein ganzes Bündel mit Widerhaken versehener Harpunenspitzen sagte ihm, dass dies keine gute Idee gewesen wäre.

So ist es gut. Komm zu mir, Kind …

Beeka überließ es den anderen, sich um den noch immer geschwächten Evan zu kümmern. Wie in Trance setzte sie einen Fuß vor den anderen und näherte sich dem Kristall, der ihr Gesicht mit blauem Schein beleuchtete.

»Das ist ein Fehler«, gab Rammar ihr flüstend mit auf den Weg, aber sie hörte nicht mehr hin. Nur noch die Stimme in ihrem Kopf schien sie zu interessieren, die sie weiter lockte wie eine Motte das helle Licht.

Komm zu mir und berühre mich …

Beeka hatte den Sockel mit dem Kristall darauf fast erreicht. Schon hob sie die Arme und streckte die Hände danach aus. Sie hatte das leuchtende Objekt noch nicht ganz berührt, als es passierte: Der blaue Lichtschein sprang vom Kristall auf die Kriegerin über und erfasste sie, hüllte sie für einen Augenblick ganz ein.

Das Licht wurde so hell und blendend, dass die Orks und ihre Gefährten die Augen schirmen und sich abwenden mussten. Als sie blinzelnd wieder einen Blick wagten, war das Licht erloschen. In der Nische war es dunkel geworden, der Kristall leuchtete nicht mehr. Nur Beeka war noch von einem sanften Schein umhüllt, der sich jedoch verflüchtigte, als sie sich langsam zu ihren Gefährten umdrehte.

»Alles in Ordnung?«, erkundigte sich Balbok besorgt.

Für einen Moment lag noch ein blaues Funkeln in ihren Augen, dann erlosch es ebenfalls, und zumindest rein äußerlich schien Beeka wieder ganz die Alte zu sein. Dass es nicht so war, wurde in dem Augenblick klar, als sie zu sprechen begann.

»Es geht Beeka gut, sorgt euch nicht um sie«, sagte sie, nicht länger in der Sprache der *oltorr'hai*, sondern in jener der Menschen. »Ich grüße euch, Freunde«, wandte sie sich dann an Balbok und Rammar. »Wer hätte gedacht, dass wir uns noch einmal wiedersehen? Wobei irgendetwas in diesem Universum dies wohl unvermeidlich machte …«

Für die beiden Ork-Brüder war es, als ob ihnen der Boden unter den Füßen weggezogen, sie in ein tiefes Loch stürzen und von Narkods Hammer mit voller Wucht am Kopf getroffen würden, und das alles gleichzeitig.

Dieser Tonfall, diese Art zu sprechen und die Worte zu betonen, kam ihnen verflixt bekannt vor – und plötzlich dämmerte Rammar, woran ihn die Stimme in seinem Kopf erinnert hatte. Er wandte den Blick und sah zu Balbok empor, der zugleich zu ihm herabsah.

»Elfenweib!«, entfuhr es beiden gleichzeitig.

BUCH II:

BLAR

(DIE SCHLACHT)

1.

OIGNASH TULL

»So begrüßt ihr mich?«

Beeka legte den Kopf schief, und in einer Reaktion, die sie sonst noch nie gezeigt hatte, verengte sie argwöhnisch die mandelförmigen Augen. Überhaupt hatte sich ihr Mienenspiel verändert, erinnerte nicht mehr an sie selbst, sondern an jemand anderen, den die Orks vor vielen Jahren gekannt hatten.

Zu gut gekannt für Rammars Geschmack …

»Was sollen wir denn sonst tun?«, brummte er unwirsch.

»Nach all der Zeit sehen wir uns so unverhofft wieder, und alles, was ihr zu sagen habt, ist ›Elfenweib‹? Und das nach allem, was wir zusammen erlebt und durchgemacht haben?«

»Na ja«, meinte Balbok ein wenig verlegen und schlug den Blick zu Boden, »wir …«

»Was würdest du denn gerne hören?«, fiel Rammar seinem Bruder barsch ins Wort. »Sollen wir dir Komplimente machen, weil du dich so gut gehalten hast? Du solltest tot sein, schon seit mindestens fünfhundert Jahren!«

»Sechshundert«, verbesserte sie mit Beekas Stimme, aber im Tonfall der alten Überlegenheit. »Dasselbe ließe sich auch von euch sagen, oder nicht?«

»*Korr*, unser Inselchen hat es gut mit uns gemeint«, räumte Rammar ein. »Du dagegen hast deine Existenz bloß Elfenzauber zu verdanken – und der Tatsache, dass du von unserer Gefährtin Besitz ergriffen hast. Du wirst sie sofort wieder freilassen, hörst du?«

»Das werde ich – aber nicht jetzt. Dank eurer Freundin konnte ich das Gefängnis verlassen, das mir auferlegt war. Ich werde ihren Körper behalten, solange es nötig ist, danach bekommt sie ihn wieder. Ihr beide werdet ein Auge darauf haben, dass er dann noch unversehrt ist.«

»Wir sollen … auf dich aufpassen? Dich beschützen? Deine Leibwächter spielen?« Nun waren es Rammars Schweinsäuglein, die sich kritisch verengten. »Das kannst du dir gleich wieder aus dem Kopf schlagen. Nicht wahr, Langer?«

Sein Blick ging zu Balbok, doch der stand nur da und sah Beeka mit großen Augen an. Wobei nicht zu erkennen war, ob es tatsächlich die Gefährtin war, auf die er starrte, oder diejenige, die sich in ihrem Inneren verbarg.

»Hallo?« Rammar schwenkte einen kurzen Arm vor Balboks Augen. »Sagst du vielleicht auch mal was, du langes Elend? Oder willst du weiter nur dastehen und blöde glotzen?«

»Königin Alannah«, stieß Balbok hervor. Es war nicht nur das Erste, sondern auch das Einzige, was ihm in den Sinn kam.

»Ich grüße dich, Balbok«, sagte Beekas Mund und lächelte. »Ich freue mich, dich zu sehen. Aber ich bin keine Königin mehr, und der Name Alannah hat keine Bedeutung mehr für mich. Du hingegen bist ein stolzer Krieger geworden …«

Balboks lange Züge dehnten sich zu einem geschmeichelten Grinsen, während er sich zu seiner vollen Größe aufrichtete und stolz in die Brust warf.

»Hör gar nicht hin, sie versucht nur, sich bei dir einzuschleimen«, ging Rammar dazwischen. »Das macht das Elfenweib immer so, weißt du nicht mehr? Und schon tut man Dinge, die man eigentlich niemals tun wollte …«

»Ich bin nicht immer ganz ehrlich zu euch gewesen, das gebe ich zu«, kam es einigermaßen zerknirscht zurück.

»So gut wie nie«, fasste es Rammar aus seiner Sicht zusammen. »Und auch was dein Ende betrifft, hast du offenbar geflunkert. Wie gesagt, solltest du schon lange tot und begraben sein. Schließlich haben sie dir und dem Kopfgeldjäger ein prunkvolles Grabmal errichtet.«

»Nur zu wahr«, gab sie zu. »Ich hatte mich entschlossen, dem langen Leben einer Elfin zu entsagen und meinem Gemahl in seinem endlichen Dasein zu folgen …«

»Und?« Rammar reckte neugierig das breite Kinn vor. »Was hat dich davon abgehalten?«

»Gar nichts. Meine vergängliche Hülle wurde ins Grab gelegt und ruht bis zum heutigen Tag an Corwyns Seite – mein Geist und mein Wissen jedoch, die Essenz meines Daseins, wurde in einen Kristall gebannt und auf einem geheimen Pfad aus dem Mausoleum gebracht – auf demselben Pfad übrigens, den meine Nachfahrin später zur Flucht benutzte.«

»Alte Geschichten.« Mit der künstlichen Klaue winkte Rammar ab. »Und wieso bist du nicht einfach in deinem Kristall geblieben? War es dir da drin zu eng, oder was?«

»Elfischer Kristall kann auf mancherlei Art genutzt werden, jedoch vermag er eine Seele nicht unbegrenzt zu verwahren, ohne dass sie dabei Schaden nimmt. Über die Jahrhunderte musste ich mich deshalb immer wieder der Körper von Frauen bedienen, die meinen Geist für eine Weile in sich trugen und ihm so eine Zuflucht gaben.«

»Warum nur Frauen?«

Alannah ließ Beeka auflachen – auf eine recht herablassende Weise, wie Rammar fand. »Weil weder Körper noch Geist eines männlichen Wesens die Komplexität besitzen, die erforderlich ist, um einer Herausforderung wie dieser gerecht zu werden«, beschied sie ihm schlicht.

»Hä?« Rammar verstand kein Wort.

»Ein Mann würde dem Irrsinn verfallen.«

»Kann ich mir vorstellen – du hast es schon ja in deinem eigenen Körper geschafft, einen schier in den Wahnsinn zu treiben.« Rammar stieß ein Grunzen aus, um seine eigene Bestürzung zu vertuschen.

Alannah …

Die Elfenpriesterin, die Balbok und er einst aus dem Tempel von Shakara entführt hatten, worauf sie sie in den Urwald von Trowna geführt und gegen ihren Willen zu Helden gemacht hatte; mit der zusammen sie gegen Mächte gekämpft hatten, die noch weitaus finsterer waren als Rammars dunkles Herz, und die sich einmal gar selbst als Unhold ausgegeben hatte; die zusammen mit dem Menschen Corwyn zur Königin geworden war und mit ebenso viel Mut wie mit Weisheit über ihr Volk geherrscht hatte. Zugegeben, nicht alle Erinnerungen an sie waren schlecht, ein paar halbwegs brauchbare waren auch darunter. Trotzdem hätte Rammar sie nicht wieder in seinem Leben gebraucht. Doch nun war sie plötzlich wieder da, wenn auch in anderer Gestalt: Alannah, Priesterin von Shakara und Königin von Tirgas Lan, war im Körper einer Schimmelorkin …

Ihre übrigen Gefährten, die bislang nur dagestanden und den Vorgängen mit vor Staunen offenen Mündern beigewohnt hatten, ohne auch nur ein Wort zu verstehen, hielten es nicht mehr länger aus.

»Was geht hier vor?«, wollte Evan wissen, der sich wieder halbwegs erholt hatte. Gullwyn und Drel nickten beifällig.

»Ach, nichts weiter.« Rammar machte eine wegwerfende Klauenbewegung. »Nur, dass eine Schmalaugen-Zauberin, die eigentlich schon lange tot sein sollte, offenbar noch immer am Leben ist und den Körper unserer Gefährtin übernommen hat.«

»Ich bin keine Zauberin«, verbesserte Alannah. »Schon sehr lange nicht mehr.«

»Wie würdest du es dann nennen, wenn jemand seinen Geist in einen Elfenstein stopft?« Schon der Gedanke sorgte dafür, dass sich Rammars Nackenborsten sträubten.

»Ihr werdet es mir vermutlich nicht glauben, aber es war nicht meine Idee, auf diese Weise fortzuleben.«

»*Korr*«, stimmte Rammar zu. »Glaub ich nicht.«

»Der Diener, der dies einst bewirkte, gehörte einem geheimen Bund an, der sich *Etifanian'y'Shakara* nannte – die ›Erben Shakaras‹.«

»Au«, machte Rammar und griff sich ans Ohr – es tat weh, nach so langer Zeit wieder Elfisch zu hören.

»Dieser Geheimbund hatte es sich zur Aufgabe gemacht, das Wissen um die alte Zeit zu bewahren – jedenfalls das, was noch davon übrig war. Die Erben übernahmen es, mich zu beschützen und mir immer neue Wirtskörper zu suchen, über die Jahrhunderte hinweg.«

»Und so einen Schmarren sollen wir glauben?«

»Es ist die Wahrheit«, sagte eine andere Stimme, und aus dem Halbdunkel trat eine gedrungene, kleinwüchsige Gestalt, deren Herkunft unverkennbar war …

»*Shnorsh*«, knurrte Rammar, »einen Hutzelbart hast du auch noch mitgebracht?«

»Ich trage keinen Bart, wie du siehst«, konterte der Zwerg, der eine zerschlissene Robe trug und schlohweißes Haar hatte, dessen Kinn aber tatsächlich ganz glatt war.

»Na und? Deswegen bleibst du wohl doch ein Hutzelbart«, konterte Rammar unwirsch.

»Dies ist Nemion, mein Diener und engster Vertrauter«, erklärte Alannah in Beekas Gestalt, worauf der Zwerg sich artig verbeugte. »Auch er ist Mitglied im Geheimbund der *Etifanian*, und er war es auch, der meinen Geist aus seinem letztem Wirtskörper befreit und in diesen Kristall übertragen hat. Die Frau, die sich bereit erklärt hatte, mich in sich zu tragen, war alt und gebrechlich, ihr Körper erlag schließlich den Strapazen der Reise … um es so zu nennen.«

»Welcher Reise?«

»Die ich auf mich genommen habe. Die wir alle auf uns genommen haben«, führte die Elfin aus, auf ihre vom Alter gezeichneten Gefolgsleute deutend.

»Verstehe.« Rammar grinste. »Die jungen und saftigen Kerle sind zuletzt wohl alle davongelaufen, sodass nur noch vertrocknete alte Greise bereit waren, auf dich zu hören? Warum nur wundert mich das nicht?«

»Du verstehst überhaupt nichts, Rammar«, stellte Alannah klar. »Bei unserer Abfahrt standen all diese Männer in der Blüte ihres Lebens.«

»Das kommt davon«, knurrte Rammar, »wenn man zu viel Zeit mit dir verbringt, Elfin.«

Alannah ging auf die Bemerkung nicht ein. »Was wissen Orks über die Grenzen der Welt?«, fragte sie stattdessen.

»Na ja«, meinte Balbok und rieb sich nachdenklich den Rüssel, »die meisten von uns sind der Meinung, dass die Welt da zu Ende ist, wo die Modermark aufhört. Aber das ist ein Irrtum«, fügte er hinzu, wobei er es einmal mehr nicht lassen konnte, einen Klauenfinger belehrend zu erheben. »In Wirklichkeit ist *sochgal* viel größer.«

»*Korr*«, stimmte Rammar zu, »aber ganz im Süden gibt es das Weltenloch, wo Kurul sitzt und nur darauf wartet, dass jemand über den Rand stürzt und in seine Grube fällt.«

»Und du glaubst, dass es sich wirklich so verhält?«

»Elfin«, knurrte Rammar, »nicht mal mein Bruder ist so dämlich, wie er aussieht. Wir kennen die Bedeutung von Mythen – ein paar von ihnen haben wir hier in Anwar sogar persönlich kennengelernt.«

»Und erschlagen«, fügte Balbok der Korrektheit halber hinzu.

»Aber wir wissen auch, dass in jedem Mythos ein Körnchen Wahrheit steckt«, fuhr Rammar fort.

»Das ist wahr«, räumte Alannah ein. »In diesem Fall ist es tatsächlich ein Dämon, der am Weltenrand lauert – allerdings einer, dessen Ursprünge durch und durch in der Wirklichkeit liegen. Ich spreche von niemand anderem als Margok.«

»Nicht auch das noch«, stöhnte Rammar.

»Dem Dunkelelfen?«, flüsterte Balbok.

»Ganz recht. In uralten Aufzeichnungen, die noch auf die Tage Mirons und der ersten Elfen zurückgehen, ist davon die Rede, dass Erdwelt einst aus einer einzigen großen Landmasse bestand, die irgendwann zerbrach: In einen Kontinent im Norden, den wir als unsere Heimat kennen, und einen im Süden, nach dem alten Ur-Kontinent Anwar genannt. Doch Margok hat dafür gesorgt, dass das Wissen um diese andere Welt verschwand. Er hat die Aufzeichnungen darüber aus den Chroniken gelöscht und die Gelehrten getötet, die darum wussten. Und er hat eine Barriere errichtet, um zu verhindern, dass die Nachwelt von der Existenz jenes anderen Kontinents erfuhr – eine Wand aus Nebel und Dunkelheit, angefüllt mit unsagbaren Schrecken.«

»*Nifful ur'kro*«, flüsterte Balbok.

»Der Nebel des Todes«, übersetzte Rammar. »Wie es heißt, umgibt er das Weltenloch.«

»Es ist nur eine Barriere«, widersprach Alannah, »und wie jede

Barriere kann sie durchbrochen werden, doch der Preis dafür ist hoch. Denn im Nebel droht man Zeit zu verlieren, und das im wahrsten Sinn des Wortes.«

»Mein Name ist Pyaras«, stellte sich der Greis vor, der die Schneckenreiter befehligt hatte, »ich war der Kapitän des Schiffes, das in den Nebel fuhr, und dies war meine Mannschaft. Zu Beginn jener Reise war ich keine dreißig Winter alt. Das war im Herbst des Jahres 33152 – vor nicht einmal zwei Jahren.«

Rammar kniff die Augen zusammen. »Willst du uns vershnorshen, Mann?«

»Nein«, antwortete diesmal der Zwerg. »Das Durchfahren des Nebels hat die Menschen und mich rund vier Jahrzehnte unseres Lebens gekostet – denn um so viel sind wir gealtert.«

Rammar schluckte. Nicht, dass ihn das Schicksal eines Hutzelbarts und einer Handvoll Milchgesichter groß gekümmert hätte … aber irgendwie bedrückend war der Gedanke doch.

»Margok hat den Nebel mit einem Zauber versehen, nicht unähnlich dem, der auf eurer Insel wirkt und zur Folge hat, dass die Zeit dort langsamer vonstattengeht als anderswo«, erklärte Alannah. »Im Inneren des Nebels verstreicht sie sehr viel schneller, was auch der Grund dafür ist, dass niemand je von dort zurückkehren konnte. Zwar ist die Welt dort weder zu Ende noch stürzt man in Kuruls Grube, jedoch landet man hier, auf diesem Friedhof aller Hoffnungen. Genau wie alle anderen, die jemals versuchten, nach Anwar zu gelangen.«

Der Geste folgend, die sie beschrieb, sahen die Orks und ihre Begleiter sich in dem düsteren, nach Fisch und Fäulnis riechenden Gewölbe um, unter dem sie standen.

»Das ist euer Schiff?«, fragte Balbok.

»Was davon übrig geblieben ist«, bestätigte Kapitän Pyaras. »Eigentlich waren es sogar drei Schiffe, die einst unter meinem Kommando standen.«

»Alle Achtung.« Spöttisch schürzte Rammar die wulstigen Lippen. »Da habt ihr ja ganze Arbeit geleistet. Und seit dieser Zeit hockt ihr euch hier den *asar* breit?«

»Was hätten wir tun sollen? Eine Handvoll Greise, ein altersschwacher Zwerg und das in einem Elfenkristall gespeicherte Bewusstsein einer Elfin …«

»*Korr*, nach einer Armee klingt das nicht gerade«, bestätigte Rammar grimmig.

»Wir waren damit befasst zu überleben«, führte Pyaras aus. »Raybert, mein Freund und Erster Offizier, starb gleich bei der ersten Attacke der Fleischwürmer. Danach haben wir uns diese Zuflucht gebaut und ein paar der Krabbenschnecken gezähmt, sodass sie uns als Reittiere dienen.«

»*Korr*«, meinte Rammar, während er sich in all dem Elend umblickte, »so was passiert, wenn man tut, was das Elfenweib verlangt. Wieso, in aller Welt, hast du dich darauf eingelassen, Milchgesicht?«

»Aus Gier nach Geltung … nach Reichtum … oder nach Ruhm.« Der alte Kapitän schüttete den Kopf. »Ich weiß es nicht mehr«, gestand er leise. »Aber diese Karte, die sie mir zeigte«, sagte er mit einem Blick in Alannahs Richtung, »hat alles verändert. Meinen Blick auf die Welt, mein Verständnis von der Wirklichkeit …«

»*Korr*, jemands Leben auf den Kopf stellen, das kann sie wirklich gut.« Rammar nickte und sandte Beeka – oder vielmehr der, die in ihr war – einen giftigen Blick. »Auch die Sache mit der Karte kommt mir verdächtig bekannt vor. Was hat dich dazu getrieben, all diese Leute ins Unglück zu stürzen, Elfin? War es wieder Langeweile, so wie damals?«

»Nein.« Sie schüttelte den Kopf. »Aus den alten Chroniken erfuhr ich nicht nur von der Existenz dieser anderen Welt, sondern auch, dass Margok einst jene hierher verbannte, die sich gegen ihn stellten.«

»Nur zu wahr, der Dunkelelf hat hier herumgepfuscht«, bestätigte Rammar. »Die *oltorr'hai* sind das Ergebnis, genau wie die Wildwüchse«, fügte er hinzu, auf Evan, Drel und Gullwyn deutend.

»Dies ist der Grund, warum ich hierherkommen musste«, bestätigte Alannah. »Weder aus Langeweile noch aus eitlem Forscherdrang, sondern weil ich Gewissheit brauche.«

»Worüber denn?«, fragte Balbok.

»Über Margoks Wirken. Der Dunkelelf mag nicht länger existieren, aber das Böse, das er einst rief, ist noch hier, ich kann es spüren. Und ich habe Visionen …«

»Ach ja? Und du wirst uns sicher nicht verschonen und uns damit vollquatschen.« Rammar rollte genervt mit den Augen.

»Von verschiedenen Dingen … auch von einer Frau, halb Elfin und halb Drache.«

»Keine Ahnung, von wem du sprichst. Klingt jedenfalls nach einer hässlichen Mischung.«

»Aber Rammar, das ist doch völlig klar«, wandte Balbok mit begeisterter Miene ein. »Sie spricht von Lady Aderyn!«

»Ihr kennt sie?«, fragte Alannah, der nicht entgangen war, dass die Gefährten der Orks bei der bloßen Erwähnung des Namens zusammengezuckt waren.

»Nur ganz flüchtig«, versicherte Rammar, mit der künstlichen Klaue wedelnd. »Eigentlich so gut wie gar nicht …«

»Aber Rammar, das stimmt doch nicht! Wir haben gegen sie und ihre Leute gekämpft, weißt du nicht mehr? Und was mich betrifft, ich hatte sogar …«

»Ist mir wurscht, was du mit dem Weib hattest!«, bellte Rammar ihn an, plötzlich außer sich vor Zorn und gefährlich nahe am *saobh*, jener berüchtigten orkischen Raserei, aus der man nur wieder herausfand, wenn Blut floss. »Ich weiß nur, dass ich keine Lust habe, meinen *asar* für irgendwelche Visionen zu riskieren, die ein verzaubertes Elfenweib hat, das uns seit Jahrhunderten nicht in Ruhe lässt! Wir wollten zurück nach Hause, wir …« In diesem Moment kam ihm ein Gedanke, der seine Tirade jäh unterbrach. »Elfin«, wandte er sich an Alannah, »hast du uns vielleicht etwas zu sagen?«

»Was meinst du?«

»Kann es sein, dass in Wahrheit du dafür verantwortlich bist, dass wir nicht längst wieder zurück auf unserer Insel sind? Dass wir an diesem garstigen Ort gestrandet sind?«

»Ich weiß nicht, was du meinst.«

»Wirklich nicht? Es wäre schließlich nicht das erste Mal, dass du uns hinters Licht führst …«

»Einst war ich mächtig«, gab sie zu, »aber das bin ich nicht mehr. Wenn etwas dafür gesorgt hat, dass wir einander hier begegnen, so muss es die Vorsehung gewesen sein, denn ich brauche eure Hi…«

»Sag's nicht«, fiel Rammar ihr barsch ins Wort. »Denk es nicht einmal, *korr*?«

Alannahs Zögern währte nur einen Augenblick. »Dann drücke ich es anders aus«, erklärte sie dann, ihre Stimme so sanft wie ein Frühlingsregen, ihre Worte so erschütternd wie ein Erdbeben. »Die Welten sind in Gefahr. Nicht nur die neue, sondern auch die alte. Und wir müssen der Dunkelheit Einhalt gebieten.«

2.

KOMHORRA SOCHGASH

Auf einem lang gestreckten Hügel, rings von Waldland umgeben, hatte das kaiserliche Heer sein Lager aufgeschlagen.

Gräben waren in aller Eile gezogen und zugespitzte Pfähle in den Boden gerammt worden, sodass sich der Hügel im Zweifel gut verteidigen ließ. Doch mit einem Überfall war ohnehin nicht zu rechnen, zu groß war das Heer, das der Drachenkaiser aufgeboten hatte, zu eindeutig die Übermacht, als dass der Feind es gewagt hätte, sich zu nähern. Rund fünfhundert Reiter waren es, an deren Lanzen das Flammenbanner flatterte, dazu noch einmal ebenso viel Fußvolk sowie der Tross, der nötig war, um ein Heer dieser Größe zu versorgen.

Das Zelt des Kaisers war an der höchsten Stelle des Hügels errichtet worden; unter dem Baldachin des Eingangs konnte Enok sein gesamtes Heerlager überblicken, von den Zelten der Offiziere zu den Schlafstätten der einfachen Soldaten, die sich um die Lagerfeuer scharten; von den Gehegen der Reitechsen zu den Zelten der Heiler und jenen der Köche, von denen der Geruch von gebratenem Fleisch herüberzog. In Anbetracht dessen, was seine Kämpfer erwartete, hatte Enok die Ausgabe doppelter Rationen angeordnet.

Er selbst verspürte keinen Hunger, im Gegenteil. Etwas nagte an ihm. Ein Gefühl. Eine Ahnung.

Als älterer und erfahrener Feldherr wäre er vielleicht in der Lage gewesen, jene Empfindungen zu deuten und Schlüsse daraus ziehen. So sorgten sie nur für Verwirrung, und er war auf den Rat jener angewiesen, die älter und klüger waren.

Mirra, der er jederzeit sein Leben anvertraut hätte.

Chulain, dessen Urteil er bedingungslos vertraute.

Und natürlich Durwain, dessen Erinnerung weiter in die Vergangenheit reichte als die jedes anderen Wesens und dessen Weisheit daher unermesslich groß sein musste.

Doch egal, was sie ihm geraten hatten – die Entscheidung, diesen Feldzug zu beginnen und gegen Aderyn und die Schwarzen Garden zu ziehen, war seine gewesen. Es war seine Herrschaft, seine Verantwortung, niemand konnte sie ihm nehmen …

»Hast du immer noch Zweifel?«

Aus dem vom Schein der Öllampen beleuchteten Inneren des Zeltes trat Meister Durwain zu ihm heraus, und es war einmal mehr, als könnte der kaiserliche Berater Enoks Gedanken lesen. Im Zwielicht der Dämmerung hatte seine Erscheinung etwas Beunruhigendes, der Schein der Lagerfeuer irrlichterte über seine reptilienhaften Gesichtszüge.

»Ich bin mir nicht sicher«, gestand Enok leise.

»Was deine Zweifel betrifft?«

»Was diesen Feldzug betrifft. Etwas daran kommt mir falsch vor, aber ich weiß nicht, was es ist.«

»Es kommt dir falsch vor, deine eben erst gewonnene Krone zu behaupten? Dich deinen Feinden zu stellen, solange du sie noch besiegen kannst, kommt dir falsch vor?«

»Ich weiß, das sollte es nicht«, versicherte Enok, während er einmal mehr den Blick über das Lager schweifen ließ. Trotz der schwülen Hitze, die um diese Jahreszeit im Nordwald herrschte, fröstelte er.

Durwain nickte. »Und selbst wenn es so sein sollte, lass deine Untergebenen niemals spüren, dass du zweifelst. Du bist der Kaiser, was bedeutet, dass du stets Mut und Zuversicht ausstrahlen musst.«

»Auch dann, wenn ich sie selbst nicht habe?«

»Gerade dann. Es ist nicht deine Schuld. Du kannst nichts dafür, dass du äußerlich einem Mann gleichst, in deinem Inneren jedoch noch ein furchtsamer Knabe bist. Doch du solltest stets auf jene hören, die es gut mit dir und deiner Herrschaft meinen.«

»Das tue ich«, versicherte Enok und rief sich innerlich selbst zur Ordnung.

Meister Durwain hatte recht.

Was er spürte, waren die Sorgen und Ängste eines verängstigten, heimatlosen Jungen. Doch dieser Junge trug die Kaiserkrone auf dem Haupt, was nicht mehr und nicht weniger bedeutete, als dass er endlich erwachsen werden musste …

»Lagebericht«, verlangte er nüchtern.

Der Berater nickte wohlwollend. »Das Kriegsglück scheint uns hold zu sein. Dank der günstigen Witterung konnten wir den Marsch von Dragana hierher in kürzester Zeit bewältigen, was uns gegenüber dem Feind einen weiteren Vorteil bringt. Zu unserer zahlenmäßigen Überlegenheit erhalten wir nun auch noch die Chance, Aderyns Truppen zu überraschen, ehe sie sich formieren können.«

»Wo stehen sie im Augenblick?«

»Auf der anderen Seite des Flusses, in den Ausläufern des Marschlands. Kein geordnetes Lager wie das unsere, sondern eine wüste, lärmende Zusammenrottung von Kämpfern, Tieren und Material, die darauf schließen lässt, wie es um die Moral der Gardisten bestellt ist. Sie haben nichts mehr, wofür sie kämpfen – unsere Leute hingegen folgen dem Flammenbanner des neuen Drachenkaisers.«

Enok atmete tief ein und aus. »Dann ist es entschieden«, sagte er leise. »Im Morgengrauen greifen wir an.«

»Du sprichst mit der Weisheit und dem Mut deines Ahnen«, sagte Durwain und legte ihm anerkennend seine grüne Reptilienhand auf die Schulter. »Ich habe General Chulain bereits angewiesen, entsprechende Vorbereitungen zu treffen. Noch vor Tagesanbruch werden wir Aderyn entgegenziehen und ihr die Entscheidung aufzwingen. Wir werden ihren Truppen keine Chance lassen und den Sieg erringen – du, mein Kaiser, wirst den Sieg erringen.«

»Hoffentlich.« Enok presste die Lippen zusammen. »Rammar hat mich gelehrt, dass man einen Streit besser nur dann anfängt, wenn man ihn auch gewinnt.«

»Dann stimme ich deinem orkischen Ziehvater in diesem einen Fall zu«, räumte Durwain ein. »Denn diese Schlacht kann nicht verloren gehen. Das Recht ist auf deiner Seite, junger Kaiser, ebenso wie eine erdrückende Übermacht.«

»Wenn Ihr das sagt.« Überzeugt war Enok noch immer nicht, aber er sah die Notwendigkeit des Handelns. In diesem Moment hörte er ein lautes Summen an seinem linken Ohr und spürte einen schmerzhaften Einstich. Unwillkürlich schlug er danach, worauf die jämmerlichen Reste einer großen Stechmücke auf seiner Handfläche klebten. »Elende Biester«, knurrte er.

»Boten des nahen Marschlands«, sagte Durwain. »Du bist vermutlich nicht der Einzige, den sie heute Nacht peinigen …«

»… während Eure Schuppenhaut dagegen unempfindlich ist«, ergänzte Enok.

»Was soll ich sagen?« Meister Durwain lächelte. »Das Ödland im Nordwesten ist schon immer die Schande Anwars gewesen, in alter Zeit vom Dunkelelfen selbst verflucht. Doch wer hätte gedacht, dass es eines Tages zum Ort des größten Triumphs werden würde?«

»*Korr*«, stimmte Enok zu, während er die Überreste des Insekts an seinem Waffenrock abwischte. »Wer hätte das gedacht …?«

3.

KARAL'HAI SOUN, KARAL'HAI NUASH?

Unter dem Rumpfdach war es still geworden, aller Augen hatten sich auf Beeka gerichtet, die mit den Worten und dem Wissen einer anderen sprach.

»Elfenweib«, brummte Rammar, »wenn ich jedes Mal, wenn du so etwas sagst, einen Humpen Blutbier bekommen hätte, wäre ich wahrscheinlich nie wieder nüchtern geworden.«

»Es ist die Wahrheit«, beharrte Alannah, »unsere Welten sind in Gefahr. Von Tirgaslan aus betrachtet mag all dies wie eine Bedrohung aus ferner Vergangenheit anmuten, doch hier und jetzt ist sie so wirklich, wie sie es nur sein kann.«

»Dann frage ich mich, warum du nicht einfach in der alten Welt geblieben bist«, feixte Rammar.

»Vermutlich aus demselben Grund, aus dem auch ihr beide hier seid.«

Der dicke Ork fletschte die Zähne und schnaubte. »*Shnorsh* noch eins, wenn du jetzt wieder anfängst, von Vorsehung zu salbadern …«

»Es ist die Wahrheit, und du weißt es. Wie viele Male haben wir zusammen gegen Margok und seine Schergen gekämpft? Gegen das dunkle Erbe, das sie in Erdwelt hinterlassen haben?«

»Den Gefallen tue ich dir bestimmt nicht, dir das Zählen abzunehmen. Tatsache ist, dass der Lulatsch und ich nicht hierherkommen wollten. Anders als du haben wir kein Schiff bestiegen und sind auch nicht über den Rand der Welt hinausgesegelt.«

»Nein«, gab Alannah zu. »Ihr seid hier, weil ihr beschützt habt, was euch wichtig war. Den jungen Enok.«

Rammar zuckte zusammen. »Woher weißt du nun das schon wieder?«

»Von Beeka«, lautete die schlichte Antwort. »Anfangs hat ihr Geist sich mir verschlossen, doch nun ist sie langsam dabei, sich mir zu öffnen, und ich erfahre, was sie weiß … Dass ihr euch um Enok gekümmert und unter Einsatz eures Lebens für ihn gekämpft habt. Und auch, dass sie etwas für den jungen Kaiser empfindet …«

»Was faselst du da? Für den Schimmeling?« Rammar sah sie fassungslos an. Insgeheim war er immer davon ausgegangen, dass Beeka ein gewisses Auge auf *ihn* geworfen hatte … »Wenn du das alles erfahren hast, dann weißt du auch, dass wir es uns nicht ausgesucht haben, hierherzukommen. Ebenso wenig, wie wir dir begegnen wollten. Das alles ist nur passiert, weil …«

»Weil was, Rammar?«, hakte sie nach.

»Na, weil uns dieser elende *dhruurz* aus dem Weg haben wollte! Der Drachenkopf hat uns hergeschickt, weil …« Er stutzte und verstummte jäh. Sein fragender Blick glitt an seinem Bruder empor.

»Enok«, gab Balbok die Antwort.

»Dieser elende *shnorshor* von Durwain führt irgendwas im Schilde, bei dem er uns nicht brauchen kann, deshalb hat er versucht, uns aus dem Weg zu räumen …«

»Etwas geht vor sich«, bestätigte Alannah, »eine Verwerfung im Gefüge von Zeit und Welt. Ich habe sie gespürt – so, wie ich sie damals gespürt habe, bevor wir einander zum ersten Mal begegneten, das Gefühl, dass sich etwas verändern wird.«

Rammar stieß ein lautes Grunzen aus. »Du hast vorhin was von Visionen geschwafelt …«

»In der Tat.«

»Was siehst du noch außer dem Drachenweib?«

»Die Bilder, die ich sehe, sind verschwommen … aber ich glaube, etwas wie eine Festung zu erkennen, ein unterirdisches Gewölbe … und einen Tempel im ewigen Eis.«

»Elfenweib, das ist nicht die Zukunft, die du siehst, sondern die Vergangenheit.«

»Das weißt du nicht«, hielt sie dagegen. »Außerdem sehe ich fliegende Kreaturen … und eine Armee von Orks.«

»Wenigstens etwas Gutes.« Balbok grinste.

Alannah bedachte ihn mit einem langen, seltsamen Blick. »Aus diesem Grund wusste ich, dass wir einander begegnen würden.«

Als Kommentar zu alldem ließ Rammar ein profanes Geräusch vernehmen. Dann sah er sich nach Evan, Drel und Gullwyn um, die nur schweigend dastanden und sich einen Reim auf all das zu machen versuchten. Der Gedanke, dass sie nur wegen ihm und Balbok hier waren, gefiel Rammar nicht. Mit einem tiefen Seufzen ließ er sich auf einen grob gezimmerten Hocker nieder, ein grüner Fleischberg, der müde in sich zusammensank.

»Womit habe ich das nur verdient?«, fragte er trübe. »Ich könnte König sein …«

»Aber Rammar, das bist du doch«, wandte Balbok ein.

Rammar schüttelte resignierend den Kopf. »Sieh dich doch mal hier um. Kommt dir das irgendwie königlich vor, *umbal*? Nichts ist so, wie es sein sollte …«

»Und? Bist du jetzt fertig mit deinem Gejammer, Ork?«

Rammar sah irritiert in Beekas Richtung. Aber die Frage war nicht aus ihrem, sondern aus Nemions Mund gekommen. Mit entrüstet in die Hüften gestemmten Armen trat der bartlose Zwerg vor. »Wir alle haben viel verloren«, stellte er klar. »Aber wir haben die Barriere überwunden und sind hierhergelangt. Wir sind am Leben.«

»Schön für euch.« Rammar schnitt eine Grimasse. »Ihr werdet nur feststellen, dass es hier nicht wie zu Hause ist. Das rote Gewürm hat euch zugesetzt? Das war noch gar nichts im Vergleich zu dem, was in den Wäldern lauert! Echsenviecher, die so stark sind wie Bullen und so hoch wie Türme. Von den Schwarzen Garden ganz zu schweigen …«

»Wir brauchen eure Hilfe«, gab Alannah unumwunden zu, »deshalb schlage ich euch ein Bündnis vor.«

»Hilfe wobei?«, fragte Rammar die junge Frau, in der er inzwischen schon kaum mehr die einstige Gefährtin, sondern nur noch die Elfin sah.

»Wir wollen nach Dragana zum Kaiser.«

»Um was zu tun?«

»Um ihn zu warnen, er ist in großer Gefahr. Im Gegenzug werde ich euch so gut ich es vermag helfen, zurück nach Hause zu gelangen.«

»Das ist alles? Mehr willst du nicht von uns?«

»Bringt mich und meine Leute nach Dragana«, wiederholte sie. »Danach könnt ihr gehen, wohin es euch beliebt.«

»Wir könnten auch gleich gehen«, schlug Rammar vor. »Wir könnten eins von den Booten flottmachen und einfach davonfahren …«

»Glaubst du, das hätten wir nicht längst versucht?«, fragte Pyaras. »Die Strömung ist zu stark. Jedes Schiff, das die Küste zu verlassen sucht, wird davon erfasst und gegen die Klippen geschleudert. Und selbst wenn man es schaffen würde, wäre da immer noch der Nebel, in dem ihr alle Zeit verlieren würdet, die euch noch geblieben ist.«

»Ihr solltet euch überlegen«, fügte Nemion hinzu, »ob ihr sie wirklich auf diese Weise verschwenden oder lieber nutzen wollt, um euren Teil beizutragen.«

»Was das betrifft, Hutzel ohne Bart«, knurrte Rammar, »haben Balbok und ich schon mehr als genug getan. Aber hierzubleiben und uns die *asar'hai* breit zu sitzen, löst unser Problem auch nicht. Zumal ich gerne das dämliche Gesicht des Drachenkopfs sehen würde, wenn wir plötzlich wieder leibhaftig vor ihm stehen.«

»*Korr*«, stimmte Balbok feixend zu. »Ich auch.«

»Wir bringen euch nach Dragana, und damit ist der Gnom gefressen«, fasste Rammar zusammen.

»Abgemacht«, bestätigte Alannah.

»Und im Gegenzug hilfst du uns, einen Weg nach Hause zu finden.«

»So gut ich es vermag.« Sie nickte.

»Und Beeka?«

»Sobald ich meine Aufgabe erfüllt habe, bekommt sie ihren Körper zurück. Darauf habt ihr mein Wort.«

Rammar grunzte. »Nicht, dass das viel wert wäre, Elfin. Aber der Handel gilt.«

»Gut.« Sie nickte, und ein Lächeln glitt über ihre Gesichtszüge, das deutlich verriet, dass sie mit keiner anderen Antwort gerechnet hatte.

»Warum nur?« Rammar schüttelte den Kopf. »Es war so herrlich ruhig hier ohne die Milchgesichter. Warum nur mussten wir ihnen wieder über den Weg laufen?«

»Wisst ihr es denn nicht?«, fragte Alannah lächelnd. »Dies ist das Zeitalter der Menschen, meine Freunde. Ihr selbst wart dabei, als es begann.«

4.

TOUL UR'NAMHAL

Es war die Nacht vor der Schlacht.

Die Nacht vor der Entscheidung.

Mit langen Schritten durchmaß Aderyn das behelfsmäßige Lager, das ihre Leute zwischen Sumpflöchern und knorrigen Wurzeln errichtet hatten. Der feuchte Boden unter ihren Füßen schmatzte bei jedem Stiefeltritt.

»Ein grässlicher Ort«, beschwerte sich Hirulon, der Schwierigkeiten hatte, mit ihren ausgreifenden Schritten mitzuhalten. Sein Reptiliengesicht war vor Abscheu verzerrt. »Es stinkt nach Fäulnis, dass es kaum auszuhalten ist.«

»Der Dunkelelf selbst hat hier seine Spuren hinterlassen«, pflichtete Rat Kelon ihm bei, während er heftig gestikulierend einen Schwarm blutsaugender Insekten vertrieb. »Dieser Ort ist unserer Präsenz ganz und gar unwürdig.«

»So ist es«, bestätigte Aderyn ungerührt.

»Warum, in aller Welt, hast du ausgerechnet hier das Heer sammeln lassen und nicht weiter nördlich?«, wollte Hirulon wissen. »Das Lager unserer Gardisten ist ein einziges stinkendes Chaos!«

Aderyn blieb stehen und wandte sich um. Der Blick, den sie ihren Beratern aus ihren giftig grünen Augen sandte, war vernichtend. »Nur falls ihr es vergessen haben solltet – es sind nicht unsere Gardisten, sondern meine. Und es interessiert mich einen Dreck, ob der Gestank eure empfindlichen Nasen beleidigt.«

»I-ich wollte deine Herrschaft auch keineswegs infrage stellen, werte Aderyn«, versicherte Hirulon eifrig, »doch frage ich mich, was du mit alldem bezweckst! Hast du die Berichte der Späher nicht gehört? Das kaiserliche Heer lagert jenseits des Flusses! Mehr als tausend Mann haben auf einem Hügel ihr Lager bezogen, den sie jederzeit nach allen Seiten verteidigen können. Deine Gardisten hingegen versinken in Dreck und Chaos!«

»Chaos, in der Tat.« Aderyn warf den Kopf in den Nacken und stieß ein kaltes Lachen aus, ehe sie kurzerhand einen der gedrungenen, knorrigen Bäume bestieg.

Von ihrem erhöhten Posten aus ließ sie ihren Blick über das Lager schweifen – und konnte nur bestätigen, was ihre Berater sagten: Wohin sie auch sah, herrschte krudes Durcheinander, das jeder militärischen Ordnung spottete und wenig bis nichts mit dem gemein hatte, wofür die Schwarzen Garden einst gestanden hatten. Führung und Disziplin schienen verloren gegangen zu sein, die Männer lagerten um wahllos entzündete Feuer und ließen Krüge mit Vergorenem kreisen; das Brennholz, das sie benutzten, war feucht gewesen, sodass Dutzende weißer Rauchsäulen aufstiegen, die selbst vor dem nächtlichen Himmel leicht auszumachen waren. Auch das heisere Gelächter und die Gesänge, mit denen sich die Männer für den bevorstehenden Kampf Mut machten, mussten weithin zu hören sein.

Aderyn kannte den Text des Liedes genau, denn sie hatte es einst selbst gesungen, vor undenklich langer Zeit … in einer anderen Sprache.

Mond, oh Mond, so dunkel deine Nacht,
wie eines Kriegers Schicksal
die Stunden vor der Schlacht.
Zum Sieg sind wir geboren, dem Tod sind wir geweiht,
ob leben oder sterben, wir sind dazu bereit.
Wir geben keine Gnade, doch dafür unser Blut,
zu kämpfen für die Ordnung,
für unser höchstes Gut.
Mond, oh Mond, beende deine Bahn
und lass die Schlacht beginnen,
oh Tag, fang endlich an!

Nicht nur der Gesang selbst war weit und breit zu vernehmen, sondern auch der Trommelschlag, der ihn begleitete. Zumal der Wind von Westen wehte und ihn geradewegs über den Fluss trug, an die

Ohren jener, die dort lagerten und dem neuen Tag siegesgewiss entgegenblickten.

Sollten sie …

Ein triumphierendes Lächeln spielte um Aderyns Gesichtszüge, während sie abschätzig auf ihre Berater heruntersah. »Mein Heer«, sagte sie, »ist genau da, wo es sein soll – und es tut auch genau das, was es soll. Lasst die Männer lachen, so laut sie wollen, und lasst sie nach Herzenslust saufen und singen.«

»A-aber auf diese Weise wird der Feind erfahren, wo wir sind«, wandte Hirulon ein.

»Glaubst du denn, das wüsste er nicht längst? Habt ihr die Späher nicht bemerkt, die unserem Heereszug folgten? Die um uns herumschwirrten wie Fliegen um einen verrottenden Kadaver?« Sie machte eine wegwerfende Handbewegung. »Es wäre mir ein Leichtes gewesen, sie aufzuspüren und zu vernichten, aber ich habe sie gewähren und zu ihrem Herrn zurückkehren lassen, um ihm zu berichten.«

»Aber … warum?« Auch Rat Kelon schüttelte verständnislos das Schuppenhaupt. »An diesem Ort gibt es keinen Schutz und keine Befestigung! Wenn der Feind uns hier angreift …«

»… sehen wir ihn von Weitem kommen. Die Sümpfe selbst sind unsere Mauer und die verdammten Mücken unsere Pfeile.« Erneut lachte die Drachenfrau. »Nein, sie werden nicht angreifen. Sie werden warten, bis wir den ersten Schritt machen – und wir werden ihnen den Gefallen tun.«

»Du … folgst einem Plan«, folgerte Hirulon. Seinem Mienenspiel war zu entnehmen, dass er in diesem Moment nicht wusste, ob er über diese Erkenntnis erfreut oder bestürzt sein sollte. »Du wolltest, dass es so geschieht …«

»Aber wie kann das ein Plan sein?«, meldete Kelon sogleich Zweifel an. »Wie kann es zu deinem Plan gehören, die Schwarzen Garden, die einst das Symbol unserer Stärke und Macht gewesen sind, derart zu schwächen und zu erniedrigen?«

»Eine Schlange bewegt sich auch dicht am Boden, um sich an ihr Opfer heranzuschleichen – hat sie sich dadurch erniedrigt?«, fragte

Aderyn dagegen. Erneut lachte sie, so höhnisch, dass auch Kelon begriff, dass all dies hier einem übergeordneten Ziel diente, einem Plan, den sie bereits vor langer Zeit gefasst zu haben schien.

»Was genau hast du vor?«, fragte er.

»Nicht hier und nicht jetzt«, erwiderte sie und setzte mit einem Sprung vom Baum. »Verrat ist überall. Doch ihr sollt wissen, dass sich alles nach meinen Wünschen entwickelt. Der Betrüger auf dem Drachenthron drängt auf eine schnelle Entscheidung – und er soll sie bekommen.«

5.

ANN DOILLAL

Rammar hasste es, zu Fuß zu gehen.

Seine Beine waren zu kurz, um große Schritte zu machen, und sein Körperbau ganz allgemein zu stattlich, sodass längere Fußmärsche schnell zur Strapaze wurden. Doch noch ungleich mehr hasste Rammar es zu reiten.

So ziemlich alles daran war ihm zutiefst zuwider, schon der Gedanke daran, sich einer anderen Kreatur anzuvertrauen und von dieser durch die Gegend schaukeln zu lassen, brachte sein Gemüt gefährlich nahe an *saobh*. Und dabei war es ziemlich egal, ob es sich um ein Pferd handelte, eine Echse oder irgendeine andere Kreatur. Ein schneckenähnliches Ungetüm, das auf spindeldürren Beinen ging und vorn zwei fiese Scheren hatte, schlug dem Blutbierfass aber den Boden aus.

»Worauf wartest du?« Vom Rücken ihres eigenen Tieres, auf dem sie zusammen mit ihrem Diener Nemion saß, schickte Alannah ihm einen abschätzigen Blick. »Rammar der Schrecklich Rasende wird sich doch nicht etwa fürchten?«

»Schmarren«, knurrte Rammar. Tatsächlich hatte er keine Ahnung, wie er auf den Rücken der schwammigen Kreatur gelangen sollte. Wenn er versuchte, sich an den dürren Beinen emporzuziehen, wie die anderen es getan hatten, würde das Tier fraglos zusammenbrechen. Er gab vor, noch einmal den Sitz der Trageriemen und Stricke prüfen zu wollen, mit denen der Proviant – Pökelfisch, getrocknete Algen und anderes Zeug – und die Wasserfässer am Schneckenhaus verzurrt waren.

Die Vorbereitungen für die Reise hatten nur wenige Tage in Anspruch genommen, Rammar waren sie dennoch wie eine Ewigkeit erschienen. Er mochte die Gegend nicht und den Gestank, der hier allenthalben in der Luft lag. Und er mochte nicht, wie die alten Tattergreise ihn anstarrten.

Wie weit sie von Dragana entfernt waren, konnten sie nur vermuten – fest stand, dass ihre Reise durch das Kristalltor nur einen Augenblick gedauert hatte, der Weg zurück aber sehr viel mehr Zeit in Anspruch nehmen würde. Evan und Gullwyn stimmten darin überein, dass die Hauptstadt im Osten lag und es mindestens zwanzig Tagesmärsche bis dorthin sein mussten. Die ältesten und gebrechlichsten der Seeleute blieben zurück, alle anderen würden den Zug begleiten, insgesamt fünfzehn noch halbwegs rüstige Männer, die sich zusammen mit den Orks und ihren Gefährten auf elf Schneckentiere verteilten. Und auch wenn Rammar die Viecher nicht leiden konnte, waren sie wohl die beste Möglichkeit, um möglichst rasch am Ufer entlang und über die Klippen zu kommen.

Seine Inspektion hatte er inzwischen abgeschlossen und machte nun Anstalten, den Sattel zu erklimmen. Pyaras, der bereits oben saß und das Lenken des Tieres übernehmen würde, sah ihn herausfordernd an. »Wird es werden?«

»Ja doch, gleich«, knurrte Rammar. Er hob mal das eine und mal das andere Bein, unschlüssig, mit welchem er sich kühn emporschwingen sollte. Das Tier klapperte mit den Scheren, so als würde es allmählich ungeduldig. »Gibt es keine verdammte Leiter hier?«

»Soll ich dir helfen?«

Es war Balbok, der fragte. Der hagere Ork saß bereits auf einem Reittier und schien keine Mühe damit zu haben, es zu dirigieren.

Hinter ihm ragte Drel auf, der ein hölzern-fröhliches Pfeifen von sich gab.

»Nein, *umbal*, sollst du nicht«, schnauzte Rammar, ohne sich nach den beiden umzudrehen. »Ich komme allein zurecht.«

»Sieht aber nicht so aus.«

Rammar atmete tief ein und aus, sich mit aller Macht zur Ruhe zwingend. *Saobh* rückte wieder in greifbare Nähe. »Ich nehme mir eben Zeit beim Aufsteigen, verstehst du?«

»Die anderen warten aber schon alle.«

Rammar brauchte nicht hinzusehen, um zu wissen, dass der ganze Zug zum Abmarsch bereit war. Und dass alle nur noch darauf warteten, dass Rammar der Schrecklich Rasende seinen ungeheuren *asar* in den Sattel schwang …

»Dämlicher *umbal*«, maulte er zu Balbok hinauf. »Wenn du so schlau bist, dann verrate mir doch, wie ich es hinaufsch…*aaah*!«

Der Rest von dem, was er hatte sagen wollen, ging in einem heiseren Schrei unter. Denn indem Balbok an den Zügeln zog, von denen er ein ganzes Bündel in den Klauen hielt, brachte er sein Reittier dazu, eine seiner riesigen Scheren zu bewegen – und seinen Bruder kurzerhand an dessen ledernem Rückenpanzer zu packen und ihn hochzuheben.

»Bei Torgas stinkenden Eingeweiden!« Rammar brüllte wie ein wütender Troll, während er im Griff des Untiers hing, die zappelnden Arme und Beine nach unten hängend, sodass er wie eine große grüne Schildkröte aussah. »Lass mich gefälligst los, *uchl-bhuurz*!«

Er verstummte, als ihn die Schere wieder freigab – und er sich in luftiger Höhe sitzend wiederfand, zwischen Pyaras und dem Schneckenhaus. Genau dort, wohin er gewollt hatte.

»Zufrieden?«, fragte Balbok grinsend herüber. Die anderen lachten dämlich auf Rammars Kosten.

»Du weißt, dass du dafür irgendwann bezahlen wirst, oder?«, fragte der dicke Ork seinen Bruder zähneknirschend. »Ihr alle werdet irgendwann dafür bezahlen!«, blaffte er die anderen an und rollte dabei wild mit den Augen, worauf das Gelächter jäh verstummte.

»Später vielleicht«, beschwichtigte Alannah, und ein Lächeln huschte dabei über Beekas blassgrüne Züge, »aber für den Augenblick sind wir Verbündete.«

Sie wies Nemion an, ihr bizarres Reittier in Bewegung zu setzen, und die Krabbenschnecke stakste los. Wieselflink und spinnengleich setzte sie durch den feuchten Sand und übernahm die Führung, die anderen schlossen sich ihr an. Die Nachhut des Zuges bildeten jene Tiere, die Balbok und Rammar trugen.

So ziemlich alles, was Rammar am Reiten hasste, bewahrheitete sich einmal mehr.

Nicht nur, dass es dort oben schwankte wie auf einem Schiff, das in einen Sturm geraten war, und sich sein Magen bitterlich beschwerte; er hatte auch Mühe, sich im Sattel zu halten. Indem er sich zurücklehnte und gegen das Schneckenhaus presste, ging es einigermaßen. Sobald er jedoch in seiner Aufmerksamkeit nachließ oder gar müde wurde und einschlief, würde er unweigerlich runterfallen und sich das Genick brechen. Oder, schlimmer noch, erneut zum Gespött der Milchgesichter werden.

»Verdammtes Elfenweib«, knurrte er inbrünstig und immer wieder vor sich hin, als wäre es sein Mantra.

»Du hasst sie«, stellte Pyaras fest.

»Darauf kannst du einen lassen, Mensch«, versicherte Rammar. Ihr Reittier war jetzt in vollem Lauf, mit halsbrecherischem Tempo ging es den Strand entlang und an den Wracks, die sich dort reihten. »Und du hast ja wohl auch allen Grund, sie zu hassen! Nach allem, was sie dir und deinen Leuten angetan hat …«

»Aye«, gab der andere unumwunden zu. Sein langes graues Haar wehte im Wind wie ein zerfetztes Banner.

»Und trotzdem folgst du ihr?«, rief Rammar gegen den nach Salz und Fäulnis riechenden Wind. »Wenn sie mir so übel mitgespielt hätte, hätte ich das verdammte Elfenweib erschlagen!«

»Wer sagt, dass ich es nicht getan habe?«, fragte Pyaras über die Schulter. »Doch hat sie weder mich noch einen einzigen meiner Leute dazu gezwungen, ihr zu folgen. Jeder Einzelne von uns hat es frei entschieden.«

»*Korr*, das glaubst du.« Rammar schnaubte. »Aber in Wahrheit ist es immer die Elfin, die die Fäden zieht, glaub mir, ich weiß, wovon ich spreche.«

»Ist es denn wahr?«

»Was meinst du?«

»Dass ihr einst Seite an Seite mit ihr gekämpft habt. Dass ihr dem Dragnadh begegnet seid und König Corwyn dabei geholfen habt, die Krone zu erlangen.«

»Das hat sie euch erzählt?«

»Aye. Und auch, dass sie sich einst als einer der Euren ausgab und unerkannt unter euch weilte …«

»Daran erinnere ich mich nicht«, behauptete Rammar rundheraus. »Ist alles verdammt lange her.«

»In der Tat. Doch noch immer gedenkt man in der Königsstadt eurer Taten. Man hat euch sogar ein Denkmal errichtet.«

»Das hässliche Ding steht immer noch?« Rammar glaubte, nicht recht zu hören. »Ich habe es damals wohl noch nicht gründlich genug auseinandergenommen.«

»Jedenfalls danke ich dir und deinem Bruder«, sagte der alte Kapitän. Auch im Namen der wenigen Männer, die mir geblieben sind.«

Rammar schnaubte verächtlich, während er auf seinem hohen Sitz hin und her wankte. »Wofür denn?«

Obwohl sein Sitz nicht weniger wackelig war als der des Orks, wandte Pyaras sich für einen Moment zu ihm um. »Du hast es nicht verstanden, oder?«, fragte er. »Meine Leute und ich sind nicht hier, weil wir der Elfin folgen.«

»Wem denn dann?«, schnappte Rammar. »Ich weiß doch, wie verflixt überzeugend sie sein kann.«

»Euch«, erklärte der Alte, »deinem Bruder und dir.«

»Erzähl keinen Schmarren«, entfuhr es Rammar verblüfft. »Wieso denn das?«

»Die Elfin mag alt und weise sein, aber sie verfolgt ihre eigenen Ziele. Meine Leute und ich hingegen haben nur ein Ziel, nämlich noch einmal in unserem Leben nach Hause zurückzukehren und die Gestade der Heimat zu sehen.«

»Dann solltet ihr euch besser beeilen«, grunzte Rammar. »Und was hat das mit dem Langen und mir zu tun?«

»Ihr habt den Menschen bereits in der Vergangenheit geholfen – und ich glaube, ihr werdet es wieder tun.«

Rammar hatte Mühe, sich im Sattel zu halten. Selten zuvor hatte ein Milchgesicht es gewagt, ihn derart zu beleidigen!

»Mensch«, knurrte er, »du kannst von Glück sagen, dass wir hier oben sitzen und ich dich brauche, um dieses Monstrum zu lenken. Wäre es nicht so, hätte ich dir schon den Kopf von den Schultern gerissen und ihn in deine freche Visage geworfen.«

»Ich verstehe«, versicherte Pyaras gepresst. »Trotzdem verspüre ich Hoffnung.«

Rammar brummte etwas auf Orkisch – von Menschen und ihrer ewigen Sucht nach Hoffnung, von ihrer naiven, niemals endenden Suche nach einem Funken Licht, und wäre er noch so winzig.

6.

KRO-SABAL

»Da sind sie!«

Der Ruf des Spähers erreichte Enok, als der kaiserliche Tross die Hügelkuppe erreichte. Dem Schlachtplan gemäß waren sie noch vor Morgengrauen aufgebrochen, um Aderyns Streitmacht entgegenzuziehen – nun hatten sie sie allem Anschein nach gefunden …

Auf seiner zweibeinigen Echse jagte der Späher heran, zügelte erst wenige Schritte vor dem Kaiser. Die Augen des Tieres waren geweitet vor Anstrengung, heißer Atem drang stoßweise aus seinen Nüstern.

»Majestät«, erstattete der Reiter atemlos Bericht. »Der Feind wurde dort in der Senke gesichtet! General Chulain lässt bereits Aufstellung zum Angriff nehmen.«

Enok schickte einen Blick zu Durwain, der neben ihm auf seinem Reittier saß und von der Nachricht nicht weiter überrascht schien. »Seht Ihr, Hoheit?«, sagte er nur. »Die Geschichte nimmt ihren Lauf.«

Enok nickte, bemüht, seine Unruhe zu verbergen. »Bringt uns hin«, verlangte er dann, worauf der Späher sein Reittier wendete und ihm die Sporen gab. Die Echse streckte ihren langen Hals und stieß einen schrillen Schrei aus, dann warf sie sich nach vorn und setzte mit langen Schritten den Hang hinab. Enok und Durwain folgten, ebenso wie Kilif Rattenzahn und Logras Narbengesicht, seine beiden treuen Leibwächter, die schon während des Aufstands für ihn gekämpft hatten und auch jetzt nicht von seiner Seite wichen.

Beide hatten sie die Willkür und das Unrecht der Herrschaft der Ewigen am eigenen Leib zu spüren bekommen. Ihre Narben und Entstellungen, die ihnen ihre Namen gaben, erinnerten sie jeden Tag daran. Und wie jeder andere im kaiserlichen Heer waren sie entschlossen, bis zum letzten Atemzug dafür zu kämpfen, dass diese Zeiten niemals wiederkehren würden.

Der kurze Ritt führte durch ein Waldstück und dann einen steilen Hang hinauf, auf dessen Grat der Späher sein Tier zum Stehen brachte. Eine ganze Abteilung der kaiserlichen Reiterei wartete dort, von Bäumen und Buschwerk verborgen. Die Echsen schnaubten unruhig und tänzelten auf ihren dürren Beinen, warfen die schlanken Häupter vor und zurück. Sie witterten die Unruhe ihrer Reiter, die Anspannung vor dem Kampf.

Enok lenkte sein Tier zu Chulain und Mirra, die bei der Abteilung warteten. Von ihren Sätteln aus spähten sie durch das Dickicht auf ein schmales, grasbewachsenes Tal, das entlang des Hügels verlief und durch das sich ein schmaler Wasserlauf schlängelte. Nebelschwaden lagen in der Senke, durch deren Schleier man Hunderte von in schwarzen Lederrüstungen steckenden Kriegern sehen konnte, die dabei waren, sich zu sammeln und zu formieren …

»Schwarze Garden«, stieß Chulain leise aus. Die Abneigung in seiner Stimme war noch dieselbe wie damals, als er ein Anführer des Widerstands gewesen war. »Nur ein paar Reiter, der Rest ist zu Fuß. Und sie scheinen sich ihrer Sache sehr sicher zu sein, denn es ist ein loser, ungeordneter Haufen.«

Nach allem, was Enok sah, konnte er das nur bestätigen. Die Soldaten, die sich dort unten tummelten, wirkten führungslos und sich selbst überlassen. Zu wilden Haufen zusammengerottet standen sie, während ihre Echsen abseits grasten, sich selbst überlassen. Sie wirkten wie Männer, die die Nacht hindurch gezecht hatten – und dem Trommelklang nach zu urteilen, der von der anderen Flussseite herübergedrungen war, hatten sie das auch getan.

Für das kaiserliche Heer würden sie keine ernst zu nehmenden Gegner sein, ein Fraß für ihre Klingen …

»Wie viele sind es?«, wollte Enok wissen.

»Etwa vierhundert Mann.«

»Also annähernd das, was Aderyn zu Gebote steht«, folgerte Durwain. »Das ist unsere Gelegenheit, sie mit einem schnellen Schlag zu vernichten.«

»So ist es.« Der General nickte grimmig. »Ich habe unsere Fußkämpfer am anderen Ende des Tals aufmarschieren lassen. Auf diese Weise können wir sie in die Zange nehmen und von beiden Seiten attackieren.«

»Wurde Aderyn selbst gesichtet?«, fragte Enok.

»Nein.« Mirra lachte leise auf. »Sie versteckt sich und wartet feige auf den Ausgang des Kampfes, so hat der Rat der Ewigen es immer gehalten.«

»Wo immer sie ist, wir werden ihr eine Nachricht schicken«, meinte Chulain grimmig. »Die Botschaft, dass ihre Herrschaft und die ihrer Handlanger ein für alle Mal vorüber ist.«

Er nickte Enok entschlossen zu, und Enok erwiderte das Nicken, wenn auch nur halbherzig. Etwas kam ihm seltsam vor. Waren die Schwarzen Garden nicht für ihre Disziplin gefürchtet? Wie hatten sie innerhalb kurzer Zeit zu einem solch verwahrlosten Heerhaufen werden können? Andererseits existierte der Rat der Ewigen nicht mehr, womöglich waren dies die ersten Anzeichen von Auflösung.

»Wir dürfen nicht zögern, Majestät!«, sprach Durwain ihm zu. »Befehlt den Angriff! Jetzt!«

Enok hatte das Gefühl, dass sich aller Augen auf ihn richteten, nicht nur die Durwains, Chulains und Mirras, sondern auch die eines jeden einzelnen Soldaten.

Und er tat, was von ihm erwartet wurde …

Mit einem entschlossenen Griff zog er die Drachenklinge aus der Scheide und stieß sie in die feuchtkühle Morgenluft. Gleichzeitig stieß er den Ruf aus, den Balbok ihn gelehrt hatte, den Kampfschrei der Orks – der im nächsten Moment aus Hunderten von Kehlen dies- und jenseits der Talsohle beantwortet wurde.

Ein Ruck ging durch die kaiserliche Reiterei, als die Krieger ihren Echsen die Sporen gaben. Einer riesigen Herde gleich platzten sie aus dem Schutz der Bäume und stürmten den Hang hinab ins Tal, angeführt von ihrem Kaiser.

Gemeinsam mit Chulain und Mirra und flankiert von seinen Leibwächtern, ritt Enok in vorderster Reihe. Zwar hatte Rammar ihm beizubringen versucht, dass im Krieg die besten Plätze stets weit hinten waren, doch vertrug sich dies nicht mit dem Begriff von Herrschaft, wie Enok ihn verstand. Zu regieren bedeutete in seinen Augen, seinen Untertanen nichts zuzumuten, was er nicht selbst zu tun bereit war – auch wenn es bedeutete, sein Leben ebenso zu riskieren wie der einfachste Soldat.

Der Ansturm war gewaltig.

Die Talsohle schien zu erbeben, als die kaiserliche Reiterei vom einen Ende her angriff, während das Fußvolk unter markerschütterndem Gebrüll aus der anderen Richtung kam. Glaiven und Schwerter schimmerten im frühen Licht des Tages, Kampfeslust leuchtete in den Augen der Krieger.

Die Gardisten, die sich im Tal gesammelt hatten, waren gerüstet und bewaffnet, doch mit einem direkten Angriff schienen sie nicht gerechnet zu haben. Heilloses Chaos brach unter ihnen aus.

Während die einen versuchten, eine Verteidigungslinie zu bilden, ergriffen andere die Flucht; wieder andere wollten zu ihren Reittieren gelangen, von denen die meisten jedoch beim ersten Anzeichen des Angriffs die Flucht ergriffen hatten. Vergeblich versuchten die Unterführer, sich in der um sich greifenden Panik Gehör zu verschaffen.

Einige glorreiche Augenblicke lang hatte es den Anschein, als würde das feindliche Heer von dem Sturm hinweggefegt, der in schon wenigen Augenblicken darüber hereinbrechen würde – doch in dem Moment, als Enok und seine Reiterei die Talsohle erreichten, wurde klar, dass die Schwarzgardisten nicht der einzige Gegner waren, gegen den sie würden kämpfen müssen.

Der Grund des Tals war ein Meer von Schlamm!

Von den Hügeln aus war es nicht zu erkennen gewesen, doch schien das nahe Marschland hier Ausläufer zu haben, die sich beiderseits des Bachlaufs erstreckten. Das Gras, das hier gedieh, wuchs über durchweichtem Boden, der sofort nachgab, als die Reitechsen ihre Klauen daraufsetzten. Einige der Tiere glitten aus und stürzten, ihre Reiter flogen schreiend aus den Sätteln. Nachfolgende Tiere trampelten über sie hinweg oder kamen ebenfalls zu Fall. Der wütende Anritt verlangsamte sich, als würde er gegen eine unsichtbare Mauer prallen.

»Weiter! Weiter!«, rief Enok und ließ die Drachenklinge kreisen, wissend, dass es nun kein Zurück mehr gab. Seine Echse wehrte sich in wilder Panik, aber er trieb sie weiter vorwärts, den wankenden Reihen des Feindes entgegen. Im nächsten Moment prallten Stahl auf Stahl, Fleisch auf Fleisch.

Mit einem heiseren Fauchen fuhr das Drachenschwert herab, ereilte einen Unterführer, der zu spät seinen Schild hob. Der ledernen Panzerung zum Trotz fuhr die Klinge tief in seine Schulter und ließ seinen Schwertarm herabfallen, einen Lidschlag später wurde er von Enoks Leibwächtern niedergeritten. Das Schnauben der Echsen, das Geschrei der Kämpfenden und das Klirren der Waffen erfüllten jetzt die klamme Luft, und es dauerte nicht lange, bis dunkles Blut den schlammigen Boden tränkte.

Enok hatte den Überblick verloren.

Auf seiner Echse sitzend und sich mit einer Hand an deren Zügel klammernd, ließ er mit der anderen das Schwert kreisen, schlug eine Schneise in die Reihen der Gardisten. Aus dem Augenwinkel erblickte er Kilif und Logras, die wie immer an seiner Seite blieben, sowie Chulain, der einen Vorstoß zum Kern des feindlichen Pulks anführte – während von der anderen Seite des Tales her die Fußkämpfer eintrafen.

Auch ihr Ansturm wurde von der Beschaffenheit des Bodens erschwert, sie kamen gar noch langsamer voran als die Echsen mit ihren schlanken Gliedern. Doch Kampfeslust und der Durst nach Vergeltung trieben die kaiserlichen Kämpfer durch den knöcheltiefen Schlamm, den Gardisten entgegen, über die sie schließlich wie hungrige Wölfe herfielen.

Kalter Stahl schnitt durch die Luft, Schlamm spritzte auf und vermischte sich mit Blut. Es war ein ungleicher Kampf, den Bemühungen der Gardisten zum Trotz, und es war nur eine Frage der Zeit, bis deren Verteidigung vollends zusammenbrechen und sie die Flucht ergreifen würden, der Sieg war zum Greifen nah.

»Wir gewinnen!«, rief Kilif triumphierend an Enoks Seite. »Wir schlagen sie in die Flucht!«

Selbst Enok schöpfte jetzt wieder Hoffnung, trotz seiner dunklen Ahnung und des wogenden Chaos um ihn herum. Immer tiefer versanken die Kämpfenden im weichen Morast, und je mehr die verfeindeten Krieger mit Dreck und Schlamm besudelt waren, desto mehr glichen sie einander. Dennoch ging das Hauen und Stechen weiter, und es waren die Kaiserlichen, die die Oberhand behielten, auf beiden Seiten des Schlachtfelds.

Chulain und den Seinen war es inzwischen gelungen, bis zum Fußheer durchzubrechen und den Pulk der feindlichen Kämpfer auf diese Weise zu teilen. In zwei separate Heerhaufen aufgespalten, brach der Widerstand der Gardisten zusammen. Im Dutzend fielen sie unter den Streichen der Kaiserlichen, sanken in den blutigen Morast, aus dem sie sich nicht wieder erhoben.

Es war der Sieg.

Obwohl noch längst nicht alle Gardisten bezwungen waren, erhob sich hier und dort triumphierendes Geschrei, selbst Enok war jetzt von nie gekannter Euphorie erfüllt. Einen Gegner, der noch im

Sattel saß und seine Echse wütend auf ihn zutrieb, fällte er, noch ehe seine Leibwächter zur Stelle waren. Mit klaffender Wunde kippte der Mann vom Rücken seiner Echse und wurde vom Schlamm verschluckt.

»Sieg! Sieg!«, drang es vom Fußvolk bereits herüber.

Enok riss seine Echse am Zügel herum, um sich einen Überblick über das Schlachtfeld zu verschaffen. Noch immer wurde gekämpft, verdreckte und blutige Gestalten schlugen aufeinander ein, obschon der Grund des Tales bereits von den Körpern Erschlagener übersät war. Doch der Ausgang der Schlacht schien festzustehen, und Enok fällte für sich den Entschluss, nun Gnade walten zu lassen und den Gardisten die Möglichkeit zu geben, die Waffen zu strecken und zumindest ihr Leben zu retten, wenn ihnen schon sonst nichts blieb.

Die Macht der Schwarzen Garde war endgültig gebrochen, niemals wieder würde das Volk von Anwar vor ihr zittern – und zusammen mit ihr endete auch Aderyns ehrgeiziger, aber erfolgloser Versuch, die Herrschaft über Dragana wieder zurückzuerlangen …

Heiseres Geschrei unterbrach Enoks Gedankengang, seinen süßen Traum vom Sieg. Er sah Soldaten zum Himmel deuten – der sich in diesem Moment zu verfinstern schien, so als würde gegen jede Natur am frühen Morgen die Nacht zurückkehren.

Erschrocken erblickte Enok die furchterregenden Silhouetten mehrerer Flugechsen, die gepanzerte Reiter auf ihren Rücken trugen, die ledrigen Schwingen weit ausgebreitet. Doch sie waren es nicht, die den Himmel verfinsterten – sondern Hunderte, wenn nicht Tausende von Pfeilen, die von der Südflanke des Tals her aufgestiegen waren und den höchsten Punkt ihrer Flugbahn in diesem Augenblick überwanden!

Alles schien gleichzeitig zu geschehen.

Enok hörte entsetzte Schreie, die nicht nur aus den Kehlen seiner Leute stammten, sondern auch aus denen der überlebenden Gardisten. Im Augenwinkel nahm er eine Bewegung wahr – Kilif, der aus dem Sattel sprang und zu ihm herübersetzte, ihn vom Rücken seines Tieres riss, nur einen Lidschlag, ehe der tödliche Hagel niederging.

Dann schlugen die Pfeile ein.

Wie ein Ungewitter gingen sie über der Talsohle nieder, spickten Freund und Feind gleichermaßen mit gefiedertem Tod. Echsen wurden getroffen und brachen unter ihren Reitern zusammen. Enok, der sich am Boden liegend wiederfand, rücklings im weichen Morast, sah Kilif über sich, der ihm durch seine schnelle Reaktion vermutlich das Leben gerettet hatte. Die Augen des Leibwächters waren weit aufgerissen, sein Mund zu einem lautlosen Schrei geöffnet – in seinem Nacken steckte ein Pfeil, der vorn im Hals wieder ausgetreten war.

Und in diesem Moment verfinsterte sich der Himmel ein weiteres Mal.

7.

ANN BOGASH-HAI

Seit zwei Tagen waren sie unterwegs.

Zunächst waren sie dem Ufer in östlicher Richtung gefolgt, hatten das Riff und den Schiffsfriedhof hinter sich gelassen und dann die Klippen überwunden, wobei ihnen ihre Reittiere von größerem Nutzen gewesen waren, als Rammar es jemals zugeben würde; sodann hatten sie sich nach Südosten gewandt, wo jenseits dunkler, nebliger Hügel am Horizont schemenhaft das Rote Gebirge auszumachen war und wo Evan und Gully die Hauptstadt vermuteten.

Es war ein nebelverhangenes, unwirtliches Niemandsland, das die Gefährten auf ihren bizarren Tieren durchquerten. Der Boden war schwarz, die Bäume nur noch Schatten der Riesen, die sie einst gewesen sein mochten – aus Borke und laublosen Ästen bestehende Totengerippe, bei deren Anblick Drel in einen leisen Trauergesang verfiel.

Auch Rammar ertappte sich dabei, dass ihm die Gegend aufs Gemüt schlug. An seinen schwankenden Sitz hatte er sich irgendwann gewöhnt, ebenso wie an das fortwährende Klappern der Scheren und den Fischgestank, den ihr Reittier von sich gab. Doch dieser Landstrich behagte ihm ganz und gar nicht, und wie sich zeigte, aus gutem Grund.

»Ich kenne diese Gegend«, blubberte Gullwyn verdrießlich, der sich mit Evan ein Reittier teilte. Als Kundschafter ritten die beiden immer wieder ein Stück voraus, um das Gelände zu sondieren, und Rammar erlitt jedes Mal fast einen Herzstillstand, wenn sie zurückkehrten und die monströsen Formen ihres Reittiers sich aus dem Nebel schälten.

»Bist du schon mal hier gewesen?«, fragte Balbok. Seine Stimme klang heiser und dünn in der rauen Luft.

»Nein. Aber ich erinnere mich an Geschichten, die unter uns Meerwüchsen erzählt werden, von einem grauenhaften toten Land hoch oben im Norden.«

»Und was genau wird darüber erzählt?«, erkundigte sich Rammar von seinem hohen Sitz aus. »Vielleicht auch was von irgendwelchen Monstren, die sich in dieser Gegend rumtreiben?«

»Nein«, blubberte es zurück. »Wie ich schon sagte, es ist totes Land.«

»Wenigstens eine gute Nachricht.« Rammar grinste schief.

»Da wäre ich nicht so sicher«, wandte Alannah ein, die auf ihrem Tier vor ihm ritt. »Dieses Land ist deshalb tot, weil jemand es seiner schöpferischen Kraft beraubt hat. Margok ist hier gewesen, vor langer Zeit. Der Fluch, mit dem er die Barriere errichtet und die Küste überzogen hat, wirkt sich bis hierher aus.«

»Wenn du das schon weißt, warum brichst du den Fluch dann nicht?«, wollte Rammar wissen.

»Weil ich das nicht kann, noch nicht … Ein großes Opfer ist dafür nötig. Größer, als ich es im Augenblick zu geben vermag.«

Rammar spürte einen Kloß seinen kurzen Hals hinauf- und wieder hinabwandern. Er wusste nicht, was die Elfin damit andeuten wollte, hütete sich aber auch, sie danach zu fragen. So oder so hörte es sich nicht gut an, auch weil sie es seltsam düster sagte, ganz ohne den widerwärtigen Schmalaugen-Optimismus, den sie früher stets an den Tag gelegt hatte. Alles in Rammar sträubte sich dagegen, aber allmählich begann er, sich Sorgen zu machen.

Insgeheim war er erleichtert, als sich das von Margoks Fluch verwüstete Land nach Süden hin erholte und die Vegatation wieder grün und üppig würde. Auch der Boden veränderte sich, war jetzt feucht und so weich, dass die dürren Beine der Krabben darin versanken. Die Gefährten versuchten sich dadurch zu behelfen, dass sie einen Teil des Gepäcks abwarfen und die Tiere dadurch leichter machten. Dennoch kam es am Morgen des dritten Tages zu einem folgenschweren Zwischenfall.

Die Nacht hatten die Orks und ihre Begleiter auf einer Lichtung verbracht und sich darin abgewechselt, die Wache zu übernehmen. Nun ging es weiter durch sumpfiges Marschland. Ein Horizont war nicht zu sehen, allenthalben nur das dunkle Grün der Bäume, das sich nach allen Seiten endlos zu erstrecken schien. Unentwegt war das schmatzende Geräusch der Krabbenbeine zu hören, wenn sie sich mühsam aus dem weichen Morast lösten, um den nächsten Schritt zu tun. Und hin und wieder ein schauriges Quaken oder Heulen …

Und plötzlich gellende Schreie!

»Was bei Torgas Eingeweiden …?« Rammar, der auf seinem Sitz für einen Moment geblinzelt hatte, fuhr erschrocken hoch – nur um zu sehen, wie die Krabbenschnecke, die sich links von ihnen einen Weg durch den Sumpf gesucht hatte, sich plötzlich aufbäumte wie ein störrisches Maultier, während ihr Reiter sie hektisch wieder unter Kontrolle zu bringen suchte.

Vergeblich.

Der Boden unter dem großen Tier war eingebrochen! Wie eine schwärende Wunde war die dünne Grasnarbe geplatzt und hatte ein dunkles Sumpfloch offenbart, dass nun dabei war, das Tier samt seiner zeternden Besatzung zu verschlingen!

»Springt ab!«, rief Pyaras hinüber, während er ihr eigenes Reittier hart am Zügel riss und zum Stehen brachte. »Bringt euch in Sicherheit!«

Einer der beiden kam der Aufforderung nach und sprang aus dem Sattel, doch der Boden, auf dem er landete, gab unter ihm nach, und schon einen Lidschlag später war er in der schwarzen Suppe verschwunden. Das Schneckentier war jetzt in wilder Panik. Im verzweifelten Bemühen, wieder Tritt zu fassen, schlug es mit seinen Scheren um sich, während der verbliebene Reiter verzweifelt versuchte, sich im Sattel zu halten.

Die spindeldürren Beine des Tieres gingen stampfend auf und ab, fanden jedoch keinen Halt mehr, und je wilder es sich wehrte, desto mehr beschleunigte es seinen Untergang. Der Reiter schrie entsetzt, als die hintere Hälfte seines Reittiers im Sumpfloch versank.

»Turpin!«, schrie Pyaras noch – im nächsten Moment folgte der Rest der Schnecke und drückte den Unglücklichen unter Wasser. Einen Augenblick lang waren noch die beiden Scheren zu sehen, die elend klapperten, dann waren auch sie in dem Loch verschwunden.

Alles war so schnell gegangen, dass die anderen erst jetzt begriffen, was vorgefallen war. Entsetzte Rufe wurden laut, und Pyaras und Balbok wollten ihre Tiere zum Rand des Sumpflochs lenken, um zu sehen, ob es noch etwas zu retten gab …

»Aufhören, sofort!«, befahl Rammar mit heiserer Stimme. »Hat euch das letzte bisschen Verstand verlassen, oder was? Bliebt von dem Loch weg, ihr *umbal'hai*, oder ihr werdet ebenfalls darin versinken! Habt ihr nicht gesehen, wie hauchdünn der Boden unter dem Gras ist?«

»A-aber wir können doch nicht …«, wollte Balbok einwenden.

»Doch, genau das, Faulhirn«, bestätigte Rammar. Wenn schon die Milchgesichter derart schnell in der Brühe versunken waren, mochte er sich gar nicht vorstellen, wie schnell es erst bei jemandem von seinem stattlichen Gewicht gehen würde. Wahrscheinlich würde es nicht mal jemand mitbekommen … »Die beiden sind verloren und ihr Schneckenvieh ebenso, daran ist nichts zu ändern. Im Gegenteil sollten wir zusehen, dass wir möglichst rasch von hier verschwinden – und zwar zu Fuß, wenn ich das richtig sehe!«

»Zu Fuß?«, fragte Pyaras. »Aber …«

»Rammar hat recht«, bekam er unverhofften Zuspruch von noch unverhoffterer Stelle – Alannah lenkte ihr Schneckentier heran. »Für die beiden können wir nichts mehr tun, aber wir sollten alles daransetzen, nicht dasselbe Schicksal zu erleiden.«

»*Korr*«, stimmte Rammar grimmig zu, während er sich bereits anschickte, aus dem Sattel zu steigen. »Hätte nie gedacht, dass ich das irgendwann sagen würde, aber du sprichst mir aus dem Herzen, Elfenweib.«

»Es ist leicht für Euch, das zu sagen, Elfin«, widersprach Pyaras in einem Anfall von Trotz, der nicht recht zu seiner ältlichen Erscheinung passen wollte. »Es sind schließlich nicht Eure Leute!«

»Ihr wisst, dass das nicht wahr ist«, kam es zurück, mit jener brutalen Sanftheit, der sich nicht einmal ein Ork aus echtem Tod und Horn so ganz entziehen konnte. »Es sind meine Leute so gut wie die Euren, und ich leide und fühle mit jedem Einzelnen von ihnen.«

»Wie könnt ihr das noch, bei den vielen, deren Tod Ihr inzwischen zu verantworten habt?«, fragte Pyaras bitter. Er hatte plötzlich Mühe, sein Tier zu kontrollieren, das die Unruhe seines Reiters zu bemerken schien. Auf seinen dürren Beinen stakste es hin und her. Es war nur eine Frage der Zeit, bis der Boden auch hier nachgeben würde.

»Schluck's runter, Mensch«, raunte Rammar Pyaras deshalb über die Schulter zu. »Wenn die Zeit gekommen ist, werden wir mit dem Elfenweib abrechnen. Aber bis dahin sollten wir erst mal versuchen, selbst am Leben zu bleiben, *korr*?«

Er wusste nicht, ob die schlichte Weisheit seiner Worte dem Menschen einleuchtete, denn der alte Kapitän erwiderte nichts darauf. Schließlich jedoch nickte er. »Absitzen«, befahl er seinen Männern. »Wir gehen ab hier zu Fuß weiter. Jeder nimmt so viel Wasser und Proviant, wie er tragen kann. Alles andere bleibt hier.«

»Und die Viecher?«, fragte Balbok.

»Bleiben ebenfalls zurück«, befahl Alannah ebenso barsch wie endgültig, während sie sich bereits von ihrem eigenen Reittier gleiten ließ.

»A-aber … sie haben uns bis hierher getragen, und Ihr wollt sie zurücklassen?« Vom Sattel aus sah der große Ork sie traurig an. »Das ist nicht ihre Umgebung, nicht ihre Welt …«

»So wenig wie die unsere«, entgegnete die Elfin und landete leichtfüßig auf dem Boden. »Und doch müssen wir versuchen, darin zu überleben, nicht wahr?«

Rammar ließ ein Grunzen vernehmen.

Natürlich hätte er sich lieber eigenhändig die Zunge herausgerissen, als es offen zuzugeben, aber sein erster Eindruck hatte ihn offenbar nicht getrogen.

Alannah war nicht mehr die, die sie gewesen war.

Die Elfin hatte sich verändert.

8.

DIRK

Die Pfeile schlugen in so dichter Folge ein, dass man den Eindruck hatte, die Talsohle würde von einem riesigen, vernichtenden Fausthieb getroffen.

Gequälte Schreie folgten dem Prasseln und Splittern, das über Enoks Heer hereinbrach – und gleichermaßen auch über den Feind, der bis zuletzt Widerstand geleistet hatte. Kaiserliche wie Gardisten wurden getroffen und durchbohrt. Wer immer den Befehl gegeben hatte, die todbringenden Geschosse auf den Weg zu bringen, scherte sich keinen Deut darum, auf wessen Seite jemand gestanden hatte. Das Ziel schien nur darin bestehen, die Schlacht zu beenden – und es war der Verwirklichung nahe.

Enok lag noch immer im tiefen Schlamm. War es Kilif Rattenzahns letzte bewusste Tat gewesen, ihm das Leben zu retten, so hatte er ihn im Tode noch weiter beschützt, denn ein Pfeil, der Enok in die Brust getroffen hätte, hatte sich in den leblosen Körper des Leibwächters gebohrt. Ein Teil von ihm drängte Enok dazu, einfach liegen zu bleiben und im Morast zu versinken, doch ein anderer Teil wollte leben, wollte Gewissheit darüber, was geschehen war.

In einem Ausbruch verzweifelter Kraft schüttelte er Kilifs Leichnam von sich ab und erhob sich halb – nur um zu sehen, dass auch Logras vom gefiederten Tod ereilt worden war. Bäuchlings lag der Freund im Schlamm und regte sich nicht mehr, zwei Pfeile steckten in seinem Rücken.

Von Panik, Zorn und Trauer ergriffen, raffte sich Enok auf die Beine, sah sich auf dem Schlachtfeld um, das sich von einem Augenblick zum anderen von einer Stätte des Triumphs in einen Acker des Todes verwandelt hatte ... und schon wieder stieg ein Pfeilschwarm in den Himmel.

Von leblosen Körpern umgeben und bis zu den Knien im Schlamm versunken, verfolgte Enok ihre Flugbahn, zu schockiert und zu ergriffen, um etwas zu unternehmen. Die Szenerie erschien ihm auf seltsame Weise unwirklich, es war mehr, als sein noch junger Verstand erfassen und begreifen konnte ...

»Majestät!«

Chulain war plötzlich bei ihm und riss ihn zu Boden, schirmte sowohl ihn als auch sich selbst mit einem Schild, den er vom Schlachtfeld aufgelesen hatte und der wohl einst einem Gardisten gehört hatte.

Der Schild erbebte, als ein Pfeil einschlug. Die Spitze fraß sich durch Holz und Leder, dann blieb das Geschoss stecken. Chulain, dessen Gesicht von Blut und Schlamm derart besudelt war, dass er kaum noch zu erkennen war, warf den Schild von sich und erhob sich, wobei er Enok mit auf die Beine zog. Rings umher taumelten noch weitere Schlammgestalten, in denen Enok mit Mühe Kämpfer seines Heeres erkennen konnte – während von der Südseite des Tals lautes Geschrei herüberdrang. Mit vor Entsetzen weit aufgerissenen Augen sah Enok eine breite Front von Echsenreitern den Hang herabstürmen, Schwarzgardisten, die bislang zurückgehalten worden waren und nun mit frischer Kraft das Schlachtfeld stürmten!

»Es war eine Falle«, knurrte Chulain, das blutige Schwert mit beiden Händen fassend. »Mirra?«

»General?« Eine der schlammigen Gestalten trat näher. Enok erkannte die Freundin kaum wieder, und nicht nur des Drecks wegen. Ihr Gesichtsausdruck war ein anderer, ein abgebrochener Pfeil stak in ihrer Schulter.

»Bring den Kaiser in Sicherheit«, wies Chulain sie ungerührt an. »Wir halten sie auf, solange es geht.«

»Zu Befehl.«

Erst jetzt kehrte Enok wieder ins Hier und Jetzt zurück. »Nein, das kommt nicht infrage! Ich werde bei euch bleiben und kämpfen ...«

»Dann wirst du sterben«, beschied Chulain ihm hart. »Einen sinnlosen, grausamen Tod, eines Herrschers nicht würdig.«

»Das hier«, konterte Enok, nach den Toten zu ihren Füßen deutend, »ist keiner fühlenden Kreatur würdig.«

»Dennoch, es war nicht dein Fehler, mich allein trifft die Schuld«, erklärte der General. »Vergiss nicht, was hier geschehen ist – und räche uns«, gab er Enok mit auf den Weg, dann wandte er sich um und stürmte den feindlichen Reitern entgegen. Weitere Kämpfer schlossen sich ihm an, rund fünfzig Männer und Frauen, die trotz ihrer Wunden noch aufrecht stehen konnten und den letzten Rest der einstmals so stolzen kaiserlichen Streitmacht darstellten. Unter Todesverachtung stellten sie sich dem Feind, der die Lanzen bereits gesenkt hatte, bereit, sie zu durchbohren ...

»Komm schon!«, schrie Mirra. Sie packte Enok an der Schulter und riss ihn mit. Hals über Kopf stürzten sie durch den knietiefen Morast, in dem Freund und Feind nun einhellig nebeneinanderlagen, inmitten herrenloser Waffen und abgetrennter Gliedmaßen, und überall war Blut ...

»Weiter, Majestät!«, zischte Mirra. Ihr Ziel war eine Echse, die wie durch ein Wunder unversehrt geblieben war und wie ein einsames Mahnmal inmitten von Tod und Verwüstung stand.

»Das ist nicht richtig«, stieß Enok im Laufen hervor, wissend, dass sein Widerstand eitel war und verlogen. Er wollte nicht hierbleiben, wollte nicht hier sterben ... obwohl er wusste, dass es seine Schuld war. Er hatte entschieden, nicht Chulain, Durwain und alle anderen, die ihn lediglich beraten hatten.

Durwain!

Der oberste Berater, wo war er abgeblieben? Im Laufen sah Enok sich um, doch von dem Drachenmann war nichts zu sehen. Dafür wurde Enok Zeuge, wie Chulains verbliebene Kämpfer und die Reiter der Schwarzen Garde aufeinandertrafen.

Gleich beim ersten Ansturm wurden mehrere Kaiserliche durchbohrt. Wer den Spitzen ihrer Lanzen entging, der fand sich im nächsten Moment den Hieben ihrer Klingen ausgesetzt.

Chulain kämpfte wie ein Löwe.

Indem er sich gegen eine der Echsen warf, brachte er sie zu Fall und erschlug ihren Reiter – doch dann drangen zwei Angreifer gleichzeitig auf ihn ein, brachten ihm eine klaffende Wunde bei. Der General taumelte und fiel.

»Worauf wartest du noch? Steig in den Sattel!«

Mirra hatte die herrenlose Echse erreicht und am Zügel genommen, hielt ihn so, dass Enok aufsteigen konnte.

»Nur mit dir zusammen«, erklärte er.

»Los doch, wir haben nicht …«

Die Kriegerin verstummte in ihrer Rede, stand plötzlich wie vom Donner gerührt. Ein Pfeil steckte in ihrer Halsbeuge, war in steilem Winkel von oben eingedrungen – und einen Herzschlag später wurde der Kopf der Echse von einem weiteren Geschoss durchbohrt. Mirra und das Tier gingen gleichzeitig nieder, fast im selben Moment zog ein dunkler Schatten mit unheimlichem Rauschen über sie hinweg. Es war eine der Flugechsen. Der Bogenschütze auf ihrem Rücken hatte Mirra und ihr Reittier niedergestreckt, beide lagen leblos im blutigen Morast – und Enok war allein auf dem Feld des Todes.

Der Lärm der Kämpfenden drang nur noch wie aus weiter Ferne zu ihm. Die Schlacht war verloren, daran bestand kein Zweifel. Indem sie einen Teil ihrer Leute ruchlos opferte, hatte Aderyn den Sieg errungen – und sie würde sich mit nicht weniger zufriedengeben als dem Drachenthron.

Enok war wie in Trance.

Beinahe beiläufig bemerkte er, dass er sein Schwert noch in der

Hand hielt, es mit aller Kraft umklammerte. Genau wie alle anderen, die in diesem Tal für die Sache der Freiheit gekämpft hatten, war auch er dem Tod geweiht, und er war nicht gewillt, dies dem Feind zu überlassen. Die Waffe beidhändig an der Parierstange fassend, richtete er sie gegen sich selbst, dorthin, wo sich sein Herz befand. Wenigstens sollte die Drachenfrau ihn nicht lebend bekommen, diesen Triumph wollte er ihr nicht gönnen …

Enok schloss die Augen, bereit, sich den von Drachenfeuer gehärteten Stahl in die Brust zu stoßen und sein Leben wie seine Herrschaft zu beenden …

»Du musst leben, junger Curran!«

Es war Meister Durwain.

Auf seiner Echse jagte er heran, beugte sich seitlich aus dem Sattel und streckte Enok seinen Arm entgegen – den dieser instinktiv ergriff. Dann wurde er auch schon emporgezogen und saß im nächsten Moment hinter seinem Mentor auf dem Rücken des Tieres, das in das nahe Bachbett sprang und mit weiten Schritten davonsprengte.

Das Schlachtfeld und das Tal des Todes fielen hinter ihnen zurück, sie tauchten ein in die beruhigende Dunkelheit des Waldes – und waren von nun an auf der Flucht.

9.

BLAR

»Shnorsh.«

Balbok und Rammar sagten es gleichzeitig, und es kam aus tiefstem Herzen.

Ohne weitere Verluste hatten sie die Sümpfe durchquert und die ersten Ausläufer der Hügel erreicht, die sich von hier bis zu den Roten Bergen erstreckten und weiter im Osten fruchtbares Ackerland beherbergten – hier war Rammar seinerzeit in der neuen Welt angekommen. In den Niederungen zwischen den Hügeln jedoch hielt sich hartnäckig der Nebel, und der Boden war hier immer noch weich und morastig. Ganz zu schweigen von dem stechenden Gestank, der in den Nebelfetzen hing.

Zu Beginn hatten die Orks, die gegen schlechte Gerüche am unempfindlichsten waren, es noch für den üblichen Odem von Fäulnis und Verfall gehalten, der jedem Sumpf zu eigen war. Doch je weiter sie nach Südosten vordrangen, desto deutlicher ging auch ihnen auf, dass dies kein gewöhnlicher Gestank war, sondern der beißende Geruch des Todes.

Und als sie dann auch noch die Viecher sahen, die in großer Anzahl flatternd am grauen Himmel kreisten, wurde ihnen klar, was die Stunde geschlagen hatte.

»*Blar*«, sagte Balbok nur.

»Sieht ganz so aus.« Rammar nickte grimmig.

»Was sagt er?«, wollte Pyaras wissen, der hinter ihnen marschierte.

»Er vermutet, dass dort vorn eine Schlacht stattgefunden hat«, erwiderte Rammar verdrießlich. »Und ich fürchte, er hat recht. Das dort am Himmel« – er deutete mit der künstlichen Klaue hinauf – »sind Aasfresser, darauf verwette ich meinen *asar.*«

»Lasst uns nachsehen, was dort los ist«, schlug Alannah vor. Wie jeder andere trug auch sie Waffen und Proviant auf dem Rücken sowie zwei Lederschläuche mit Wasser – auch wenn es streng genommen wohl eher Beeka war, die das Zeug trug.

»Bist du verrückt, Elfenweib?«, fragte Rammar barsch. »Hast du nicht gehört, was mein langer Bruder gerade gesagt hat? Es sieht ganz so aus, als hätte dort vorn eine Schlacht stattgefunden. Und wenn das so ist, sollten wir genau in die entgegengesetzte Richtung gehen, anstatt …«

»Wir sehen nach«, entschied sie unnachgiebig. Rammar spürte einmal mehr den alten, hilflosen Zorn in sich hochkochen.

»Genau wie früher«, erinnerte sich Balbok.

»*Korr*«, stimmte Rammar zähneknirschend zu. »Und ich krieg noch immer Sodbrennen davon.«

Sie setzten ihren Weg fort – wie zuvor mit Evan und Gully als Vorhut, denen sich nun auch Balbok und Drel zugesellt hatten; ihnen folgten Alannah und ein paar von Pyaras' Leuten, dann der Kapitän selbst mit Rammar, schließlich die ehemaligen Matrosen als Nachhut (wobei einige von ihnen in Rammars Augen derart altersschwach wirkten, dass man niemals sicher sein konnte, ob sie beim nächsten Halt noch am Leben waren).

Der Weg führte durch einen Wald aus fremdartigen Bäumen, wie die Orks sie weder zu Hause in der Modermark noch sonst wo je gesehen hatten. Turmhoch ragten die Stämme auf, und obwohl sie fast völlig glatt waren und nur kleine Kronen hatten, bildeten sie ein dichtes Labyrinth, das wie geschaffen für einen Hinterhalt war. Und je näher sie den Aasfressern kamen, die dort am Himmel kreisten, desto deutlicher wurde, dass es sich nicht um Vögel handelte, sondern um andere Kreaturen – kleine Echsen mit ledrigen Flügeln wie denen von Fledermäusen.

Rammar verzog das Gesicht, es grauste ihm vor dem Echsengesocks. Vielleicht, weil ihn jedes einzelne von den Viechern an Drachen erinnerte.

Immer steiler stieg das Gelände an, bis die Gefährten endlich den Grat eines Höhenzugs erreichten, dem sie in östlicher Richtung folgten.

Und dann sahen sie die Bescherung.

Eine schmale Senke lag vor ihnen, auf der anderen Seite ebenfalls durch einen lang gezogenen Hügel begrenzt. Noch vor ein paar Tagen mochte die Senke von Gras bewachsen gewesen sein, jetzt war da nur noch brauner Matsch, der übersät war von leblosen, mit Pfeilen gespickten Körpern. Abgebrochene Lanzen und Standarten staken im blutgetränkten Boden, Nebelfetzen lagen über der Szenerie, als wollten sie sie gnädig bedecken. Aber das half nicht viel, zumal der Gestank, der aus der Senke aufstieg, deutlich verriet, dass der Tod hier reiche Ernte gehalten hatte. Ebenso wie die unzähligen kleinen Biester, die sich zu Tausenden auf den Leichen tummelten – bis zu dem Augenblick, da sich die Gefährten auf dem Grat zeigten.

Aufgeschreckt fuhren die kleinen Echsen in die Höhe und flatterten auf ihren ledrigen Schwingen zurück in den grauen Himmel, wo noch mehr von ihnen kreisten. Zurück blieb ein Feld des Todes, von verstümmelten Leibern übersät.

»Bei den Mächten des Lichts«, flüsterte Alannah.

Ohne auf die anderen zu warten, verließ sie den Hügelgrat und stieg hinab in die Senke. Die Wildwüchse folgten ihr.

»Was hat das zu bedeuten?«, fragte Kapitän Pyaras. Sein bestürzter Blick ging von Rammar zu Balbok und wieder zurück. »Was ist hier geschehen?«

»*Shnorsh*«, erwiderte Balbok gepresst. »Großer *shnorsh* ist hier geschehen.«

Auch er ging los, um sich das Grauen aus der Nähe anzusehen, Rammar folgte ihm widerwillig. Je älter er wurde, desto mehr missfielen ihm Orte wie dieser – zumal er eine dunkle Befürchtung hegte, die sich schon kurz darauf bestätigte.

Die Leichen, die dort im Morast lagen, waren *oltorr'hai.*

Obwohl sie mit Blut und Dreck überzogen waren, sah man hier und dort noch schimmelgrüne Haut durchschimmern. Und wenn man genau hinsah, konnte man auch unterschiedliche Rüstungen erkennen: solche, die das Flammensymbol des Kaisers auf der Schulter trugen, und solche, die unter all dem verkrusteten Dreck rabenschwarz waren …

»Verdammt«, knurrte Rammar. »Ist ziemlich klar, was hier passiert ist, oder?«

»*Korr*«, bestätigte Balbok, worauf ein dicker Kloß seinen langen Hals auf und ab wanderte. »Enoks Truppen haben gegen Aderyns Schwarze Garde gekämpft. Und es sieht so aus, als ob die Drachenfrau gewonnen hätte. Auf jeden toten Gardisten kommen doppelt so viele von Enoks Leuten.«

Zu gerne hätte Rammar widersprochen, aber selbst er konnte mit seinen bescheidenen Zähl- und Rechenkünsten sehen, dass die Gefallenen des kaiserlichen Heeres bei Weitem in der Überzahl waren. Ganz offenbar war Enok schon kurz nach ihrer Abreise aus dem Palast zum Feldzug gegen Aderyn aufgebrochen. Und wie es aussah, war nicht er, sondern das garstige Drachenweib siegreich aus der Schlacht hervorgegangen …

»Alles war vergeblich«, stellte Balbok betrübt fest. »Nun hat der Rat der Ewigen doch noch gewonnen.«

»Ist mir wurscht, wer hier gewonnen hat«, behauptete Rammar, der sich inmitten all der Toten und der wabernden Schwaden hektisch umzusehen begann. »Ich will wissen, was aus dem Orkling geworden ist.«

Balbok nickte, sein Gesicht wurde lang. »Du meinst, Enok war auch dabei?«

»Würde ihm jedenfalls ähnlich sehen. Auch wenn ich immer versucht habe, ihm beizubringen, dass er sich von Orten wie diesem fernhalten soll. Wozu ist er schließlich Kaiser geworden?«

»Ich mache mir Vorwürfe, Rammar«, sagte Balbok. »Wir hätten Dragana niemals verlassen dürfen. Wir hätten bleiben und auf den Kleinen aufpassen müssen.«

»Schmarren«, widersprach Rammar. »Glaubst du denn, wir hätten etwas ändern können? Außerdem ist er schon lange nicht mehr klein und hat seinen eigenen Kopf«, fügte er verdrießlich hinzu – wer ihn allerdings besser kannte, der konnte sehen, wie sich ehrliche Sorge in seine grüne Fratze schlich.

Rammars Schritte verlangsamten sich, während er über den Acker des Todes schritt oder vielmehr wankte. Er war erschlagen von dem grässlichen Anblick und dem Gestank der Verwesung.

Was immer es auch für Kreaturen waren, die sich an den Leichen labten, sie hatten ganze Arbeit geleistet. Nicht nur die Leichen von Anwar-Orks lagen dort, sondern auch viele der auf den Hinterbeinen gehenden Echsen, auf denen sie zu reiten pflegten, wahlweise mit Pfeilen gespickt oder mit aufgeschlitzten Bäuchen, aus denen stinkende Eingeweide quollen. Viele Körper waren zur Unkenntlichkeit entstellt. Gliedmaßen, die bis auf die Knochen abgenagt waren, lagen im fahlen Tageslicht, hier und dort waren die Augen aus den Schädeln gepickt worden. Der Gedanke, dass auch ihr junger Schützling hier irgendwo lag und dasselbe grausame Schicksal erlitten hatte, verursachte Rammar Übelkeit.

»Ich habe ihm gleich gesagt, dass es ein Fehler ist«, maulte er. »Ich habe ihm eingeschärft, dass er nicht auf den Drachenkopf hören und lieber mit uns kommen soll. Aber nein, er wollte ja nicht auf mich hören …«

»Enok!«, rief Balbok in seiner Not, wobei er die Klauen vor dem Maul zu einem Trichter formte. »Enok, kannst du mich hören? Ich bin es, Balbok! Bist du da …?«

»Was soll das Geschrei? Bist du übergeschnappt?«

»Vielleicht liegt er hier irgendwo und ist verwundet«, erklärte Balbok achselzuckend.

»Und du denkst, dann würde er dir antworten?« Rammar rollte mit den Augen. »Faulhirn, was hier passiert ist, liegt schon ein paar Tage zurück, und was die Pfeile der Schwarzen Garden nicht geschafft haben, das haben die Aasfresser längst erledigt. Du glaubst doch nicht im Ernst, dass …«

»…albok«, erklang es plötzlich.

»Was war das?« Balbok blieb abrupt stehen, seine spitzen Ohren richteten sich auf.

»Was meinst du?«

Sie lauschten beide, aber nichts war zu hören außer dem Flattern der Aasfresser über ihnen.

»Enok?«, rief Balbok noch einmal.

»Schmarren«, knurrte Rammar.

»… Balbok«, kam es zurück, nicht sehr laut, aber nun doch deutlich hörbar.

»Siehst du, da ist doch etwas«, beschied Balbok seinem Bruder. »Das kommt von da drüben …«

Abrupt wandte er sich um und lief in die andere Richtung, wo die Körper der Gefallenen so dicht lagen, dass Balbok förmlich darübersteigen musste, während er sich suchend umblickte und immerzu Enoks Namen rief. Inzwischen waren auch Alannah und die anderen aufmerksam geworden und kamen herbei, was Rammar mehr als peinlich fand. Wieder einmal zog sein bescheuerter Bruder alle Aufmerksamkeit auf sich, dabei war doch mehr als offensichtlich, dass niemand dieses Massaker …

Der Gedanke gefror in Rammars Schädel, als er sah, wie sein Bruder sich bückte, mit den langen Armen nach einem der *olt-orr'hai* griff und ihn aus dem Berg der Leichen zog. Für einen kurzen Moment wollte das dunkle Herz Rammars des Schrecklich Rasenden einen Freudensprung machen – doch es war eindeutig nicht Enok, den Balbok hochhob, dafür war die Gestalt zu groß und auch zu kräftig. Dennoch trug der hagere Ork sie zum Rand des Schlachtfelds, wo er sie behutsam ins Gras bettete – und im Näherkommen wurde Rammar klar, dass er den Mann unter all dem Schmutz und dem verkrusteten Blut kannte.

Es war Chulain, einst Kämpfer des Widerstands und nun General der kaiserlichen Armee …

»Balbok«, stieß der aus zahllosen Wunden blutende Offizier hervor, wobei Blut aus beiden Mundwinkeln rann. Viel Zeit hatte er nicht mehr, so viel stand fest. Rammar fand es schon verwunderlich, dass überhaupt noch Leben in ihm war.

»Ich bin hier«, versicherte der hagere Ork, der an seiner Seite kauerte.

»Und König Rammar ebenfalls«, fügte Rammar hinzu, als er schnaufend bei ihnen anlangte. »Was, bei Kuruls dunkler Grube, ist hier passiert? Wo ist Enok?«

»Schlacht … Aderyns Heer … Hinterhalt«, kam es zusammen mit einem Blutschwall über Chulains Lippen. Er sah elend aus, wie er so dalag, nur noch ein Schatten des Kriegers, der er einst gewesen war. Und für Rammar auch der personifizierte Beweis dafür, dass es nichts brachte, in anderer Leute Krieg auf dem Schlachtfeld zu sterben …

»Ein Hinterhalt?«, fragte Balbok mit großen Augen nach. »Wie konnte das passieren?«

»Das frage ich mich auch«, grunzte Rammar. »Schließlich haben wir dem Orkling alles beigebracht, was man über Hinterlist und Niedertracht wissen muss.«

»Kann nichts … dafür«, lautete die erschütternde Antwort. »Er wurde … von Durwain gedrängt.«

»Elender Drachenkopf!«, wetterte Rammar. »Wusste ich es doch!

Er wollte uns aus dem Weg haben, weil er genau wusste, dass wir bei so einem Irrsinn niemals mitmachen würden. Also hat er uns zunächst abserviert und den Jungen dann auch noch schlecht beraten!«

»Wo ist Enok?«, wollte Balbok wissen. »War er auch hier?«

»Kaiser mit uns … geritten …«

»Das habe ich befürchtet«, schnaubte Rammar. »Also liegt er irgendwo hier, tot und erschlagen wie alle anderen …«

Chulain öffnete die blutigen Lippen und schien etwas erwidern zu wollen, doch eine Welle von Schmerz peinigte seinen geschundenen Körper. Seine Rüstung war zerschlagen, an Brust und Armen hatte er Stichwunden erlitten, von den beiden Pfeilen in seinem linken Oberschenkel ganz zu schweigen. Dennoch hatte er durchgehalten, war mit eisernem Willen am Leben geblieben.

»Balbok … Rammar!«, stieß er hervor.

»Ja doch, was ist?«

Der tödlich Verwundete nutzte seine letzte verbliebene Kraft, um eine blutige Hand zu heben und sie Balbok hinzuhalten, der sie prompt ergriff. Die andere streckte Chulain Rammar entgegen und sah ihn dabei herausfordernd an.

Rammar zögerte. Weder wollte er sich bücken noch einem Sterbenden die Hand reichen, aber schließlich überwand er sich doch dazu. Mit einem Grunzen ließ er sich zu Boden fallen und ergriff die blutige Rechte, worauf sich Chulains ersterbender Blick auf die beiden Orks richtete.

»Etwas … versprechen«, verlangte er.

»Herrje«, grunzte Rammar. »Und was?«

»Enok finden …«

»Das dürfte schwierig werden. Dieses Schlachtfeld ist übersät von …«

»Nicht hier«, stieß Chulain kopfschüttelnd hervor. »Geflohen.«

»Dann … ist Enok noch am Leben?« Balbok schöpfte jähe Hoffnung.

»Hoffnung … aber Gefahr … Schwarze Garden … Aderyn.«

»Schon klar«, bestätigte Rammar. »Das Drachenweib muss ihn erledigen, wenn sie Kaiserin werden will.«

»Müsst ihn finden … retten.«

»Das werden wir«, versicherte Balbok.

»Versprechen«, hauchte Chulain mit kaum noch hörbarer Stimme. Sein Blick war weiter fest auf die beiden gerichtet.

»Korr«, bestätigte Balbok, noch ehe Rammar etwas erwidern konnte.

In diesem Moment bäumte sich Chulains geschundener Körper noch einmal auf, und seine Hände verkrampften sich um die Klauen der Orks. Dann fiel sein Kopf zurück, und sein Griff erschlaffte, so wie seine ganze Gestalt.

Der General war tot.

»Shnorsh«, stieß Rammar hervor und wischte sich mit der künstlichen Klaue über die Augen. Der verdammte Nebel ließ sie tränen. Oder vielleicht lag es auch an diesem entsetzlichen Gestank …

Da fiel ihm auf, dass Balbok und er nicht mehr allein waren. Alannah, Evan, Gullwyn und Drel waren hinzugetreten. Zusammen mit Pyaras und seinen Leuten umringten sie die Orks und den toten Chulain in einem weiten Kreis.

»Verdammt, Elfin«, knurrte Rammar, »was fällt euch ein, euch anzuschleichen? Wie lange steht ihr überhaupt schon da?«

»Lange genug, um zu wissen, dass der Kaiser noch am Leben ist – und dass wir ihn finden müssen«, versicherte Evan. Zusammen mit Gullwyn und Drel trat er näher, um sich von Chulain zu verabschieden. Alle drei fielen sie beim Leichnam des Freundes nieder, während Rammar sich ächzend wieder aufrichtete.

»Hast du das auch in deinen Visionen gesehen?«, fragte er Alannah.

Sie schüttelte den Kopf. »Wie ich schon sagte, ich verfüge nicht mehr über die Kraft von einst. Aber ich fühle Schmerz«, sagte sie leise und griff sich an die Brust. »Tief in meinem Inneren … Schreckliche, verzweifelte Trauer, so als wollte sie mich zerreißen …«

»Das solltest du«, meinte Rammar, auf Chulains leblosen Körper deutend. »Denn der elende Kerl, der dort tot im Dreck liegt, war kein anderer als Beekas Bruder.«

10.

TULL UR'DRACHGA-BOUN

Sie war wieder zurück.

Nach Monden der Schmach, des Wundenleckens und bohrender Zweifel war sie dabei, an jenen Ort zurückzukehren, über den sie zuvor Jahrhunderte lang geherrscht hatte. Zugegeben, nicht allein, sondern als Mitglied des Rates der Ewigen … doch in Aderyns Selbstbild war sie schon immer die Anführerin des Rates gewesen, die erste unter Gleichen.

Nun jedoch brauchte sie auch darauf keine Rücksicht mehr zu nehmen. Der alte Rat existierte nicht mehr, gehörte der Vergangenheit an bis auf Hirulon und Kelon, die als traurige Relikte geblieben waren, und im Nachhinein empfand Aderyn fast Dankbarkeit für die Aufständischen, die seinerzeit den Palast gestürmt und die Herrschaft des Rates beendet hatten. Im Grunde, so dachte sie jetzt, hatten sie ihr damit viel Mühe erspart und ihr den Weg zur Macht geebnet.

Zur absoluten, uneingeschränkten Macht …

Von ihrer Sänfte aus, die auf dem breiten Rücken eines Dreihorns ruhte, blickte Aderyn auf die Stadt. Groß und mächtig ragten die Türme und Mauern von Taras Caron vor ihr auf. Sie durch Belagerung oder gar im Handstreich einzunehmen, wäre wohl ein aussichtsloses Unterfangen gewesen. Doch das würde nun nicht nötig sein. Ihres Heeres entblößt, das weit entfernt von hier ein blutiges Ende in einem namenlosen Tal gefunden hatte, hatten die Stadtväter es vorgezogen, keinen Widerstand zu leisten. Gegen die Zusicherung, dass Aderyn unter der Bevölkerung Gnade walten lassen und weder Brandschatzung noch Plünderung zulassen werde, hatte man ihr freiwillig die Tore geöffnet – und gab damit alles preis, wofür die Rebellion so aufopferungsvoll gekämpft hatte und wofür so viele ihr Leben gelassen hatten.

Letztlich, so hatte Aderyn erkannt, waren es nicht Ideale, auf die es den Sterblichen ankam, nicht abstrakte Vorstellungen von Freiheit oder Glück.

Alles, was für sie zählte, war das Überleben.

Die Sänfte schwankte leicht auf dem breiten Rücken der Echse, die ihren Namen den drei Hörnern verdankte, die von der Schildplatte über ihrem breiten Haupt aufragten. Gleichmütig stampfte das mächtige Tier über die Zugbrücke und unter dem hohen Bogen des Haupttors hindurch, sich der Tragweite des Augenblicks in keiner Weise bewusst. Aderyn hingegen war nur zu klar, was die Rückkehr nach Taras Caron bedeutete.

Es war die Erfüllung ihrer Träume, das Ziel ihres Strebens von Anbeginn: Der Drachenthron gehörte endlich ihr.

Jubel setzte ein, als die Echse mit der Sänfte auf dem Rücken die andere Seite des Tors erreichte – zugegeben, es war verhaltener Jubel, der aus den Kehlen jener drang, die die Schwarzen Garden aus den umliegenden Häusern gezerrt und am Straßenrand zusammengetrieben hatten. Aderyn begnügte sich dennoch damit. Sie legte keinen Wert darauf, die Herzen des Volkes zu gewinnen und Begeisterung in ihren Augen leuchten zu sehen. Viel wichtiger war es ihr, Furcht darin zu erblicken, so wie in all den Jahrzehnten, in denen der Rat der Ewigen über die Stadt und das Reich geherrscht hatte.

Und ebendiese Furcht, das konnte Aderyn zu ihrer Freude erkennen, als sie durch das Fenster der Sänfte nach draußen spähte, kehrte in dem Augenblick in die Gesichter der Untertanen zurück, als die Eroberin im Triumph in die Stadt einzog, begleitet von ihren siegreichen Schwarzen Garden, die ihre Herrschaft sichern würden.

Dunkle Genugtuung erfüllte die Drachenfrau.

Furcht, das hatten die zurückliegenden Jahrhunderte sie gelehrt, war ein mächtiges Werkzeug. Sie machte die Massen gefügig und schüchterte selbst die erbittertsten Feinde ein – auch wenn sie sich darüber wohl keine Gedanken mehr zu machen brauchte, denn ihr Gegner war besiegt.

Wie einfach es gewesen war!

Ihren Plan, die Besatzungen der südlichen Garnisonen zurückzuhalten, hatte Aderyn mit letzter Konsequenz und in aller Heimlichkeit verfolgt. Hätte sie ihren Beratern davon berichtet, hätten diese es ihr nur auszureden versucht, unter Beteuerungen, dass ein einzelner Sieg das Opfer von Hunderten von Gardisten nicht lohnte … doch das stimmte nicht. Es war nicht irgendein Sieg, der in jenem Tal am Rand des Ödlands errungen worden war. Es war der einzige Sieg, der jemals notwendig sein würde, der endgültige Triumph über den Scharlatan, der sich des Throns bemächtigt hatte. Und dieser Triumph sollte nicht ein paar Hundert Leben wert gewesen sein?

Die Ruchlosigkeit war Teil der Strategie. Aderyn war immer klar gewesen, dass ihr alter Weggefährte Dufanor – oder Durwain, wie er sich nunmehr nannte – einen solchen Schritt noch nicht einmal in Betracht ziehen würde. Und genau darin hatte die Genialität des Plans gelegen.

Die Bürger, die man zu beiden Seiten der Hauptstraße versammelt hatte, jubelten erneut, nicht voller Überzeugung, aber nun schon lauter. In ihren bangen Gesichtern stand die Frage, was die Zukunft für sie bereithalten würde. Denn sie alle hatten sich gegen den Rat der Ewigen gewandt, und Aderyn war gewillt, sie auf die eine oder andere Art dafür bezahlen zu lassen, wenn die Drachenkrone erst auf ihrer Stirn saß. Nur noch eine Kleinigkeit war notwendig, um den Leuten ihre Hoffnung zu nehmen und auch noch den letzten Funken Widerstand zu ersticken.

Der falsche Drachenkaiser, dem die Flucht vom Schlachtfeld gelungen war, musste gefunden, in die Hauptstadt gebracht und vor dem Palast öffentlich hingerichtet werden. Dann würde auch der Letzte sehen und begreifen, dass diese ebenso kurze wie schmachvolle Episode beendet war und wieder Recht und Ordnung in der Hauptstadt einkehrten, und damit im ganzen Reich. Aderyn hatte keine Geringeren als Kelon und Hirulon damit beauftragt, den jungen Curran zu finden und zu ihr zu bringen. Und sie war sicher, dass die ehemaligen Räte alles unternehmen würden, um der neuen Herrscherin diesen Wunsch zu erfüllen.

Der Kaiserpalast auf seinem mächtigen Felsen war jetzt zu sehen, überragt vom höchsten Turm. Die Kuppel, die sich einst darübergewölbt hatte, schien noch immer beschädigt zu sein, so wie viele Häuser der Stadt, Andenken an die Schlacht, die hier getobt hatte.

Aderyn würde das Zerstörte neu errichten, es auf neue Fundamente stellen.

So wie sie ihre Macht neu errichten würde.

Je näher die Sänfte dem Palast kam, desto mehr ebbte der Jubel wieder ab. Mit einem Wink aus ihrer Sänfte gab Aderyn ihren Gardisten zu verstehen, die Begeisterung der Menge gefälligst ein wenig mehr zu entfachen.

Wie sie es vermisst hatte, dieses Gefühl von Macht und Autorität. Nun, da sie es zurückerlangt hatte, würde sie niemals wieder davon lassen.

Endlich erreichte der Zug den Vorplatz des Palasts. Dutzende schwarz gerüsteter Gardisten umringten ihn, bildeten eine Barrikade aus Fleisch und Stahl gegen das Volk, das sich um den Platz versammelt hatte. Die Echsenreiter, die die Sänfte eskortierten, schwärmten aus und formierten sich zu einem Spalier, durch das das Dreihorn schritt. Vor dem Tor kam der Koloss zum Stehen, und eine Leiter wurde angelegt, über die Aderyn ihre Sänfte verlassen und hinabsteigen konnte.

Noch einmal jubelte die Menge.

Es klang gequält, fast wie ein Stöhnen.

Dann lag eisiges Schweigen über dem Platz.

Die Beklemmung des Volkes war fast körperlich zu greifen, Aderyn genoss jeden einzelnen Augenblick.

Sie wurde bereits erwartet.

Ein drahtiger kleiner Mann mit dunklem Haar stand allein vor dem Tor. Seiner vornehmen Robe nach, die an ihm wie eine Verkleidung wirkte, war er irgendein Minister, zumindest aber ein hoher Hofbeamter, der den Kaiser in dessen Abwesenheit vertrat. Was ihn ebenso zum Verräter und Betrüger machte wie seinen anmaßenden Herrn.

Aderyns grüne Reptilienaugen verengten sich zu Schlitzen, während sie sich ihm näherte. »Wer bist du?«, erkundigte sie sich mit geringschätzigem Tonfall.

»Mein Name ist Finras. Ich bin Minister am Hof Seiner Majestät des Kaisers und ein Mitglied des neuen Kronrats.«

Aderyn musterte den Mann von Kopf bis Fuß. Trotz seines geringen Wuchses, der ihr nicht einmal bis zu den Schultern reichte, unterschieden sich seine blassgrünen Züge in einem wesentlichen Punkt von den Gesichtern jener, die die Hauptstraße säumten: Sosehr sie sich auch bemühte, Aderyn konnte keine Furcht darin entdecken. Schon eher sah sie Anzeichen von Wut und Trotz ...

»Der Rat wurde neu gegründet?«, fragte sie.

»Um dem Volk von Anwar zu dienen – nicht, um es zu unterdrücken«, entgegnete der andere mit einer Gelassenheit, die die Drachenfrau nur noch mehr ärgerte.

»Du weißt, wer ich bin?«

»Natürlich.« Finras nickte. »Jeder hier weiß es.«

»Dann wisst ihr auch, was jenen droht, die sich meinem Willen widersetzen.«

»Es ist noch nicht so lange her, als dass wir es bereits vergessen hätten«, bestätigte der andere, und wieder sah Aderyn Widerstand in seinen Augen blitzen.

»Warum bist du dann hier?«, fragte sie mit unverhohlenem Spott. »Willst du mir den Zugang zum Palast verwehren?«

»Das steht nicht in meiner Macht.« Er schüttelte den Kopf. »Aber Ihr sollt wissen, dass es nicht meine Entscheidung gewesen ist, Euch die Stadt kampflos zu überlassen. Die übrigen Minister haben mich überstimmt.«

»Weil sie klüger sind als du. Und weil sie wissen, wie man überlebt – so wie alle Ratten es wissen.«

Der Minister zuckte sichtlich zusammen ob der Beleidigung. »Ich weiß vor allem, dass Ihr Euer Versprechen nicht halten werdet. Eure Leute werden brandschatzen und plündern. Schon deshalb, weil Ihr Euch an den Bewohnern dieser Stadt rächen wollt.«

»Vermutlich«, gestand sie ungerührt zu. »Und?«

»Ich bin hier, um Euch zu darüber aufzuklären, dass es so nicht enden wird. Der Drachenkaiser wird zurückkehren, so wie er schon einmal zurückgekehrt ist, und dann wird er Euch und Eure verdammte Gardistenbrut ein für alle Mal …«

Was genau es war, das der zurückgekehrte Drachenkaiser ihr und ihren Leuten antun wollte, würde Aderyn nicht erfahren, denn die übrigen Worte verließen Finras' Lippen nie.

Der aufsässige Minister verstummte in dem Augenblick, als Aderyns schmale Klinge mit furchtbarer Wucht in seine Halsbeuge fuhr und das Haupt vom Rumpf trennte.

Der in die Robe des Kronrats gekleidete Torso stand noch, während der Kopf mit einem profanen Geräusch zu Boden schlug und über den Vorplatz rollte. Aderyn blieb nicht lange genug, um zu sehen, wie er zusammenbrach. Ohne die Überreste des Ministers auch nur noch eines Blickes zu würdigen, rammte sie ihr Schwert in die Scheide zurück und betrat den Palast.

»Hauptmann«, rief sie dem Anführer ihrer Eskorte dabei über die Schulter zu, »sucht die übrigen Mitglieder des sogenannten Kronrats und verfahrt mit ihnen ebenso. Das Volk soll erkennen, dass sich die Dinge in dieser Stadt geändert haben. Sie heißt jetzt wieder Taras Caron – denn Recht und Ordnung sind zurück.«

11.

TOUGAMASH'HAI

Enok kauerte im weichen Moos.

Die vom langen Marsch gepeinigten Beine hatte er an sich gezogen, den verdreckten, zerschlissenen Königsmantel trug er eng um die Schultern. Seine notdürftig verbundenen Wunden schmerzten, aber Enok scherte sich nicht darum. Keine von ihnen war so tief wie das Entsetzen, das ihn noch immer in den Klauen hielt.

Und die Reue.

Noch immer standen ihm die Bilder der Schlacht vor Augen …

das allgegenwärtige Sterben, die Furcht in den Gesichtern seiner Kämpfer, der blutgetränkte Boden.

Wie, so fragte er sich jetzt, hatte er diesem Feldzug jemals zustimmen können? Die Antwort entlastete sein Gewissen keineswegs, aber sie trug einen Namen.

Durwain …

Seit zwei Tagen waren sie nun auf der Flucht.

Zurück nach Dragana konnten sie nicht, die Stadt befand sich vermutlich längst in Aderyns Gewalt – und was die Drachenfrau mit ihm anstellen würde, wenn sie seiner habhaft wurde, war Enok nur zu klar. Ohnehin würden ihre Schergen bereits auf der Suche nach ihm sein, Schwarze Garden und Flugechsenreiter. Und früher oder später, auch da gab er sich keinen Illusionen hin, würden sie ihn aufspüren.

»Was denkst du?«

Auf der anderen Seite der Lichtung saß Durwain, reglos und mit verschränkten Beinen, der Oberkörper so aufrecht, als würde er meditieren. Selbst nach der bitteren Niederlage und inmitten wegloser Wildnis schien der kaiserliche Berater noch Wert auf eine würdevolle Erscheinung zu legen. Enok hatte diesen Anspruch längst fahren lassen, zusammen mit allen anderen Ambitionen, die er einst gehegt haben mochte.

»Dass ich ein Narr gewesen bin«, sagte er leise in die hereinbrechende Dunkelheit, die sich über den Wald und das behelfsmäßige Lager senkte. Ein Feuer zu entfachen, wagten sie nicht, aus Sorge vor Entdeckung.

»Du hast dir nichts vorzuwerfen. Du hast alles getan, was notwendig war, um …«

»Dass ich ein Narr gewesen bin, auf Euch zu hören«, präzisierte Enok. Aufgrund des spärlicher werdenden Lichts und da Durwain die Kapuze seines Mantels hochgeschlagen hatte, konnte er nicht sehen, was seine Worte im Gesicht des Beraters bewirkten. Aber er hoffte, dass sie Spuren hinterließen …

»Du gibst mir die Schuld?«

»Ihr seid es gewesen, der mir zu alldem geraten, der mich dazu gezwungen hat …«

»Ich habe dich gezwungen? Den Drachenkaiser?«

»Ihr wisst, dass es so gewesen ist. Wisst, was Ihr getan habt …«

»Gewiss – doch wird niemand glauben wollen, dass der rechtmäßige Erbe des großen Curran einem schlechten Ratschlag aufgesessen ist. Die Nachwelt interessiert sich nicht für solche Fußnoten der Geschichte, mein junger Freund. Ebenso wenig, wie sie sich dafür interessieren wird, dass die Späher von Aderyn getäuscht wurden und uns folglich falsch unterrichtet haben. Oder dass sie den Tod mehrerer Hundert ihrer Soldaten billigend in Kauf genommen hat, nur um uns in eine Falle zu locken.«

»Wir kannten Aderyn und wussten, wozu sie fähig war.« Enok fror erbärmlich in seinem zerschlissenen Zeug, das sich immer mehr mit der Feuchte des nächtlichen Waldes vollsog. »Wir hätten es zumindest ahnen müssen.«

»Wenn überhaupt, so hättest *du* es ahnen müssen.«

»Was meint Ihr?« Enok sah sein dunkles Gegenüber betroffen an. »Ich habe immer wieder beteuert, dass ich Bedenken hätte, dass der Feldzug meiner Ansicht nach zu überstürzt erfolgte …«

»Was gewesen ist, zählt nicht mehr«, entgegnete Durwain gelassen. »Die Geschichte blickt nicht auf mich oder General Chulain oder andere, die sich geirrt haben mögen, sondern nur auf den Kaiser selbst. Es ist *deine* Niederlage, mein Junge. So wie es *deine* Krone und *deine* Herrschaft ist.«

»Von meiner Herrschaft ist nichts mehr übrig«, erwiderte Enok mit Tränen in den Augen. »Nur für den Fall, dass es Euch entgangen ist, wir wurden geschlagen und vernichtet, das kaiserliche Heer existiert nicht mehr. Wahrscheinlich ist Aderyn in diesem Moment bereits im Palast von Dragana und setzt sich die Kaiserkrone auf!«

»Gut möglich – aber das bedeutet nicht, dass sie die neue Kaiserin ist.«

»Was soll das nun wieder heißen? Gerade habt Ihr doch selbst gesagt, dass …«

»… dass die Geschichte diese vernichtende Niederlage mit deinem Namen und Titel in Verbindung bringen wird«, bestätigte

Durwain ungerührt. »Es sei denn, sie wird zu deinen Gunsten umgeschrieben.«

»Wie denn? Ich wurde vernichtend geschlagen, und das ist die Wahrheit!«

»Die Wahrheit, mein junger Kaiser, ist das, was deine Untertanen dafür halten. Was zum Beispiel wäre, wenn bekannt würde, dass es Verrat war, der dich den Sieg gekostet hat? Dass es in deinen Reihen einen Überläufer gab, der in Wirklichkeit die ganze Zeit über in Aderyns Diensten stand und dich schnöde hintergangen hat?«

»Wa-was?«, fragte Enok verwirrt. »Wer sollte das gewesen sein?«

»Wie wäre es mit Chulain, deinem obersten General?«

»Aber das … das ist nicht wahr! Chulain hat tapfer gekämpft, ich sah ihn für unsere Sache bluten. Er hat sich geopfert, damit ich entkommen konnte …«

»… und ich bin sicher, er würde es noch einmal tun. Wenn auch auf etwas andere Weise.«

»Nein!«, wehrte Enok ab. »Ihr wollt die Wahrheit durch Lüge ersetzen!«

»Wenn es hilft, die Legende zu erhalten, würde ich so ziemlich alles tun«, gab der Berater zu. »Der Drachenkaiser ist mehr als ein kleiner Junge, der in seiner Eitelkeit gekränkt ist und sich aus Scham und Furcht am liebsten verkriechen würde. Er ist ein Vermächtnis.«

»Ist das Euer Ernst? Ihr denkt, es ginge mir um gekränkte Eitelkeit?« Enok konnte die Tränen des hilflosen Zorns nicht länger zurückhalten. »Es geht mir um die vielen, die dort auf dem Schlachtfeld gefallen sind! Die darauf vertraut haben, dass ich sie zum Sieg führen würde und nicht in eine vernichtende Niederlage.«

»Eine Niederlage, mein naiver junger Freund, ist nur dann eine Niederlage, wenn du sie zugestehst. Solange die Legende des Drachenkaisers lebt, ist nichts verloren – so ist es schon damals gewesen, und so ist es jetzt wieder.«

»Jetzt sprecht Ihr nicht mehr wie mein Berater«, sagte Enok leise, »sondern wie ein Angehöriger des Rates der Ewigen.«

Einen Augenblick lang schwieg Durwain. Dann erhob sich der Drachenmann, was ihm trotz seines hohen Alters und des langen

Marsches, den sie hinter sich hatten, keine Mühe zu bereiten schien. Mit wenigen Schritten war er bei Enok und sah auf ihn herab. Die grünen Reptilienaugen schimmerten im Zwielicht.

»Ich wollte nicht, dass es so kommt«, versicherte er. »Meine Treue gehört der Krone, so ist es immer gewesen, nicht von ungefähr habe ich den Widerstand gegen den Rat der Ewigen formiert und angeführt. Doch so bitter eine verlorene Schlacht auch sein mag, sie bedeutet nicht das Ende des Krieges, Majestät. Und deshalb können wir es uns nicht leisten, unseren Emotionen nachzugeben, so stark sie in diesem Moment auch sein mögen. Es gibt Wichtigeres, worum wir uns kümmern müssen. Sehr viel Wichtigeres.«

»Wichtiger … als unsere Trauer?« Enok sah zweifelnd an ihm empor. »Wichtiger als unsere gefallenen Freunde?«

»Ein Kaiser hat keine Freunde, sondern Untertanen, und sie sind ihm zur Gefolgschaft verpflichtet. Wenn sie gefallen sind, so haben sie ihre Pflicht getan – so wie ich es als meine Pflicht betrachte, mich um den Kaiser zu kümmern. Um deine Sicherheit und dein Wohlergehen, junger Curran.«

»Enok«, widersprach dieser und blickte zu Boden. »Und Ihr braucht Euch nicht länger um mich zu kümmern. Ich entbinde Euch von Eurem Dienst.«

»Das kannst du nicht.«

»Warum nicht?« Enok sah wieder zu ihm auf, erschrak über die Kälte in Durwains Blick.

»Weil du nichts bist ohne mich«, erwiderte der Drachenmann leise. »Meine Weisheit und mein Wissen sind es, die dich beschützen und erst zu dem machen, was das Volk in dir sieht.«

»Ihr meint, so wie Ihr mich in der Schlacht beschützt habt?« Enok schüttelte den Kopf, es kam ihm vor, als würde er aus einem Traum erwachen. »Rammar hatte völlig recht. Ich hätte Euch niemals vertrauen dürfen.«

»Ist das dein Ernst?« Die Stimme des anderen war bitter. »Du ziehst den Ratschlag eines Unholds dem meinen vor?«

»Wenigstens haben Balbok und Rammar mich niemals getäuscht oder zu etwas gezwungen«, beharrte Enok. »Sie sind stets ehrlich zu mir gewesen, haben mir immer offen ihre Meinung gesagt. Wären sie an Eurer Stelle hier gewesen, wäre das alles nicht passiert.«

»Wer weiß? Aber nicht sie sind deine Berater, sondern ich bin es. Und ich sagte dir schon, dass sie von dort, wo sie jetzt sind, niemals wiederkehren werden.«

Enok legte den Kopf schief und sah seinen obersten Berater durchdringend an. »So etwas habt Ihr schon einmal gesagt ... warum? Was habt Ihr mit den beiden gemacht?«

»Sie durch die Kristallpforte geschickt, wie du es mir befohlen hattest.«

Enok schüttelte den Kopf. »Etwas stimmt nicht. Ihr sprecht nicht die Wahrheit ...«

»Ich erwähnte es schon, die Wahrheit liegt stets im Auge des Betrachters«, beschied ihm Durwain kühl. »Wenn du nach einer absoluten Wahrheit suchst, so ist es die, dass du mich brauchst, junger Kaiser! So notwendig wie die Luft zum ...«

In diesem Moment drang aus dem Unterholz jenseits der Lichtung ein Geräusch. Es war ein Rascheln, gefolgt von einem Knurren – vermutlich ein Jäger der Nacht auf Beutezug.

Ob es ein großes Tier war oder ein kleines, ob es eine Gefahr darstellte oder nicht, war Enok einerlei. Das Geräusch sorgte dafür, dass sein Berater für einen Augenblick abgelenkt war – und diesen Augenblick nutzte Enok, um aufzuspringen und zu fliehen.

Der Echsenpranke, die im Halbdunkel nach ihm griff, entging er mit knapper Not und hastete dem Dickicht entgegen. Erschöpft, wie seine Beine waren, gehorchten sie ihm nicht vollständig, sodass er ins Taumeln geriet und dem Unterholz mehr entgegenstürzte, als er lief. Äste peitschten ihm ins Gesicht, dornige Ranken zerkratzten ihm die Haut, aber das war ihm gleichgültig. Er wollte nur fort, weg von seinem Berater und seiner Vergangenheit, weg von den Bildern, die ihn verfolgten.

»Tu das nicht!«, rief Durwain ihm beschwörend hinterher. »Dein Leben ist bedroht, noch mehr, als dir klar ist, und nur ich kann dir helfen ...!«

Doch Enok dachte nicht daran, stehen zu bleiben oder gar umzukehren. Durch hohen Farn und peitschendes Geäst rannte er immer weiter, bis die Rufe seines einstigen Beraters in der Weite des Waldes verhallten. Erst dann verlangsamte er seinen Schritt und blieb stehen, schwer atmend und allein.

Nur die Zweifel blieben bei ihm.

Und die Reue.

12.

OSLOK'HAI

»Orki!«

Mit einem heiseren Schrei schreckte Balbok aus dem Schlaf – nur um sich verblüfft umzusehen.

Enok war nicht da.

Stattdessen fand sich der große Ork auf dem Boden liegend, unweit eines knisternden Feuers. Die Stämme gewaltiger Bäume ragten ringsum auf, über denen sich eine finstere, mondlose Nacht wölbte. Entsprechend groß war Balboks Verwirrung, entsprechend lang sein Gesicht.

»Was ziehst du denn für einen Flunsch, Langer?«, fragte Rammar, der am Feuer saß. Der Widerschein der Flammen beleuchtete seine verdrießlich verkniffenen Gesichtszüge. »Hast du wieder irgendwelches Zeug geträumt?«

»Von Enok«, bestätigte Balbok. Er nickte und kratzte sich nachdenklich am Hinterkopf. Dann erhob er sich und gesellte sich zu seinem Bruder. Auch Beeka – oder vielmehr Alannah – saß am Feuer. Die übrigen Teilnehmer der kleinen Expedition hatten sich entweder schlafen gelegt oder bewachten das Lager.

»Du hast vom Orkling geträumt?« Rammar, der am Boden fläzte wie eine gestrandete Qualle, warf ihm einen fragenden Blick zu.

»*Korr*, und es war so wirklich.« Balbok war noch immer nicht darüber hinweg. »Als ob wir miteinander … verbunden wären.«

»So ein Schmarren.« Rammar blies durch die Nase.

»Nein, so etwas ist durchaus möglich«, widersprach Alannah von der anderen Seite des Feuers.

»Elfenweib.« Rammar rollte mit den blutunterlaufenen Augen. »Warum habe ich gewusst, dass du das sagen würdest?«

»Verbindungen, wie Balbok sie beschreibt, sind nicht ungewöhnlich zwischen empfindenden Wesen, die einander nahestehen«, beharrte sie. »Auch zwischen Corwyn und mir bestand solch ein Band.«

»Du kannst es nicht lassen, oder? Immer wieder mal musst du den verdammten Kopfgeldjäger erwähnen.«

»Vor allen Dingen«, widersprach sie, »war Corwyn König. Vielleicht der größte, den das Reich der Menschen jemals hatte.«

»Geschmackssache«, urteilte Rammar schnaubend.

»Was hast du gesehen?«, wandte sich Alannah direkt an Balbok und sah ihn herausfordernd an. »Willst du es uns erzählen?«

»Da war Enok«, erwiderte Balbok achselzuckend. »Und er hatte schreckliche Angst …«

»Schmarren«, sagte Rammar wieder. »Das hast du nur geträumt, weil du die ganze Zeit an den verdammten Bengel denkst. Und weil du dir wünschst, dass er noch am Leben ist«, fügte er leiser hinzu.

»Genau wie du«, bestätigte Balbok.

»*Korr*«, gab Rammar zu. »Aber deshalb träume ich nicht wirres Zeug.«

»Was Balbok im Traum gesehen hat, mag in der Tat nur ein Trugbild gewesen sein«, räumte Alannah ein. »Oder aber die Sorge um euren Schützling hat ihn für einen Moment durch dessen Augen sehen und mit dessen Herz empfinden lassen. So etwas ist möglich.«

»Wenn schon«, grunzte Rammar. »Der Orkling ist wahrscheinlich längst tot.«

»General Chulain hat etwas anderes geglaubt.«

»Der gute Chulain war selbst schon mit einem Bein in Kuruls Grube, als er das sagte«, knurrte Rammar. »Außerdem konnte auch er nicht wissen, was nach der Schlacht geschehen ist. Selbst wenn Enok das Gemetzel überlebt haben sollte, wurde er wahrscheinlich von Aderyns Leuten gefangen und zu ihr gebracht.«

»All das ist möglich«, gab Alannah zu. »Oder Balboks Traum war mehr als das gewesen, und euer Schützling ist noch immer irgendwo dort draußen auf der Flucht.«

»Und ganz allein«, fügte Balbok traurig hinzu. »Weißt du, Rammar, es hat sich so wirklich angefühlt …«

»Wenn ich dir aufs Maul hau, fühlt es ich auch wirklich an.«

»Warum wehrst du dich so gegen die Vorstellung, dass Enok noch am Leben sein könnte?«, wollte Alannah wissen.

»Ganz einfach, weil er es nicht mehr ist. Und weil es Zeitverschwendung wäre, sich Hoffnung zu machen, wo sie längst verloren ist. Unsere Ahnen wussten das, deshalb kennt die Ork-Sprache nicht mal ein richtiges Wort dafür.«

»Für Hoffnung?«

»Korr.«

»Und wenn Enok dennoch überlebt hat?«

In Rammars grüner Miene zuckte es. »Dann hat das Drachenweib ihn nach Dragana verschleppen und in den Kerker werfen lassen. Das ist beinahe noch schlimmer, als wenn er tot wäre.«

»Aber dann könnten wir versuchen, ihn zu befreien«, schlug Balbok vor. »Wir haben es Chulain versprochen.«

»Versprechen sind nur Knall und Fauch. Heute werden sie gegeben und morgen wieder gebrochen, so einfach ist das.« Ein Auge kniff Rammar zusammen, aus dem anderen starrte er seinen Bruder feindselig an.

»Aber Rammar, wir wollten doch sowieso nach Dragana gehen. Da könnten wir ebenso gut …«

»Begreift dein Faulhirn eigentlich gar nichts? Das alles war, *bevor* das rachsüchtige Drachenweib zurückgekehrt ist und Enok und seinen Leuten das grüne Fell über die Ohren gezogen hat. Nicht nur die Schlacht ist verloren, sondern auch die Hauptstadt und alles andere! Bevor wir dorthin gehen, können wir uns auch gleich selbst die Köpfe von den Schultern reißen und sie Aderyn freiwillig übergeben, mit einer bunten Schleife drum herum!«

»Meinst du?« Balbok griff sich an den dürren Hals.

»*Umbal!* Damit will ich sagen, dass wir tot sind, sobald wir die

Hauptstadt betreten. Der Wind hat sich gedreht, die Schwarzen Garden haben jetzt wieder die Macht. Und das bedeutet auch«, fügte er leiser hinzu, »dass unser Handel mit dir geplatzt ist, Elfin. Denn weder werden wir dich nach Dragana bringen, noch wirst du uns dabei helfen, nach Hause zu kommen. Wir sind hier in dieser neuen Welt gestrandet. Endgültig.«

»Darum sorgst du dich?«, fragte Alannah mit hochgezogenen Brauen.

»Worum sonst? Wenn du ein Königreich hättest und Verantwortung zu tragen, dann wüsstest du, wovon ich spreche.«

»Ich kann mich dunkel erinnern«, versicherte die Elfin. »Aber ich denke nicht, dass es wirklich das ist, was dir Kopfzerbrechen bereitet. Genau wie Balbok machst du dir Vorwürfe, weil ihr nicht an Enoks Seite gekämpft und ihm im Kampf gegen seine Feinde beigestanden habt. Das dürfte der wahre Grund für deinen Traum sein, Balbok – und für deine hilflose Wut, Rammar.«

»Ich bin nicht wütend, so bin ich immer«, stellte der feiste Ork klar. »Und um mir ein schlechtes Gewissen zu machen, müsste ich erst mal eins haben.«

»Wie immer versuchst du, mit rauen Worten über dein wahres Empfinden hinwegzutäuschen. Früher ist dir das gut gelungen«, gab Alannah lächelnd zu. »Heute nicht mehr.«

Rammar schnitt eine Grimasse.

»Ihr Orks seid nicht mehr die, die ihr einst wart«, fuhr die Elfin fort. »Das hängt mit den Abenteuern zusammen, die ihr erlebt habt. Mit den Erfahrungen, die ihr gemacht, und mit den Mühen, die ihr durchlitten habt. Und vermutlich auch mit einem kleinen Mädchen, das einst meinen Namen trug ...«

Rammar ließ ein profanes Geräusch vernehmen. »Keine Ahnung, wovon du redest.«

»Ich habe euch nie gefragt, wie es euch ergangen ist seit unserer letzten Begegnung.«

»Gut ist es uns ergangen – jedenfalls sehr viel besser als jetzt. Wir waren Könige auf unserer eigenen Insel.«

»Das sagtest du schon. Aber ich weiß auch, dass ihr einst nach

Erdwelt zurückgekehrt seid, während des Kampfs der Könige und des Aufstands gegen die Zwergenherrschaft. Damals habt ihr euch um ein Kind gekümmert, das Mädchen, das später die Krone erben sollte. Ihr Name war Alannah, richtig?«

»Nun hör schon auf«, verlangte Rammar. »Was bringt es, in der Vergangenheit zu wühlen?«

»Erkenntnis«, sagte die Elfin nur. »Und diese Erkenntnis sagt mir, dass ihr beide sehr viel mehr zu sein vermögt, als euch klar ist.«

»Keinen Schimmer, wovon du redest.«

Sie nickte. »Auch ich durchschaue noch nicht, was genau hier vor sich geht – warum die Mächte der Vorsehung uns nach all der Zeit wieder zusammengeführt haben oder warum all dies geschieht. Aber ich schließe nicht aus, dass es dabei um Enok geht. Euer Ziehsohn könnte der Schlüssel zu allem sein – und ihr beide seid einmal mehr das Zünglein an der Waage, steht einmal mehr im Mittelpunkt der Entscheidung, ob ihr es nun wollt oder nicht.«

»Wir wollen es *nicht*!«, stellte Rammar klar. »Alles, was wir wollen, ist zurück auf unsere Insel!«

»Und *bru-mill*!«, fügte Balbok mit erhobenem Klauenfinger hinzu.

»Aber Enok.« Alannah sah fragend von einem zum anderen. »Bedeutet er euch ni…?«

»Feuer aus!«, zischte plötzlich jemand – im nächsten Moment war Pyaras zur Stelle und warf eine Decke über die Flammen, um sie schlagartig zu ersticken.

»Was soll das?«, wetterte Rammar, als er von einem Augenblick zum anderen in Dunkelheit hockte.

»Schhh«, machte der alte Kapitän nur und deutete hinauf zum dunklen Himmel. »Etwas ist über uns«, flüsterte er.

Die Warnung ließ Rammar verstummen. Mehr noch, sie sorgte dafür, dass er sich nach hinten fallen ließ und in den Schutz einiger großer Farnblätter kroch, während Balbok, Alannah und Pyaras sich ins hohe Gras warfen.

Im nächsten Moment konnten sie über sich bereits das Rauschen hören, den Schlag riesiger Flügel – und sie spürten, wie etwas in geringer Höhe über die Lichtung hinwegzog.

Etwas, das groß war und mächtig und sich auf ledrigen Schwingen durch die Lüfte bewegte …

Als das Rauschen verklungen war, hoben die Gefährten wieder zaghaft die Köpfe, auch Rammar lugte von unter seinem Farn hervor. Was sie am dunklen Himmel sahen, waren die Umrisse einer Flugechse.

Schon war sie dabei, wieder mit dem Schwarz des Himmels zu verschmelzen, aber einen schrecklichen Augenblick lang war sie noch zu sehen – und mit ihr der mit einer Lanze bewaffnete Reiter auf ihrem Rücken.

»Schwarze Garden«, flüsterte Balbok voller Abscheu.

»Sieht aus, als würden sie jemanden suchen«, meinte Rammar.

Betroffen sahen die Ork-Brüder einander an.

»Enok«, stießen beide gleichzeitig hervor.

13.

KOINNOUMH

Der neue Kaiser war ein törichtes Kind.

Aber traf dies nicht auf alle Sterblichen zu?

Seit Tagen durchstreifte Durwain nun den Wald, der sich wie ein grünes, dunkles Labyrinth erstreckte, auf der Suche nach dem unmündigen Knaben, der ihm entlaufen war.

Anfangs hatte er angenommen, dass Curran – oder Enok, wie er selbst genannt werden wollte – Wachs in seinen Händen und leicht zu beeinflussen sein würde. Doch je länger er als Mentor des jungen Herrschers fungierte, desto deutlicher hatte er feststellen müssen, dass dem Jungen ein höchst eigener Wille innewohnte, eine seltsame Art von Starrsinn. Durwain hatte angenommen, dass die Unholde daran Schuld trügen, und sie deshalb auf ebenso elegante wie unauffällige Weise aus dem Weg geräumt. Doch wie er zuletzt hatte feststellen müssen, war es nicht nur der Einfluss seiner orkischen Ziehväter, der Enok so eigensinnig denken und handeln ließ … es war auch sein Erbe, das Vermächtnis des ersten Curran, dessen Blut durch Enoks Adern floss. Und nicht zum ersten Mal kamen Durwain Zweifel, ob sich dieses Erbe tatsächlich kontrollieren, ob sich der junge Kaiser wirklich so lenken ließ, wie er es vorgehabt hatte …

Der Marsch durch die Wildnis war beschwerlich, und nicht nur der düsteren Gedanken wegen, die den Drachenmann verfolgten. So ziemlich alles an diesem sterblichen, irdischen Dasein wurde ihm allmählich zur Last, angefangen bei diesem Körper, der ihm nun schon so lange diente, bis hin zu den Erinnerungen, die er bei sich trug und die kaum weniger belastend waren, Erinnerungen an die alte Zeit.

An den Dunkelelfen Margok, an den ersten Curran und seine große Liebe Liatha, an den Verrat, den sie begangen hatte*, und an alles, was danach geschehen war; an das Exil an den Gestaden einer fremden Welt; an die Geburt des Drachenkaisers und die Entstehung eines neuen Reiches.

Durwain hatte in all dieser Zeit seinem Herrn dem Kaiser treu gedient, auch dann noch, als sich seine Getreuen, allen voran die grausame Aderyn, von ihm abgewandt und den Rat der Ewigen gegründet hatten, um die Herrschaft über Anwar an sich zu reißen. Durwain – oder Dufanor, wie er damals noch hieß – war ins Exil geflohen und hatte den Widerstand gegen die Ewigen geformt, ohne dabei seine wahre Identität zu offenbaren … denn hätte das Volk auf ihn gehört, wenn es erfahren hätte, wer er war? Dass auch er in Wahrheit zu den Ewigen gehörte? Dass er wie Aderyn, Hirulon, Kelon und all die anderen einst ein Elfenkrieger gewesen, der durch dunkle Magie zu etwas anderem, etwas Neuem geworden war? Zu etwas, das selbst Margok in all seiner Bosheit nicht hatte planen oder vorhersehen können?

Anders als Aderyn und ihre Mitverschwörer hatte sich Durwain

* nachzulesen in DIE WELT DER ORKS

nie gegen den Kaiser gestellt und war deshalb auch nicht von dessen Fluch ereilt worden. Durch all die Jahrhunderte hatte seine Treue stets der Krone gegolten, dem Drachenthron und dem, was er repräsentierte. Seinem Ziel, die Herrschaft und den Ruhm des Drachenkaisers in ihrem alten Glanz wiederherzustellen, hatte er alles andere untergeordnet.

Um Freiheit für das Volk war es ihm nie gegangen.

Nicht um abstrakte Werte wie Frieden oder Gerechtigkeit.

Das Kaisertum allein war es, was zählte, denn nur wenn es Bestand hatte, bekam alles, was geschehen war, im Nachhinein einen Sinn. Es ging nicht um Curran und nicht um seinen jungen Erben. Und ganz sicher nicht um zwei impertinente Orks, die in dieser Zeit und Welt nichts zu suchen hatten. Es ging um Sinn und Erfüllung, darum, den Kreis zu schließen, der vor zwanzig Jahrtausenden begonnen worden war, in einer anderen Zeit …

Auf einer kleinen Lichtung blieb Durwain stehen, um Atem zu schöpfen und sich zu orientieren. Das Drachenblut in seinem Körper sorgte dafür, dass er nicht so rasch ermüdete, auch wenn er lange keine Nahrung mehr zu sich genommen hatte. Es gab ihm körperliche Kraft, aber auch innere Stärke und Zuversicht. Und diese Zuversicht sagte ihm, dass er Enok finden würde.

Selbst jetzt, da er äußerlich längst zum Mann gereift war, konnte Durwain nicht anders, als ein unreifes Kind in ihm zu sehen. Aber im Grunde traf das auf alle Sterblichen zu, ob sie nun zum Volk gehörten oder Wildwüchse waren. Die Lebensspanne dieser Kreaturen war so gering, wie sollten sie da an mehr denken als an ihr eigenes Fortkommen, wie die Furcht vor der Vergänglichkeit besiegen? Je älter Durwain geworden war, desto weniger hatte er sie als gleichberechtigt angesehen, nur mehr als Untertanen, als Werkzeuge, derer er sich bediente, um Geschichte zu schreiben.

Selbst der Kaiser war letztlich nichts anderes als solch ein Werkzeug. Nicht der einzelne Herrscher zählte, nicht das Haupt, auf dem die Krone ruhte, sondern nur die Krone selbst. Hatte Enok seinen Zweck erst erfüllt und die Macht des Drachenthrons wiederhergestellt, würde auf den zweiten Drachenkaiser schon bald in dritter folgen … und wenn sich der Junge weiter so widerspenstig zeigte, würde Durwain am Ende womöglich selbst derjenige sein, der ihm den Giftbecher reichte.

Doch noch war es nicht so weit.

Noch brauchte er den Jungen, und dies umso mehr nach der vernichtenden Niederlage. Im Nachhinein schalt Durwain sich einen Narren dafür, dass er sich von der Aussicht auf einen schnellen Sieg hatte verführen lassen. Die Erfahrung eines langen Lebens sorgte mitunter dafür, dass man hochmütig wurde und Einwände nicht mehr gelten ließ. Genau darauf hatte Aderyn gesetzt, denn auch sie kannte die Last der Unsterblichkeit. Und natürlich war auch sie auf der Suche nach Enok. Um die Macht vor aller Augen an sich zu reißen und sich zur neuen Herrscherin auszurufen, brauchte sie den jungen Kaiser nicht weniger, als Durwain selbst ihn brauchte, und sie hatte ihre fliegenden Späher ausgesandt, um ihn zu finden und zu ihr zu bringen.

Mehrmals hatte Durwain sie schon am grauen Himmel erblickt, Flugechsen mit ledrigen, durchscheinenden Schwingen, auf denen Reiter der Schwarzen Garde saßen. Bisweilen kreisten sie lange dort oben, wie Aasfresser, die Beute gewittert hatten, einmal war Durwain der Entdeckung nur um Haaresbreite entgangen.

Er verließ die Lichtung wieder und tauchte erneut ins Dickicht ein, das ihn vor Blicken von oben schützte. Über knorrige Wurzeln und durch moosverhangene Haine setzte der Drachenmann seinen Weg fort – als er plötzlich ein Geräusch vernahm. Es war ein markiges Bersten und Knacken, so als ob sich etwas einen Weg durch den Urwald bahnte, womöglich eine der großen Echsen, die die westlichen Wälder durchstreiften, nicht wenige von ihnen auf der Suche nach Fleisch …

Abrupt blieb er stehen und sah sich nach einer Zuflucht um, als er plötzlich Stimmen hörte. Im nächsten Moment teilte sich der grüne Vorhang unmittelbar vor ihm, und Durwain der Unsterbliche, Diener der Krone und Mentor des Kaisers, starrte in ein ebenso rundes wie grünes Gesicht, das er nur zu gut kannte …

»*Drachga-koum!*«

Rammar schrie laut auf, als er das Gewirr aus Riesenfarnen und Moosflechten mit einem beherzten Hieb seines *saparak* teilte – und ihm plötzlich das Reptiliengesicht Durwains entgegenblickte!

Erschrocken fuhr der Ork zurück, und für einen Moment setzte sein Verstand aus. Im nächsten Augenblick jedoch stampfte er schon auf den kaiserlichen Berater zu. Und dabei war es ihm ziemlich egal, ob es sich bei ihm um eine Täuschung, einen magischen Doppelgänger oder das verdammte Original handelte …

»*Trurkor!*«, rief er und riss den *saparak* empor, bereit und willens, den Drachenmann mit einem einzigen Hieb vom geschuppten Scheitel bis zur Sohle zu spalten – dass es nicht dazu kam, war einer anderen Klinge zu verdanken, die sich im letzten Augenblick dazwischenschob und die Bahn des *saparak* ablenkte. Funken schlugen, Rammars wütender Hieb glitt seitlich ab und landete im weichen Boden, in den sich die Waffe fast bis zum Heft eingrub. Rammar stieß ein wütendes Knurren aus, während er sich mühte, den *saparak* wieder aus dem Boden zu reißen. Noch wütender allerdings knurrte er, als er erkannte, wer seinen tödlichen Hieb vereitelt hatte …

»Nicht du schon wieder!«, ächzte er.

»Willst du uns nicht erst mal vorstellen, bevor du ihn erschlägst?«, fragte Alannah in Beekas Gestalt. Ihr Blick wanderte zwischen dem Ork und dem Drachenmann hin und her.

»Wenn du darauf bestehst.« Mit einem Ruck riss Rammar die verdreckte Klinge aus dem Erdreich und richtete sich keuchend wieder auf. »Das ist der *shnorshor*, dem wir es zu verdanken haben, dass wir hier gelandet sind!«

»Vorsicht, Ork«, knurrte Durwain und zückte seine eigene Klinge – worauf Rammar sogleich Verstärkung erhielt. Balbok trat an seine Seite, ebenfalls den blanken *saparak* in den Klauen. Hinzu kamen Evan, Drel und Gullwyn.

»Sieh an, alle lebendig und wohlauf«, meinte Durwain mit mattem Lächeln.

»*Korr*, aber du gleich nicht mehr«, drohte Balbok. »Statt uns auf unsere Insel zu schicken, hast du uns in dieses tote Ödland versetzt!«

»Du wolltest, dass wir alle draufgehen!«, fügte Rammar zähneknirschend und mit wütend rollenden Augen hinzu.

Der Drachenmann sah von einem zum anderen.

Dann ließ er seine Waffe sinken.

»Ihr habt recht«, gab er zu und senkte dabei demütig das Haupt. »Ihr wart Hindernisse auf meinem Weg, also wollte ich diese Hindernisse beseitigen.«

»Seht ihr? Ich habe es euch gesagt!«, rief Rammar triumphierend. »Los doch, stopfen wir ihm die Eingeweide mit blankem Stahl ...«

»Wenn ihr das tut, werdet ihr niemals zurück auf eure Insel gelangen«, fiel Durwain ihm ins Wort.

»Von wegen, Drachenfresse! Es gibt auch andere Möglichkeiten«, widersprach Rammar grinsend. Wie um seine Worte zu bestätigen, rückten in diesem Moment Pyaras und seine Leute zu ihnen auf.

Auch wenn Durwains Gesichtszüge fremdartig und reptilienhaft waren, war ihnen die Überraschung dennoch anzumerken. »Wer seid ihr?«, fragte er verblüfft. »Und *was* seid ihr? Wildwüchse von einer noch unbekannten Art?«

»Das hier«, versetzte Rammar mit grinsender Genugtuung, »sind Menschen, Drachenkopf – oder auch Milchgesichter, wie wir sie nennen. Als deinesgleichen die alte Welt verlassen hat, saßen sie noch auf Bäumen, und alle hofften, dort würden sie auch bleiben. Aber inzwischen geben sie dort den Ton an.«

»Und ein Zwerg ist auch unter ihnen«, stellte Durwain flüsternd fest, als er Nemion gewahrte. »So lange habe ich keinen der Seinen mehr gesehen ...«

»... und doch ist er hier«, feixte Rammar. »Weil er genau wie die Menschen einen Weg gefunden hat, Margoks Barriere zu durchbrechen!«

»Das ... ist nicht möglich!«

»Es ist die Wahrheit«, bestätigte Alannah.

»Da staunst du, was?« Rammars Grinsen wurde noch breiter. »Wir sind nicht mehr auf deinen Nippes angewiesen, um zurück nach Hause zu gelangen – also nenn mir einen guten Grund, warum ich dir nicht den *saparak* in die *sgudar'hai* rammen sollte!«

»Enok«, sagte der Berater nur.

»Was mit ihm?«, wollte Balbok wissen.

»Er befindet sich irgendwo hier in den Wäldern! Ich bin auf der Suche nach ihm!«

»Du hast den Jungen allein gelassen?« Rammars Augen verengten sich bedrohlich.

»Eigentlich«, gab Durwain zur Antwort, »war es eher umgekehrt.«

Rammar schnaubte. »Ist er davongelaufen, nachdem die Schlacht verloren war und er erkannt hat, was für ein mieser Berater du bist?«

»Ihr wisst von der Niederlage?«

»*Korr*, wir haben gesehen, wie die Sache ausgegangen ist.«

»Aderyn hat uns eine Falle gestellt«, erklärte der Drachenmann. »Sie hat den Tod von Hunderten ihrer Gardisten in Kauf genommen, um diesen einen Sieg zu erringen – wie hätte ich das ahnen sollen?«

»Das Drachenweib ist mit allen stinkenden Brühen gewaschen, das weißt du ganz genau«, versetzte Rammar.

»Wo ist Enok?«, wollte Balbok wissen.

»Wie ich schon sagte, er treibt sich irgendwo in diesen Wäldern herum. Sofern Aderyns fliegende Schergen ihn noch nicht aufgespürt haben.«

»Wir haben sie gesehen«, ergriff Alannah das Wort. Gleichzeitig streifte sie ihre Gefährten mit einem Blick, so als wollte sie ihnen zu verstehen geben, dass sie ihre wahre Identität vorerst nicht enthüllen sollten.

»Warum hast du Stinkmaul den Jungen im Stich gelassen?«, wollte Rammar wissen.

»Das habe ich nicht, im Gegenteil. Als klar war, dass die Schlacht verloren war, habe ich Enok unter Einsatz meines Lebens gerettet.«

»*Korr*, nachdem du ihn zuerst in stinkenden *shnorsh* geritten hattest.« Rammar grunzte verächtlich. »Wir haben dir gesagt, dass wir dir alle Knochen brechen, wenn du nicht gut auf den Jungen aufpasst.«

»Das Wohl des Kaisers liegt mir ebenso am Herzen wie euch, das dürft ihr mir glauben.«

»Wirklich?« Balboks Augen verengten sich. »So wie ich das sehe, hast du den armen Orkling ins offene *sgash* rennen lassen!«

»*Korr*, und du wolltest uns aus dem Weg räumen«, fügte Rammar hinzu. »Das sind mindestens fünf gute Gründe, um dir hier und jetzt den Garaus zu machen – und nicht ein einziger, um dir dein jämmerliches Leben zu lassen.«

Damit trat er auch schon auf Durwain zu, den *saparak* in der Klaue. Diesmal allerdings hatte der Drachenmann damit gerechnet, und seine eigene Klinge schwirrte durch die Luft, kam Rammars dicker Kehle bedrohlich nahe. Dass sie sie nicht berührte, lag an Balbok, der in den Kampf eingriff. Kurzerhand parierte er den Hieb und trieb den Echsenmann mit wütenden Schlägen zurück. Gullwyn und Evan sprangen ihm bei und hieben nun ihrerseits auf den kaiserlichen Berater ein.

Entsprechend kurz war der Kampf.

Nur ein paar Mal prallten die Klingen aufeinander, dann brachte eine wütende Attacke Balboks Durwain zu Fall. Die Klinge entrang sich seinem Griff, er ging rücklings zu Boden und blieb im weichen Moos liegen. Die Spitze von Rammars *saparak* flog an seinen schuppigen Hals.

»Höchste Zeit für dich zu gehen, Drachenkopf«, knurrte der Ork mit triumphierendem Grinsen. »Es scheint, du hast ohnehin schon viel zu lange gelebt …«

»Warte!«, keuchte Durwain und hob beschwichtigend eine Klaue. »Es gibt einen Grund, mich am Leben zu lassen!«

Rammar runzelte die Stirn. »Nämlich?«

»Enok!«, stieß der Drachenmann hervor, wobei er aus seinen reptiliengrünen Augen zu ihnen aufsah. »Ohne meine Hilfe … wird er sterben.«

14.

FIRUNN SOURBH

»Was soll denn das nun wieder heißen?«, fragte Balbok erschrocken.

»Schmarren.« Rammar schüttelte unwirsch den Schädel. »Das sagt er bloß, weil er nicht in Kuruls Grube will.«

»Durchaus nicht«, versicherte Durwain, noch immer am Boden liegend, den Oberkörper nunmehr halb aufgerichtet. »Ich versichere euch, dass es die Wahrheit ist. Enoks Leben ist in größter Gefahr.«

»*Korr*, durch Aderyns Bluthunde – und das hat er dir zu verdanken«, räumte Rammar ein. »Je eher wir dich also loswerden, desto weniger Schaden kannst du …«

»Nein, durch sich selbst«, widersprach der Drachenmann, und seine grünen Augen funkelten dabei. »Durch das Blut, das in seinen Adern fließt.«

»Jetzt reicht es.« Rammar wollte zustoßen – aber einmal mehr ließ man ihn nicht.

»Warte«, ging Alannah dazwischen. »Ich will hören, was er zu sagen hat!«

»Wozu? Der Drachenkopf lügt, sobald er das Maul aufmacht!«

»Trotzdem«, beharrte sie und sandte Rammar einen strengen Blick. »Los doch, nimm den *saparak* weg.«

Der feiste Ork zögerte einen Moment. Dann nahm er missmutig die Waffe von Durwains Kehle. Dabei maulte er halblaut vor sich hin. »Wieder mal typisch. Nichts darf man. Demnächst müssen wir wahrscheinlich fragen, ob uns ein *pochga* entfleuchen darf …«

»Rede«, forderte Alannah Durwain auf, während sie in Beekas Gestalt vor ihn trat, die Arme vor der Brust verschränkt. »Aber ich würde dir raten, bei der Wahrheit zu bleiben. Ich würde es merken, wenn du mich belügst.«

Der Drachenmann sah sie seltsam an. Was er dabei dachte, blieb sein Geheimnis. »Darf ich dazu aufstehen, Beeka?«

»Vielleicht später.«

Er sah in die Runde der Gesichter, die alle mehr oder weniger grimmig auf ihn blickten, allen voran die beiden Orks. »Schön.« Er nickte und seufzte. »Ihr alle wisst, wie Curran … ich meine Enok … ins Leben gefunden hat.«

»*Korr*, durch faulen Elfenzauber«, bestätigte Rammar.

»Er ist ein direkter Nachkomme Currans, des ersten Drachenkaisers, wurde aus dessen Lebenssaft geformt. Der Dunkelelf selbst hatte diese Art der Blutmagie damals angewandt, um seine Diener ins Leben zu rufen – euch«, fügte er mit einem Seitenblick auf Balbok und Rammar hinzu. »Als Curran den Wunsch nach einem Nachfolger hegte, der ihm ebenbürtig sein und das Erbe der Drachenkrone weitertragen sollte, da war Margoks altes Wissen die Lösung.«

»Du hast Dunkelmagie dazu verwendet?«, fragte Alannah. »Blutkristalle?«

»Ich habe getan, was ich tun musste, um dem Wunsch meines Herrn und Kaisers nachzukommen.«

»Ich wusste es!«, rief Rammar voller Abscheu aus. »Ich wusste immer, dass du ein elender *dhruurz* bist, auch wenn du dich vielleicht nicht so nennst!«

»Ich wendete Wissen an, das Margok einst erworben hatte, aber weder war ich der Dunkelelf, noch bin ich es. Vieles von dem, was Margok herausgefunden hatte, hat sich mir nicht erschlossen, Geheimnisse, die er für sich behielt. Darunter auch das *essathan'y'lhur* …«

»Das Geheimnis der Zeit«, übersetzte Alannah ohne Mühe. »Was weißt du darüber?«

Wieder sah Durwain sie seltsam an, prüfend und, so schien es, auch ein wenig furchtsam. »Es ist bekannt«, begann er dann, »dass sich der Dunkelelf auch auf die Manipulation von Raum und Zeit verstand. Nur so konnte es ihm gelingen, einst die Kristallpforten zu öffnen, die es ermöglichten, im Bruchteil eines Augenblicks große Entfernungen zu überbrücken. Doch ganz durchschaut hat auch er das wahre Wesen der Zeit nie. Ohnehin ging es Margok nie darum, Wissen und Weisheit zu erlangen. Er hat sich immer nur gefragt, wie er Magie als Waffe gebrauchen kann – und mit ihr auch die Zeit …«

»Wie im Fall der Barriere, die die neue Welt von der alten trennt«, sagte Pyaras voller Bitterkeit. »Sie zu durchqueren, hat mich und die Meinen vier Jahrzehnte unserer Lebenszeit gekostet.«

»Oder wie im Fall eurer Insel«, sagte Alannah, an Balbok und Rammar gewandt. »Die Zeit gehorcht dort anderen Gesetzen, und auch das ist letztlich Margoks Werk.«

»Und?«, fragte Rammar und zuckte mit den breiten Schultern. »Was hat das mit dem Orkling zu tun?«

Durwain wich seinem forschenden Blick aus. »Als der junge Drachenkaiser mit dem Kristallschiff reiste, wurde er aus seiner eigenen Zeit gerissen und in die eure geschleudert. Dabei ist offenbar etwas mit ihm geschehen, mit dem Blut, das durch seine Adern fließt … Currans Blut. Es scheint, als würde er seither innerhalb seiner eigenen Zeit existieren.«

»*Korr*«, stimmte Balbok zu, »deshalb ist er ja auch so schnell groß geworden.«

»Das ist wahr – und seither ist er in diesem Zeitablauf gefangen. Mit allen Folgen, die dies haben wird.«

»Was für Folgen?«

»Er meint, dass Enok weiter so rasch altert wie bislang«, erklärte Alannah.

»Na und, was soll's?« Rammar zuckte mit den breiten Schultern. »Der Junge stammt von einem Elfen ab, also liegt ein verdammt langes Leben vor ihm!«

»Ich fürchte nicht«, widersprach Durwain. »Unsterblichkeit lässt sich nicht vervielfältigen, noch lässt sie sich künstlich erzeugen, etwas verhindert dies. Enok wird weiter mit großer Schnelligkeit altern – und schon bald sterben.«

Für einen Moment herrschte Schweigen.

»Unfug!«, widersprach Rammar. »Das denkst du dir nur aus!«

»Keineswegs. Wir wussten immer, dass seine Existenz zerbrechlich sein würde, deshalb haben wir seinerzeit auch zwei Nachfolger des Drachenkaisers ins Leben gerufen.* Enoks Zwillingsbruder wurde damals in der Nacht des Donners von den Schergen des Rates getötet, wie ihr wisst, nur er selbst hat überlebt. Aber nun hängt auch sein Leben am seidenen Faden.«

»So wie deins, Zauberer«, knurrte Rammar. »Ich sollte deinen Schauermärchen ein Ende setzen und dich endlich aufschlitzen wie eine gekochte Trollwurst!«

»Nur zu! Dann spielt es keine Rolle mehr, ob ihr euren Schützling vor Aderyns Leuten aufspürt oder nicht, denn er wird ohnehin vom Tod ereilt werden.«

»Es sei denn?«, fragte Alannah.

Durwain zögerte einen Moment. »Es sei denn«, eröffnete er dann, »wir bringen ihn dorthin zurück, wo er entstanden ist.«

»Also in den kaiserlichen Palast?«, fragte Evan.

»Nein. Ich spreche von dem Ort, an dem Enok und sein Bruder einst ins Leben fanden – eine unterirdische Festung, genannt die ›Zitadelle der Tiefe‹, im Herzen der Roten Berge. So gut verborgen, dass ihr sie niemals finden werdet, wenn ich euch nicht den Weg dorthin weise.«

»Wie praktisch für dich«, feixte Rammar. »Und das alles fällt dir erst jetzt ein?«

Der Berater schüttelte das Reptilienhaupt. »Ich wusste es die ganze Zeit. Aber es gab zunächst wichtigere Aufgaben zu erfüllen.«

»Wichtiger als Enoks Leben?«, fragte Balbok.

»Und dir haben wir ihn überlassen«, knurrte Rammar.

»Ihr habt mir gar nichts überlassen. Es war Enoks freie Entscheidung, und sie war richtig.«

Darauf wusste auch Rammar nichts mehr zu erwidern. Er begnügte sich damit, eine Grimasse zu schneiden und wild die Zähne zu fletschen, während sich Balbok einmal mehr ratlos am Hinterkopf kratzte und Alannah eingehend nachzudenken schien.

»Dieser geheime Ort, diese Zitadelle in den Bergen – was hat es damit auf sich?«, wollte sie wissen.

»Ich weiß es nicht. Nur dass jener Ort sehr alt sein muss.«

* siehe DIE WELT DER ORKS

»Wer hat die Zitadelle gebaut? Drachen?«

»Das denke ich nicht.« Durwain schüttelte den Kopf. »Offen gestanden habe ich eine solche Bauweise noch nie gesehen, nirgendwo in Erdwelt.«

»Wusste Margok von jenem Ort?«

»Nicht nur das. Ich glaube, der Dunkelelf selbst hat ihn erbauen lassen, denn ich fand dort alles, was ich brauchte, um die Blutmagie anzuwenden … und noch etwas ist dort.«

»Wovon sprichst du?«

»Ich wünschte, ich könnte es dir sagen. Ich weiß nur, dass es mindestens ebenso alt ist wie jene Stollen und Kavernen. Etwas lauert dort in der Tiefe, das konnte ich deutlich fühlen.«

»Ich verstehe«, sagte Alannah und schien abermals nachzudenken. Die Sorgenfalten, die dabei auf Beekas Stirn erschienen, gefielen Rammar überhaupt nicht.

»Nun?«, fragte Durwain gelassen. »Wollt ihr mich immer noch töten? Oder wollt ihr meine Hilfe, damit wir Enok gemeinsam finden und sein Leben retten?«

Alannah sah ihn prüfend an. Schließlich trat sie einige Schritte zur Seite und winkte die Orks zu sich.

»Was willst du?«, fragte Rammar unwirsch. Er mochte es nicht, wenn sie ihn herumkommandierte. Und er hasste es noch mehr, wenn er gehorchte.

»Mich mit euch beraten«, entgegnete sie schlicht und so leise, dass Durwain es nicht hören konnte.

»Oh«, machte Balbok verblüfft.

»Seit wann willst du unsere Meinung hören?«, fragte Rammar.

»Ich sagte es schon, ich bin nicht mehr die, die ich einst war«, entgegnete Alannah, als würde das alles erklären. »Und ich danke euch, dass ihr ihm nicht gesagt habt, wer ich bin.«

»Du traust ihm nicht«, stellte Rammar fest.

»Natürlich nicht. Aber ich fürchte, wir brauchen ihn, wenn wir Enok retten wollen.«

»Wir?«, fragte Balbok mit großen Augen. »Du willst uns dabei helfen?«

»Ich bin hier, um den Spuren nachzugehen, die der Dunkelelf in Anwar hinterlassen hat. Jene verborgene Zitadelle, von der Durwain spricht, könnte der Ort sein, den ich in meinen Visionen sah. Wenn es so ist, muss ich unbedingt dorthin, und Enok scheint die Verbindung darzustellen. Also ja – ich werde euch helfen.«

»Auch das noch.« Rammar rollte mit den Augen. »So, wie du uns geholfen hast, nach Hause zurückzukommen?«

»Wie du schon sagtest, die Dinge haben sich geändert«, erwiderte sie. »Dafür kann ich nichts.«

»Habe ich das nicht schon mal gehört?«

»Also?«

Die Ork-Brüder wechselten Blicke, dann nickten sie – Balbok mit energisch vorgeschobenem Kinn und zum Äußersten entschlossen, Rammar mit eher verdrießlicher Miene und nicht ganz so entschlossen.

»Wir sind dabei«, erklärte er dennoch. »Aber wir müssen uns vorsehen, Elfin. Der Drachenkopf hat schon einmal versucht, uns ans Messer zu liefern, und ich hab's im *plik*, dass er es wieder versuchen wird.«

Alannah nickte ebenfalls, dann wandte sie sich um und trat wieder zu Durwain, wobei sie ihre eigene Klinge zückte – und sie dem Drachenmann kurzerhand an die Kehle hielt.

»*Douk*«, rief Rammar erbost, »das gilt nicht! Warum darfst du ihn massakrieren, ich aber nicht?«

»Ich habe nicht vor, ihn zu massakrieren«, versicherte Alannah. »Wir sind einverstanden mit deinem Plan, Durwain. Sobald wir Enok gefunden haben, werden wir ihn zusammen mit euch zur Zitadelle der Tiefe begleiten. Aber ich will dich warnen, Drachenelf. Wenn du versuchst, uns zu hintergehen, wird es der letzte Fehler sein, den du in deinem langen Leben begangen hast.«

Der Klinge ungeachtet, ließ sich der selbst ernannte Berater des Kaisers mit der Antwort Zeit. Noch immer halb am Boden liegend, musterte er Alannah erneut mit einem undeutbaren Blick, der endlich in ein mildes Lächeln mündete.

»Verstanden«, sagte er nur.

»Und jetzt?«, fragte Balbok.

»Wir teilen uns auf«, entschied Alannah. »Vier Gruppen, eine in jede Himmelsrichtung. Wir müssen Enok finden, ehe der Feind es tut.«

»*Korr.*« Rammar rollte genervt mit den Augen. »Du gibst natürlich wieder die Anweisungen. War ja klar …«

»Durchaus nicht.« Sie schüttelte die wirre schwarze Mähne und sah ihn herausfordernd an. »Wir können es auch auf deine Weise tun. Was schlägst du vor?«

Rammar hielt ihrem Blick stand, seine Kieferknochen mahlten, während er angestrengt nachzudenken schien. »Wir finden den Orkling am schnellsten, wenn wir uns aufteilen«, entschied er dann. »Vier Gruppen, für jede Himmelsrichtung eine. Kapiert?«

»Aber Rammar«, wandte Balbok kopfschüttelnd ein.

»Schnauze, Faulhirn!«, fiel sein Bruder ihm barsch ins Wort. »Es wird so gemacht, wie ich es sage! Und keine Widerrede!«

15.

AOMURASH BARRICHG

Enok wusste nicht mehr, seit wie vielen Tagen er durch die Wälder irrte, er hatte zu zählen aufgehört. Und noch immer waren Aderyns fliegende Schergen auf der Suche nach ihm.

Anfangs hatte er versucht, sich tagsüber zu verstecken und nur bei Nacht zu marschieren, doch dieses Ansinnen hatte er bald aufgeben müssen. Zu finster waren die Nächte gewesen und zu zahlreich die Jäger, die des Nachts den Wald durchstreiften.

Folglich hatte er sich versteckt, wann immer es nötig, und sich fortbewegt, wann immer es möglich gewesen war. Auf diese Weise war er nicht nur Aderyns Jägern entgangen, sondern auch den Raubechsen, die den Wald durchstreiften … vorerst jedenfalls.

Ein festes Ziel hatte er nicht, er wollte nur möglichst weit weg von den Sümpfen und vom Ort der Niederlage. Wann immer Enok die Augen schloss, sah er Mirra vor sich, die tödlich getroffen niedersank, oder Chulain, der sich dem Feind entgegenwarf, um sein – Enoks – jämmerliches Leben zu retten. Gewiss, er hatte es aus Pflichtbewusstsein getan, für das Reich und den Kaiser. Doch war sich Enok alles andere als sicher, ob dieser Kaiser ein solches Opfer wert gewesen war.

Gegessen hatte er in den letzten Tagen kaum etwas. Das wenige Dörrfleisch, das er bei sich trug, war innerhalb eines Tages aufgezehrt gewesen, darüber hinaus hatte er nichts zu sich genommen außer ein paar Beeren und Pilzen, von denen er halbwegs sicher war, dass er sie essen konnte. Quellen, an denen er seinen Durst löschen konnte, gab es immerhin genug, doch der nagende Hunger blieb bestehen. Und je mehr ihn seine Kräfte verließen, desto häufiger hatte Enok nicht nur die Bilder seiner sterbenden Untergebenen vor Augen, sondern hörte auch ihre Stimmen …

»Enok, hilf mir«, hörte er Mirra rufen.

»Bleib stehen und kehr um!«, dröhnte Chulains laute Stimme. »Hilf uns dabei, den Feind zu bekämpfen! Dies ist dein Krieg, Drachenkaiser! Du hast ihn begonnen …!«

Er hielt sich die Ohren zu, aber das half nichts. Die Stimmen waren in seinem Kopf und schienen nur noch lauter zu werden, je mehr er sie loswerden wollte. Manchmal begann er dann zu laufen, so als könnte er ihnen auf diese Weise entgehen, aber das war nicht mehr als die törichte Hoffnung eines törichten Jungen.

Die Abstände, in denen Enok ruhte und wanderte, wurden kürzer. Immer öfter musste er Pausen einlegen. Die Wunden, die er im Kampf davongetragen hatte, hatte er notdürftig gesäubert und versorgt, aber auch sie bereiteten ihm zunehmend Probleme. Seine Muskeln taten weh, jeder einzelne Knochen in seinem Körper schien zu schmerzen. Er fühlte sich leer und verbraucht, um Jahre gealtert.

Als die Dämmerung über den Wald hereinbrach, suchte er in einer Baumkrone Zuflucht. Eine Astgabel versprach Sicherheit, wenigstens für ein paar Stunden. In seinen schmutzigen, zerschlissenen Umhang gehüllt, bettete sich Enok, so gut es ihm eben möglich war. Die Nächte waren klamm, er fror erbärmlich, aber natürlich konnte er es nicht wagen, ein Feuer zu entzünden. In den Ästen kauernd, starrte er in das sich verdunkelnde Grün und fühlte sich in diesem Moment einsamer als je zuvor in seinem Leben. Selbst die Gesellschaft Durwains wäre ihm jetzt lieber gewesen als diese Einsamkeit, die bleiern auf ihm lastete.

Was hatte sein Berater gemeint, als er ihm nachrief, dass Enoks Leben mehr bedroht sei, als ihm klar wäre, und dass nur er ihm helfen könne? Hatte er sich auf Aderyn bezogen? Auf die Gardisten auf ihren Flugechsen? Oder hatte er von einer anderen Gefahr gesprochen?

Womöglich würde Enok es nie erfahren.

Im Nachhinein kam es ihm idiotisch vor, dass er davongerannt war, wütend wie ein störrisches Kind. Bei allem, was sein Berater gesagt hatte und das ihn tief getroffen hatte, hätte er berücksichtigen müssen, dass Durwain stets nur das Beste für die Krone im Sinn hatte – und war das Beste für die Krone nicht auch das Beste für den Kaiser? Bei allen Fehlern, mit denen er behaftet sein mochte, und bei allen Geheimnissen, die ihn umgaben, war der Drachenmann doch stets an seiner Seite geblieben, anders als Balbok und Rammar …

Der Gedanke an seine orkischen Ziehväter brachte Enok auf einen Gedanken. Mit vor Kälte klammen Fingern griff er in den Ausschnitt seines zerschlissenen Wappenrocks und zog den kleinen Lederbeutel hervor, den er an einem Riemen um den Hals hängen hatte. Er leerte den Inhalt in seine hohle Hand.

Zwei kleine Gegenstände befanden sich darin.

Das eine war ein kleiner Vogel, den Balbok ihm geschnitzt hatte, als Enok noch ein Knabe gewesen war. Das andere war der Zahn, den er Rammar ausgeschlagen hatte und den ihm der Ork voll väterlicher Freude geschenkt hatte.

Unendlich lang schien das her zu sein, ein halbes Leben – dabei waren es in Wahrheit nur ein paar Monde.

Die Tatsache, dass er schneller herangewachsen war als jede andere Kreatur in Anwar, ließ sich aus seiner Herkunft erklären. Sie brachte den Vorteil, dass Enok schnell zum Mann gereift war und die Drachenkrone auf seinem Haupt hatte tragen können. Aber sie hatte auch zur Folge, dass er sich in mancher Hinsicht noch immer vorkam wie ein kleiner Junge, der sich nach Beistand und Bestätigung sehnte – und der seine Ziehväter in diesem Augenblick so sehr vermisste, dass er …

Ein Geräusch riss ihn aus seinen Gedanken.

Ein dumpfes, mächtiges Rauschen.

Flügelschlag!

Gefolgt von einem grässlichen Schrei.

Enok erstarrte in seinem Versteck, hielt unwillkürlich den Atem an. Er führte seine Rechte zum Schwertgriff, wissend, dass er im Zweifel keine Chance haben würde. Vielmehr dachte er daran, sich lieber selbst in die Klinge zu stürzen, als Aderyns Schergen in die Hände zu fallen. Auch wenn Rammar ihn dafür vermutlich gescholten hätte …

Im nächsten Moment brach eine Flugechse aus dem dunkelnden Himmel und glitt über den Baum hinweg, auf dem Enok kauerte, so dicht, dass er den Odem von Blut und Wildheit riechen konnte. Und als wäre ein Echsenreiter allein noch nicht Bedrohung genug, folgten ihm noch zwei weitere, die in gebückter Haltung auf ihren Tieren kauerten und im letzten Licht des Tages Ausschau hielten.

Auch wenn ihm das Herz bis zum Hals schlug und alles in ihm zur Flucht drängte, wartete Enok ab, bis sie seinen Baum passiert hatten, hoffend, dass die Echsen ihn nicht witterten …

In diesem Moment knackte ein Ast.

Der Echsenreiter, der ihn zuletzt passiert hatte, brachte sein Tier dazu, in einen Rüttelflug überzugehen, und drehte es in der Luft herum. Vor Furcht wie erstarrt blickte Enok durch das Blätterdach zum Himmel, und die Echse sah zu ihm herab. Dann plötzlich ein Aufblitzen in den Augen der Kreatur, erneut ein fürchterlicher Schrei – und das Tier legte die Flügel an und stieß auf ihn herab.

Enok verlor keinen Augenblick Zeit.

Blitzschnell warf er sich herum und ließ sich kurzerhand vom

Baum fallen. Dass sein Umhang an einem Ast hängen blieb und zerriss, merkte er kaum. Dichter Farn nahm ihn auf, sodass er einigermaßen weich fiel. Sofort sprang er wieder auf und begann zu laufen, hinein ins Unterholz – während er über sich das bedrohliche Rauschen hörte …

»Da ist er!«, schrie jemand heiser – und diesmal war es keine Einbildung.

»Dort unten! Ich habe ihn gesehen!«

Enok biss die Zähne zusammen.

Seiner Müdigkeit und Erschöpfung zum Trotz rannte er, so schnell er konnte. Im Halbdunkel stolperte er über Wurzeln und Flechten aus Moos, die sich über dem Boden spannten, schlug mehrmals zu Boden, doch immer raffte er sich wieder auf die Beine und eilte weiter …

Plötzlich spürte er den Schmerz in seinem linken Bein – und im nächsten Moment kam er zu Fall.

Zuerst glaubte er an einen Schlangenbiss, denn genauso fühlte es sich an, heiß und brennend. Doch schon im nächsten Moment wurde Enok klar, dass es kein Tier war, das ihn verwundet hatte.

Sondern ein Pfeil.

16.

TUASH'NUR SABAL

»*Shnrrrsh.*«

Rammar murmelte eine halblaute Verwünschung, als sie auf die Lichtung traten. Ein von Schlinggewächsen überwucherter, vor langer Zeit abgestorbener Baum stand in der Mitte, der einem Waldtroll nicht unähnlich sah – und der ihm ziemlich bekannt vorkam …

»Du, Rammar«, meinte Balbok. »Hier sind wir schon gewesen.«

»Was du nicht sagst.«

»Wir sind im Kreis gegangen«, stellte Riek fest, einer von Pyaras'

Leuten, den man ihrem Suchtrupp zugeteilt hatte. Die anderen Trupps führten der Kapitän selbst sowie Evan und Alannah, die es sich nicht hatte nehmen lassen, Durwain persönlich im Auge zu behalten.

Riek war ein zäher, kahlköpfiger Kerl, der zu den Rüstigsten aus Pyaras' altersschwacher Mannschaft gehörte. Die Fahrt auf der *Gorwal* war seine erste als Maat gewesen – dass es zugleich auch seine letzte sein würde, hatte er nicht gedacht.

»Weiß ich doch«, behauptete Rammar und straffte sich. »Ich wollte noch einmal zurückkommen und nach Spuren suchen.«

»Warum?«, fragte Balbok. »Wenn vorhin keine hier waren, werden jetzt auch keine da sein.«

»Hast du schon nachgesehen?«

»Douk.«

»Dann mach dich gefälligst an die Arbeit und such den Boden ab! Oder glaubst du, wir wären nur deswegen wieder hier, weil ich mich im Wald verlaufen hätte?«

Er unterstrich seine Worte mit einer grässlichen Grimasse, die nahelegte, dass bei Bejahung seiner Frage Blut fließen würde. Sowohl Balbok als auch der Mensch verkniffen sich daraufhin eine Antwort und suchten lieber den von Farn bewachsenen Boden nach Spuren ab.

»Den Jungen in diesem verdammten Wald zu finden, ist wie die Suche nach einer bestimmten Made in einem Haufen Trolldung«, kommentierte Rammar dazu. »Was für eine dämliche Idee von der Elfin! Aber dämliche Ideen hatte sie ja schon immer.«

»Du kennst sie wohl schon lange?«, fragte Riek.

»Jedenfalls sehr viel länger als du und dein Kapitän, Milchgesicht. Trotzdem frage ich mich, wieso ihr dem Elfenweib auf diese Irrsinnsfahrt gefolgt seid.«

»Jeder von uns«, erwiderte der alte Maat, »hatte andere Gründe. Die einen lockte das Abenteuer, die anderen die Aussicht auf Ruhm. Und alle wollten das Geld. Außerdem wussten wir damals nicht, dass sie in Wahrheit eine Elfenprinzessin ist.«

»Königin«, verbesserte Rammar. »Und noch manches andere.

Das Weib hat schon für mehr Ärger gesorgt, als irgendein Mensch oder Ork ertragen kann. Ich an eurer Stelle hätte sie erschlagen, nach allem, was sie euch angetan hat.«

Der andere hielt in seiner Suche inne. »Hat unser Kapitän es dir nicht erzählt?«

»Was meinst du?«

Riek sah vom Boden auf, sein Blick wurde glasig und schien geradewegs in die Vergangenheit zu schweifen. »Dort, im Inneren der Barriere«, berichtete er, »gab es nichts als Dunkelheit und Verzweiflung. Ein gewaltiges Monstrum brach aus der Tiefe hervor und fraß eines unserer Begleitschiffe, und wir alle glaubten schon, es wäre um uns geschehen – doch die Elfin hat uns gerettet und verhindert, dass das Ungeheuer auch uns zerschmetterte.«

»Wie denn?«, wollte Balbok wissen.

»Ich weiß es nicht. Aber plötzlich war da überall blaues Licht, das den Monsterfisch vertrieb ...«

»Elfenzauber«, meinte Rammar voller Abscheu.

»Für einen Augenblick schöpften wir Hoffnung, und wir glaubten, wir hätten die Barriere überwunden ... doch dann ereilte uns der Fluch.« Riek hob seine faltige Hand und betrachtete sie gedankenverloren. »In unserer Furcht und Raserei glaubten wir, dass es die Schuld unserer Begleiterin wäre, die uns eben erst das Leben gerettet hatte ...«

»Was ja auch nicht falsch war, denn ohne das Elfenweib wärt ihr nie in See gestochen«, brachte Rammar in Erinnerung.

»Verzweiflung und Panik brachen an Bord der *Gorwal* aus. Die Mannschaft meuterte und drohte, sowohl die Elfin und ihren Diener als auch Käpt'n Pyaras zu töten ... worauf dieser sein Entermesser zog und die Greisin damit durchbohrte.«

»Wirklich?« Rammar schürzte anerkennend die Lippen. »Hätte ich dem alten Sack gar nicht zugetraut.«

»Ihr Diener Nemion fing die Essenz ihres Lebens in einem magischen Kristall auf und bewahrte sie so vor dem endgültigen Tod. Den Körper der Alten jedoch warfen wir in die See.«

»So weit verstanden«, bestätigte Rammar. »Aber warum habt ihr den Hutzelbart und seinen Kristall nicht gleich hinterhergeschmissen?«

»Weil uns auf der anderen Seite der Barriere, als die Raserei und die Verzweiflung sich wieder legten, schnell klar wurde, dass wir den Zwerg und seine Herrin brauchen würden, um an diesen fremden Gestaden zu überleben – jedenfalls bis heute.« Ein flüchtiges Grinsen huschte über Rieks faltige Züge. »Jetzt seid ihr ja da, um uns zu retten.«

»Nicht das schon wieder«, knurrte Rammar. »Wie oft muss ich es euch noch sagen: Der Lange und ich sind nicht hier, um …«

»Da ist etwas!«, rief Balbok plötzlich von hinter dem abgestorbenen Baum.

»Spuren?«, fragte Rammar.

»Nicht direkt.«

Der feiste Ork verdrehte die Augen. »Was soll das heißen?«, schnaubte er, während er zu seinem Bruder stampfte. »Entweder sind da Spuren oder eben ni…«

Er verstummte.

Es waren tatsächlich keine Spuren, die Balbok unter den großen Farnblättern gefunden hatte.

Es war ein Nest.

Ein Ei lag darin, mit dicker, narbiger Schale und sogar noch größer als Rammars klobiger Schädel.

»*Shnorsh*«, knurrte Rammar. »Denkst du auch, was ich denke?«

»Frühstück?«, fragte Balbok hoffnungsvoll und leckte sich die schmalen Lippen.

»*Umbal!* Ich denke, dass wir sofort von hier verschwinden müssen – oder *wir* werden das verdammte Frühstück sein!«

In diesem Moment war ein dumpfer Schlag zu vernehmen, der den Wald erbeben zu lassen schien. Und gleich darauf noch ein zweiter. Die Orks und ihr menschlicher Begleiter kamen noch dazu, bange Blicke zu tauschen, dann teilte sich das Dickicht mit infernalischem Bersten und Knacken – und eine Kreatur brach daraus hervor.

Im Grunde war es ein Schlund auf zwei Beinen: Ein gewaltiges

Haupt, das von zwei kleinen Augen abgesehen eigentlich nur aus einem mit mörderischen Beißern versehenen Maul bestand, starrte aus luftiger Höhe auf die Gefährten herab. Der Rücken des Tieres war lang und mit einem stacheligen Kamm versehen, die bräunliche Haut war dick gepanzert. Das Untier, das an die vier Orks hoch sein mochte und beinahe doppelt so lang, bewegte sich auf mächtigen Hinterbeinen fort. Die Vorderläufe wirkten im Vergleich dazu ziemlich kümmerlich, aber auch sie hatten gefährlich aussehende Klauen …

»Narkods Hammer!«, rief Rammar aus. »Warum nur muss ich immer recht haben?«

»Das ist ein Sauride«, stellte Balbok fest.

»Was du nicht sagst«, erwiderte Rammar, ohne seinen Blick von der Bestie zu nehmen, von deren dolchartigen Zähnen gelber Geifer troff. »Ich fürchte, es ist sogar noch schlimmer – das ist eine *mathorr*. Und sie ist stinksauer, weil du ihr Ei zum Frühstück fressen wolltest.«

»Aber das war doch bloß Spaß …«

Das Monstrum riss den Schlund auf und schleuderte ihnen ein Gebrüll entgegen, das die Orks und ihren Gefährten fast von den Beinen riss. Vom fauligen Gestank, der aus seinem Rachen drang, ganz zu schweigen.

»Sieht nicht so aus, als würde sie Spaß verstehen«, erwiderte Rammar trocken. »Uns bleibt nur der Kampf – oder die Flucht.«

»*Korr*«, stimmte Balbok grimmig zu und ging im nächsten Moment bereits zum Angriff über. Riek folgte ihm, seine kurzen Entermesser zückend – während sich Rammar für die andere Möglichkeit entschied und türmte.

Balbok merkte es gar nicht. Seinerseits nun markerschütterndes Gebrüll ausstoßend und den *saparak* über dem Kopf schwingend, setzte er auf die Sauridin zu, die sich zur Seite drehte und mit ihrem langen Schwanz über den Boden fegte, dass die Farnblätter nur so flogen. Balbok erkannte die Gefahr zu spät. Das Schwanzende traf ihn mit voller Wucht und wischte ihn beiseite wie ein lästiges Insekt.

Der hagere Ork flog quer über die Lichtung, ehe er gegen einen Baum krachte und hart auf dem Boden landete – geradewegs vor Rammars Füßen.

»Dämlicher Hund«, schnauzte der. »Wie oft habe ich dir schon erklärt, wann man kämpft und wann man rennt? Bist du wirklich zu dumm, um den Unterschied zu …?«

Weiter kam er nicht.

Das mächtige Maul des Untiers schnappte in seinem Rücken zu. Nur Rammars Rüstung war es zu verdanken, dass die Zähne ihn nicht gleich durchbohrten – der Urkraft des wütenden Muttertiers hatte er allerdings nichts entgegenzusetzen.

»Hilf mir!«, brüllte er, als er zurückgerissen wurde. Die kurzen Arme streckte er nach seinem Bruder aus.

»Ich dachte, ich soll rennen?«, rief Balbok.

»Du langes Elend! Ich werde dich …«

Was genau Rammar mit Balbok vorhatte, war nicht zu verstehen. Das Untier warf ihn in den hohen Farn, wo er sich tot stellte und liegen blieb. Mit der langen Schnauze rollte die Sauridin den Ork hin und her, suchte nach einem Weg, wie sie den fetten Brocken am besten zwischen die Kiefer bekommen konnte. Doch noch bevor es so weit war, war Riek zur Stelle.

Mit einem heiseren Schrei setzte er heran und schlug auf die Echse ein, brachte ihr tatsächlich eine Wunde bei. Sie war nicht tief und blutete nicht einmal – aber nun war das Tier erst richtig wütend.

Unter heiserem Gebrüll warf es sich herum und hieb mit dem Schwanz nach dem Matrosen, der sich jedoch mit für sein Alter erstaunlicher Wendigkeit darunter hinwegduckte. Im nächsten Moment war er bei Rammar und half diesem auf die Beine.

»Endlich«, ächzte der, als er wieder hochkam. »Wo ist dieser Nichtsnutz von Bruder, wenn man ihn braucht?«

»Hier«, rief Balbok, der sich ebenfalls wieder aufgerafft hatte und hastig angehumpelt kam. »Und ich habe einen Plan!«

»Bloß nicht«, ächzte Rammar.

»Keine Sorge, ich weiß, was ich tue.«

Balbok war nicht aufzuhalten. In einem weiten Bogen umrundete er die Echse und gelangte so in ihren Rücken, während Rammar und Riek mit ihren Waffen fuchtelten und auf der Lichtung auf und ab sprangen, um die Aufmerksamkeit der Bestie auf sich zu ziehen.

»Ich hoffe, du weißt wirklich, was du tust! Wenn das Vieh mich frisst, rede ich niemals wieder ein Wort mit dir!«, rief Rammar grimmig.

Balbok war unterdessen am Schwanzende angelangt. Todesmutig sprang er darauf und lief bis zum Rücken, wo er sich an den stacheligen Hornplatten festhielt. Die Sauridin, der das ganz und gar nicht gefiel, riss das Haupt herum und versuchte, den Störenfried mit dem Maul zu erwischen, aber Balbok wich geschickt aus. Und weil im nächsten Moment Rammar wieder zu zetern begann, wandte die Echse ihre Aufmerksamkeit erneut ihm zu, und Balbok sprang in ihren Nacken. Den *saparak* mit beiden Klauen fassend, wollte er ihn auf den Hinterkopf der Bestie niederfahren lassen, um ihn kurzerhand zu spalten …

Doch er zögerte.

»Worauf wartest du denn?«, schrie Rammar.

»Na ja, es ist doch eine *mathorr*«, gab Balbok zu bedenken. »Sie verteidigt nur ihr Ei!«

»Aber sie wollte mich fressen, schon vergessen?«

Balbok hatte durchaus nicht vergessen, dass die Sauridin seinen Bruder hatte verspeisen wollen – aber hatte er nicht kurz zuvor großen Appetit auf Rührei gehabt?

Er wollte keine Kreatur umbringen, die nur ihren Nachwuchs beschützte, darin lag keine *unur*. Also stieß er den *saparak* kurzerhand zurück in das Futteral auf seinem Rücken und schlang stattdessen die langen Arme um den Hals der Kreatur.

»Was, zum Stinkfisch, soll das denn werden?«

»Ich ringe sie nieder!«, rief Balbok. »Wie einen Troll!«

»Das ist aber kein Troll, *umbal*, sondern ein lebendes, atmendes *uchl-bhuurz*!«

Wie um seine Worte zu bestätigen, brach die Sauridin bald zur einen und bald zur anderen Seite aus, und das mit einer Kraft, wie zehn Trolle sie nicht aufgebracht hätten. Balbok wurde hin und her geworfen und aus seiner sitzenden Position geschleudert, doch er umklammerte weiter unnachgiebig den Hals der Kreatur, hing an ihr wie eine Klette. Und ganz gleich, was die Sauridin auch versuchte, um ihn wieder loszuwerden – mit der ihm eigenen Beharrlichkeit ließ Balbok nicht locker.

Seine Hoffnung, der Echse die Luftzufuhr derart abzudrücken, dass sie ihre Kraft verlor und zu Boden ging, erfüllte sich allerdings nicht. Stattdessen drehte sich die Sauridin, nunmehr rasend vor Zorn, mehrmals um ihre Achse, dann brach sie ins Unterholz und kehrte in den Urwald zurück, heiser brüllend und den sich verzweifelt an sie klammernden Ork am Hals.

»Lass doch los, du Trottel!«, rief Rammar hinterher – doch im nächsten Moment waren Ork und Echse bereits in der grünen Wirrnis verschwunden, eine Schneise der Zerstörung hinterlassend.

»*Shnorsh*«, sagte Rammar nur.

»Was tun wir jetzt?«, fragte Riek keuchend.

»Dämliche Frage«, maulte Rammar, während er sich schwerfällig in Bewegung setzte. »Das, was ich schon mein ganzes Leben lang mache – ich laufe ihm hinterher. Denn immer darf ich den *bru-mill* auslöffeln, den dieser *umbal* mir einbrockt …«

17.

DORASHTOR

Als man ihm einen Schwall Wasser ins Gesicht schüttete, kam Enok zu sich. Erschrocken schnappte er nach Luft und riss die Augen auf. Dröhnendes Gelächter ging daraufhin auf ihn nieder, und die Erinnerung kehrte zu ihm zurück …

»So, Hoheit sind also erwacht?«, fragte jemand mit hohntriefender Stimme. »Haben Majestät auch wohl geruht?«

Am Boden kauernd und mit dem Rücken an einen Stamm gelehnt, blickte Enok langsam an der Gestalt empor, die sich vor ihm aufgebaut hatte. Ihre Stiefel, ihre Beinschienen, das Kettenhemd, das sie trug, und ebenso der lederne Waffenrock darüber – alles war rabenschwarz. Der Helm des Kriegers war gehörnt, durch das Gittervisier sah er geringschätzig auf Enok herab.

Ein Hauptmann der Schwarzen Garde.

Und er war nicht allein.

Hinter ihm warteten weitere Kämpfer, die ebenso schwarz gerüstet waren, wenigstens ein Dutzend. Ihre Reittiere standen unweit angebunden – nun, wo sie am Boden waren und ihre ledrigen Flügel als Vorderläufe benutzten, sahen die Flugechsen noch bizarrer aus als am Himmel.

»Was wollt ihr von mir?«, stieß Enok hervor und sah sich um. Sein Blick in die Ferne war noch verschwommen und schärfte sich erst ganz allmählich wieder. Aber er konnte üppiges Grün und hohe Bäume erkennen, also waren sie wohl noch immer im Wald …

»Wir? Gar nichts«, stellte der Hauptmann klar, »aber unsere Herrin möchte dich sehen. Und da du es nach deiner Niederlage vorgezogen hast, dich feige aus dem Staub zu machen, haben wir dich wieder für sie eingefangen, haben dich erlegt wie eine Beute auf der Jagd …«

Der Pfeil, erinnerte sich Enok.

Jetzt erst spürte er wieder den Schmerz in seinem Bein. Die Gardisten hatten Spitze und Schaft entfernt und die Wunde verbunden, wenn auch nur notdürftig. Der Verband hatte sich dunkel verfärbt, Blut rann darunter hervor.

»Es tut es weh, nehme ich an«, spottete der Offizier. »Glaub mir, du wirst bald andere Sorgen haben, wenn wir dich erst an Lady Aderyn übergeben haben. Die Herrin hat ein hübsches Kopfgeld auf dich ausgesetzt.« Wieder lachten seine Männer.

Enok sah von einem zum anderen. »Um reich zu werden, müsst ihr mich nicht an sie ausliefern. Ihr erhaltet den doppelten Betrag, wenn ihr mich laufen lasst.«

»Hört, hört!« Der Hauptmann ging in die Knie und beugte sich so weit herab, dass sein vergittertes Visier dicht vor Enoks Gesicht schwebte. »Und woher willst du das Geld nehmen? Falls du es noch nicht begriffen hast – du bist nicht mehr Kaiser, und die Schatzkammern des Palasts gehören dir nicht mehr. Außerdem würde keiner von uns Lady Aderyn je verraten. Wir haben ihr Treue geschworen bis in den Tod!«

»Verstehe«, sagte Enok nur. Wie schnell einen dieser Tod ereilen konnte, wenn man Aderyn die Treue hielt, hatte er während der Schlacht gesehen.

»Du sitzt nicht mehr auf dem Drachenthron, sondern tief in der Scheiße«, beschied ihm der Offizier, worauf er und seine Männer nur noch lauter lachten. Sie schienen sich gar nicht mehr beruhigen zu wollen, gossen ihren Spott über Enok aus wie stinkende Jauche – und ihm blieb nichts, als es über sich ergehen zu lassen, verwundet und geschlagen, wie er war.

Sein Kampf war zu Ende.

Die Gardisten würden ihn zu ihrer finsteren Herrin bringen, und sie würde ihn vor aller Augen hinrichten lassen, um sich selbst die Drachenkrone aufzusetzen. Seine Regentschaft würde im Nachhinein betrachtet nur eine kurze Episode sein, ein Witz, den die Schwarzen Garden sich erzählten.

Sein Versagen war vollständig.

Die Niederlage endgültig.

Enok schloss die Augen und versuchte, den Hohn und das Gelächter von sich abprallen zu lassen, das so laut dröhnte, dass es den Boden des Waldes erzittern ließ … oder war da noch etwas anderes? Enok blickte auf und sah, wie seinen Häschern das Lachen auf den Gesichtern gefror. Erschrocken sahen sie sich auf der Lichtung um, während ein dumpfes Rumoren zu hören war, begleitet von heiserem Geschrei und wüstem Gebrüll …

Auf der anderen Seite der Lichtung, Enok gegenüber, brach ein wahrer Koloss aus dem Wald, ein gewaltiger Sauride, der größte, den Enok je gesehen hatte. Die Kreatur war grässlich anzusehen mit ihrem riesigen Maul und dem gezackten Kamm auf ihrem Rücken. Geradezu grotesk wirkte jedoch der hagere Ork, der an ihrem Hals hing und dabei panische Schreie ausstieß.

»Balbok …?« Enok konnte nicht glauben, was er sah. Hatte die Wunde in seinem Bein sich bereits entzündet? Litt er am Fieber und halluzinierte?

Doch die Panik, mit der der Hauptmann und seine Leute reagierten und nach ihren Waffen griffen, verriet Enok, dass nichts davon eingebildet war. Weder der Sauride, der jetzt mit donnernden Schritten in die Mitte der Lichtung stampfte, noch der Ork um seinen Hals.

Balbok spürte, wie ihm die Sinne schwanden.

Die ganze Zeit über, während die Sauridin durch den Urwald trampelte, hatte er sich an ihren langen Hals geklammert, wissend, dass dies der einzige Ort war, wo ihre dolchgroßen Zähne ihn nicht erreichen konnten – und dass er unter ihren pfeilerartigen Beinen zertrampelt würde, sobald er losließ und zu Boden fiel. Also klammerte er sich weiter fest und fand sich plötzlich auf einer weiten Lichtung wieder.

Im ersten Moment wusste er nicht, wie ihm geschah, als das Halbdunkel des Waldes plötzlich hellem Tageslicht wich.

Dann sah er die Flugechsen.

Die Gardisten.

Und Enok!

Auch die Echse gewahrte die Gestalten auf der Lichtung, und für sie machte es keinen Unterschied, wer sie waren oder zu wem sie gehörten. Ihr schlichter Sinn nahm sie nur als weitere Bedrohung wahr – und ging sofort zum Angriff über.

Die Gardisten waren mit der Situation überfordert.

Die rasende Panzerechse, dazu der Ork an ihrem Hals, all das war wohl zu viel, um es rasch zu verdauen. Einige von ihnen ergriffen die Flucht, ein anderer stand vor Entsetzen wie starr und bezahlte dafür mit dem Leben. Das Maul des Untiers schnappte zu und biss ihm Haupt und einen Teil des Oberkörpers ab.

Als die Sauridin ihren Kopf zurückwarf, um sich die Beute in den Rachen zu schleudern, hielt sie für einen Moment inne, und Balbok bekam endlich Gelegenheit zur Flucht. Keuchend ließ er sich fallen, landete auf moosbewachsenem Boden, wo er sich abrollte und einfach weiterkullerte, bis er aus der unmmittelbaren Gefahrenzone war. Dann sprang er auf und riss zugleich den *saparak* heraus.

»Enok!«

»Balbok!«, scholl es von der anderen Seite der Lichtung, wo die Flugechsen angebunden standen. »Ich bin …«

Enoks heisere Stimme verstummte, und Balbok sah auch, wieso. Einer der beiden Gardisten, die ihn bewachten, hatte ihn kurzerhand mit dem Schwertknauf bewusstlos geschlagen. Jetzt packten sie ihn und schleppten ihn zu den Reittieren.

Balbok stieß ein Schnauben aus und wollte zu seinem Schützling, doch das war nicht so leicht. Denn auf der Lichtung war jetzt ein erbitterter Kampf entbrannt, die verbliebenen Gardisten, die ihren ersten Schrecken überwunden hatten, gegen die wütende Sauridin.

Einige der Männer hatten zu ihren Lanzen gegriffen und richteten sie gegen die Brust der Echse, um ihr Herz zu durchbohren. Unter wütendem Gebrüll schlug das Tier die Waffen mit den kurzen Vorderläufen zur Seite, aber die Männer ließen nicht locker und versuchten, die Echse einzukreisen – während zwei weitere Gardisten auf Balbok zukamen, mit Äxten bewaffnet. Sie stießen heisere Kampfschreie aus und griffen im Laufschritt an.

Der hagere Ork fletschte die Zähne. Als das erste Axtblatt niederging – mit einer Wucht, die mühelos ausgereicht hätte, ihm Helm und Schädel zu spalten –, drehte er sich rasch zur Seite, sodass die Waffe ihn um Haarsbreite verfehlte. Gleichzeitig hieb er auf halber Höhe mit dem *saparak* zu. Die rasiermesserscharfe Schneide durchschnitt die lederne Rüstung und fraß sich in die Eingeweide des Gardisten. In einem Blutschwall ging er zu Boden, als Balbok die Waffe wieder herausriss – und das keinen Augenblick zu früh.

Der andere Gardist griff an, schwang seine Axt nach Balboks ungeschützter Seite. Es gelang dem Ork noch, die Attacke halbwegs umzulenken, sodass nur das flache Blatt ihn traf, doch der Hieb war so heftig, dass Balboks Hüftknochen hässlich knackten. Er taumelte, und der Gardist setzte erbarmungslos nach. Balbok parierte, obwohl er Mühe hatte, auf den Beinen zu bleiben. Mehrmals trafen das Blatt der Axt und die schartige Klinge des *saparak* klirrend aufeinander, dann hatte Balbok genug davon. Mit wütenden Attacken trieb er den Gardisten in die Enge, dessen Hiebe immer matter und kraftloser wurden – bis Balbok die Axt mit der bloßen Klaue abfing und sie ihm aus den Händen riss. Der Gardist stieß einen überraschten Laut aus, im nächsten Moment ging die flache Seite der Axt auf seinen *klogosh* nieder, dass es nur so schepperte. Mit geplättetem Helm ging der Mann nieder und Balbok beachtete ihn nicht mehr.

Der Weg zu Enok war endlich frei!

Mit der Axt in der einen und dem *saparak* in der anderen Klaue rannte Balbok zu den Flugechsen. Die beiden Gardisten, von denen einer dem gehörnten Helm nach ein Hauptmann war, hatten bereits zwei der Tiere bestiegen. Der Offizier trug den bewusstlosen Enok bei sich.

»Lasst ihn frei!«, rief Balbok wütend, aber natürlich dachten die Enführer nicht daran, auf ihn zu hören. Schon hatten sie ihre Reittiere losgeschnitten, breiteten die Echsen ihre ledrigen Schwingen aus …

Die Sauridin hatte unterdessen ganze Arbeit geleistet. Den Zorn, den die Orks in ihr geweckt hatten, ließ die Panzerechse an den Gardisten aus, die ihr zwar von allen Seiten zu Leibe rückten, dabei aber kaum eine Chance hatten. Entweder erwischte sie der peitschende Schwanz oder das Maul mit den mörderischen Beißern. Schon hatte die Kreatur wieder einen der Männer geschnappt und biss ihn kurzerhand in der Mitte entzwei. Die anderen waren weiter damit beschäftigt, um ihr Leben zu kämpfen, und so achtete niemand auf den hageren Ork, der mit fliegenden Schritten zu den Flugechsen eilte, um dem Gefangenen zu Hilfe zu kommen.

Balbok lief, so schnell seine dürren Beine ihn trugen, dennoch kam er zu spät. Schon schlugen die Flugechsen mit den Schwingen und hoben vom Boden ab, trugen die Gardisten in luftige Höhe.

»Enok«, hauchte Balbok, während die Reiter mit Enok am Himmel entschwanden.

Dann erst fiel ihm auf, wie still es geworden war. Die Sauridin hatte ihr Werk vollendet und war verschwunden, hatte sich wieder den dunklen Wald zurückgezogen. Die Überreste der Gardisten lagen weit verstreut.

In diesem Moment erschien auch Rammar auf der Lichtung, schwer atmend und schleppenden Schrittes.

»Wo ist Riek?«, wollte Balbok wissen.

»Kommt … später«, stieß Rammar hervor. Seine Lungen pfiffen mehrstimmig, während er keuchend nach Atem rang. »Hat … keine … Ausdauer.«

»Rammar, sie haben Enok entführt!«, berichtete Balbok und zeigte zum Himmel, wo die Silhouetten der beiden Flugechsen immer kleiner wurden.

»Worauf wartest … du dann … *umbal*? Flieg … hinterher!«

»Mit diesen Viechern?« Balbok schauderte.

»Nicht doch … auf deinem … *saparak*«, maulte Rammar und wankte selbst zu den am Boden angebundenen, aber unruhig kreischenden Tieren. »Muss ich … dir alles … vormachen?«

Ob es die Sorge über Enok war, die Wut auf seinen begriffsstutzigen Bruder oder einfach nur die Tatsache, dass er keinen weiteren Schritt mehr gehen wollte – der feiste Ork schnappte sich kurzerhand die Zügel einer der Echsen und wollte sich in den Sattel schwingen. Da der Steigbügel für seine Bedürfnisse zu weit oben hingen, zog er die Echse unwirsch zu sich herunter und wälzte sich auf ihren Rücken, sehr zum Leidwesen des Tieres, das erschrocken kreischte.

Balbok schob den *saparak* ins Futteral, den Stiel der Axt steckte er in den Gürtel. Dann versuchte auch er, in den Sattel eines der furchterregenden Tiere zu steigen. Die Echse schlug widerwillig mit den Flügeln. Doch sobald Balbok in ihrem Nacken saß, gab sie Ruhe – und schon im nächsten Augenblick stieg sie bereitwillig mit ihm in die Höhe, über die Baumwipfel hinaus und immer weiter empor …

Anders als das Tier, das Rammar gewählt hatte.

»Du geschuppte Krähe, willst du wohl?«, schimpfte er auf die Echse ein, die ob des Gewichts auf ihrem Rücken Mühe hatte, sich auf den Beinen zu halten, und die hin und her torkelte wie ein volltrunkener *fai'hok*. Rammar maulte und zeterte. Die anderen Tiere, die an in den Boden geschlagenen Pflöcken angebunden waren, verfielen in Geschrei, was sich ein wenig so anhörte, als würden sie den Ork mit Gelächter überziehen – doch schließlich spreizte Rammars Echse ihre Flügel und begann damit zu schlagen, während sie gleichzeitig in die Luft sprang.

Der erste Versuch endete mit einer Bauchlandung, die abermals lautes Kreischen auslöste. Doch da Rammar nicht lockerließ und wie von Sinnen an den Zügeln riss, unternahm die Echse noch einen zweiten.

Und diesmal blieb sie in der Luft.

18.

ANN OL'HAI

Steil, fast senkrecht stieg Balboks Flugechse empor, hoch über die Wipfel der Bäume.

Von hier aus konnte man erkennen, dass die Hügel, über die sich das Waldland erstreckte, nach Süden hin immer höher und steiler wuchsen, mit Abbrüchen aus rotem Felsgestein, durch das sich schmale Schluchten zogen. Diese Schluchten schienen das Ziel der Entführer zu sein, vermutlich wollten sie sich dort verbergen. Tief über ihre Reittiere gebeugt, fegten sie ihrem Ziel entgegen – doch Balbok hatte nicht vor, sie mit ihrem Gefangenen davonkommen zu lassen.

Um dem Wind, der an ihm zerrte, möglichst wenig Widerstand zu bieten, duckte auch er sich möglichst tief über den Sattel, hinter den hornähnlichen Fortsatz, der sich am Hinterkopf der Echse erhob. Und er sprach ihr Mut zu.

»Komm schon, schneller! Noch ein bisschen! Du kannst das, ich weiß es …«

Zwar nahm Balbok nicht an, dass die Echse Orkisch verstand. Aber aus eigener Erfahrung wusste er, dass er nicht die geringste Lust verspürte, etwas zu tun, wenn Rammar ihn von Beginn an beschimpfte. Wenn sein Bruder wenigstens ab und zu ein Wort des Lobes für ihn parat hatte, ging alles gleich viel leichter. Und zumindest das schienen Echse und Ork gemeinsam zu haben.

Sein Reittier schlug noch schneller mit den Flügeln und holte tatsächlich auf, zumal Balbok weder eine schwere Rüstung trug noch eine zusätzliche Last mitführte. Immer näher kam er an die beiden Flugechsen heran, die die vorderste Schlucht nun fast erreicht hatten. Schon lenkten die Reiter ihre Tiere tiefer – und Balboks Echse, die instinktiv zu wissen schien, was ihr Herr von ihr erwartete, legte die Flügel an und ging in einen atemberaubend schnellen Gleitflug über.

Wind peitschte Balbok ins Gesicht und trieb Wasser in seine blutunterlaufenen Augen, aber er dachte nicht daran, sich aufzurichten, um den Flug zu verlangsamen. Mit zusammengebissenen Zähnen hielt er weiter auf sein Ziel zu, dachte nur an Enok und daran, dass er ihn retten wollte – als ihm plötzlich ein Pfeil entgegenzischte! Instinktiv duckte er sich, aber das Geschoss war zu hastig auf den Weg gebracht worden, als dass es ihm oder seiner Echse gefährlich geworden wäre.

Der Bogenschütze, der die Flucht seines Hauptmanns decken wollte, wandte sich ein weiteres Mal im Sattel seiner Echse um – und diesmal kam der Pfeil näher! Blitzschnell brach Balboks Echse zur Seite aus, der Pfeil verfehlte ihre Bauchseite nur knapp.

Mit einer Verwünschung riss Balbok die Axt aus seinem Gürtel. »Bring mich dichter ran«, raunte er seinem Reittier zu, und wieder war es, als herrschte zwischen ihnen stilles Einvernehmen.

Die Echse stieß einen kehligen Schrei aus und sackte jäh in die Tiefe, wodurch sie schräg unter das andere Tier gelangte. Der Gardist ließ den nächsten Pfeil von der Sehne schnellen – das Geschoss zuckte heran und durchbohrte den linken Flügel von Balboks Echse. Das Tier schrie auf.

»Dafür wird er bezahlen«, versprach der Ork und riss am Zügel.

Sein Reittier flatterte steil nach oben, flog den Feind von unten an, wo er sie nicht sehen und also auch nicht treffen konnte. Im nächsten Moment tauchte er unmittelbar hinter der Echse des Gardisten empor – und Balbok warf die Axt.

Die Waffe, die er zuvor erst einem Gegner abgenommen hatte, überschlug sich in der Luft und grub sich zwischen die Schulterblätter des Gardisten, einen Lidschlag, bevor dieser einen Pfeil auf ihn schießen konnte.

Ein dumpfer Schrei drang unter dem Helm des Mannes hervor. Pfeil und Bogen entrangen sich seinem Griff, vergeblich versuchte er, den Stiel der Axt zu greifen, deren Blatt in seinem Rücken stak. Er kippte seitlich aus dem Sattel und verschwand in der Tiefe. Sein Reittier flatterte davon, scheinbar erleichtert, den fremden Willen losgeworden zu sein, der es lenkte.

Balbok verspürte keinen Triumph.

Sein Ziel war der Hauptmann, der Enok entführt hatte und von dem ihn inzwischen nur noch ein Steinwurf trennte. Und auch dieser Vorsprung schmolz zusehends, denn da das andere Reittier mit doppelter Last beladen war, verlor es zunehmend an Tempo und Höhe. Die Flügelschläge der Echse wirkten schwerfällig und matt, und vermutlich hätte Balboks Tier sie bereits eingeholt, hätte der Hauptmann nicht in diesem Moment den Eingang der Schlucht erreicht. Seine Echse spreizte die Flügel und ging in einen steilen Gleitflug über, wodurch sie wieder Geschwindigkeit aufnahm und zu entkommen drohte …

Balbok zögerte keinen Augenblick.

Erneut ließ er sein Reittier die Flügel anlegen und tauchte damit steil hinab, geradewegs in die Schlucht, deren Grund von Dickicht überwuchert war und deren Felswände sich zu beiden Seiten wie rote Mauern erhoben. Der Abstand reichte gerade aus, dass die Echsen mit ausgebreiteten Flügeln hindurchfliegen konnten, nur ein kleine Unachtsamkeit und es würde für sie beide schlimm ausgehen.

Gefahr, das merkte Balbok sofort, ging aber nicht nur von schroffem Gestein und hervorspringenden Baumwipfeln aus, sondern auch von den Fallwinden, die in der Schlucht herrschten und Tier und Reiter hin und her warfen. Seine Echse kreischte, während sie mit den Flügeln schlug, um ihren Flug wieder unter Kontrolle zu bringen.

Der Hauptmann verfügte fraglos über mehr Erfahrung, geschmeidig glitt sein Reittier durch die Enge. Entsprechend konnte er seinen Vorsprung wieder ausbauen, doch weder Balbok noch seine Echse ließ locker.

Schon holten sie wieder auf, und der Ork zückte den *saparak*. Die Klinge des Orkschlägers reflektierte das matte Tageslicht, blendete den Hauptmann, als dieser sich im Sattel umwandte, um nach seinem Verfolger zu sehen.

Der Helm schien ihn zu behindern, denn er nahm ihn ab und schleuderte ihn in die Tiefe. Das Gesicht, das darunter zum Vorschein kam, war weit weniger eindrucksvoll, als das schwarze Visier hatte vermuten lassen – es war schimmelgrün und haarlos, und man konnte die Furcht darin sehen.

Balbok lachte auf.

Den *saparak* in der einen, die Zügel in der anderen Klaue, schoss er durch die Schlucht auf den anderen zu, der Enok vor sich liegen hatte, quer über dem Sattel wie ein erlegtes Tier.

Der Hauptmann, der viel mehr Erfahrung im Umgang mit einer Flugechse hatte, riss sein Tier herum und ließ es in Rüttelflug verfallen. Balboks Echse reagierte, indem sie dasselbe tat, und so standen sich die beiden Gegner plötzlich in der Luft gegenüber, einander nun nahe genug, um die Klingen zu kreuzen.

Balbok wartete nicht erst ab, bis der andere angriff, blindlings drosch er mit dem *saparak* zu. Zwar traf er nur die Klinge des anderen, der die Attacken wacker parierte, jedoch waren Balboks Hiebe mit derart großer Kraft ausgeführt, dass der Gardist ihnen nicht lange widerstehen konnte. Jäh ließ er sein Tier in die Tiefe sacken und entzog sich dem Kampf. Und indem er es abermals in der Luft wenden ließ, tauchte er in eine abzweigende Schlucht ein, die noch enger und dichter bewaldet war als die erste.

Abermals nahm Balbok die Verfolgung auf. Die Felswände zu

beiden Seiten flitzten mit atemberaubender Geschwindigkeit vorbei, er konnte nur hoffen, dass die Echse wusste, was sie tat.

Die Enge der Schlucht sorgte dafür, dass die Tiere ihre Flügel nicht mehr ganz entfalten konnten. Das des Hauptmanns flatterte wie eine zu groß geratene Fledermaus, was das Tier zu überanstrengen schien. Es verlor an Höhe, auch das Gezeter und die Hiebe, die der Offizier ihm angedeihen ließ, halfen nichts – und Balbok setzte zum Angriff an.

So als wüsste sie instinktiv, was er vorhatte, ging seine Echse mit leicht angewinkelten Flügeln in den Gleitflug über, sodass sich Balbok, die Zügel fest umklammernd, seitlich aus dem Sattel lehnen konnte. So jagte er auf den Hauptmann zu – und enthauptete ihn im Vorbeiflug.

Ihrer Führung jäh beraubt, verfiel die Echse des Gardisten in panisches Kreischen und schmierte seitlich ab, wodurch Enoks bewusstlose Gestalt von ihrem Rücken rutschte. Seitlich so tief aus dem Sattel hängend, dass er selbst fast den Halt verlor, versuchte Balbok noch, nach seinem Schützling zu greifen – doch seine Klauen schnappten nichts als Luft.

»Enoook! Orkiiii!«

Balbok schrie entsetzt, während er sah, wie Enok lotrecht in die Tiefe stürzte. Es war zu spät, um ihn noch zu erreichen, er würde in die Bäume stürzen, und zerbrechlich, wie die *oltorr'hai* waren, würde er sich alle Knochen brechen …

Da flog tief unter Balbok ein Schatten heran!

Eine weitere Echse, die hektisch mit den Flügeln schlug und Mühe hatte, in der Luft zu bleiben …

»Rammar!«, rief Balbok.

19.

IOBORRT

Rammar hörte seinen dämlichen Bruder rufen, aber er hatte kein Ohr für ihn. Seine ganze Aufmerksamkeit gehörte dem scheinbar leblosen Bündel, das wie ein Stein vom Himmel fiel und auf das er seine Flugechse zulenkte – einen Herzschlag später landete Enok unmittelbar vor ihm, quer über dem Sattel – doch der Jubelschrei, der Rammar entfahren wollte, gefror auf seinen wulstigen Lippen. Denn das zusätzliche Gewicht war endgültig zu viel für die Echse!

Das Tier stieß einen ächzenden Laut aus, dann ging es auch schon steil hinab. Nur noch mit einem Flügel schlagend, geriet die Echse ins Trudeln und drehte in immer enger werdenden Spiralen in die Tiefe. Nur Augenblicke später durchschlug sie das Blätterdach der Bäume, im nächsten Moment prallte sie unsanft auf den Boden.

Rammar wurde abgeworfen und überschlug sich mehrmals, ehe er ausrollte und liegen blieb. Grunzend und eine Kanonade an orkischen Verwünschungen ausstoßend, wälzte er sich herum und schaffte es schließlich, wieder auf die Beine zu kommen. Seine Knochen waren heil geblieben, aber jeder einzelne davon schmerzte.

Die Echse stand auch schon wieder. Auf ihren kurzen Beinen wankte sie benommen hin und her, war aber offenbar unversehrt. Ebenso wie Enok, der in einem großem Haufen Laub gelandet war und soeben stöhnend zu sich kam.

»Orkling!«

Rammar wollte zu ihm, doch der spiralförmige Absturz hatte Spuren hinterlassen – er torkelte mehr zu Enok, als dass er wirklich ging.

»Onkel Rammar!« Trotz all seiner Blessuren, die er davongetragen hatte, hellten sich Enoks Züge auf.

»Verdammt, Junge! Wie oft habe ich dir schon gesagt, dass du mich nicht …« Rammar unterbrach sich. »Wie geht es dir?«

»Jetzt wieder gut«, versicherte Enok in geradezu kindlicher Aufregung. »Wie ist das möglich? Warum bist du hier und nicht …«

»Lange Geschichte.« Rammar machte eine wegwerfende Klauenbewegung. »Und wir haben jetzt keine Zeit zum Quatschen. Kannst du aufstehen?«

»Ich denke schon …«

Er hatte noch nicht ausgeredet, da zog ihn Rammar bereits auf die Beine – und in diesem Augenblick konnte der Ork es deutlich sehen.

Enok hatte sich verändert!

Sein blassgrünes, einstmals so glattes Gesicht wies jetzt zahlreiche Falten auf. Und sein ehedem rabenschwarzes Haar hatte sich an den Schläfen weiß verfärbt.

Rammar fluchte lautlos in sich hinein.

Zumindest in dieser Hinsicht hatte Durwain also die Wahrheit gesagt …

»Warum siehst du mich so an?«, fragte Enok und legte den Kopf schief, wie er es als Kind oft getan hatte.

Ein seltsamer Anblick, dachte Rammar.

Jung und alt im selben Körper.

»Es ist nichts«, versicherte er unwirsch, »wir müssen nur zusehen, dass wir von hier verschwinden. Wird höchste Zeit, dass sich das lange Elend endlich …«

»Ich bin hier«, drang es von einem nahen Baum – von dem im nächsten Moment Balbok kletterte. Ungleich eleganter als Rammar hatte er seine Echse im oberen Geäst gelandet.

»Balbok!«, rief Enok.

»Mein kleiner Orki!«

Die beiden liefen einander zu, und der hagere Ork schlang seine langen Arme um seinen Schützling, um ihn zu begrüßen. Als sie sich wieder voneinander lösten, fiel auch Balbok auf, dass Enok deutlich gealtert war. Er sandte Rammar einen bestürzten Blick, der ihm mit einer Grimasse zu verstehen gab, dass er ihn ohne Federlesens erschlagen würde, wenn Balbok auch nur ein einziges Wort darüber verlor.

In diesem Moment war über ihnen ein hässliches Rauschen zu vernehmen. Flügelschlag …

Alarmiert blickten alle drei empor – nur um drei Flugechsen mit Gardisten auf dem Rücken zu erblicken, die in geringer Höhe ihre Bahnen zogen.

»Das darf doch nicht wahr sein«, stöhnte Rammar.

»Deshalb also wollten sie Enok hierherbringen«, folgerte Balbok. »Hier gibt's noch mehr von denen.«

»Wenn schon, wir verschwinden. Enok soll bei dir aufsteigen – mein Tier ist nicht stark genug, um uns beide zu …«

Er verstummte, als erneut Echsenreiter die Schlucht durchflogen. Diesmal ein ganzes Geschwader.

»Das sind zu viele.« Balbok schnüffelte hörbar, dann schüttelte er den Kopf. »Das schaffen wir nicht.«

»Was willst du tun? Hierbleiben?«

»*Douk.*« Balbok schüttelte den Kopf und sah Rammar aus großen Augen an. »Sie auf eine falsche Fährte bringen und möglichst weit von Enok fortlocken.«

»Von mir aus. Du lenkst sie ab, ich fliege mit Enok.«

»Aber Rammar, du hast gerade selbst gesagt, dass das nicht geht«, wandte Balbok ein. »Außerdem haben sie uns vielleicht gesehen und wissen, dass es zwei Flugechsen waren.« Er hob zur Verdeutlichung zwei Klauenfinger hoch. »Das bedeutet …«

»*Korr*, ist ja gut. Ich weiß, was das bedeutet.«

Rammar schnitt eine wüste Grimasse. Der Plan gefiel ihm nicht, und dass er von Balbok stammte, gefiel ihm noch weniger. Aber auch ihm war klar, dass dies eine der seltenen – wirklich sehr seltenen – Gelegenheiten war, an denen sein Bruder zumindest nicht völligen Unfug verzapfte.

»Du wartest, bis alle fort sind«, schärfte er Enok ein, »dann gehst du in die Richtung, aus der wir gekommen sind, zurück zur Lichtung. Sofern die Riesenechse ihn nicht gefressen hat, wirst du dort auf einen Menschen treffen, der auf den Namen Riek hört.«

»Einen … *Menschen?*«, fragte Enok.

»Eine besondere Art von Wildwuchs«, verbesserte sich Rammar schnell. »Sieht ein wenig so aus wie du, aber die Ohren sind stumpf und die Haut hat die Farbe von vergorener Milch, also ist er eigentlich so hässlich wie die Nacht finster …«

»Riek ist ein Freund«, fügte Balbok zu Enoks Beruhigung hinzu. »Er wird dich zu Alannah bringen.«

»*Korr*«, stimmte Rammar zu. »Die Elfin wird sich um dich kümmern. Sie kann dir helfen«, fügte er hinzu und konnte selbst kaum glauben, dass er das sagte.

»A-aber ich will mich nicht von euch trennen! Wir haben uns doch eben erst wiedergefunden!«

»*Korr*, und jetzt verlieren wir uns wieder«, bestätigte Rammar barsch. »Jetzt versteck dich und tu gefälligst, was wir dir sagen – oder müssen wir erst böse werden?«

»Aber Rammar«, wandte Balbok ein, »das sind wir doch schon! Wir sind schließlich Orks aus echtem Tod und …«

»Schnauze«, knurrte Rammar und machte abrupt kehrt, um zu seinem Reittier zu watscheln, das sich sowohl von der Strapaze als auch von dem Absturz wieder einigermaßen erholt zu haben schien. Balbok nickte Enok zum Abschied zu, dann wollte auch er sich zum Gehen wenden.

»Wartet noch«, verlangte Enok.

»Was ist?«, fragte Rammar ungeduldig.

»Ich danke euch.« Der Drachenkaiser blickte von einem zum anderen. »Für alles.«

»Orks bedanken sich nicht«, erwiderte Rammar. »Für nichts und bei niemandem. Merk dir das.«

Damit wandte er sich endgültig ab, doch während er zu seinem Reittier ging und es bestieg, wischte er sich mehrmals mit der künstlichen Klaue über die Augen.

Es kostete die Flugechse abermals beträchtliche Kraft, vom Boden abzuheben und über die Bäume hinaus an Höhe zu gewinnen, aber dann war Rammar wieder in der Luft, ebenso wie Balbok, dessen Reittier sich ungleich leichter in die Lüfte schwang. Schon aus geringer Höhe konnten sie die feindlichen Echsenreiter sehen – und beinahe im selben Moment entdeckten die Gardisten sie ebenfalls!

»*Shnorsh*«, knurrte Rammar, als die Flugechsen ihrer Feinde sich am Himmel auffächerten und auf breiter Front zum Angriff übergingen. »Das geht schief …«

20.

KIONOUM UR'SOCHGAL'HAI

Sie warteten.

Ein Trupp nach dem anderen war zum vereinbarten Treffpunkt zurückgekehrt, zuletzt Alannah, die sich zusammen mit Durwain und ihrem Diener Nemion auf die Suche begeben hatte. Doch niemand hatte auch nur eine Spur von Enok entdecken können; nur Echsenreiter der Schwarzen Garde hatten sie immer wieder am Himmel gesichtet, was immerhin darauf schließen ließ, dass auch der Feind den Kaiser noch nicht gefunden hatte.

Nur ein Suchtrupp fehlte …

»Ich habe es dir gesagt«, knurrte Durwain. Der kaiserliche Berater saß zwischen den Wurzeln eines Baumes im weichen Moos. »Den Unholden ist nicht zu trauen.«

»Und das ist bei dir anders?«, fragte Alannah dagegen. Ruhelos ging sie in dem Hain umher, den sie als Treffpunkt auserkoren hatten. Aus der Luft war er nicht einzusehen, dennoch hatte Kapitän Pyaras Wachen aufgestellt, die den Himmel beobachteten …

»Mir kannst du vertrauen, denn wir verfolgen dasselbe Ziel«, versicherte Durwain. »Die Orks jedoch interessieren sich nach meinen Erfahrungen nur für eins, nämlich für sich selbst.«

»Das ist nicht wahr«, widersprach Evan heftig. »Die Orks haben immer treu zu uns gestanden. Rammar hat uns im Kampf gegen den Rat der Ewigen unterstützt. Und ohne Balbok wären meine

Freunde und ich bereits nicht mehr am Leben«, fügte er hinzu, worauf Gullwyn beipflichtend blubberte. Drel, der vor dem Hintergrund des Waldes kaum auszumachen war, stieß einen zustimmenden Pfiff aus.

»Ich habe nicht bestritten, dass die Unholde nützlich sein können«, räumte Durwain ein, »sofern es auch ihren eigenen Zwecken dient. Doch insgeheim denken sie stets nur an sich selbst, und wohin sie auch kommen, säen sie Chaos und üben schlechten Einfluss aus.«

»Natürlich, deshalb hast du ja auch versucht, sie loszuwerden, indem du sie in das unwirtliche Ödland geschickt hast«, warf Evan ihm vor.

»Und uns gleich mit«, fügte Gully hinzu.

»Das war eure Entscheidung«, konterte der Drachenmann. »Dass ihr die Orks begleiten werdet, konnte ich nicht vorhersehen.«

»Du hättest uns warnen können.«

»Und ihr wollt mir erzählen, ihr hättet eure orkischen Freunde nicht gewarnt?« Durwain lachte leise. »Ich habe getan, was ich für richtig hielt. Nicht mehr und nicht weniger.«

»Das tun wir alle«, gab Alannah zu und warf einen bedauernden Blick in Kapitän Pyaras' Richtung, »und wir alle machen dabei Fehler. Leider gewährt uns das Schicksal nur äußerst selten die Gelegenheit, sie zu korrigieren.«

»Weise Worte aus dem Mund einer so jungen Frau, Beeka«, meinte Durwain anerkennend. »Vielleicht solltest du mir langsam erklären, wer du tatsächlich bist.«

Alannah sah ihn unverwandt an. »Was meinst du?«

Der Drachenmann lächelte wieder. »Als wir uns im Wald begegneten, da verlangtest du nach einer Vorstellung – doch die, in deren Gestalt du wandelst, kannte mich und hätte nicht danach gefragt. Außerdem scheinst du Elfisch zu sprechen, die alte Sprache … und es hat den Anschein, dass du sehr viel mehr über die alte Welt weißt als irgendjemand sonst. Du magst wie Beeka aussehen, aber du bist es nicht. Anfangs nahm ich an, dass du ein Wildwuchs wärst, ein Gestaltwandler wie jener«, sagte er, auf Evan deutend. »Doch inzwischen ist mir klar geworden, dass du sehr viel mehr als das sein musst – und dass du nicht hierher nach Anwar gehörst. Die Frage ist also: Wer bist du? *Was* bist du?«

Alannahs Überraschung hielt sich in Grenzen. Ihr war klar gewesen, dass der Drachenelf ihr misstraute, die ganze Art und Weise, wie er sie beobachtete und mit ihr sprach, hatte darauf hingedeutet. Dennoch verspürte sie kein Bedürfnis, ihm alles zu offenbaren ... Schließlich hatte er einst zu Currans Getreuen gehört, hatte sich zusammen mit ihm gegen das Elfenreich verschworen und sich Margok angedient. Später mochte er all das bereut und gegen den Rat der Ewigen gekämpft haben, doch hinderte eine innere Stimme Alannah daran, ihm vollständig zu vertrauen. Balbok und Rammar hatten es getan – und es war ihnen nicht besonders gut bekommen ...

»Du hast recht«, gestand sie, »ich bin nicht die, die ich zu sein vorgebe. »Mein Name ist Alannah. Ich stamme aus Sigwyns Geschlecht, und ich bin alt, sehr alt ... wenn auch nicht annähernd so betagt wie du, denn meine Erinnerung reicht nicht bis in die letzten Tage des Goldenen Zeitalters zurück. Doch geht sie weit genug ... auch wenn man einst versucht hat, sie mir zu nehmen. Ich war eine Dienerin Shakaras.«

»Dann ... bist du eine Zauberin.«

»Eine Weise«, verbesserte Alannah. »Ich war es. Vor langer Zeit.«

Durwain sah sie an. Er hätte sie vieles fragen können – nach ihrer Herkunft, ihrem tatsächlichen Alter oder den Fähigkeiten. Doch ihn schien nur eines zu interessieren ...

»Warum bist du hier?«, wollte er wissen.

»Weil es notwendig ist«, erwiderte sie. »Ich sehe Bilder und werde von Visionen verfolgt – Visionen von einem fremden Land, in dem selbst nach all den Jahrhunderten und nach dem endgültigen Sieg über den Dunkelelfen noch Böses wirkt ...«

»Anwar«, sagte er nur.

»Anfangs wusste ich nicht, woher die Bilder stammten und was sie mir zeigen wollten. Doch als ich in alten Archiven auf Karten aus der Frühzeit des Elfengeschlechts stieß, da wurde es mir klar.

Ich erfuhr von der Barriere und dem von der Zeit vergessenen Kontinent, der sich jenseits davon befindet – und mir war klar, dass ich hierherkommen muss, um dieses Böse, diese letzte Hinterlassenschaft Margoks zu zerstören.«

Durwain nickte nur. »Und du glaubst …?«

»Als du von Blutmagie sprachst, die Margok einst wirkte, da wurde mir klar, wo die Quelle jener dunklen Kraft zu suchen ist«, bestätigte Alannah.

»In der Zitadelle der Tiefe«, gab Durwain die Antwort. »Deshalb also hast du dich so bereitwillig erboten, den Kaiser und mich dorthin zu geleiten …«

Alannah wollte etwas erwidern, als ein trillerndes Geräusch erklang. Inmitten der Wildnis hörte es sich an wie der Schrei eines exotischen Tieres, tatsächlich jedoch war es der Klang einer Deckpfeife, wie sie an Bord von Schiffen benutzt wurde …

»Das Signal meiner Wachen«, meldete Pyaras und deutete in eine bestimmte Richtung. »Jemand nähert sich aus dieser Richtung!«

Die Gefährten handelten augenblicklich, zückten ihre Waffen und suchten hinter Farnbüschen und Wurzeln Zuflucht. Schon Augenblicke später wirkte der Hain verlassen. Ein Rascheln näherte sich, und eine abgekämpft aussehende Gestalt kam aus dem Dickicht. Die Gefährten atmeten auf, als sie den Mann erkannten.

»Hallo, Riek.« Pyaras tauchte aus dem Farnbusch auf, in dem er sich versteckt hatte.

»Wo sind die anderen?«, wollte Alannah wissen. Sie huschte aus den Schatten, mit denen sie lautlos verschmolzen war.

In diesem Moment betrat eine zweite Gestalt den Hain, wankend und gebeugt, aber am Leben …

»Enok!« Vor Freude vergaß Evan alle Förmlichkeiten. Zusammen mit Drel und Gullwyn eilte er zu dem Freund, der so geschwächt und mitgenommen war, dass er sich kaum aufrecht halten konnte.

Enok sah fürchterlich aus.

Blessuren und Wunden übersäten ihn, die, wenn überhaupt, nur notdürftig versorgt worden waren, am Bein trug er einen blutenden Verband. Vor allem aber schien er seit ihrer letzten Begegnung im Palast von Dragana um Jahre gealtert zu sein – und die Wildwüchse wussten, dass dies keine Einbildung war …

»Legt ihn dorthin«, wies Alannah sie an, auf die andere Seite des Hains deutend, wo Nemion bereits dabei war, eine Decke auszubreiten. »Ich brauche Moos und frisches Wasser«, verlangte die Elfin, worauf ihr Diener sofort aufbrach, um beides zu besorgen.

Die Wildwüchse betteten Enok auf das improvisierte Lager. Er war so geschwächt, dass er kaum sprechen konnte.

»Freunde«, hauchte er tonlos, während seine verwirrten Blicke von einem zum anderen wanderten. »So froh … euch zu sehen … wie …?«

»Später«, sagte Alannah. Sie ließ sich auf die Knie nieder und beugte sich über ihn, um die Wunden zu untersuchen. Mit dem Wasser und Moosbüscheln, die Nemion brachte, begann sie sie zu säubern.

»Beeka«, stieß Enok hervor.

»Hallo«, erwiderte sie nur. Für einen Moment erwog sie, sich ihm zu offenbaren, doch dies war nicht der Augenblick dafür. Gullwyn hob Enoks Nacken an, Evan gab ihm aus seiner Feldflasche zu trinken.

»Die … Orks?«, wollte Enok wissen. Offenbar waren sie im Wald getrennt worden.

»Nicht hier.« Alannah schüttelte den Kopf.

»Verdammt.« Er zuckte zusammen, als sie den Verband an seinem Bein löste, um auch diese Wunde zu versorgen, die von einem Pfeil zu stammen schien. Doch die Tränen, die Enok in die Augen stiegen, waren wohl nicht dem Schmerz geschuldet. »Ohne die beiden … verloren gewesen«, stieß er hervor. »Schwarze Garden gefangen … Orks mich befreit … weggelockt.«

»Sieh an«, stellte Alannah lächelnd fest. »Soll noch mal einer behaupten, Unholde würden nie etwas Selbstloses tun.«

»Ausnahmen bestätigen nur die Regel«, sagte jemand hinter ihr – Durwain, der schweigend hinzugetreten war.

Als Enok seinen obersten Berater erblickte, zuckte er merklich zusammen. In einem Ausbruch von Energie fuhr er hoch, Moos und Verbände schüttelte er unwirsch ab.

»Ihr!«, stieß er voller Abscheu hervor. »Ich wollte Euch … nie wiedersehen … niemals wieder!«

»Ich weiß«, entgegnete der Echsenmann gelassen. »Aber Ihr solltet vorsichtig sein mit dem, was Ihr Euch wünscht, Majestät.«

»Keine Majestät mehr … Euch zu verdanken … aus den Augen, sofort!«

»Den Gefallen könnte ich Euch tun«, räumte Durwain ein. »Aber Ihr braucht mich mehr denn je.«

»Das sagtet Ihr … aber ich glaube Euch nicht … nicht mehr!«

»Das solltest du aber«, meldete Alannah sich zu Wort, während sie ihn sanft, aber bestimmt wieder auf sein Lager drückte. Evan und Drel halfen ihr dabei.

Enok ließ es kraftlos geschehen. »Was … heißt das?«

»Dass Ihr meiner Hilfe viel mehr bedürft, als Euch in diesem Moment klar ist, Majestät«, entgegnete Durwain ruhig. »Denn etwas geschieht mit Euch – und Ihr werdet sterben, wenn wir es nicht aufhalten.«

Enoks Mundwinkel sanken nach unten, er fletschte die Zähne wie ein Raubtier in Gefangenschaft. »Schert mich nicht … so viele sind auf dem Schlachtfeld gestorben … warum ich nicht?«

»Vielleicht«, gab Alannah zu bedenken, während sie seine Wunden geduldig ein zweites Mal versorgte, »hat die Vorsehung ja noch etwas mit dir vor.«

»Orks glauben nicht … an Vorsehung.«

Sie musste lächeln. »Ich höre deine Ziehväter reden.«

»Balbok! Rammar!«, rief Enok und wollte sich wieder aufrichten, doch diesmal ließen Drel und Evan es erst gar nicht dazu kommen. »Lasst mich los«, beschwerte er sich. »Wir müssen ihnen helfen, sie befreien …«

»Nein«, sagte Alannah, leise, aber bestimmt. »Ich fürchte, dazu haben wir keine Zeit.«

Enok sah sie verständnislos an. »Beeka, was redest du da?«

Die Elfin seufzte. »Ich muss wohl etwas klarstellen. Ich bin nicht Beeka.«

»Was soll das heißen?«

»Ich habe mir ihren Körper vorübergehend geliehen, aber ich bin nicht sie. Mein Name ist Alannah, Drachenkaiser, und ich fürchte, du hast Wichtigeres zu tun, als zwei Unholden das Leben zu retten.«

»Wichtigeres? Was kann wichtiger sein ... als das Leben von Freunden?«

Aus Beekas so vertrauten Augen sah Alannah ihn fest und durchdringend an. »Das Überleben zweier Welten.«

21.

GURK UR'KURSOSH

Sie hatten mit dem Mut der Verzweiflung gehandelt.

Indem sie die Aufmerksamkeit der Gardisten zuerst auf sich gezogen hatten und sich dann in der Luft trennten – Balbok war auf seiner Echse gen Westen geflogen, Rammar gen Osten –, hatten die Brüder den Feind dazu gezwungen, sich aufzuteilen. Und zumindest, was ihren Schützling betraf, war ihr Plan aufgegangen: Aderyns Schergen waren so damit beschäftigt gewesen, sie zu verfolgen, dass Enok unbemerkt entkommen war.

Für die Orks selbst war die Sache freilich nicht so gut ausgegangen – ihre Schuld gegenüber ihrem Schützling (falls eine solche je bestanden haben sollte, was Rammar noch immer stark bezweifelte) hatten sie damit mehr als beglichen.

Nicht nur, dass sie auf ihren Flugechsen unerbittlich gejagt worden waren; dass man ihnen die Viecher unter den *asar'hai* weggeschossen hatte und sie sich beim Sturz in die Tiefe beinahe sämtliche Knochen gebrochen hätten; ihre Welt stand seither auch im wahrsten Sinn des Wortes kopf. Denn nachdem die Gardisten sie mit ihren fliegenden Viechern zurück in die Hauptstadt gebracht hatten, waren sie dort kurzerhand in den Kerker gesteckt worden, dessen Gewölbe sich tief unter den Fundamenten des kaiserlichen Palasts befanden.

Und da hingen sie nun, gefesselt und kopfüber, während der Pfuhl unter ihnen sich immer weiter mit einer schimmernden dunklen Brühe füllte. Und zu Rammars höchster Beunruhigung schien darin etwas zu leben …

»Und das ist alles?«, scholl die Stimme des Archivars zu ihnen herab.

»Alles«, bestätigte Rammar. Der Schädel platzte ihm inzwischen fast von all dem Blut, das sich darin angesammelt hatte. Ganz abgesehen davon, dass seine Lippen Risse bekommen hatten vom vielen Reden. »Seit einer halben Ewigkeit antworten wir nun auf deine Fragen. Was willst du denn noch wissen?«

»Ja, was noch?«, fügte Balbok hinzu.

»Ihr habt mir nicht verraten, wo sich der Drachenkaiser befindet«, kam es zurück.

»Weil wir es nicht wissen! Ich habe dir doch gesagt, dass wir ihn dort in der Schlucht zum letzten Mal gesehen haben!«

»Zum allerletzten Mal«, bekräftigte Balbok.

»Und wenn ich euch nicht glaube?«

»Dann ist das deine Sache, *umbal*«, schnauzte Rammar hinauf. Das Wasser stand inzwischen so hoch, dass es Balboks Stirn bereits benässte. Der große Ork trug es zwar mit bewundernswerter Fassung, doch der Gedanke, dass als Nächstes er dran sein würde, brachte Rammar an den Rand einer Panik. »Ich habe alles ausgeplaudert, was wir wissen.«

»Alles, was wir wissen«, betätigte sich Balbok abermals als Echo, der Tatsache ungeachtet, dass sein spärlich behaarter Scheitel immer tiefer ins Wasser tauchte.

»Musst du alles nachquatschen?«, fuhr Rammar ihn an.

»*Korr*«, bestätigte der. »So weiß ich, dass ich noch nicht ertrunken bin.«

Rammar rollte mit den Augen. »Ihr macht einen Riesenfehler!«, rief er hinauf. »Wenn ihr uns ersaufen lasst, können wir euch nichts mehr verraten!«

»Ich dachte, ihr hättet uns alles gesagt?«

»*Korr*, aber vielleicht fällt mir ja noch das eine oder andere ein. Das Nachdenken fällt einem schwer, wenn einem fast der *klogosh* platzt!«

»Lügner!«, drang plötzlich eine andere Stimme von oben herab. Scharf und schneidend wie ein Messer hallte sie durch den Schacht. Die Orks wussten sofort, wem sie gehörte, hätten sie unter Tausenden herausgekannt.

»Aderyn!«, rief Balbok, und sein staunender Tonfall ließ vermuten, dass er trotz der prekären Lage, in der sein Bruder und er sich befanden, tief im Inneren noch immer etwas für die Drachenfrau übrighatte.

»*Lady Aderyn* für euch, ihr unwürdige Kreaturen!«, scholl es herab. »So sehen wir uns also wieder, Brüder des Chaos!«

»*Korr*, endlich zeigt der Feind sein wahres Gesicht«, knurrte Rammar. »Wie lange stehst du schon da oben?«

»Lange genug, um zu wissen, dass ihr mir noch längst nicht alles verraten habt. Wann immer es um die Elfin ging, seid ihr erstaunlich wortkarg geworden.«

»Weil es nicht um sie geht«, erwiderte Rammar pampig und ungeachtet seiner misslichen Lage. »Dies hier ist unsere Geschichte, meine und Balboks. Außerdem kann ich mich nicht mehr wirklich an das Elfenweib erinnern. Ist alles verdammt lang her …«

»Dann, Fettwanst, solltest du dich besser anstrengen, denn ich wünsche alles über jene Frau zu erfahren, die aus der alten Welt hierher gefunden hat. Und du solltest dich beeilen, denn der Wasserspiegel steigt unaufhaltsam. Nicht mehr lange, und es wird zu spät sein, um noch zu reden.«

Ein Blick zu seinem Bruder zeigte Rammar, dass das nicht übertrieben war – das faulige Wasser reichte Balbok jetzt schon bis über den Rüssel. Immer wieder musste er sich krümmen wie ein Wurm und den Kopf heben, um keuchend nach Luft zu schnappen.

»Du kannst es dir aussuchen, Unhold – schweigen und sterben

oder reden und überleben. Ich wünsche alles über die Elfenfrau namens Alannah zu erfahren – denn seit geraumer Zeit nehme ich eine Präsenz wahr, wie ich sie hier in Anwar seit den Tagen Liathas nicht mehr gespürt habe. Und ich hege die Vermutung, dass all dies zusammenhängt.«

»A-also gut, ich werde es dir erklären«, versicherte Rammar. »Aber halt uns das verdammte Wasser vom Hals. Es ist eine längere Geschichte, die ich zu erzählen habe. Und sie reicht ziemlich weit zurück.«

BUCH III:

LORG

(DIE ENTDECKUNG)

1.

OINSOCHG ASH DOMHON

Rammar hatte geredet.

Kopfüber hängend, den *faltash* bereits in der kalten Brühe, hatte er berichtet, was er über die Elfin Alannah wusste …

Über die Zauberin.

Die Priesterin von Shakara.

Die Königin des Menschenreichs.

Und weil die Situation so prekär war und jeder Augenblick, den er länger sprach, auch einen Augenblick bedeutete, um den Balbok und er länger lebten, hatte er in aller Ausführlichkeit berichtet.

Nun jedoch fiel ihm nichts mehr ein.

Er hatte, wie ein Hutzelbart es wohl ausgedrückt hätte, seine Saga beendet und sein Pulver verschossen. Und plötzlich herrschte in dem schmalen dunklen Schacht, in dem sein Bruder und er hingen, wieder hässliche, bedrohliche Stille.

Nur Balboks Keuchen war zu hören, wenn er auftauchte, um Luft zu holen. Und ein leises, schauriges Gurgeln …

»Hallo?«, fragte Rammar hinauf.

Eine quälend lange Zeit verstrich.

»Und das ist alles?«, fragte Aderyn zurück.

»Alles, was mir im Moment einfällt«, beteuerte Rammar.

»Diese Alannah«, sagte die Drachenfrau, und es schien nicht nur Abscheu, sondern auch ein gewisser Respekt in ihrer Stimme mitzuschwingen, »hat euch also tatsächlich einmal weisgemacht, ein Ork zu sein?«

»Nur ein einziges Mal. Und auch nur ganz kurz.«

»Aber sie hat euch fortwährend manipuliert und euch dazu gebracht, Dinge zu tun, die ihr niemals tun wolltet.«

»*Douk*«, widersprach Rammar entschieden, »wir haben nur … *Korr*«, musste er dann zugeben.

»Sie ist Priesterin von Shakara gewesen, hat sich gegen ihre eigene Art gewandt und den Menschen dabei geholfen, ein Königreich zu begründen, und das aus Liebe zu einem Sterblichen. Und sie hat Margok bekämpft und seine Rückkehr vereitelt, und das gleich mehrmals …«

»*Korr*, sie ist ein ziemlich zäher Knochen – aber natürlich nicht halb so zäh wie du«, beeilte sich Rammar hinzuzufügen.

»Ich danke dir für die erschöpfende Auskunft, Unhold«, beschied Aderyn ihm. »Das alles verspricht interessant zu werden – offenbar ist mir nun doch noch eine ebenbürtige Gegnerin erwachsen.«

»Sie kann dir nicht das Blutbier reichen«, versicherte Rammar beflissen. »Nicht mal annähernd. Die Elfin kann ein garstiges Biest sein, keine Frage, aber du bist noch um vieles schlimmer!«

Balbok kam wieder für einen Moment hoch und prustete lautstark, was die Kriegsherrin jedoch falsch verstand.

»Was soll das?«, rief sie barsch herunter. »Wollt ihr mich mit euren Schmeicheleien verhöhnen?«

»Nicht doch!«, versicherte Rammar schnell. »Mein dämlicher Bruder versucht nur, nicht draufzugehen, während wir beide uns unterhalten, das ist alles. Vielleicht könntest du uns ja wieder raufziehen lassen«, schlug er vor, »dann wäre das gar nicht nötig.«

»Ich soll euch das Leben schenken? Nachdem ihr euch gegen mich gewandt und mich verraten habt? Das kommt nicht infrage! Ihr beide habt eure Schuldigkeit getan, Fettwanst, du ebenso wie dein Bruder. Ich brauche euch nicht mehr.«

»Da-das bezweifle ich nicht, aber …« Rammar stutzte.

Hatte sich da nicht eben wieder etwas im Wasser bewegt? Etwas, das dicht unter der Oberfläche dahinglitt, lautlos und dunkel? Elend zu ersaufen, schien plötzlich nicht mehr die übelste aller Aussichten zu sein …

»Vie-vielleicht brauchst du uns ja doch noch!«, rief er in seiner Not hinauf.

»Wozu?«

»Wir wissen, was die Elfin vorhat!«

»Das hast du mir längst verraten, du Narr. Sie will jenen geheimen Ort in den Bergen aufsuchen, wo der Verräter Dufanor den falschen Drachenkaiser ins Leben gerufen hat. Doch meine Gardisten und ich werden sie aufspüren und diesem sinnlosen Unterfangen ein Ende bereiten.«

»Ein Kampf birgt immer die Gefahr, verloren zu gehen«, quäkte Rammar. »Es ginge auch sehr viel einfacher.«

»Und wie?«

»Indem du mich … uns … für dich arbeiten lässt. Die Elfin vertraut Balbok und mir. Wir könnten sie für dich in eine Falle locken …«

»Ich soll euch vertrauen? Nachdem ihr mich ruchlos hintergangen habt?«

Erneut streifte Rammar seinen Bruder mit einem Seitenblick. Der war gerade mal wieder aufgetaucht und warf Rammar einen panischen Blick aus seinen großen Kuhaugen zu. Lange würde er nicht mehr durchhalten, das stand fest …

»Da-daran kannst du erkennen, wie gut wir darin sind, andere zu vershnorshen«, improvisierte Rammar und brachte es fertig, der misslichen Lage zum Trotz noch ein Grinsen aufzusetzen. Besonders echt wirkte es allerdings nicht.

Aderyn lachte freudlos. »Ich soll euch glauben, dass ihr für mich arbeiten wollt. Gegen euren Schützling Enok.«

»Der Orkling hätte uns auf unsere Insel begleiten und König werden können. Das wollte er nicht, also ist er selbst schuld an dem, was ihm widerfährt. Und was Durwain betrifft, so haben wir mit ihm noch eine Rechnung offen …«

Er sah an sich selbst empor und an der rostigen Kette, die sich irgendwo über ihm in der Schwärze verlor, hoffte darauf, dass er eine zustimmende Antwort erhalten würde.

Aber da täuschte er sich.

Er erhielt überhaupt *keine* Antwort.

Prustend tauchte Balbok wieder auf. »Und?«, fragte er in den wenigen Augenblicken, die er sich noch über Wasser halten konnte. »Wie sieht's aus?«

»Ich arbeite dran«, fuhr Rammar ihn an. »Setz mich gefälligst nicht unter Druck.«

»Ich … kann … nicht …« Der Rest von dem, was Balbok sagte, ging in einem Gurgeln unter, das hohl und elend im Schacht verhallte.

In diesem Moment hatte Rammar das Gefühl, dass etwas ihn an seinem *faltash* zupfte, der unter ihm in der dunklen Brühe hing. Etwas Lebendiges … das offensichtlich Hunger hatte.

»Hallo!«, platzte es in einem Anfall von Panik aus ihm heraus. »Drachenweib, tu etwas! Du musst uns helfen, oder wir werden hier unten elend draufgehen, und du wirst deinen ganzen Kram allein machen müssen! Hörst du mich? Lass uns hier nicht verrecken, *korr* …?«

Plötzlich ein Ruck an der Kette, ein metallisches Rasseln – und es ging nach oben!

Rammars *faltash* hing plötzlich wieder in der Luft, und auch Balboks Rüssel kam wieder frei. Kopfüber hängend, würgte und spuckte der große Ork, während er keuchend nach Atem rang.

»Gut so, weiter!«, rief Rammar, dass es von den Schachtwänden widerhallte. »Zieh uns rauf, Drachenfrau! Ich schwöre dir, du wirst es nicht ber…«

Plötzlich spritzte eine stinkende Fontäne auf, und aus der Tiefe erhob sich etwas aus dem Pfuhl, das quer durch die stinkende Luft peitschte und sofort nach ihm griff.

Ein Tentakel!

Ein langer, schwarz glänzender, mit Saugnäpfen bewehrter Greifarm, der sich sogleich um Rammars Brustkorb wand. Welchem Monstrum auch immer er gehörte, es hatte wohl die ganze Zeit in der Tiefe gelauert und seine Beute sicher geglaubt – und nun, da die beiden Happen verloren zu gehen drohten, schlug es zu!

»Zieht uns hoch! Zieht uns gefälligst hooch!«, schrie Rammar außer sich.

Er schrie und zeterte, während sich der Fangarm fester zog und ihn nach unten zerren wollte, während die Kette um seine Fußfesseln ihn nach oben zog.

»Das Ding hat mich! Tu doch was!«, fuhr Rammar seinen Bruder an, der kraftlos neben ihm hing und um Atem rang. »Keuchen kannst du auch später noch, aber ich vielleicht nicht mehr!«

Zu einer wirklichen Antwort war Balbok nicht fähig – aber er handelte!

Indem er seine dürre Gestalt abermals krümmte und seinen Oberkörper aufrichtete, brachte er sich an der Kette zum Schaukeln. Das Metall klirrte, als er daran hin und her zu baumeln begann …

»Du hirnloser *umbal*«, beschwerte sich Rammar, »lass den Blödsinn und hilf mir gefälligst! Oder willst du zusehen, wie ich … *ööörg*!«

Das letzte Wort war nur ein Laut, der entstand, als sich der Tentakel um seine Brust noch fester zog und die Luft aus seinen Lungen presste. Rammar wollte weiter maulen und zetern, aber dazu fehlte ihm jetzt die Puste. Mit weit aufgerissenem Maul schnappte er vergeblich nach Luft, während vor seinen Augen bereits Flecke tanzten … War dies der Augenblick, da er in Kuruls dunkle Grube stürzen würde? Nicht mit einem heiseren Kampfschrei auf den Lippen und einem *saparak* in den Klauen, sondern hilflos kopfüber hängend und nicht in der Lage, auch nur einen Laut zu äußern?

Kurul würde ziemlich enttäuscht sein.

Die Sinne schwanden dem feisten Ork, während weiter an ihm gezerrt wurde, die Kette nach oben und der Tentakel nach unten – und plötzlich kam Balbok.

An seiner eigenen Kette hängend, schwang er heran, die Augen blutunterlaufen und das Maul so weit aufgerissen, dass man die Hauer sehen konnte. Balboks Arme mochten gefesselt sein, sein Gebiss war es nicht – und in dem Moment, als er Rammar am nächsten war, schnappte Balbok zu!

Mit aller Kraft schlug er seine Hauer in den Tentakel um Rammars Brust. Dunkles Blut quoll hervor, das so bitter und scheußlich schmeckte, dass Balbok es am liebsten gleich wieder ausgespuckt hätte. Aber der Ork ließ nicht locker, im Gegenteil! Immer tiefer trieb er seine Beißer in das kalte, glitschige Fleisch, und endlich zeigte sich eine Reaktion.

Der Tentakel lockerte sich, Rammar bekam endlich wieder Luft, die er heiser in seine Lungen sog. Balbok entließ den Fangarm wieder aus seinen mahlenden Kiefern, würgend spie er das Blut des *uchl-bhuurz* in die den dunklen Pfuhl – nur um zu sehen, wie sich weitere Tentakel daraus erhoben, diesmal gleich ein ganzes Bündel. Und als wäre das noch nicht garstig genug, war plötzlich auch noch ein Maul zu sehen, das sich inmitten der Fangarme erhob!

»Zieht! Ziiieht doch!«, ächzte Rammar, und endlich ging es wieder hinauf – wenn auch noch immer sehr viel langsamer, als die Orks es sich gewünscht hätten.

Beide schaukelten an ihren Ketten hin und her, während die Tentakel nach ihnen tasteten. Greifen konnten sie ihre Beute jetzt nicht mehr, dafür hing sie bereits zu hoch, jedoch traf einer der Fangarme Balbok wie ein Peitschenhieb und ließ ihn mit dem Kopf gegen die Schachtwand krachen. Der hohle Klang, der dabei entstand, verwunderte Rammar nicht weiter, aber mit Unbehagen sah er die blutende Platzwunde an Balboks Schläfe – und begriff, dass sein Bruder das Bewusstsein verloren hatte.

»Habt ihr's bald?«, keifte er hinauf. »Meine alte *mathorr* hätte die Winde schneller drehen können als ihr!«

Endlich gelangten sie hinauf.

Hände griffen nach ihnen und zerrten sie aus dem Schacht, dann wurde die Winde wieder abgelassen. Rammar landete bäuchlings auf dem Boden, unmittelbar neben seinem ohnmächtigen Bruder. Reglos lag er da, den Kopf zur Seite gedreht. Ein gelbes Kuhauge war geschlossen, das andere halb offen, die Zunge hing ihm aus dem Maul.

»*Umbal!*«, herrschte Rammar ihn an. »Wach gefälligst auf, wenn ich mit dir rede! Und lass dir bloß nicht einfallen, dich wegen dieses Kratzers und eines bisschen Wassers in Kuruls Grube zu verziehen, da habe ich ja wohl auch noch ein Wörtchen mitzureden, verstanden?«

Wenn Balbok verstand, so zeigte er es nicht.

Seine Züge blieben reglos.

»Bru-Bruder …?«, fragte Rammar leise.

Keine Regung.

Keine Antwort.

»A-aber Balbok! Du kannst mich doch nicht allein lassen! Nicht nach allem, was wir zusammen …«

Rammar verstummte.

Noch immer zeigte sein Bruder keine Regung, er schien nicht einmal mehr zu atmen.

Es war aus mit ihm.

Vorbei.

Rammar wusste nicht, was er sagen oder empfinden sollte, sein Kopf war leer, trotz all der Körpersäfte, die sich darin stauten. Wie oft hatte er sich gewünscht, nicht mit einem Bruder geschlagen zu sein, der so dämlich war wie dieser – aber jetzt, da er der Tatsache ins Auge blicken musste, fortan allein durchs Leben zu …

Stal!

Hatte sich da nicht soeben etwas in Balboks grüner Miene bewegt? Hatte nicht gerade sein rechtes Augenlid gezuckt? Die Zunge sich nicht ein wenig gerührt?

Tatsächlich!

Balbok schürzte die Lippen, schien sein letztes bisschen Lebenskraft dazu nutzen zu wollen, etwas zu sagen …

»Rammar …«, hauchte er.

»Ja doch, ich bin hier! Was ist?«

»Dieses Vieh … scheußlich … nicht in den *bru-mill.*«

Rammar sah fassungslos an. »Du … du nutzt deinen letzten Atemzug, um mir zu sagen, dass das Ding nicht in den Eintopf soll?«

»*Korr.*« Balbok schlug zuerst das eine Auge vollends und dann auch das andere auf – und ein breites Grinsen huschte über seine malträtierten Züge. »Aber wieso letzter Atemzug?«

»Du unverschämter, unfassbarer, ungeheurer *umbal*! Du Halbhirn von einem Bruder! Du Unfall von einem Ork!«, platzte es aus Rammar heraus, der nicht glauben konnte, dass er sich eben noch um seinen Bruder gesorgt hatte. »Ich schwöre, wenn du das jemals wieder machst …«

»Seid ihr beiden jetzt fertig?«

Grobe Hände packten sie, zerrten sie in die Höhe und stellten sie auf die Beine. Es war es ein seltsames Gefühl, plötzlich wieder richtig herum zu stehen, beide Orks wankten, während das Blut wieder von den Köpfen in die Beine sank. Nach all der Zeit, die sie hängend verbracht hatten, hatten beide das Gefühl, dass die Welt noch immer verkehrt war. Aber das mochte auch andere Gründe haben.

Im Fackelschein, der das Kerkergewölbe beleuchtete, hatte sich Aderyn vor ihnen aufgebaut. Die Drachenfrau trug eine Rüstung aus schwarzem Leder, die viel von ihrer grünen Haut sehen ließ – und Balbok ein Grinsen entlockte.

»Hör auf zu grinsen«, beschied sie ihm, »oder ich schwöre, ich lasse dich zurückwerfen in den Pfuhl, die Kreatur dort unten dürfte ohnehin ziemlich enttäuscht sein, dass ihre Beute ihr entwischt ist.“«

»Du hast dich also entschlossen, auf mich zu hören?«, fragte Rammar.

»Ich habe mich entschlossen«, verbesserte sie, »euch noch lange genug am Leben zu lassen, um zu beurteilen, ob ihr mir nützlich sein könnt oder nicht.«

»*Korr*«, stimmte Rammar zu – fürs Erste war das besser, als sich mit einem gefräßigen Monstrum auseinanderzusetzen.

»Alles Weitere sehen wir dann«, meinte die Kriegsherrin und nickte den Gardisten zu, die die Orks bewachten. Daraufhin wurden die Fesseln der Brüder durchschnitten, und sie konnten sich endlich wieder frei bewegen.

»Na also«, tönte Rammar, sich die schmerzenden Gelenke reibend, »du wirst sehen, Drachenweib, das war die beste Entscheidung deines …«

Im nächsten Moment wurden die Orks schon wieder gepackt und zu Boden gerissen, und man warf Netze über sie, in denen sie sich schon Augenblicke später hoffnungslos verheddert hatten.

»Was soll das?«, wollte Rammar von Aderyn wissen. »Was hat das zu bedeuten? Was hast du mit uns vor?«

Aber die Drachenfrau wandte sich ab und verließ das Gewölbe ohne eine Antwort.

2.

KARAL'HAI KUUN

Ein halber Mond war vergangen.

Dank Alannahs Kenntnissen in der Heilkunst hatte sich Enok rasch von seinen Wunden erholt, lediglich der Pfeilschuss setzte ihm noch immer zu und sorgte dafür, dass sie immer wieder pausieren mussten, während sie unter Durwains Führung gen Süden marschierten.

Anfangs war das Gebirge am Horizont mehr zu erahnen als wirklich zu sehen gewesen. Doch mit jedem Tag waren die Wände aus dunkelrotem Fels höher und ehrfurchtgebietender vor ihnen emporgewachsen. Spitze, schneebedeckte Gipfel gab es hier nicht, die Berge sahen aus, als wären sie mit einem gewaltigen Schwert enthauptet worden. Doch in ihrer schieren Größe übertrafen sie alles, was Kapitän Pyaras und seine Leute aus der alten Welt kannten. Noch nicht einmal die schroffen Hänge des Schwarzgebirges oder der Nordwall konnten sich an Größe und Ausdehnung damit messen. Ohne Durwains Führung hätten sie nicht den Hauch einer Chance gehabt, jenen geheimen Ort zu finden, der tief im Inneren des Gebirges verborgen lag.

Je weiter sie nach Süden kamen, desto zerklüfteter wurde das Land, bis sich der Wald schließlich zwischen jähen Abbrüchen und Türmen aus rotem Felsgestein verlor. Durch karge Schluchten, die vor Unzeiten ein Fluss, vielleicht sogar ein ganzes Meer gegraben haben mochte, führte der Pfad und immer höher hinauf, ein Labyrinth aus dunklen Spalten, die geradewegs ins Herz des Gebirges zu führen schienen.

Gesprochen wurde während des Marsches nur wenig, und das nicht wegen der feindlichen Echsenreiter, vor denen sie noch immer auf der Hut waren. Sondern weil jeder Teilnehmer der Expedition seinen eigenen Gedanken nachhing, seinen eigenen Plänen und Hoffnungen, die er jedoch für sich behielt.

Alannah sah das mit einiger Sorge.

Um Nemion, ihren treuen Diener, brauchte sie sich immerhin keine Gedanken zu machen. Aber ihr war klar, dass Durwain allen Beschwichtigungen zum Trotz seiner eigenen Agenda folgte, so wie sie wusste, dass Pyaras und seine Leute die Hoffnung auf eine Rückkehr in ihre Heimat noch immer nicht aufgegeben hatten und im Zweifel bereit sein würden, dafür alles zu tun. Was Evan, Drel und den Fischmann Gullwyn betraf, war Alannah sich nicht sicher. Die drei machten kein Hehl daraus, dass sie lieber losgezogen wären, um Balbok und Rammar zu suchen. Alles, was sie bei der Stange hielt, war ihre Loyalität gegenüber dem Kaiser – doch dieser war am schwersten einzuschätzen.

Enok, der jetzt sichtlich und von Tag zu Tag alterte, schien sich in sich selbst zurückgezogen zu haben.

Die Aussicht, dass sein Ende nahte, entlockte ihm weder Worte der Klage noch der Furcht. Gleichgültigkeit schien von ihm Besitz ergriffen zu haben, so als wäre in der Schlacht bei den Sümpfen auch sein jüngeres, an Ideale glaubendes Ich gefallen – ein Zustand, der Alannah unerträglich war …

Zum ungezählten Mal trat sie aus der Marschkolonne aus und blieb am Wegrand stehen, bis Enok zu ihr aufschloss. »Kann ich mit dir sprechen?«

»Wozu?«

Es war stets dieselbe Gegenfrage, die er stellte, und Alannah hatte ihm schon viele Antworten darauf gegeben. Diese jedoch noch nicht.

»Es tut mir leid«, eröffnete sie, während sie gemeinsam weitergingen.

»Was genau meinst du?« Abermals war er gealtert. Sein langes Haar war jetzt stumpf und grau, tiefe Falten zeichneten sein Gesicht, was angesichts der Jugend in Enoks Augen falsch wirkte. »Was genau tut dir leid? Dass meine Krone verloren ist? Dass Hunderte von tapferen Kämpfern einen sinnlosen Tod gestorben sind? Oder dass sich meine Ziehväter in der Gewalt meiner Erzfeindin befinden und ich nichts dagegen tun kann?«

»Das alles«, versicherte sie. »Und glaube nicht, dass ich nicht wüsste, wie viel Balbok und Rammar dir bedeuten.«

»Woher willst du das wissen?«

»Von Beeka«, erklärte sie. »Sie ist noch immer hier, und sie lässt mich an ihrem Wissen und ihren Empfindungen teilhaben. Als wir auf dem Schlachtfeld ihren Bruder fanden, waren diese Gefühle so stark, dass der Schmerz mich fast um den Verstand brachte. Aber es gibt auch andere, hellere Empfindungen – auch für dich, Enok.«

Enok streifte sie mit einem Seitenblick, dann sah er wieder starr geradeaus. Loses Gestein knirschte unter seinen Stiefeln. »Du machst dich über mich lustig«, stellte er fest.

»Durchaus nicht.«

»Was versuchst du mir dann zu sagen? Dass ich in dir eine Verbündete sehen soll? Nachdem du Beekas Körper gestohlen und Balbok und Rammar verraten hast?«

»Ich habe ihren Körper nicht gestohlen. Sie erhält ihn zurück, sobald meine Aufgabe erfüllt ist.«

»Und wann wird das sein?« Nun wandte er doch den Blick und sah sie direkt an. »Worin genau besteht diese Mission, von der du gesprochen hast?«

Diesmal war sie es, die eine Antwort schuldig blieb.

»Und er sagte, ich solle dir vertrauen«, spie Enok bitter hervor.

»Wer hat das gesagt?«

»Rammar. Kurz bevor wir uns trennten. Er versicherte mir, du würdest dich um mich kümmern.«

»Und du glaubst ihm nicht.«

»Wie kann ich wissen, was ich noch glauben soll und was nicht? Noch vor ein paar Tagen schien mein Weg klar vor mir zu liegen, aber jetzt …« Er schüttelte den Kopf. »Alles, wofür wir gekämpft haben, war vergeblich. Die Welt ist in Auflösung begriffen.«

»Diese Gefahr besteht«, räumte Alannah ein. »Die Frage ist, ob wir es zulassen.«

»Können wir es denn verhindern?« Wieder sandte er ihr einen müden, resignierten Blick. »Sollten wir es verhindern?«

Eine Weile lang ging die Elfin schweigend neben ihm her. »Ich weiß, was du durchmachst. Auch ich musste schon Entscheidungen treffen, die andere ins Verderben geführt haben.«

»Warum bereust du es dann nicht?«, fragte Enok. »Warum verfolgt es dich dann nicht in deinen Träumen?«

»Wer sagt, dass es das nicht tut?«, fragte sie dagegen. Sie sah ihn an, und für einen Herzschlag begegneten sich ihre Blicke. Es war nur ein kurzer Moment, aber geprägt von gegenseitigem Verstehen. »Aber es gibt einen Unterschied zu dem, was du getan hast, Enok. Es waren nicht allein deine Entscheidungen. Durwain und deine übrigen Berater trifft mindestens ebenso viel Schuld wie dich.«

»Und wenn?« Enok lachte auf. »Der Kaiser ist es, dessen Name in den Geschichtsbüchern steht. Auf seinen Schultern lastet die ganze Verantwortung.«

»Hat er dir das gesagt?«

Enok nickte, während er nach vorn zur Spitze der Kolonne blickte, wo der Drachenmann marschierte. »Ich habe ihm vertraut, aber das wird nicht mehr geschehen. Niemals wieder werde ich jemandem vertrauen.«

»Das kann ich verstehen. Während meines langen Lebens bin ich viele Male enttäuscht worden und manches Mal auch hintergangen und verraten – doch deshalb niemandem mehr zu vertrauen, kann keine Lösung sein.«

»Was dann?«, wollte er wissen.

Sie lächelte. »Jemand *anderem* zu vertrauen.«

»Und du sprichst natürlich von dir.« Er schüttelte den Kopf. »Wer sagt mir, dass du nicht genauso bist wie Durwain? Auch er hat mir nie sein wahres Gesicht gezeigt, genau wie du.«

»Mein Gesicht mag eine Täuschung sein«, gab Alannah zu, »doch Beekas Gefühle sind es nicht. Das wirst du erkennen, wenn ich gegangen bin … und noch manches andere«, fügte sie hinzu, während sie ihn zurückließ und wieder zur Spitze des kleinen Zuges aufschloss.

3.

LOUNOR'HAI

»Ich mag nicht mehr! Bei Kolaraks Rüssel, ich hab die Schnauze so was von voll!«

Rammar schrie aus Leibeskräften, doch abgesehen von seinem Bruder bekam das Lamento niemand mit.

Noch immer waren die beiden in ihre Netze gewickelt – nur dass sie nun unter den Körpern zweier mächtiger Flugechsen hingen, die auf ihren ledernen Schwingen gen Süden flogen. Begleitet von einem ganzen Geschwader bis an die Zähne bewaffneter Echsenreiter. Und keine andere als Lady Aderyn selbst flog an ihrer Spitze.

Rammar war hundeelend zumute.

Nicht nur die Höhe machte ihm zu schaffen, über der er in den grob geknüpften Maschen hing. Der Flugwind zerrte beständig an ihm, und wann immer die Echse etwas fallen ließ, erwischte es den feisten Ork, der daraufhin nur noch lauter zeterte.

Schlimmer jedoch war die Ungewissheit.

Was würde die Drachenfrau mit ihnen anstellen, wenn sie das Ziel der Reise erst erreicht hatten? Immerhin hatte sie sie nicht in ihrem Kerkerpfuhl ersaufen lassen – ob die Orks nun allerdings ein gnädigeres Schicksal erwartete, würde sich erst noch zeigen.

Balbok schien das nicht zu interessieren. Er lag in seinem Netz wie in einer Hängematte, während die Echsen ihre Last durch die Lüfte trugen: zunächst noch über hügeliges, von Flüssen durchzogenes Ackerland und über kleine Wälder, dann über die ersten Vorboten der Berge, die sich in vereinzelten roten Felsen ankündigten. Das eigentliche Ziel der Echsenreiter jedoch war das Gebirge, das sich jenseits der Hügel wie eine gewaltige rote Wand abzeichnete. Schon an seinem ersten Tag in Anwar war es Rammar aufgefallen, aber ganz sicher hatte er nicht vorgehabt, jemals auch nur einen Fuß dorthin zu setzen …

Nun war es anders gekommen.

Vom Nordwind getragen, kamen die Flugechsen schnell voran. Eine ganze Einheit hatte Aderyn aufgeboten, um Enok und Alannah aufzuspüren – wenn die Drachenfrau sich etwas in den Kopf gesetzt hatte, dann konnte sie nichts und niemand mehr aufhalten, schon gar nicht zwei Orks, die völlig unverschuldet in diese missliche Lage geraten waren und ohnehin schon sehr viel mehr getan hatten, als irgendjemand von ihnen erwarten konnte.

Ein banger Blick nach unten zeigte Rammar, dass die Landschaft sich abermals verändert hatte. Sie war noch karger geworden, enge Schluchten durchzogen sie jetzt, die Rammar an zu Hause erinnerten, an die gute alte Modermark und ihre unwirtlichen Klüfte.

»Wach auf, Halbhirn, und sieh dir das an«, rief er seinem Bruder zu. »Da unten sieht es genauso aus wie in Torgas Eingeweiden.«

Balbok erwachte blinzelnd und rieb sich die Augen. Als er auf Rammars Aufforderung hin nach unten sah, hellten sich seine schmalen Züge sichtlich auf.

»Schau mal, Rammar! Da unten sieht es aus wie in Torgas Eingeweiden!«

Rammar rollte nur mit den Augen.

Und hoffte, dass die Reise bald zu Ende ging.

Aderyn hörte den fetten Ork dort unten in seinem Netz schreien, aber weder verstand sie, was er rief, noch interessierte sie sich dafür.

Ebenso wenig wie für das, was der andere Ork zu sagen hatte. Dass es eine Zeit gegeben hatte, da sie den hageren Unhold in ihr Schlafgemach gelassen hatte, erschien ihr jetzt geradezu absurd. Auch wenn sie zugeben musste, dass er auf diesem Gebiet unbestreitbare Talente besaß …

Doch das war vorbei.

Wenn die beiden ihr tatsächlich dabei helfen wollten, den falschen Kaiser wieder in ihre Gewalt zu bringen, sollte Aderyn das recht sein – wenn nicht, waren sie Ballast, den man jederzeit abwerfen konnte, und das im wörtlichen Sinn.

Nie zuvor war die Anführerin der Schwarzen Garden so weit nach Süden vorgedrungen, hatte sie die Roten Berge aus dieser

Nähe gesehen … die Frage war nur, warum ihr all dies dennoch so bekannt vorkam?

Warum hatte Aderyn das Gefühl, diese Berge, diese Täler und Schluchten schon einmal gesehen zu haben? Anfangs hatte sie es als bloße Einbildung abgetan, als einen Streich, den ihre Erinnerung ihr spielte. Doch je länger sie das tiefrot gefärbte, zerklüftete Land überflogen und je näher sie dem Ziel ihrer Reise kamen, desto stärker wurde das Gefühl, bis sie zuletzt gar der *Überzeugung* war, all das hier bereits zu kennen.

Und mehr noch, sie wusste plötzlich, wohin Dufanor der Verräter und die Elfin Alannah wollten!

Woher sie dieses Wissen hatte, begriff Aderyn selbst nicht. Wie eine nur halb verdaute Speise stieg es aus den Gedärmen der Vergangenheit empor. Die Späher ausschwärmen und das karge Land beobachten, es nach Spuren der Abtrünnigen absuchen zu lassen, war plötzlich nicht mehr notwendig. Über ihre Unterführer ließ Aderyn Signal geben, dass sie das Ziel der Mission nun kenne, und übernahm es selbst, dem Geschwader die Richtung zu weisen.

Auf ihren bizarren Reittieren schwenkten die Gardisten in den neuen Kurs ein und gingen tiefer. In pfeilartiger Formation fielen sie aus dem graublauen Himmel und folgten ihrer Kriegsherrin. Und in dem Augenblick, da Aderyn selbst in die Tiefe hinabstieß, dicht über den Körper ihrer Flugechse gebeugt, hatte sie eine Vision.

Es waren nur einzelne Bilder, die ihr durch den Kopf schossen, scheinbar zusammenhanglos und doch, das konnte sie in diesem Moment fühlen, von großer Bedeutung.

Ein Gewölbe in grünem Feuerschein.

Elfenblut und Drachenblut.

Und ein Pfuhl, der Leben schenkte.

4.

FRUUKOUDUM

»Und dies ist noch immer der richtige Weg?«

Unter Durwains Führung durchquerten die Gefährten eine schmale Schlucht – der Drachenmann selbst voraus, gefolgt von Alannah und ihrem Diener. Ihnen folgten die Wildwüchse, die sich um den zunehmend schwächer werdenden Enok kümmerten. Pyaras und seine Matrosen bildeten einmal mehr die Nachhut.

Seit Stunden wanderten sie durch tiefe, weglose Schluchten, die zu beiden Seiten von kargen, fast senkrecht aufragenden Felswänden begrenzt wurden. Darüber erhoben sich Türme aus rotem Gestein, die die Kräfte der Natur im Lauf unzähliger Zyklen den Bergen abgetrotzt hatten – nun standen sie dort als stumme Mahnmäler, bisweilen einzeln, dann wieder in Haufen, die wie riesige steinerne Wälder anmuteten.

So ursprünglich, dachte Alannah, mochte *amber* einst ausgesehen haben, bevor Miron und die Seinen hier angelangt waren, als das Land noch den Drachen gehört hatte und die Welt noch jung gewesen war. Jenseits der Barriere war davon nicht viel geblieben, doch hier in Anwar schien die graue Vorzeit noch fortzubestehen. Man konnte es an der Landschaft sehen und an der Vegetation, aber auch an den urweltlichen Kreaturen, die das Erbe der Drachen erkennbar in sich trugen, von den Flugechsen bis hin zu den großen Räubern, die die Wälder durchstreiften.

Für Alannah war es wie eine Reise in eine Vergangenheit, die so weit zurückreichte, dass selbst sie sich nicht daran erinnern konnte – anders als Durwain, der festen Schrittes voranging …

»Warum fragst du mich das?«, erkundigte er sich gelassen. »Befürchtest du, ich könnte euch in die Irre führen?«

»Die Erinnerung betrügt uns bisweilen. Und das Alter neigt aufgrund seiner langen Erfahrung bisweilen zur Überheblichkeit.«

Durwain ging weiter, über die Schulter warf er ihr jedoch einen bedeutsamen Blick zu. »Geht es hier wirklich um meine Kenntnis des Ortes?«, fragte er. »Oder um etwas anderes?«

»Der Kaiser hat dir vertraut«, entgegnete Alannah mit einem kurzen Blick auf Enok. »Und du hast ihn schlecht beraten.«

»Zu meinem Bedauern.« Durwain nickte. »Ich hielt einen schnellen und kraftvollen Schlag für den besten Weg, das Reich zu sichern und seine Feinde zu vernichten. Doch ich habe die Lage falsch eingeschätzt. Dass Aderyn uns eine Falle stellen würde, bei der ein guter Teil ihrer Soldaten den Tod finden würde, war nicht zu erwarten.«

»Wirklich nicht? Nach allem, was ich über diese Frau gehört habe, schreckt sie vor keiner Untat zurück. Und ich glaube auch nicht, dass sie es war, die euch diese Niederlage beigebracht hat, sondern deine Selbstüberschätzung. Deine Anmaßung, aufgrund deines langen Lebens alles zu wissen und alles vorhersehen zu können.«

Es waren harte Worte, aber Durwain widersprach nicht. Eine Weile lang ging er ihr schweigend voraus. »Du scheinst aus Erfahrung zu sprechen«, sagte er dann.

»Nicht nur die Jugend verleitet uns zu Fehlern, sondern bisweilen auch das Alter«, räumte sie ein. »Und je älter wir werden, desto schlimmer werden sie.«

»Vielleicht. Aber du solltest mich nicht unterschätzen, Priesterin.«

»Das klingt wie eine Drohung.«

»Nimm es als Versprechen.« Durwain blieb stehen und wandte sich zu ihr um. Von unter der zerschlissenen Kapuze seines Umhangs sahen seine Reptilienaugen sie durchdringend an. »Alles, was ich tue, dient dem Wohl des Reiches.«

»Das bezweifle ich nicht«, konterte sie. »Die Frage ist nur, ob es auch Enoks Wohl dient.«

Er hielt ihrem Blick stand, ging jedoch nicht auf den Vorwurf ein, sondern wandte sich wortlos um und setzte den Marsch fort.

Wie eine steinerne Schlange wand sich die Schlucht durch rotes Gestein, das seine Farbe im Tagesverlauf noch intensivierte. Zudem schienen die Felswände immer enger zusammenzurücken, bis sie einander fast berührten und es für die Gefährten kaum noch ein Durchkommen gab. Jeder andere wäre hier wohl umgekehrt, Durwain jedoch ging unbeirrt weiter – und jäh öffneten sich die Wände zu einem sich nach oben verbreiternden Felsenkessel, über dem ein fast kreisrunder Ausschnitt blutroten Abendhimmels zu sehen war.

»Wir sind am Ziel«, erklärte Durwain. Seine Stimme hallte durch das weite Rund.

»Dies ist der Eingang zur Zitadelle der Tiefe?«, fragte Kapitän Pyaras, der mit den Matrosen aufschloss. Die meisten von ihnen sanken nieder, erschöpft vom langen Marsch.

»Was davon übrig ist«, erwiderte der Drachenmann, auf das Felsgestein deutend, das sich am Boden des Kessels gesammelt hatte, so als hätte ein Erdbeben oder eine andere Naturgewalt es aus dem Berg gerissen und zu Tal geschmettert.

»Der Zugang ist verschüttet, wie sollen wir da hineingelangen?«, fragte Alannahs Diener Nemion.

Durwain hatte nur ein müdes Lächeln für ihn übrig. »Ich sagte es euch schon – wer den Weg nicht kennt, der wird ihn vermutlich niemals finden.«

Der Drachenmann ging einige Schritte um die Felsen und das Geröll herum, Alannah und den anderen bedeutete er, ihm zu folgen – und plötzlich tat sich ein Zugang in dem scheinbar planlos hingeworfenen Gestein auf, ein schmaler Spalt, der geradewegs hineinzuführen schien.

»Zauberei!«, entfuhr es Evan.

»Keineswegs«, widersprach Durwain. »Nur eine geschickte Täuschung unserer Augen.«

»Der Eingang war die ganze Zeit da, aber wegen der kreuz und quer liegenden Felsen kann man ihn erst sehen, wenn man die Perspektive wechselt«, stellte Alannah fest. »Diese Ansammlung von Felsgestein ist nicht so zufällig entstanden, wie es den Anschein haben soll.«

»Nein«, gab Durwain zu. »Es ist ein verdeckter Eingang zu einem geheimen Ort. Der Drachenkaiser selbst hat ihn mir einst gezeigt.«

»Curran selbst ist hier gewesen?«, fragte Enok. Erstmals schien er sich für etwas zu interessieren.

»In der Tat«, bestätigte Durwain nickend. »Von nun an wandelst du auf seinen Spuren.«

Die Gefährten legten eine kurze Rast ein, um ihre müden Glieder auszuruhen und sich ein wenig zu stärken. Dann, noch ehe die Dunkelheit ganz hereinbrach, nahmen sie die Fackeln, die sie noch im Wald aus mit Baumharz getränkten Lappen gefertigt hatten, und entzündeten sie. Dann folgten sie Durwain durch den Spalt ins Innere des Berges.

Dunkelheit umfing sie von einem Augenblick zum anderen, der Schein der Fackeln kämpfte mühsam dagegen an. Nach wenigen Schritten jedoch verbreiterte sich der Durchgang im Fels, und sie durchquerten einen Stollen, der schräg in die Tiefe führte und den eingestürzte Felswände geformt zu haben schienen. Dunkle, rund eine Elle durchmessende Öffnungen klafften im Gestein, aus denen ekelerregender, beißender Gestank drang.

»Was ist das?«, fragte Evan schnuppernd. Sein animalisches Erbe war Geruchsreize betreffend besonders empfindlich.

»Tod«, sagte Alannah nur, während sie lautlos an den Löchern vorüberglitt. »Seid leise und macht rasch!«

Die Wildwüchse beeilten sich, der Aufforderung nachzukommen. Einer nach dem anderen huschte an den Öffnungen vorbei, die ihnen wie dunkle Schlünde entgegenstarrten. Niemand sprach ein Wort, lediglich Drel entfuhr ein leises Pfeifen. Auch Pyaras und die Seinen stahlen sich an den steinernen Mäulern vorbei, einer nach dem anderen, bis hin zu Riek, der den Schluss bildete – und der Versuchung nicht widerstehen konnte, mit der Fackel in eine der Öffnungen zu leuchten …

Es ging so schnell, dass das Auge kaum folgen konnte.

Etwas stach aus der Tiefe, so lang und spitz, dass es auch als Schwertklinge hätte durchgehen können, und bohrte sich tief in Rieks Brust.

Der Seemann stand wie vom Donner gerührt. Die Fackel ließ er fallen, seine Arme hingen schlaff herab. Die Farbe seiner weit aufgerissenen Augen jedoch veränderte sich, wurde rot und blutunterlaufen.

»Riek!«, rief Pyaras entsetzt und wollte seinem Maat zu Hilfe kommen, doch in diesem Moment griffen lange, behaarte Fänge aus der Öffnung und packten den Seemann.

Betäubt von dem Gift, das der lange Stachel ihm verabreicht hatte, leistete Riek keine Gegenwehr. Mühelos zogen ihn die Fangarme kopfüber in die Öffnung.

Pyaras und zwei seiner Leute sprangen vor, wollten Rieks Beine packen und ihn festhalten, doch sie griffen ins Leere. Nur einen Lidschlag später war der Zweite Maat in der dunklen Röhre verschwanden, dem Schlupfwinkel einer fremden, mörderischen Kreatur. Keuchend und von Entsetzen geschüttelt starrte Pyaras auf seine Hände, die nur einen Augenblick zu spät gekommen waren …

»Höhlenspinnen«, sagte Durwain in die betretene Stille. »Ihr Gift ist tödlich. Ihr hättet ihn nicht mehr retten können.«

»Warum habt Ihr uns nicht gewarnt?«, wollte der Kapitän wissen, während er schreckensbleich von der Öffnung zurückwich. »Nun ist einer meiner Männer tot.«

»Weil sie bei meinem letzten Besuch noch nicht hier hausten«, gab der Drachenmann ohne Zögern zur Antwort. »Außerdem dürften diese Kreaturen unsere geringste Sorge sein. Im Inneren der Zitadelle lauern noch weitere Gefahren.«

»Welche?«, wollte Enok wissen.

»Das weiß ich nicht. Doch dein Urahn selbst warnte mich einst vor ihnen.«

Damit wandte er sich um und ging weiter, und schon nach kurzem Marsch erwartete die Besucher eine weitere Überraschung. Der Tunnel endete vor einer Pforte, die ganz und gar nicht mehr aussah, als hätte bloßer Zufall oder eine Laune der Natur sie geformt: Die Torflügel waren mit großer Kunstfertigkeit aus Stein gemeißelt worden …

»Das Tor zur Zitadelle«, flüsterte Alannah, und ein Raunen ging durch die Reihen ihrer Begleiter.

Die Elfin trat vor und hob ihre Fackel, ließ den flackernden

Schein über das jahrtausendealte Gestein gleiten und über die Zeichen, die darin eingraviert waren.

»Zwergenrunen«, stellte sie fest, worauf ihr Diener Nemion vortrat. In seinen bartlosen Gesichtszügen stand keine Überraschung zu lesen, eher ein Ausdruck tiefer innerer Zufriedenheit wie bei jemandem, der sich nach langer Vorbereitung endlich bewähren durfte.

»Es ist eine Warnung«, gab er laut bekannt. »Eine Warnung an alle Unwürdigen, diesen Ort nicht zu betreten, der Margoks Eigentum ist.«

»Margok«, stieß Enok hervor. »Also ist er ebenfalls hier gewesen, noch vor Curran.«

»Mehr noch, der Dunkelelf hat diesen Ort erbaut«, fügte Alannah hinzu, »und Zwerge aus der alten Welt halfen ihm dabei.«

»Aber ... zu meiner Zeit waren die *dwarvai* wenig mehr als primitive Kreaturen, die das Dunkel der Berge so gut wie nie verließen«, wandte Durwain ein. »Wie ist das möglich?«

Alannah lächelte matt. »Du solltest dich nicht blenden lassen von der Tatsache, dass die Töchter und Söhne der Tiefe erst spät ins Licht der Geschichte traten, um ihre eigenen Paläste zu errichten und Reiche zu begründen – herausragende Bergleute und Baumeister sind sie schon immer gewesen. Dies hat sich Margok wohl zunutze gemacht.«

»Aber ... warum weiß man in Anwar nichts darüber?«, wandte Enok berechtigterweise ein. »Warum kennt man in der neuen Welt keine Zwerge, wenn sie doch einst hier gewesen sind, und das vermutlich in großer Anzahl?«

»Vermutlich, weil niemals einer von ihnen diesen Ort wieder verlassen hat«, erwiderte Nemion düster. »Es würde Margok ähnlich sehen, jene zu hintergehen, die ihm dienten.«

Durwain nickte. »Doch trotz dieser Erkenntnis fürchte ich, dass wir umkehren und einen anderen Weg ins Innere finden müssen. Anders als bei meinem letzten Besuch ist die Pforte verschlossen, und ich vermag sie nicht zu öffnen. Nur Curran selbst kannte das Geheimnis.«

»Nur Curran selbst«, wiederholte Alannah, »sowie ein Nachkomme jener, die diesen Mechanismus einst erdachten.«

Damit verbeugte sich Nemion vor ihr, und in einer Geste, die so effektheischend und groß war, als hätte er sie sein Leben lang einstudiert, zog er unter seinem ramponierten Gewand einen Gegenstand hervor, den er die ganze Zeit über bei sich getragen zu haben schien.

Es war ein Schlüssel.

Er war fast so lang wie Nemions Unterarm, hatte eine schlicht gearbeitete Reite und einen gezackten Bart. Woher das Stück stammte, schien ein Geheimnis zu sein, das der Zwerg mit niemandem teilen wollte. Im flackernden Schein der Fackeln wandte er sich wieder der Pforte zu, fuhr mit der flachen Hand über das Gestein – und von einem Moment zum anderen wurde eine kleine Öffnung sichtbar, gerade so hoch, dass er sie noch gut erreichen konnte.

Mit einer routinierten Bewegung schob er den Schlüssel in die Öffnung. Weder er noch Alannah schienen darüber überrascht zu sein, dass er passte, die Wildwüchse jedoch sandten sich erstaunte Blicke, und die Seeleute begannen aufgeregt zu tuscheln, als alter Aberglaube wieder Nahrung erhielt.

Wenn der Zwerg den Schlüssel die ganze Zeit über bei sich getragen hatte, mehr noch, wenn er geahnt hatte, dass sein Weg ihn an diesen Ort führen würde, was bedeutete dies dann für sie? War es womöglich doch nicht nur bloßer Zufall gewesen, der sie in die neue Welt geführt hatte? Bestand womöglich doch noch Hoffnung für sie auf eine Rückkehr in die Heimat?

Vieles schien in dem Augenblick möglich zu sein, da Nemion den Schlüssel im Schloss drehte. Ein klickendes Geräusch erklang, das sich jenseits der Pforte fortzusetzen schien. Ein Rumoren war schließlich zu vernehmen, tief aus dem Inneren des Berges, dann ein Knirschen wie von einem gewaltigen Räderwerk, das sich nach einer Ewigkeit des Stillstands wieder in Bewegung setzte und ineinandergriff … und plötzlich zeigte sich inmitten der Pforte ein schmaler Spalt, der sich rasch verbreiterte.

Knirschend bewegten sich die gewaltigen steinernen Flügel auseinander, von einem uralten Mechanismus angetrieben. Der Schein der Fackeln beleuchtete die Torhälften und ließ die Runen darin geheimnisvoll schimmern, während sich in der Mitte eine gähnende Öffnung auftat.

Dahinter herrschte abgrundtiefe Schwärze.

Stumm und wie erstarrt vor Ehrfurcht warteten die Gefährten ab, bis die Pforte sich ganz geöffnet hatte. Dann traten sie vorsichtig näher.

Die Ehre, das Tor als Erster zu durchschreiten, überließ Alannah ihrem getreuen Diener.

Mit derselben feierlichen Miene, mit der er das Schloss geöffnet hatte, trat Nemion über die Schwelle. Die Fackel in seiner Hand vertrieb zaghaft die Dunkelheit, die jenseits des Tores herrschte. Alannah und Durwain folgten.

Zwei Obelisken schälten sich im flackernden Schein aus der Finsternis, die den Zugang zu einer aus Stein gehauenen Brücke säumten. Links und rechts davon herrschte undurchdringliche Schwärze, aber am Hall, den ihre Schritte verursachten, erkannten die Besucher, dass sie sich in einem gewaltigen Gewölbe befinden mussten.

»Dies«, flüsterte der Drachenmann, »ist die Zitadelle der Tiefe.«

Keiner von ihnen, nicht einmal Alannah, bemerkte, dass sie nicht allein waren in der Dunkelheit.

Dass leblose Augen sie heimlich beobachteten.

5.

KHUMNE'HAI

Etwas hatte sie hergeführt.

Nicht, dass Aderyn sich inzwischen bewusst daran erinnert hätte, vormals im Roten Gebirge gewesen zu sein. Doch die Sicherheit, mit der sie den Weg durch das Labyrinth der Felsentürme und

Schluchten gefunden hatte, ließ nur diesen Schluss zu. Mit traumwandlerischer Sicherheit hatte sie den Kurs der Flugechsen bestimmt – einen Kurs, der nicht nur in ihre Zukunft, sondern auch in dunkle Vergangenheit zu führen schien und der in einem weiten Felsenkessel geendet hatte.

Dort landeten sie und setzten ihren Weg zu Fuß fort, insgesamt fünfzig bis an die Zähne bewaffnete Gardisten und zwei Orks, die zwar nicht mehr in ihren Netzen gefangen, jedoch noch immer zu handlichen Ballen verschnürt waren. Lediglich die Beine waren frei, sodass die beiden aufrecht laufen konnten – an Flucht oder Verrat jedoch war nicht zu denken.

»Herrin«, wandte sich der Anführer der Gardisten unterwürfig an sie, »seid Ihr sicher, dass die Rebellen diesen Weg eingeschlagen haben? Auf diesem kargen Boden sind keine Spuren auszumachen …«

»Vertrau mir, Hauptmann, sie sind hier gewesen«, versicherte Aderyn.

»Aber hier ist doch nichts als Geröll«, wandte der Offizier ein, während er sich auf dem Grund des Kessels umblickte. »Von hier aus gibt es kein Weiterkommen.«

»Vielleicht ist es ja das, was wir denken sollen«, sagte die Drachenfrau, während sie den Haufen roten Gesteins umrundete, abermals einem Instinkt folgend, der seine Wurzeln tief in der Vergangenheit zu haben schien. Von einem Augenblick zum anderen wurde in dem scheinbar planlos übereinanderliegenden Gestein eine dunkle Öffnung sichtbar, breit genug, um sie und ihre Männer passieren zu lassen.

»Ein Spalt im Fels, nichts weiter«, war der Hauptmann überzeugt. »Ihr denkt doch nicht, dass …«

Aderyns vernichtender Blick brachte ihn zum Schweigen. »Doch, Hauptmann, genau das denke ich«, beschied sie ihm nickend. »Oder willst du etwa an mir zweifeln?«

»Na-natürlich nicht, Herrin. Verzeiht«, murmelte der Offizier und deutete eine Verbeugung an.

»Zwei Mann bleiben als Wache bei den Tieren zurück, der Rest kommt mit mir«, ordnete sie an, worauf die Männer Fackeln aus ihren Tornistern holten und sie entzündeten.

Auch dieser Anblick weckte bei Aderyn Erinnerungen, die nun plötzlich wieder zum Vorschein kamen, so als wären sie lange verschüttet gewesen, Bilder und Empfindungen aus einer längst vergangenen Zeit, die nun plötzlich wiederkehrten.

Starrende Augen.

Grünes Feuer.

Todesangst.

Dann Schmerz und das Gefühl, sich aufzulösen, sowohl im Körper als auch Geist …

»Was ist mit den Unholden, Herrin?«, wollte der Hauptmann wissen.

»Wir nehmen sie mit«, erwiderte Aderyn und gab Zeichen, die Orks von ihren Fesseln zu befreien.

»Das wurde auch langsam Zeit«, maulte Rammar und holte tief Luft. »Ich hatte schon langsam den Verdacht, du wolltest Rollbraten aus uns machen.«

»Das kann euch immer noch widerfahren«, erwiderte Aderyn mit warnendem Blick. »Falls ihr fliehen wollt, vergesst es gleich wieder, ihr würdet euch da drin hoffnungslos verlaufen. Und wenn ihr auch nur den Versuch unternehmt, irgendwelche Dummheiten zu machen, werden meine Leute euch mit Pfeilen spicken, verstanden?«

»*Korr*«, erwiderte der hagere Balbok und brachte es erneut fertig, dabei zu grinsen.

Aderyn verdrehte die Augen und wandte sich der dunklen Öffnung zu. Entschlossen zog sie ihre Klinge, dann ließ sie sich von einem der Gardisten eine brennende Fackel reichen. Mit Feuer und Schwert bewaffnet, trat sie ein und sah sich um.

Auch im Inneren deutete nichts darauf hin, dass dies etwas anderes war als eine zufällig entstandene Formation. Dennoch ging Aderyn weiter, folgte dem Tunnel in einen Stollen, den ebenfalls bloßer Zufall geformt zu haben schien und der dennoch weiter hinein ins Innere des Berges führte.

Ein triumphierendes Lächeln spielte um die reptilienhaften Züge der Drachenfrau. Nun wusste sie, dass die Bilder, die sie sah, keine Täuschungen waren und keine Einbildung, dass sie nicht dabei war, den Verstand zu verlieren.

Es war tatsächlich die Vergangenheit, die sie sah.

Ihre Vergangenheit.

Die Gardisten folgten ihr, ebenso wie die Orks, die mit vorgehaltenen Waffen in Schach gehalten wurden. Während Balbok kein Problem hatte, den schmalen Eingang zu passieren, musste Rammar sich mühsam hindurchzwängen, Stück für Stück für Stück …

»Verdammt«, maulte er, als er endlich durch war, »was für ein schäbiger Ort ist das hier? Mein Bruder und ich sind ja schon in manchem finsteren Loch gewesen, aber das hier spottet wirklich jeder …«

»Maul halten«, beschied ihm einer seiner Bewacher. Und da er seinen Worten Nachdruck verlieh, indem er den Ork mit dem Speer pikste, gab dieser tatsächlich Ruhe.

Allerdings nicht lange.

Als sie zu Aderyn aufschlossen, stand diese vor einer Anordnung eigenartig aussehender Löcher im Fels. Die Schwärze, die darin herrschte, war so zäh und undurchdringlich, dass das Licht der Fackeln dagegen keine Chance hatte.

Und auch diese Stelle kam der Drachenfrau bekannt vor.

»Bei Borsh dem Stinkfisch, was ist denn das?«, fragte Rammar und beugte sich vor, um in eine der Öffnungen zu lugen. »Dieser Gestank zieht einem ja die …«

Weiter kam er nicht, denn etwas schoss aus der Dunkelheit hervor – ein Stachel, so lang und spitz wie eine Schwertklinge, dazu sechs Fangarme, schwarz und haarig.

»Rammar!«, zischte Balbok und wollte zupacken, um seinen Bruder zurückzureißen, doch er war zu langsam. Der mörderische Giftstachel hätte sich in Rammars dicken Hals gebohrt, wäre nicht in diesem Moment eine Schwertklinge zur Stelle gewesen, die sowohl den Stachel als auch die Fangarme mit einem einzigen Hieb durchtrennte. Die Enden landeten zuckend auf dem Boden, die

Stümpfe, aus denen blau schimmerndes Blut quoll, zogen sich schlagartig zurück.

»Da-das war knapp«, stieß Rammar hervor. Sein Gesicht hatte eine bräunliche Färbung angenommen, seine Knie zitterten.

»Eine Höhlenspinne«, stellte Aderyn gelassen fest, während sie ihre besudelte Klinge säuberte. Tiefe Zufriedenheit erfüllte sie dabei. Nicht, weil sie mit ihrer blitzschnellen Reaktion dem fetten Trottel sein jämmerliches Leben gerettet hatte.

Sondern weil sie sich an die Tiere erinnert hatte, die in diesem Teil der Schlucht hausten und sie seit Jahrtausenden bewachten. Sie war tatsächlich schon einmal hier gewesen, vor langer, sehr langer Zeit.

Dies war der Ort, an dem einst alles begonnen hatte.

6.

NAMHAL'HAI ANN DORASH

Durwain hatte wieder die Führung übernommen.

Über die steinerne Brücke waren sie auf die andere Seite des gewaltigen Gewölbes gelangt, in ein System von Gängen und Stollen und von Säulen getragenen Treppenhäusern, das immer noch tiefer ins Innere der Roten Berge zu führen schien.

Die Art und Weise, wie die Bauten angelegt waren, die Formen der Durchgänge und die Muster, mit denen das Gestein hier und dort versehen war, ließen in der Tat den zwergischen Ursprung erkennen, auch wenn alles noch sehr viel rudimentärer und primitiver wirkte, als Alannah es aus jenen Epochen Erdwelts kannte, die sie selbst durchlebt hatte.

»Die Zwerge, die dies erbaut haben«, war Nemion überzeugt, »müssen in der Frühzeit meines Volkes hergekommen sein, noch vor der Gründung Gorta Ruuns. Damals lebten meine Ahnen abgeschieden von der Außenwelt und mieden jeden Kontakt, selbst zum

Elfenreich … doch wie es aussieht, stellten sie ihr Wissen und ihr Können in den Dienst des Dunkelelfen.«

»Womöglich«, meinte Enok, während er im Licht seiner Fackeln die mit großer Sorgfalt behauenen Wände betrachtete, »haben sie es ja nicht freiwillig getan.«

»Das ist anzunehmen«, stimmte Alannah zu. »Der Dunkelelf fand stets neue Mittel und Wege, anderen seinen Willen aufzuzwingen – oder sie mit falschen Versprechungen zu locken.«

Drel, der im flackernden Halbdunkel hinter ihnen ging, ließ ein Fiepen vernehmen.

»Was sagt er?«, wollte Alannah wissen.

»Dass ihm dieser Ort nicht gefällt«, gab Gullwyn zur Antwort, »und mir gefällt er ebenfalls nicht. Nichts als Steine und Dunkelheit, nirgendwo gibt es Licht oder Leben.«

»Ganz meine Meinung«, sagte Pyaras grimmig. »Ich hasse Orte wie diesen. Kein offener Himmel, kein weiter Horizont. Es kommt mir vor, als ob hier alles tot wäre.«

»Jetzt mag das so sein«, räumte Nemion ein, »aber es ist sicher nicht immer so gewesen. Um all dies hier zu erbauen, müssen viele meiner Brüder und Schwestern hier gewesen sein – Baumeister, Steinmetze, Bildhauer und noch viele mehr.«

»Und was ist aus ihnen geworden?«, fragte Enok.

»Wer weiß?«, fragte Evan leise. Der Gestaltwandler ging in gebückter Haltung neben ihm, so als wollte er sich jeden Augenblick in das Raubtier verwandeln. »Ich weiß nur, dass ich etwas wittere … Auf jeden Fall sind wir hier unten nicht allein. Irgendetwas ist dort im Dunkeln.«

»Er hat recht, ich fühle es auch«, pflichtete Alannah ihm bei. Im Lichtschein ihrer Fackel schickte sie Durwain einen fragenden Blick, doch der Drachenmann zuckte nur mit den Schultern.

»Ich weiß nichts von solchen Dingen«, versicherte er. »Mein letzter Besuch in diesen Katakomben erfolgte in Begleitung des Drachenkaisers selbst. Sollte es etwas geben, das hier unten sein dunkles Dasein fristet, hat es sich damals nicht gezeigt. Aber nicht mehr lange, dann haben wir unser Ziel erreicht …«

Das nächste Gewölbe, in das sie gelangten, war ein gewaltiger Schacht. Ob er natürlichen Ursprungs oder künstlich geformt war, ließ sich nicht sagen, aber eine kreisrunde Säule ragte in seiner Mitte auf, um die herum sich eine ins Gestein geschlagene Treppe in die Tiefe wand. Wie weit sie hinabreichte, ließ sich nicht erkennen, denn so weit reichte das Licht der Fackeln nicht. Aber ein unheimliches Flüstern schien aus dem dunklen Abgrund emporzudringen – oder war es nur das Rauschen der Luft, die durch die alten Kavernen strömte?

Über die steilen Stufen stiegen sie in die Tiefe – Durwain voraus, dann Alannah und Nemion, hinter ihnen Enok und seine Gefährten, schließlich Pyaras und seine Matrosen. Mit jeder Umrundung der gewaltigen Felsensäule ging es weiter hinab, und je weiter sie vordrangen, desto deutlicher ging ihnen auf, dass das Flüstern keine Täuschung war. Es waren tatsächlich leise Worte, die aus der Dunkelheit heraufdrangen – doch in welcher Sprache? Und was bedeuteten sie?

»Ich verstehe die Worte nicht«, musste Nemion zugeben. »Es scheint eine sehr alte Form von Zwergisch zu sein oder ein mir unbekannter Dialekt. Es könnte eine Warnung sein, oder ein Fluch.«

»Beides gefällt mir nicht«, meinte Enok.

»Dies ist der Ort, an dem Ihr geboren wurdet«, brachte Durwain in Erinnerung, »vergesst das nicht, Majestät.«

»Wie sollte ich, wenn Ihr mich laufend daran erinnert? Aber nur, weil ich von hier stamme, muss mir dieser düstere Ort noch längst nicht gefallen.«

Immer weiter ging es hinab.

Zu Beginn des Abstiegs zählte Gullwyn noch die Stufen, aber irgendwann gab er es auf. Es waren verdammt viele Stufen, die an der Säule entlang in die Tiefe führten, und einige der Seeleute äußerten schon die Befürchtung, die Treppe könnte *nirgendwohin* führen … Doch Durwain setzte den Abstieg unbeirrt fort und irgendwann erreichten sie den Grund des Schachts.

Gleich mehrere Gänge mündeten hier, doch Durwain entschied sich für den, der breiter und prunkvoller ausgestattet war als die bisherigen. Wenn diese Katakomben etwas wie einen Kern hatten, so schien dieser Stollen hinzuführen.

»Seht euch das an«, flüsterte Nemion, auf die kunstvollen Reliefs deutend, die die Wände säumten und grausige Kreaturen zeigten.

»Drachen«, stellte Alannah fest und erschauderte innerlich. Noch nie zuvor hatte sie so realistische Darstellungen von Feuerechsen gesehen – und war es nur eine Täuschung, für die der vorbeihuschende Fackelschein sorgte, oder bewegten sich die steinernen Monstren tatsächlich?

Die Elfin ermahnte sich zur Ruhe.

Im Grunde ging es ihr genau wie den anderen. Dieser Ort bedrückte sie und machte ihr Angst, zumal sie es stärker fühlte denn je: das Böse, das vor so langer Zeit an diesen Ort gekommen war und noch immer hier weilte; die Dunkelheit, die sie gespürt hatte, die sie in Träumen und Visionen verfolgte … Alannah wusste, dass sie ihr näher war denn je. Womöglich war sie auch der Ursprung des grausigen Flüsterns, das durch die jahrtausendealten Stollen geisterte …

Durch eine hohe Pforte, die diesmal weit offen stand, gelangten sie in ein Gewölbe, in dem sich kreisförmig angeordnete Säulen reihten. Die Decke, die sie stützten, war im spärlichen Lichtschein nicht zu sehen, doch im Zentrum des Säulenrunds befand sich ein steinernes Becken. Als die Gefährten sich näherten, sahen sie, dass es bis zum Rand mit einer rätselhaften Flüssigkeit gefüllt war. Zäh wie Honig lag sie in der gemauerten Umrandung, im Schein der Fackeln geheimmnisvoll schimmernd. Träge Blasen stiegen hin und wieder vom Beckengrund auf und zerplatzten an der Oberfläche.

»Was ist das?«, fragte einer von Pyaras' Leuten und wollte zu dem Becken eilen, um seine Hand hineinzustecken, doch Durwains kalte Reptilienhand hielt ihn zurück.

»Das würde ich dir nicht raten, Mensch«, beschied er ihm mit einem warnenden Blick.

»Warum nicht? Was ist das für ein Ort?«, wollte nun auch Enok wissen. Im Fackelschein, der seine faltigen Züge und sein ergrautes

Haar beleuchtete, sah er sich in dem Gewölbe um, blickte an den Säulen empor, die sich über ihm in der Dunkelheit verloren.

»Seltsam, dass Ihr fragt.« Durwain lächelte matt. »Dies ist der Ort, aus dem aus Currans Blut ein neues Wesen geboren wurde – Ihr, Majestät.«

»Hier?« Mit einer Mischung aus Unglauben und Abscheu sah Enok ihn an. »Ich hatte immer Angst davor, Euch danach zu fragen … aber was genau ist damals geschehen? *Wie* ist es geschehen?«

Einen endlos scheinenden Augenblick lang hielt Durwain seinem fragenden Blick stand. Schließlich wandte er sich dem Becken zu. »Jener Pfuhl dort«, eröffnete er, »enthält *apiron*. Den letzten Rest davon, der noch auf dieser Welt zu finden ist.«

»*Apiron?*«, hakte Alannah nach. »Ihr meint den Urstoff, von dem in der Chronik des Lebens berichtet wird? Aus dem die Welt und alles, was wir kennen, einst entstanden ist?«

»So ist es.« Der Drachenmann nickte.

»Und du … hast das die ganze Zeit gewusst?«, fragte die Elfin und sah ihn fassungslos an. »Wenn wahr ist, was du sagst, so ist dies der gefährlichste Ort der Welt, denn dem *apiron* wohnen Kräfte inne, die kein Gelehrter versteht und die weder Wissenschaft noch Magie kontrollieren kann. Die ungeheure Macht, die der Urstoff verleiht, verführt nur allzu leicht zum Bösen, deshalb ist das Wissen darum aus gutem Grund verboten, und das seit alter Zeit.«

»Der Dunkelelf hat sich um derlei Verbote nicht geschert«, erwiderte Durwain gelassen. »Wie er das *apiron* hier aufspüren konnte, ist mir nicht bekannt, aber er hat diesen Ort erbauen lassen, um es zu nutzen, wollte ihn vermutlich zur Basis seiner Macht erheben …«

»Das muss zu jener Zeit gewesen sein, da er sich noch Qoray nannte und dem Rat der Weisen von Shakara angehörte«, mutmaßte Alannah. »Schon damals hat er sich mit verbotenen Dingen befasst, aber mir war nicht bewusst, dass er in seinem Frevel so weit gegangen war …«

»Wie auch immer – es ist nie dazu gekommen. Aus Gründen, die wir nicht kennen, hat sich der Dunkelelf aus Anwar zurückgezogen und ist in die alte Welt zurückgekehrt. In der alten Feste Nurmorod im Dschungel von Arun hat er schließlich sein Domizil gefunden, wo Curran und ich ihm einst begegneten.«

»Das *apiron* ist unberechenbar«, erwiderte Alannah. »Vielleicht ist der Dunkelelf in diesen Gewölben auf etwas gestoßen, das sogar ihm zu mächtig war, weswegen er sie wieder verließ und das ganze Land mit einer Barriere versah, auf dass niemand es wieder betreten sollte ...«

»Mit Ausnahme jener, die er hierher verbannte, so wie Curran und die Seinen«, wandte Durwain ein.

»Aus denen später der Drachenkaiser und die Ewigen wurden«, folgerte Enok und sah seinen einstigen Berater fragend an. »Ich habe mich immer gefragt, wie es möglich war, dass sich Elfen und Drachen einst zu einer Art verbanden ...«

»In den alten Sagen heißt es, dass sich Drachen und die von Margok Verbannten zu einer gewaltigen Schlacht gegenüberstanden, die sie alle das Leben gekostet hätte«, berichtete Evan. »Doch in dem Augenblick, da Curran und Dragana, die Drachenkönigin, nach der die Hauptstadt benannt ist, sich zum tödlichen Kampf gegenübertraten, griff die Schöpfung ein und verband beide zu einem neuen Wesen ...«

»... dem Drachenkaiser«, vervollständigte Durwain. »Ich weiß, denn ich selbst habe dabei geholfen, diese Geschichte zu schreiben. In Wahrheit jedoch«, eröffnete er, auf das Becken mit dem brodelnden Urstoff deutend, »ist Enok nicht der Einzige, der diesem Pfuhl entstammt.«

»Ich ahnte es«, sagte Enok leise.

»Ich ebenso«, flüsterte Alannah.

»Auch ich bin ihm einst entstiegen«, bestätigte Durwain, »ebenso wie die anderen Mitglieder des Rates, einschließlich der verdorbenen Aderyn. Und hier war es auch, wo Curran und die Drachenkönigin einst verschmolzen sind und der erste Drachenkaiser geboren wurde. Über all die Jahrhunderte habe ich das Geheimnis gehütet.«

»Warum?«, fragte Evan verwirrt.

»Um das Wissen um das *apiron* zu bewahren«, antwortete Alannah an Durwains Stelle. »Du kanntest die Gefahren …«

»An die Stelle der Wahrheit habt Ihr eine Lüge gesetzt.« Enok sah seinen einstigen Mentor voller Vorwurf an. »Woher kenne ich das nur?«

»Ich habe es Euch gesagt, Majestät – um die Legende zu erhalten, würde ich so ziemlich alles tun«, gab Durwain zu. »Die Sage erzählt eine andere Geschichte, doch tatsächlich ist dies der Ort, an dem Elfen und Drachen zu einer neuen Art geworden sind. Es ist das Vermächtnis des Dunkelelfen, auch wenn er selbst wohl nie davon erfahren hat, seine letzte Schöpfung.«

»Keine Schöpfung«, widersprach Alannah. »Das Böse vermag niemals neu zu erschaffen, nur nachzuahmen und zu verändern. Der Dunkelelf war niemals etwas anders als ein Scharlatan, doch an diesem Ort entfesselte er etwas, das er nicht mehr kontrollieren konnte. Deshalb hat er die Finsternis sich selbst überlassen und ist geflohen.«

»Aber … wovor?«, fragte Enok leise. Für einen Moment hatte er den Eindruck, dass sich jenseits des Fackelscheins etwas in der Dunkelheit bewegte. Aber vermutlich gaukelten ihm seine erschöpften Sinne nur etwas vor …

»Das weiß ich nicht, noch nicht«, gab Alannah zu, während sie sich vorsichtig dem Rand des Beckens näherte. »Aber ich denke, dass dieser Ort sein Geheimnis schon sehr bald offenbaren wird.«

Sie hatte die vorderste der Säulen noch nicht erreicht, als etwas aus deren Schatten sprang.

Etwas, das eine totenbleiche Fratze hatte und Augen, aus denen jedes Leben gewichen war.

Und das im nächsten Moment angriff …

7.

TOSASH'HAI

Sie passierten die offene Eingangspforte, und erneut hatte Aderyn das Gefühl, dabei von ihrer Vergangenheit geleitet zu werden.

Vor dem unsteten Fackelschein warf ihre Gestalt einen langen Schatten auf die Brücke, die sich quer durch ein Gewölbe spannte, dessen wahre Ausmaße nur zu erahnen waren … und auch daran erinnerte sie sich nun, da sie all das wiedersah.

An die Obelisken, die den Zugang zur Brücke säumten.

An das ebenmäßige Muster im Gestein.

An die Dunkelheit.

Vor langer Zeit hatte sie diese Kluft bereits einmal überquert, und die Frage, warum sie sich erst jetzt wieder daran erinnerte, beunruhigte sie. Hatte ein Bann über ihr gelegen und sie bis jetzt daran gehindert, sich all dessen zu entsinnen? Oder hatte sie selbst es verdrängt?

Grünes Feuer.

Elfenblut.

Schmerz.

Die Erinnerungen waren stets dieselben, keine zusammenhängenden Gedanken, sondern nur Bilder und Eindrücke … und die Ahnung, dass all dies zusammenhing.

Ihren Leuten und den gefangenen Orks voran drang die Drachenfrau weiter in das ungewisse Dunkel vor. Schließlich gelangten sie zu einer gewundenen Treppe, die kunstvoll in das Gestein gehauen war und sich entlang einer gewaltigen Säule in schwarze, unergründliche Tiefe erstreckte.

»Da hast du dir ja ein lauschiges Fleckchen Erde ausgesucht«, grunzte der fette Rammar hinter ihr. »Bist du sicher, dass du da runtersteigen willst?«

»Warum nicht, Unhold?« Sie wandte sich mit einem vernichtenden Blick zu ihm um. »Hast du Angst?«

»*Douk*«, versicherte der Ork und schüttelte unwirsch das klobige Haupt. »Aber jeder *darr malash* kann sehen, dass etwas mit diesem Ort nicht stimmt.«

Aderyn schnaubte verächtlich. »Ich dachte, ihr Unholde mögt die Dunkelheit?«

»Die Dunkelheit stört mich nicht, aber der ganze Plunder hier sieht verdammt nach Hutzelbärten aus – *Zwerge*, wie ihr sie wohl nennen würdet. Und selbst mein bescheuerter Bruder weiß, dass die in diesem Teil der Welt eigentlich nichts zu suchen haben.«

»*Korr*«, stimmte Balbok zu. Sein schmaler Kopf pendelte zustimmend auf und ab.

»Und dann noch dieses Flüstern, das mir mächtig auf die *bhull'hai* geht …«

Aderyn hatte sich wieder abwenden wollen und den Rest des Lamentos einfach überhören, doch nun stutzte sie. »Was für ein Flüstern?«

»Hörst du das etwa nicht?« Mit der künstlichen Klaue machte Rammar eine kreisende Bewegung vor seinem linken Ohr. »Die ganze Zeit geht das schon so, das kostet mich noch den Verstand!«

»Der Verlust wäre überschaubar«, konterte Aderyn. »Aber wovon, verdammt noch mal, sprichst du?«

»Na, von diesen Stimmen! Das muss von irgendwo dort unten kommen, irgendjemand salbadert dort die ganze Zeit vor sich hin.«

»Und was sagt er?«

»Woher soll ich das wissen? Bin ich ein Hutzelbart?«

»*Douk*, bestimmt nicht«, gab Balbok die Antwort.

»Na also.« Rammar schnaubte.

Aderyn verzog das Gesicht, angewidert von so viel Dreistigkeit und Unfug, und ein Teil von ihr verlangte danach, die beiden einfach packen und in den Abgrund werfen zu lassen, damit endlich Ruhe war. Auf der anderen Seite beunruhigte sie das, was der feiste Ork behauptete. Vor allem deshalb, weil sie selbst nicht das Geringste vernahm …

Sie warf dem Hauptmann und seinen Gardisten einen fragenden

Blick zu, aber die schienen ebenfalls nicht zu wissen, wovon die Unholde sprachen. Das ließ nur zwei Schlüsse zu.

Entweder der dünne Faden, der den Verstand der beiden Orks bislang noch davor bewahrt hatte, vollends in den Abgrund zu rauschen, war soeben gerissen.

Oder aber die beiden würden sich bei aller Abneigung, die Aderyn für sie empfand, vielleicht doch noch als nützlich erweisen.

Aderyn begann den Abstieg. Und mit jeder Stufe, die sie hinabging, kehrten weitere Bilder zu ihr zurück, Eindrücke und Empfindungen aus einer längst entschwundenen Zeit.

Ein von Säulen getragenes Gewölbe.

Ein Pfuhl von grünem Feuer.

Augen in der Dunkelheit.

Und wieder war da auch Schmerz, eine Qual, die so überwältigend war, dass sie alles Begreifen überstieg, die jede Faser ihres Körpers durchdrang und ihr fast den Verstand raubte – und schließlich Befreiung.

Und plötzlich, als Aderyn ihren Fuß auf die nächste in den Fels gehauene Stufe setzte, erkannte sie die Wahrheit.

Es war nicht nur so, dass sie vor langer Zeit schon einmal hier gewesen war. Es war auch die Stätte, an der ihr Dasein als Elfin geendet hatte und sie zu etwas anderem geworden war.

Es war der Ort ihrer Entstehung.

8.

GLASH'DOK'DH

Die Kreatur war ein Zwerg.

Oder vielmehr das, was die lange Zeit und der dunkle Ort aus einem Krieger des Zwergenvolks gemacht hatten.

Das Gesicht war nur mehr ein Schädel, über dem sich fleckig graue Haut spannte, das Fleisch darunter längst verrottet. Die Augen, die aus den tiefen Höhlen starrten, waren pupillenlos und von milchig weißer Farbe. Der Mund des Kriegers war zu einem lautlosen Schrei geöffnet, der einstmals prächtige Bart zu braunen Zotteln verkommen. Das Kettenhemd über dem gleichermaßen verfallenen Körper war alt und rostig, ebenso wie der Helm, der auf dem kahlen Schädel saß; die Arme waren dürr und knochig und dennoch von einer widernatürlichen Kraft erfüllt, die ihn befähigte, Axt und Schild zu heben – und damit einen gefährlichen Ausfall vorzutragen.

Die Attacke galt Enok.

Auf seinen dürren Knochenbeinen warf der Zwerg sich nach vorn und schwang seine Waffe. Und da der Kaiser geschwächt war vom langen Marsch und von der Last des unnatürlichen Alterns, traf ihn der Angriff unerwartet.

Sein Schwertarm mit der Drachenklinge kam zu spät, um den wütenden Hieb noch abzuwehren. Das rostige Blatt der Axt verwundete ihn an der Schulter und schickte ihn zu Boden. Noch während er niederging, war der schreckliche Gegner bereits über ihm, um ein zweites Mal die Axt zu schwingen und sein Mordwerk zu vollenden – doch nun waren Enoks Leibwächter zur Stelle.

Drels sich schlagartig verlängernder Arm fuhr dem Angreifer in die Parade und fing die Waffe ab, ehe sie erneut niedergehen konnte. Fast gleichzeitig sprang Gullwyn vor und stieß mit der Harpune zu. Die mit Widerhaken versehene Spitze durchdrang das schäbige Kettenhemd des Zwergs und fuhr tief in seine Brust, und hätte dort noch ein Herz geschlagen, wäre es geradewegs durchbohrt worden. Doch das Herz des Zwergenkriegers war schon vor langer Zeit vergangen, eine andere, widernatürliche Kraft erfüllte ihn jetzt. Den Spieß des Fischmenschen in der hohlen Brust, wandte er seinen Blick in dessen Richtung, wobei seine Schädelfratze böse zu grinsen schien … doch schon einen Lidschlag später saß sein Kopf nicht mehr auf den Schultern.

Mit vernichtender Präzision hatte Alannahs Klinge den Untoten enthauptet. Der Schädel fiel zu Boden und rollte in die eine, der Helm in eine andere Richtung davon, und endlich brach auch der

Torso zusammen, verkam innerhalb von Augenblicken zu einem Haufen verfaulter Überreste.

»Was in aller Welt …?«, stieß Evan hervor.

»Ein *anmarvor*«, stellte Alannah fest. »Tot, und doch nicht tot. Und er hat sofort Enok angegriffen …«

Sie steckte ihre Klinge weg und bückte sich zu Enok hinab, der verwundet am Boden lag. Blut tränkte seinen Waffenrock in Höhe der Brust, die Axt des Untoten schien tiefer eingedrungen zu sein, als es zunächst den Anschein gehabt hatte. Mit einer Verwünschung, die eines Orks würdig gewesen wäre, stellte die Elfin fest, dass die Schlagader verletzt war. Blut trat stoßweise daraus hervor.

»Alannah«, flüsterte Enok und sah zu ihr auf, sein Blick war fiebrig und unstet. »Beeka …«

»Nicht sprechen«, schärfte sie ihm ein, während sie ihre Hände auf die Wunde presste. Doch sie konnte nicht verhindern, dass das Leben mit jedem Pulsschlag weiter aus ihm wich. Drel und Gully kamen heran, das Baumwesen pfiff traurig. Mit einer energischen Geste scheuchte Durwin sie beide weg und ließ sich Alannah gegenüber nieder.

»Du kannst ihm nicht helfen, nicht mehr«, stellte er klar. »Aber es gibt eine Kraft, die es kann.«

Der Elfin war klar, worauf er hinauswollte, ihr Blick wanderte hinüber zum Becken. Ihr war klar, dass dies der Ort war, dem der neue Drachenkaiser entsprang, dass er dem Pfuhl bereits einmal entstiegen war – und doch sträubte sich etwas in ihr dagegen, Enok erneut den Kräften auszusetzen, die darin wirkten. Sie ließen sich weder lenken noch kontrollieren, waren nicht Plan, sondern Chaos …

»Ein Bad kann ihn heilen, in jeder Hinsicht«, war Durwain überzeugt. »Sind wir nicht deshalb hergekommen?«

Sie hielt seinem fragenden Blick stand, eine Antwort blieb sie jedoch schuldig. Wieder sah sie auf Enok. Jede Farbe war aus seinen Zügen gewichen, sie wirkten grau und eingefallen, beinahe wie die des lebenden Toten. Seine Augen waren geschlossen, er hatte das Bewusstsein verloren. Die Lebenskraft verließ ihn mit jedem rasselnden Atemzug.

»Tu, was du tun musst«, erklärte Alannah schließlich und erhob sich, worauf der Drachenmann sich Enok auf die Arme lud und ihn mühelos hochhob. Im Fackelschein und unter den betroffenen Blicken der Gefährten trug er ihn zum Becken, bückte sich und ließ Enoks reglosen Körper mit dem Kopf voran hineingleiten – woraufhin er sofort versank. Die zähe, schimmernde Ursubstanz schloss sich um ihn, schien ihn geradewegs zum Grund des Beckens zu ziehen. Kaum war er verschwunden, begann das *apiron* aus seinem Innersten heraus zu leuchten – und von einem Moment zum anderen schlugen unirdisch grüne Flammen aus dem Becken, von denen jedoch keine Hitze ausging.

Margok!, schoss es Alannah durch den Kopf.

Der Dunkelelf hatte den Urstoff korrumpiert, um ihn für seine Zwecke zu entfremden ... Einem inneren Drang gehorchend, der von ihr selbst oder auch von Beeka stammen mochte, wollte sie Enok zu Hilfe eilen, aber Durwain hielt auch sie zurück.

»Es ist zu spät«, sagte er. »Du kannst es nicht mehr aufhalten!«

Alannah starrte auf die kalten Flammen, die über dem Becken loderten und die umgebenden Säulen mit geisterhaftem Schein beleuchteten. Ihr war klar, dass der Drachenelf recht hatte, dennoch wollte sie nicht einfach abwarten, bis ...

Plötzlich hallte ein gellender Schrei durch das Gewölbe.

Einer der alten Seemänner brüllte wie von Sinnen, schrie seine Angst und seine Panik laut hinaus. Denn im grün flackernden Lichtschein war zu sehen, wie sich etwas durch das Eingangstor näherte ... oder vielmehr jemand.

Noch mehr Knochengestalten mit rostigen Waffen.

Noch mehr graue, leblose Fratzen.

Noch mehr tote Augen.

9.

FUOM UR'SABAL

Aderyn hatte ihren Trupp haltmachen lassen.

Die Stimmen, von denen die Orks berichtet hatten, hatte sie nicht zu hören vermocht. Doch nun drang eine ganz andere Art von Geräuschen aus der dunklen Tiefe, die die Drachenfrau sehr wohl vernahm: helles Waffengeklirr und entsetzte Schreie.

Es musste bedeuten, dass die Elfin und der falsche Kaiser dort unten auf Widerstand gestoßen waren. Und wenn Aderyn darüber auch klammheimliche Freude empfand, verspürte sie doch kein Verlangen danach, in jenen Kampf verwickelt zu werden, zumal sie nicht einmal wusste, was für ein Feind es war, der dort in der Tiefe lauerte … Wieder durchforstete sie ihre Erinnerung, aber abgesehen von ein paar flüchtigen, dunklen Empfindungen fand sie nichts. Gerade so, als *wollte* sich ein Teil ihres Bewusstseins nicht an jene Dinge erinnern …

Über eine schmale Brücke hatten sie die große Wendeltreppe verlassen und waren zu einer ins Gestein getriebenen Galerie gelangt. Dort hatte Aderyn ihre Leute Posten beziehen lassen und einen Spähtrupp losgeschickt, der die umliegenden Hallen und Stollen erkunden sollte – nur einfach dem größten und prunkvollsten Stollen zu folgen, war ihr trügerisch erschienen. Tatsächlich war die Rückkehr des Trupps nun schon seit einer ganzen Weile überfällig.

Wie ein eingesperrtes Raubtier ging die Drachenfrau vor den in den Fels gehauenen Fenstern der Galerie auf und ab, hinter denen nichts zu sehen war als abgrundtiefe Schwärze. Vor ihr, auf dem nackten Steinboden, kauerten die beiden gefangenen Orks, Rücken an Rücken.

»Willst du dich nicht auch setzen?«, fragte Rammar. »Dein ständiges Rumgelaufe macht mich unruhig.«

»Was du nicht sagst, Fettwanst.« Aderyn schickte ihm einen giftigen Blick.

»Ich glaube, das war ein Fehler«, sagte Balbok unvermittelt. Und da er nur sehr selten etwas sagte, blieb sie stehen und sah ihn fragend an.

»Was meinst du?«

»Ich glaube, du hättest nicht hierherkommen sollen«, führte der hagere Ork weiter aus.

»Interessant. Und warum nicht?«

»Weil es gefährlich ist«, erwiderte Balbok und sah aus großen gelben Augen zu ihr auf. »Und weil du auf dich aufpassen solltest, wo du doch …«

Er verstummte, weil er plötzlich ihre Klinge an seinem dürren Hals hatte. Das Metall blitzte gefährlich im Fackelschein.

»Du solltest nicht über Dinge sprechen, von denen du keine Ahnung hast«, beschied sie ihm und verstärkte den Druck hinter der Klinge, sodass ein dicker Kloß Balboks Kehle hinauf- und wieder hinabwanderte.

»Verst…anden«, versicherte er, worauf sie die Klinge zögernd wieder senkte.

»In einer Hinsicht hat mein dämlicher Bruder aber recht«, bekräftigte Rammar. »Hierherzukommen war eine dämliche Idee, du solltest …«

»Schweig«, unterbrach sie ihn, als plötzlich Schritte zu vernehmen waren. Fackelschein kam den Stollen herauf, der Spähtrupp kehrte zurück. »Meldung«, verlangte Aderyn mürrisch vom Kommandanten – der ihr anstelle einer Antwort ein abgetrenntes Haupt entgegenstreckte.

Der Form und dem langen Bart nach hatte es einst auf den Schultern eines Zwergs gesessen, doch war es im Zustand fortgeschrittenen Verfalls begriffen. Das Fleisch war verschwunden, die verrottende graue Haut schien sich direkt über dem Knochen zu spannen. Die Augen waren weiß und blicklos.

Aderyn verzog angewidert das Gesicht. »Was für eine Kreatur auch immer dies gewesen sein mag, sie ist offenkundig schon seit langer Zeit tot.«

»Sie ist tot, seit ich ihr den Kopf von den Schultern getrennt habe«, entgegnete der Hauptmann atemlos. »Davor lief sie höchst lebendig umher und hat einen meiner Leute getötet – und ich fürchte, dass es hier unten noch sehr viel mehr von diesen Kriegern gibt. Sie sind tot und auch wieder nicht, so als würde ein Fluch oder was auch immer sie daran hindern zu sterben.«

Mit geweiteten Augen starrte Aderyn auf die grausige Trophäe. »*Anmarvor*«, flüsterte sie dabei.

Tot und doch auch nicht …

»Ich wusste es«, ächzte Rammar und raffte sich auf die kurzen Beine. »Das ist typisch für diese aufdringlichen Hutzelbärte. Selbst wenn man sie erschlägt, geben sie noch keine Ruhe.«

»*Korr.*« Balbok konnte sich in der Galerie nicht zu seiner vollen Größe aufrichten. »Glaubst du jetzt immer noch, dass es eine gute Idee war, an diesen Ort zu kommen?«

Aderyn atmete tief ein und aus, um sich selbst zur Ruhe zu zwingen, der Gestank der Verwesung stieg ihr dabei in die Nüstern. Die Schleier der Vergangenheit hoben sich für einen kurzen Augenblick, bruchstückhaft erinnerte sie sich.

Schreie in der Dunkelheit.

Ein Leuchten in der Tiefe …

In einem Anflug von Zorn packte sie das herrenlose Haupt an den stumpfen Haaren, riss es dem verblüfften Unterführer aus der Hand und schleuderte es durch eines der Fenster der Galerie hinaus in die dunkle Tiefe.

»Ich will nichts hören von Gefahren und untoten Wächtern, Hauptmann, ganz gleich, wie viele davon in diesen Hallen ihr Unwesen treiben! Ich will den falschen Kaiser!«

»Verstanden, Herrin«, schnarrte der Offizier gehorsam. Genau wie seine Männer gab auch er sich alle Mühe, sich das Grauen nicht anmerken zu lassen, das ihn bis ins Mark erfasst hatte.

»Wir werden auf dieser Ebene bleiben und einen anderen Weg hinunter suchen, an den Wächtern vorbei«, entschied ihre finstere Herrin. »Vielleicht nehmen mir die Untoten ja die Arbeit ab und schicken den Hochstapler und die Elfin dorthin, wo sie längst sein sollten.«

»U-und wenn nicht?«, fragte Balbok und schluckte abermals.

»Dann, meine verräterischen Freunde«, erwiderte Aderyn lächeln, »werdet ihr Gelegenheit erhalten zu beweisen, auf wessen Seite ihr tatsächlich steht.«

10.

ANN GOSHDA!

Die Rüstungen der Zwergenkrieger klirrten leise, auf ihren knochigen Lippen lag das unheimliche Flüstern, das die Gefährten bereits zuvor gehört hatten und das von altem Frevel und zukünftigem Verderben zu künden schien.

»Angriff! Drängt sie zurück!«, befahl Alannah und riss Pyaras und die Seinen damit aus der Schockstarre, in die sie beim Anblick der Untoten verfallen waren.

Unter Alannahs Schwertklinge sank erneut ein kopfloser Torso nieder, und im nächsten Moment war ein blutiges Scharmützel entbrannt … gleichwohl nur auf einer Seite des Kampfes tatsächlich geblutet wurde.

Was auch immer die Zwergenkrieger am frevlerischen Leben hielt, erfüllte sie mit erschreckender Schnelligkeit und Kraft. Gleich mehrere von Pyaras' Matrosen fielen unter den Hieben ihrer Äxte und Hämmer, dann endlich gewannen die Gefährten die Oberhand. Entermesser und Elfenklingen trafen auf stumpfes, rostiges Mordwerkzeug, das unter den Hieben zerbrach. Viele der Zwergenkrieger büßten Gliedmaßen ein, ohne die sie sich ihrer Gegner nicht mehr erwehren konnten, und wo immer ihre schädelhaften Häupter nicht mehr auf den Schultern saßen, endete ihr widernatürliches Dasein.

Hier, im dunklen Herzen der Zitadelle, spielte es keine Rolle mehr, aus welcher der beiden Welten jemand stammte. Dass sie gegen diesen unheimlichen Gegner nur bestehen konnten, wenn sie ihre Kräfte bündelten, leuchtete allen ein, und so kämpften sie Schulter an Schulter: Seeleute und Wildwüchse, Kapitän und Diener, Drachenelf und einstige Priesterin.

Fußbreit für Fußbreit Boden trotzten sie den unheimlichen Kriegern ab und drängten sie zurück zum Tor, dessen metallene Flügel weit offen gestanden hatten. Nun schlossen sie sie, die Wildwüchse von der einen, Pyaras' Matrosen von der anderen Seite. Es war ein mühsames Unterfangen, da von der anderen Seite weitere untote Krieger nachdrängten, aber die Gefährten ließen nicht nach – und endlich gelang es ihnen, das Tor zu schließen. Die dürre Gestalt eines Untoten wurde zerquetscht, als die beiden Hälften sich in der Mitte trafen. Rasch legten Alannah und Durwain den Riegel vor – und im nächsten Moment zeugten nur noch die Körper der Gefallenen und faulige Knochen von dem Gemetzel, das in der Halle getobt hatte.

Trügerische Ruhe kehrte ein.

Das Flüstern war verstummt, nur noch das heftige Atmen der Gefährten war zu hören und das Stöhnen der Verwundeten.

»Gut«, verkündete Durwain atemlos. »Meines Wissens ist dies der einzige Zugang. Nun kommt keiner mehr herein …«

»… und auch keiner mehr hinaus«, blubberte Gully und rollte mit den Fischaugen. »Im Gegensatz zu uns haben die da draußen sicherlich alle Zeit der Welt, um abzuwarten.«

»Darum kümmern wir uns später«, entschied Alannah. »Kapitän Pyaras, seht nach den Verwundeten und dann bewacht mit Euren Leuten das Tor. Und ihr«, wandte sie sich an die Wildwüchse, »sucht das Gewölbe ab, damit uns nicht noch mehr Überraschungen begegnen.«

»Verstanden«, bestätigte Evan. Der Kampf war zu kurz gewesen, als dass das Raubtier aus ihm hervorgebrochen wäre, aber seine Augen hatten einen animalischen Glanz.

»Ich fürchte, nun wissen wir, was aus meinen Brüdern damals geworden ist«, stellte Nemion beklommen fest. Alannahs Diener war kreidebleich und zitterte am ganzen Körper. Von seiner Selbstsicherheit und seinem Stolz war nach der unheimlichen Begegnung mit den Ahnen nichts geblieben.

»Womöglich ist das der Grund, warum Margok die Zitadelle damals verlassen hat«, mutmaßte Durwain mit tonloser Stimme.

»Hast du davon gewusst?«, fragte Alannah.

»Wäre es so gewesen, hätte ich dann die Tore offen stehen lassen?«, fragte Durwain mit undurchschaubarem Lächeln dagegen. »Ich fürchte, du hattest recht. Der Dunkelelf ist in diesen Katakomben wohl tatsächlich auf etwas gestoßen, das sogar noch dunkler gewesen ist als er ...«

In diesem Moment war ein dumpfes Pochen zu hören.

Das Eingangstor erbebte in seinen Angeln.

»Sie wollen wohl doch nicht warten. Sie rennen gegen die Pforte an«, rief Pyaras herüber.

»Wird sie halten?«

»Eine Weile vielleicht. Das Metall ist alt und rostig, also...« Er verstummte und überließ es der Elfin, sich den Rest dazuzudenken. Schleppende Geräusche drangen von jenseits des Tores und etwas, das sich wie ein Geifern anhörte.

Dann wieder ein dumpfer Schlag.

Alannah biss sich auf die Lippen, tauschte einen Blick mit Nemion. So hatte sich keiner von ihnen diese Expedition vorgestellt. Das Chaos griff bereits um sich ...

Ein Fauchen in ihrem Rücken ließ sie herumfahren.

Die grünen Flammen über dem Becken loderten höher, ihr Leuchten steigerte sich. Gleichzeitig hob sich die träge Oberfläche des *apiron*, so als wollte etwas sie von unten durchstoßen. Immer höher wölbte sie sich, gewann Form und Kontur, und die Umrisse eines Mannes zeichneten sich ab, der in diesem dramatischen Augenblick aus der rätselhaften Ursubstanz geboren zu werden schien.

Endlich gab sie ihn frei!

Die Flammen erloschen so plötzlich, wie sie aufgeflammt waren, und ließen das Gewölbe wieder in schummriges Halbdunkel sinken. Und aus dem Becken stieg Enok.

Seine zerschlissenen, verdreckten Kleider trug er noch immer, Schlieren von Urstoff rannen daran herab. Doch er selbst war offenbar ein anderer geworden: Verschwunden waren die Falten, die sich in sein Gesicht gegraben hatten, seine Haltung wieder die eines jungen Mannes. Neue Kraft schien ihn zu erfüllen und die Verzagtheit vertrieben zu haben. Sein schulterlanges Haar hingegen, das nass an seinem Kopf klebte, hatte jede Farbe verloren und war schlohweiß geworden, so als wollte es ihn mahnend daran erinnern, welchem vorzeitigen Schicksal er nur mit knapper Not entronnen war.

Von der Wunde in seiner Schulter war nichts mehr zu sehen; nicht nur, dass sie sich geschlossen hatte, sie war so narbenlos verheilt, als hätte es sie nie gegeben. Nur noch sein blutiger Rock zeugte davon.

»Enok!« Evan, Drel und Gully eilten zum Rand des Beckens, um den Freund zu begrüßen. Der Fischmann jubelte blubbernd, das Baumwesen stieß begeisterte Pfiffe aus, auch einige der Seeleute jubelten.

Es war ein hoffnungsvolles Signal in einer Lage, die eigentlich keine Hoffnung kannte. Alannah schickte Durwain ein zögerndes Lächeln.

Im spärlichen Fackelschein sah Enok sich um. Einen Moment lang hatte es den Anschein, als wisse er nicht, wo er sich befand, doch schon im nächsten Augenblick schien die Erinnerung zurückzukehren. Sein Brustkorb dehnte sich unter dem blutigen Rock in tiefen Atemzügen.

Evan reichte ihm zur Begrüßung die Hand, Drel legte einen Ast um seine Schultern, wie um zu signalisieren, dass er ihn niemals wieder loslassen wollte. Enoks suchender Blick jedoch galt nicht den Wildwüchsen …

»Die Elfin«, stieß er hervor. »Wo ist die Elfin …?«

»Ich bin hier.« Aus dem Halbdunkel trat Alannah zu ihm. »Wie fühlst du dich?«

Er nickte, blickte an sich herab, hob die Hände und ballte sie langsam, aber kraftvoll zu Fäusten. »Ich fühle mich jung und ausgeruht … ich bin geheilt.«

»Nicht geheilt, Majestät«, widersprach Durwain feierlich. »Ihr wurdet neu geboren.« Damit übergab er ihm die Drachenklinge, die er vom Boden aufgelesen und für ihn aufbewahrt hatte.

»Ich danke Euch«, sagte Enok und nahm die Klinge entgegen, »doch sollte es uns vergönnt sein, diese Katakomben wieder zu verlassen und den Thron von Dragana zurückzuerobern, so seid Ihr die längste Zeit mein Berater gewesen. Zu lange stand ich in Eurem Schatten. Es wird Zeit, dass ich meine eigenen Entscheidungen treffe.«

»Aber Majestät, ich …«

»Schweigt!«, fiel Enok ihm ins Wort. Der Ausdruck in seinen Augen ließ vermuten, dass das Bad im Urelement nicht nur seinen Körper gestärkt hatte, sondern auch seinen Geist, der nun reifer und entschlossener wirkte. »Ich will nichts hören von …«

Ein lautes Bersten erfüllte plötzlich das Gewölbe, so laut, als würden die Wände einstürzen. Das Flüstern der Untoten, die sich draußen vor dem Tor drängten, war plötzlich wieder in ihren Köpfen – und wurde zu lautem Geschrei!

»Das Tor gibt nach!«, rief Pyaras. »Sie kommen durch …!«

Wieder ein Krachen, noch lauter als zuvor – und man konnte sehen, wie jenseits des Fackelscheins etwas in Bewegung geriet. Im nächsten Moment flutete eine ganze Abteilung untoter Zwergenkrieger das Gewölbe, wankend, hinkend oder über den Boden kriechend …

»Bildet eine Verteidigungslinie!«, befahl Enok, während er die Drachenklinge zog und zum Tor stürmte, um Kapitän Pyaras und seine Leute zu unterstützen. »Wir werden unsere Haut so teuer wie möglich verkaufen!«

Die Wildwüchse schlossen sich ihm an, nur Nemion und ein paar Matrosen zögerten. Ihr fragender Blick ging zu Alannah. »Los doch, worauf wartet ihr?«, rief sie ihnen zu. »Tut, was der Kaiser sagt!«

Der Kampf um das Tor war in vollem Gang. Zu Hunderten drängten die Untoten aus dem Dunkel heran, und womöglich wären die Reihen der Verteidiger rasch ins Wanken gekommen, wäre da nicht Enok gewesen, der wie ausgewechselt war.

Von neuer Kraft erfüllt, schwang der Drachenkaiser die gezackte Klinge und enthauptete einen Angreifer nach dem anderen, während Alannah auf der anderen Flanke kämpfte. Auch die Seeleute fochten, so gut sie es vermochten, verteidigten sich mit ihren Entermessern und dem Mut der Verzweiflung gegen die Armee des Grauens.

Die Rüstungen der Untoten waren alt, ihre Bewegungen langsam. Doch ihre schiere Anzahl und ihre Gleichgültigkeit gegenüber dem Tod, den sie schon vor langer Zeit gestorben waren, machten die Zwergenkrieger dennoch zu furchtbaren Gegnern, und immer wieder fanden die rostigen Spitzen ihrer Spieße und die schartigen Blätter ihrer Äxte ihr Ziel, bohrten und gruben sich in lebendes Fleisch.

Nemion, der auf Alannahs rechter Seite kämpfte, schrie gequält auf, als eine Klinge seinen Schwertarm durchbohrte. Die Elfin packte ihn an der Schulter und zog ihn zurück, stellte sich schützend vor ihn. Beidhändig führte sie die Klinge und enthauptete den Untoten, der dem armen Nemion so zugesetzt hatte. Aber schon waren weitere Krieger zur Stelle, um seinen Platz einzunehmen, hieb dutzendfach rostiger Stahl nach ihr.

»Es … sind zu viele, Herrin!«, stieß Nemion hervor, während er einen Ärmel seines Rocks abriss, um die Wunde notdürftig zu verbinden. »Wir können sie nicht aufhalten!«

»Unsinn!«, erwiderte Alannah. In einer kreisenden Bewegung ließ sie ihr Schwert niederfahren und spaltete einem Angreifer Helm und Haupt, doch der Gegner drang weiter auf sie ein – erst ein Raubtier, das mit einem weiten Sprung heransetzte und dem Untoten das lädierte Haupt von den Schultern riss, beendete seine widernatürliche Existenz.

»Danke«, stieß Alannah hervor und nickte dem Evanwolf zu, der sich mit animalischer Wildheit bereits auf den nächsten Gegner stürzte. Seine rohe Attacke trug Chaos in die Reihen der Untoten. Ein Wulst aus ihren Überresten bildete sich, den sie nicht ohne Weiteres überwinden konnten, ihr Vormarsch geriet ins Stocken, und eine kurze Kampfpause entstand.

Enok nutzte sie, um die Linie der Verteidiger neu auszurichten, Alannah sah rasch nach ihrem Diener, der am Rand des Beckens auf dem Boden kauerte. Nemion biss tapfer die Zähne zusammen, als sie ihm half, das Stück Stoff um seinen Oberarm zu binden und festzuzurren.

»Wird es gehen?«

»Natürlich.« Der Zwerg nickte – und schickte ihr einen durchdringenden Blick. »Aber Ihr wisst so gut wie ich, wie das hier enden wird, oder?«

»Das ist noch nicht gesagt.« Sie schüttelte den Kopf. »Ich habe es nicht in meinen Visionen gesehen.«

Nemion lachte leise auf. »Herrin, Ihr müsst mich nicht trösten. Ich weiß, wie es sich mit Visionen verhält ... es gibt verlässlichere Wege, in die Zukunft zu sehen.«

»Und?«

Er hielt ihrem forschenden Blick stand. »Wir müssen realistisch sein. Und Ihr wisst, was das bedeutet.«

»Nein.« Sie schüttelte den Kopf. »Es muss einen anderen Weg geben. Wir haben Enok nicht gerettet, um ...«

»Es gibt keinen«, widersprach der Diener. »Ich weiß das, und Ihr wisst es ebenso. Es ist unsere einzige Chance..«

»Vielleicht, aber ...« Sie zögerte. Ihr Blick ging zum Tor, wo sich die Untoten neu formierten. Und aus dem dunklen Stollen war schon wieder das Klirren von Waffen und Rüstungen zu vernehmen. Die nächste Abteilung marschierte heran ...

»Bitte, Herrin«, beharrte Nemion. Mit der unbeeinträchtigten Hand griff er unter seinen blutbefleckten Mantel, um einen Gegenstand hervorzuholen, den er dort verstaut hatte. »Zögert nicht, ich flehe Euch an. Nicht nach allem, was wir dafür auf uns genommen haben.«

Alannah schürzte nervös die Lippen, während sie in ihrem Inneren verzweifelt um einen Entschluss rang.

»Einverstanden«, stieß sie schließlich hervor und streckte die Rechte aus, »gib mir den ...«

Plötzlich veränderte sich etwas.

Lichtschein fiel plötzlich ein, geradewegs von oben, aus dem bislang in Schwärze verborgenen Scheitel der Kuppel Reflexhaft sah Alannah hinauf.

»*Achgosh-douk*, da unten«, rief eine bekannte Stimme, die von den Wänden widerhallte – und ein klobiger, nur allzu vertrauter Schädel erschien in der kreisrunden Öffnung.

11.

BALOSH

Über das steinerne, hüfthohe Geländer gebeugt, das die rund zwei Orklängen durchmessende Öffnung umgab, spähte Rammar in die Tiefe. Sein dunkles Herz machte einen Sprung, als er dort unten Enok erblickte, der wieder jung und frisch aussah und von seinen Verwundungen genesen … und es machte noch einen zweiten, wenn auch sehr viel kleineren Sprung dafür, dass es auch der Elfin gut zu gehen schien. Den Drachenkopf dagegen hätte Rammar nicht unbedingt wiedersehen müssen, aber auch er tummelte sich dort unten, zusammen mit den Wildwüchsen und Pyaras' Seeleuten.

Und ihnen allen war eines gemeinsam, dass sie bis zum Hals im *shnorsh* steckten …

»Rammar!«, rief Enok hinauf, der als Erster die Sprache wiederfand. »Bin ich froh, dich zu sehen!«

»Und ich erst, Kleiner, das kannst du mir glauben.«

»Ist Balbok auch da?«

»*Korr*«, bestätigte der Hagere und schob seinen *klogosh* ebenfalls über den Rand der Brüstung. »Huhu«, machte er grinsend und winkte hinab, wofür Rammar ihm einen harten Rippenstoß versetzte.

Alannahs Freude hingegen schien sich in Grenzen zu halten.

»Wie seid ihr hierhergekommen?«, wollte sie wissen. Unverhohlener Argwohn schwang in ihrer Stimme mit.

»Wie wohl? Durch die Luft natürlich – oder denkst du, wir wären den weiten Weg von der Hauptstadt hierher zu Fuß gelatscht?«

»Dann seid ihr Aderyn entkommen?«, fragte Enok hoffnungsvoll.

»Könnte man behaupten.« Rammar nickte beflissen. »Jedenfalls wird uns das Drachenweib nicht mehr behelligen, wenn das alles hier vorüber ist.«

»Ihr kommt genau im rechten Augenblick!«, blubberte Gullwyn aufgeregt herauf. »Wir sitzen hier in der Falle!«

»*Korr*, wegen der Hutzelbärte, die nicht einsehen wollen, dass sie schon lange tot sind.« Rammar nickte. »Aber keine Sorge, wir werden euch hier schon rausholen, einen nach dem anderen – und mit Enok fangen wir an.«

»Wie denn?«, wollte dieser wissen.

Statt zu antworten, gab Rammar ein Zeichen, worauf ein langes Seil hinuntergeworfen wurde, dessen Ende zu einer Schlinge geformt war.

»Damit«, erklärte er. »Leg dir das Ding um, dann ziehen wir dich damit hoch!«

»Verstanden«, bestätigte Enok, »aber wir fangen besser mit den Verwundeten an, sie …«

»*Douk*«, schnitt Rammar ihm energisch das Wort ab. »Tu, was ich sage, verdammt noch mal. Du machst den Anfang und niemand sonst.«

»Warum?«, wollte jetzt Alannah wissen.

Rammar verdrehte die Augen.

Verflixtes Elfenweib …

»Warum nicht?«, fragte er dagegen.

»Vielleicht, weil ich dir nicht traue?«

Er lachte freudlos auf. »Ich traue dir auch nicht über den Weg, Elfin, das ist völlig normal. Aber in diesem Fall brauchst du dir keine Sorgen zu machen, *korr*? Ist genau wie damals in Shakara, als wir dich befreit haben.«

»*Korr*, genau so«, pflichtete Balbok nickend bei.

»Verstehe«, sagte Alannah und schien kurz nachzudenken. »Komm doch einfach herab«, schlug sie dann vor. »So kann ich sicher sein, dass ihr euch nicht mit Enok aus dem Staub macht und uns anderen hier unten verrotten lasst, wenn er erst in Sicherheit ist.«

»So was von misstrauisch«, maulte Rammar. »Aber schön, wie du willst. Ich komme zu euch runter und dann …«

Er unterbrach sich, als er blanken kalten Stahl in seinem Rücken fühlte.

Aderyn …

»Wohl eher doch nicht«, gab er bekannt und winkte ab.

»Warum nicht?«

»Mein Rücken schmerzt«, sagte Rammar – und das war noch nicht einmal gelogen.

Alannah nickte. »Na schön«, rief sie dann herauf, dass ihre Stimme von den Wänden des Gewölbes widerhallte. »Dann richte Lady Aderyn Grüße von mir aus – und dass sie es schon etwas schlauer anstellen muss, wenn sie eine Tochter Sigwyns in die Irre führen möchte!«

»Es war nicht meine Idee, sondern die des Orks«, entgegnete Aderyn und trat an die Brüstung, um sich zu zeigen, »aber einen Versuch war es immerhin wert.«

»So lernen wir uns also endlich persönlich kennen«, erwiderte Alannah.

»So ist es. Elfenpriesterin, Zauberin, Königin und Verräterin an ihrem Volk – deine Laufbahn ist in der Tat beeindruckend«, entgegnete Aderyn. »Die Unholde haben mir alles über dich erzählt.«

»Und ich weiß aus derselben Quelle, dass gerade du niemanden des Verrats bezichtigen solltest, Ahnin«, konterte Alannah.

»Du fühlst es also auch?«

»In der Tat. Wir beide stammen aus unterschiedlichen Zeiten, aber vom selben Blut, sind Nachkommen Sigwyns. Und ich schäme mich dafür.«

»Nur zu – in diesen Kategorien denke ich schon seit ein paar Tausend Zyklen nicht mehr«, konterte die Drachenfrau. »Für mich zählt nur der Sieg, und dem bin ich in diesem Augenblick sehr viel näher als du. So wie ich es sehe, Nachkommin, sind deine Handlungsoptionen sehr beschränkt. Also gib den Hochstapler heraus, der sich fälschlicherweise Kaiser nennt!«

»Und wenn ich es nicht tue?«

»Dann werde ich zuerst die beiden Unholde töten, und anschließend wird auch der Rest von euch sterben, denn ihr könnt die elende Zwergenbrut nicht aufhalten. Schon bald werden es so viele sein, dass sie euch überrennen, das weißt du so gut wie ich. Liefert ihr Enok hingegen an mich aus, überlasse ich euch das Seil, und ihr könnt euch retten …«

Zustimmende Rufe wurden unten laut, Pyaras' Leute machten deutlich, dass sie diese Chance zu überleben nutzen wollten.

»Na schön«, rief Enok wütend und war schon dabei, das Seil zu ergreifen, »Ihr sollt haben, was Ihr verlangt, wenn meine Leute dafür …«

»Nein!«, widersprach Durwain. »Glaubt ihr kein Wort, Majestät! Aderyn ist voller Rachsucht, sie wird keinen von uns am Leben lassen, ganz egal, was geschieht!«

Waffengeklirr war von unten zu hören, dazu heisere Schreie.

»Sie greifen erneut an!«, rief jemand panisch.

»Nun?«, fragte Aderyn höhnisch hinab. »Wie steht es, Majestät?«

Enoks Blicke wanderten zwischen ihr und dem Tor hin und her, wo sich inzwischen ein Wall von Knochen türmte und Pyaras und seine Leute die Untoten in Schach hielten.

Die Frage war, wie lange noch …

»Es sei!«, rief er und ergriff das Seil.

»Nein!«, schrie Durwain entsetzt. »Als Euer Berater …«

»Das seid Ihr längst nicht mehr«, beschied ihm der junge Kaiser und legte sich die Schlinge um.

Aderyn stieß einen spitzen Triumphschrei aus und wies ihre Leute an, ihn heraufzuziehen. Das Seil spannte sich und Enoks Füße hoben vom Boden ab.

Mit einem Satz sprang Alannah vor, ihr Schwert hoch erhoben, um das Seil zu durchtrennen und Enoks Opfer zu verhindern – doch Aderyn hatte damit gerechnet.

»Jetzt!«, gab sie ihren Leuten den Befehl. Rammar wurde von

vielen Händen gepackt, hochgehoben und kopfüber in den Abgrund geworfen!

In der Aufregung hatte er nicht bemerkt, dass man das Seil um eine Säule gewickelt und das andere Ende um sein linkes Bein geschlungen hatte. Auf diese Weise betätigte er sich unfreiwillig als Gegengewicht: Während er in die Tiefe stürzte, wurde Enok mit einem Ruck emporgerissen, außer Reichweite von Alannahs Klinge und hinauf zum Scheitelpunkt der gewölbten Decke, wo sich die Öffnung befand.

»Nun bist du mir doch noch nützlich gewesen, fetter Ork«, rief Aderyn Rammar hinterher. »Wenn auch nur als Ballast!«

12.

TUDOK ANOCHG TOUL

Rammar schrie aus Leibeskräften.

Innerhalb eines Lidschlags wurde Enok an ihm vorbei in die Höhe gerissen, während es für den Ork lotrecht in die Tiefe ging. Dass er Glück im haarsträubenden Unglück hatte, begriff er erst, als sein halsbrecherischer Sturz nur wenige Handbreit über dem Boden endete – Enok war offenbar oben angekommen.

Rammars Geschrei verstummte jäh, als er in der Luft verharrte, schon wieder kopfüber hängend, wenn auch diesmal nur an einem Bein.

Ein Augenblick banger Stille trat ein.

Dann ein reißendes Geräusch, gefolgt vom hämischen Gelächter Aderyns, und Rammar schlug auf dem Grund des Gewölbes auf.

Seine Körpermasse sorgte dafür, dass er einigermaßen weich landete, gleichwohl er sich den Rüssel stauchte. Sein Schrei ging in näselndes Lamento über, das abermals verstummte, als das losgeschnittene Seil auf seinen Schädel prasselte.

»*Shnorsh* noch eins, nun habe ich aber genug!«, donnerte er hinauf. Er packte das Seil und wollte es von sich werfen, doch da das andere Ende noch um sein Bein gewickelt war, verhedderte er sich darin, und es sah aus, als würde er gegen eine Schlange kämpfen. Alannah kam ihm zu Hilfe, worauf er sich auf die kurzen Beine raffte und sich mit wütend rollenden Augen umblickte. Nicht nur sein Rüssel war verletzt, sondern auch seine Würde, und am liebsten hätte er auf der Stelle jemanden dafür bluten lassen, und das im wörtlichen Sinn.

Dummerweise waren die Gesichter, in die er blickte, die seiner Verbündeten.

Auch wenn diese das im Moment wohl anders sahen …

»Wie konntest du nur?«, warf Alannah ihm vor. Ihre Miene war verkniffen, die Arme hatte sie ablehnend vor der Brust verschränkt.

»Ich freue mich auch, dich zu sehen, Elfin«, grunzte er.

»Was hat dich dazu gebracht?«, wiederholte sie voller Verachtung. Auch ihr Zwergendiener, der am Arm verletzt war, betrachtete ihn mit unverhohlenem Misstrauen.

»Was hat was?«, fragte Rammar gereizt, seinen noch immer schmerzenden Rüssel reibend. »Wovon, zum Stinkfisch, redest du?«

»Wovon wohl? Davon, dass du Aderyn alles verraten hast! Dass du *uns* verraten hast!«

»Moment mal, Elfin, ich habe *gar nichts* verraten«, behauptete Rammar. »Selbst als wir kopfüber in diesem Höllenschlund gehangen haben, kam nicht ein einziger Laut über meine Lippen!«

»Verstehe.« Alannah schnaubte. »Mit anderen Worten, du hast ihr alles haarklein berichtet, um deine grüne Haut zu retten.«

»Was sollte ich denn sonst tun?« Der Ork sah sie an. »Dem Langen stand das Wasser doch schon bis zum Hals – und zwar verkehrt herum, wenn du weißt, was ich meine.«

»Und du hast ihr angeboten, für sie zu arbeiten?«

»Nur zum Schein! Sonst hätte sie den Langen und mich doch nicht mitgenommen.« Rammar nickte voller Überzeugung. »Außerdem habe ich dir doch zu verstehen gegeben, wie die Dinge in Wahrheit liegen, oder etwa nicht?«

»Als du sagtest, dass ihr mich damals aus Shakara *befreit* hättet?«

»Kluges Mädchen. Denn eine Befreiung ist es ja nun nicht gewesen …«

»Nur zu wahr«, bestätigte Alannah. »Du willst also behaupten, dass all das hier«, sie machte eine fahrige Bewegung mit der rechten Hand, »einem Plan folgt?«

»Worauf du einen lassen kannst.«

»Was für ein Plan soll das sein?«, fragte Nemion nicht ohne Vorwurf. »Der Kaiser befindet sich in der Hand des Feindes!«

»Er ist schon mal aus diesem finsteren Loch raus, oder nicht? Und die halb toten Hutzelbärte können ihm nicht mehr gefährlich werden.«

»Nun, das ist … wahr. Und du … du hast wirklich einen Plan?«, fragte Alannah zweifelnd.

»Das hättest du Rammar dem Schrecklich Rasenden wohl nicht zugetraut, was?« Der Ork grinste breit. »Ihr müsst euch keine Sorgen um den Grünling machen, Balbok ist schließlich auch noch da. Das Drachenweib hat eine Schwäche für ihn, und …«

»Nein!«, gellte in diesem Moment von oben herab ein entsetzter Schrei durch das Gewölbe – es war Enoks Stimme!

Und im selben Moment konnte man erkennen, wie eine hagere Gestalt aus der runden Öffnung geworfen wurde und geradewegs in die gähnende Tiefe stürzte, mit den langen Gliedern hilflos strampelnd.

Balbok!

»Diese Schwäche hat Aderyn wohl überwunden«, bemerkte Alannah.

Für Balbok ging es steil bergab.

Bis zuletzt hatte er nicht glauben wollen, dass Aderyn ihn in Kuruls Grube stoßen würde, schließlich hatte er damals beim Kampf um den kaiserlichen Palast auch ihr Leben verschont, und das aus gutem Grund. Aber die Drachenfrau schien solche Bedenken nicht zu hegen und hatte ihn kurzerhand über die Brüstung werfen lassen.

Selbst jetzt, da er mit Armen und Beinen rudernd kopfüber in die Tiefe stürzte, konnte der Ork nicht fassen, dass sie das wirklich getan hatte. Doch das höhnische Gelächter der Gardisten, die ihn in das dunkle Loch befördert hatten, ließ daran keinen Zweifel.

Es war vorbei.

Die gelben Augen vor Entsetzen weit aufgerissen, sah Balbok den von Fackelschein beleuchteten Boden heranfliegen, und obwohl der Sturz in Wahrheit nur Augenblicke dauerte, schien sich die Zeit zu dehnen wie ein Gnomendarm.

Balbok sah Pyaras und seine Seeleute am Tor gegen die Untoten kämpfen; er sah Gullwyn und den Evanwolf, Durwain und Beeka (auch wenn sie im Moment eine andere war) und natürlich Rammar, der ihn niemals wieder einen *umbal* heißen würde, wenn das hier das Ende war …

Der Boden flog heran.

Balbok kniff die Augen zu, bereit für den Aufschlag, der ihm das Genick brechen würde … als er in der Luft plötzlich auf Widerstand stieß.

Etwas fing ihn auf wie ein schützendes Nest und federte den Aufprall auf dem Boden ab, der im nächsten Moment erfolgte. Er war noch immer hart, sodass Balbok seine Knochen knacken hörte und sich heftig den Schädel stieß. Heftiger Schmerz durchzuckte ihn und sein Bewusstsein flackerte für einen Moment wie eine Kerze im Wind, aber weder brach er sich das Genick noch sonst etwas. Stattdessen fand er sich auf dem Boden liegend wieder, stöhnend, weil ihm alles wehtat, aber noch ziemlich munter. Ein Gesicht erschien über ihm, das eigentlich keines war, und ein schrilles Pfeifen erklang dazu.

Drel, dachte Balbok noch.

Dann verlor er die Besinnung.

13.

ARSH SUASH

Blinzelnd schlug Balbok die Augen auf.

Kampflärm drang an seine spitzen Ohren, und eine missbilligende grüne Visage war über ihm. »Wird auch langsam Zeit, *umbal.* Ich dachte schon, du würdest gar nicht mehr aufwachen wollen …«

Balbok sah an sich herab. Er lag auf dem nackten Steinboden, zu seiner eigenen Verblüffung unversehrt. »Wie lange war ich denn …?«

»Nur ein paar Augenblicke, bilde dir bloß nichts ein«, beschied sein Bruder ihm barsch. »Aber ohne den lebenden Spargel hätte es düster für dich ausgesehen, das kann ich dir sagen.«

Ein leiser Pfiff erklang. Balbok richtete den Oberkörper auf und wandte das Haupt. Da stand Drel und sah besorgt auf ihn herab. Der Wildwuchs also war es gewesen, der aus seinen Armen ein Geflecht gebildet und Balboks Sturz auf den letzten *knum'hai* abgefangen hatte.

»Du hast mir das Leben gerettet.« Balbok grinste.

Drel pfiff noch einmal.

»Und das war euer berühmter Plan?« Alannah tauchte hinter Rammar auf, einen Ausdruck unverhohlenen Vorwurfs im Gesicht.

»*Korr*«, behauptete Rammar mit trotzigem Nicken.

»*Douk*«, sagte Balbok kopfschüttelnd.

»Was denn nun?«

»Es lief alles wie Blutbier, bis dieser *umbal* sich hat in das Loch werfen lassen«, maulte der Feiste.

»Aber Rammar, dich haben sie noch vor mir runtergeschmissen«, brachte Balbok in Erinnerung. »Das war auch nicht geplant.«

»Von dir sicherlich nicht, Faulhirn.« Mit der künstlichen Klaue deutete Rammar auf seinen dicken Kopf. »Von dem, was da drin tatsächlich vor sich geht, habt du und das Elfenweib keine Ahnung!«

Alannah rollte mit den Augen. »Euer Vorhaben, Enok zu befreien, ist jedenfalls gescheitert. Oder willst du das auch bestreiten?«

»Es ist … verschoben«, drückte Rammar es anders aus.

»Inzwischen dürfte sich Aderyn mit dem Kaiser bereits auf dem Weg nach draußen befinden, während wir hier in der Falle sitzen«, fügte Durwain düster hinzu.

»Findet sie sich denn zurecht?«, fragte Nemion.

»Sie stammt von hier, genau wie ich«, gab der Drachenmann zu bedenken. »Selbst wenn ihre Erinnerungen daran verschüttet waren, dürften sie inzwischen zurückgekehrt sein.«

»Das erklärt einiges«, knurrte Rammar.

»Es werden immer mehr!«, meldete Pyaras in diesem Augenblick – und tatsächlich war deutlich zu sehen, wie die Reihe der Seeleute, die den Knochenwall bislang gehalten hatten, bedenklich wankte. Und angesichts der Übermacht, die sich aus dem Dunkel jenseits des Fackelscheins heranwälzte, brauchte man kein Hellseher zu sein, um zu wissen, wie dieser Kampf ausgehen würde …

»*Shnorsh*«, sagten Rammar und Balbok gleichzeitig.

»Wie gut kennst du diese Gewölbe, Drachenelf?«, wandte sich Alannah spontan an Durwain. »Gut genug, um einen anderen Weg hinaus zu finden?«

»Ich denke schon … warum fragst du?«

»Nimm Aderyns Verfolgung auf«, wies sie ihn an. »Befreie Enok und bring ihn in Sicherheit. Ich gebe dir Pyaras und seine Matrosen zur Verstärkung mit.«

»Und du?«, wollte Durwain wissen.

»Ich bleibe hier, um eure Flucht zu decken – gemeinsam mit den Orks.«

»Und mir«, fügte Nemion hinzu.

»Was?« Rammar glaubte, nicht recht zu hören.

»Euer Plan ist gescheitert«, beschied Alannah ihm achselzuckend. »Wir brauchen einen neuen.«

»Schon, aber deiner taugt nichts«, war der Ork überzeugt.

»Wollt ihr euren Schützling retten oder nicht?«

»*Korr*«, stimmte Balbok zu, noch ehe Rammar etwas erwidern konnte.

»Eure Opferbereitschaft in allen Ehren, aber wie sollen wir überhaupt hier herauskommen?«, wandte Durwain ein. »So wie ich das sehe, ist uns der einzige Ausgang verwehrt.«

»Nicht der einzige.« Die Elfin deutete nach oben.

»Da hinauf?« Rammar ließ ein Grunzen vernehmen. »Bist du jetzt völlig übergeschnappt, Elfin?«

»Wir haben alles, was wir brauchen«, war Alannah überzeugt. »Wir haben das Seil, das du selbst heruntergerissen hast – und wir haben Drel. Er hat bereits bewiesen, dass er zu erstaunlichen Dingen in der Lage ist. Warum nicht auch dazu?«

»*Korr*«, stimmte Rammar zu, »der Wildwuchs soll das Seil hinauftragen, dann werde ich daran empor…«

Alannah sah ihn fragend an.

»*Shnorsh* noch eins. Dann eben so, wie du es sagst. Aber es ist reiner Irrsinn, damit du's nur weißt.«

»Zur Kenntnis genommen«, erwiderte die Elfin gelassen.

Der Plan brauchte nicht lange erklärt zu werden.

Alannah, ihr Zwergendiener und die beiden Orks eilten zum Tor, um Pyaras und die Seinen abzulösen – und schon im nächsten Moment kämpften sie in vorderster Reihe.

Mit einem wahren Urschrei auf den schmalen Lippen ließ Balbok eine rostige Axt kreisen, die er kurzerhand vom Boden aufgelesen hatte – seinen *saparak* hatten, ebenso wie den von Rammar, die Gardisten kassiert. Aber der hagere Ork brauchte den orkischen Totschläger nicht, um den Vormarsch der untoten Krieger ins Stocken zu bringen. Die bärtigen, rostig behelmten Schädel rollten auch so im Dutzend über den steinernen Boden. Rammar, der sich einen Hammer gegriffen hatte, ließ diesen krachend niedergehen, was weitere Angreifer ihr frevlerisches Dasein kostete, denn ihre maroden Häupter lösten sich in ihre Bestandteile auf.

Alannah setzte ihre Klinge sehr viel filigraner, aber nicht weniger tödlich ein; ihre Bewegungen waren so geschmeidig wie ehedem, selbst nach all den Jahrhunderten schien sie nichts davon verlernt zu haben. Der Beitrag, den ihr Diener zur Verteidigung leistete, war dagegen eher bescheiden. Ohnehin konnte er nur noch mit einer Hand kämpfen, und seine Dolchstöße waren kaum dazu geeignet, Rüstungen zu durchdringen, geschweige denn, untote Gegner ins ewige Verderben zu schicken.

Drel tat, was von ihm verlangt wurde, und bewies damit einmal mehr, was für ein erstaunlich vielseitiges Wesen er doch war. Die Wildwüchse zu verachten, sie gar zu Feinden des Reiches zu erklären, war einer der größten Fehler, den der Rat der Ewigen begangen hatte – dies war der Augenblick, da er sich rächte.

Von seinen an Wurzelwerk erinnernden, sich sprunghaft dehnenden Beinen getragen, wuchs Drel in die Höhe, während sich gleichzeitig seine Arme emporstreckten. In seinen hölzernen Klauen hielt er das Ende des Taus, trug es dank seiner sich weiter streckenden und immer dünner werdenden Gliedmaßen hinauf zum Zenit des Gewölbes, wo die runde Öffnung klaffte. Der Fackelschein darüber war verschwunden, Aderyn und ihre Schergen schienen abgerückt zu sein. Dennoch spähte Drel zuerst vorsichtig über den Rand, ehe er die Balustrade erklomm und das Ende des Seils befestigte. Kurz darauf war der erste von Pyaras' Leuten bereits dabei, daran hinaufzuklettern.

Älter mochten die Matrosen durch das Durchqueren der Barriere geworden sein – aber noch immer waren sie Matrosen.

Rammar war stinksauer.

Wann immer er zwischen wütenden Hieben über die Schulter nach oben blickte, sah er ein Milchgesicht in luftige Höhe entschwinden, während sein Bruder und er am Boden um ihr Leben kämpfen mussten. Und das alles nur, weil sie einmal mehr den Fehler begangen hatten, der Elfin die Führung zu überlassen. Wie oft, so fragte er sich, während er einem weiteren Angreifer den Schädel zermalmte, würde Alannah sie noch in den übelsten stinkenden *shnorsh* reiten müssen, bis sie endlich begriffen, dass ihr nicht zu trauen war?

Eine Antwort bekam er nicht.

Dafür wankten und krochen neue Reihen von Angreifern an, ihre rostigen Waffen schwenkend und mit jenem kalten, leblosen Ausdruck in den Augen, der selbst einen Ork erschaudern ließ.

14.

IOMASH ASH ANOR

Im Laufschritt hasteten sie durch die uralten Stollen und Gewölbe. Und so wie der Fackelschein ihre Umgebung erhellte, schien er auch Aderyns Erinnerungen dem Vergessen zu entreißen.

Stück für Stück kehrten sie zurück.

Alles kehrte zurück.

Der Drachenkaiser, die Ewigen … es war eine Lüge gewesen, von Anfang an, ein Mythos, von ihnen selbst geschmiedet, um zu herrschen. Wahr daran war nur, dass Curran und seine Getreuen, unter ihnen auch Aderyn, einst an den Gestaden der neuen Welt gestrandet waren, von Margok aus Nurmorod verstoßen, und dass sie sich in Gestalt der Drachen einem schrecklichen Feind gegenübergesehen hatten. Doch zum Kampf war es nie gekommen. Sowohl Curran selbst als auch das Oberhaupt der Drachen hatten gespürt, dass dieser Pfad zu ihrer beider Vernichtung führen würde, und so hatten sie stattdessen ein Bündnis geschlossen, zwei zum Aussterben verurteilte Spezies.

Mithilfe der vom Dunkelelfen zurückgelassenen Magie waren beide zu einer neuen Art geworden, es war die Geburtsstunde des Drachenkaisers und des Rates der Ewigen gewesen. Doch die Erinnerung daran war in dem Moment verloren gegangen, als sie dem Pfuhl der Erneuerung entstiegen, und ein künstlicher Mythos war an die Stelle von Wahrheit getreten.

Auch Aderyn selbst hatte diesen Mythos lange Zeit geglaubt, doch nun, an diesem Ort, kam ihr die Wahrheit wieder zu Bewusstsein – und mit ihr auch die Einsicht, dass Curran sie betrogen hatte. Statt das größte und mächtigste Geheimnis von Anwar mit den Seinen zu teilen, hatte der Drachenkaiser es über all die Zyklen hinweg eifersüchtig gehütet und es zuletzt gar mit nach Süden genommen, wohin er im Zuge des Aufstands und des Kampfes um den Palast geflohen war.

Ihn zu finden und es ihm zu entreißen, musste Aderyns erklärtes Ziel sein, aber nicht jetzt. Im Augenblick war sie voll und ganz damit beschäftigt, einen Weg aus der Zitadelle zu finden und ihre wertvolle Beute in Sicherheit zu bringen.

In diesem Moment gab es hinter ihr erneut Tumult. Aderyn blieb stehen und wandte sich wutschnaubend um. Gleich mehrere ihrer Gardisten versuchten, den Gefangenen zu beruhigen, der sich trotz seiner auf den Rücken gefesselten Hände nach Kräften wehrte und mit den Beinen um sich trat. Damit er nicht schreien konnte, hatte man ihm einen Knebel verpasst, doch die Augen darüber leuchteten in wütendem Trotz.

»Das wird dich lehren«, knurrte der Hauptmann und hob die behandschuhte Rechte, um Enok zu schlagen – Aderyns Hand schnellte vor und hielt sie fest. »Tut das, Hauptmann, und ich werde Euch vor Euren Leuten aufschlitzen und als Fraß für die Untoten zurücklassen.«

»Aber Herrin! Er widersetzt sich uns mit allen Mitteln!«

»Wenn schon.« Mit einem Lächeln, das gleichermaßen Spott und Bewunderung ausdrücken sollte, trat Aderyn vor ihren Gefangenen, der sie wütend anblitzte. »Ich brauche den Hochstapler unversehrt, wenn ich ihn dem Volk von Taras Caron präsentieren und mich an seiner Stelle zur Herrscherin krönen will.«

Ein zorniges »Mhhhm« war alles, was Enok hervorbrachte. Aber Aderyn wusste auch so, was er sagen wollte.

Das, was alle gestürzten Herrscher sich wünschten.

»Oh doch, das werden sie«, widersprach sie. »Wenn ich dich zunächst unversehrt vor sie führe und ihnen einen Augenblick lang noch ihre Hoffnung lasse, ehe ich dir vor aller Augen das störrische Haupt von den Schultern trenne, dann wird ihnen nichts anderes übrig bleiben, als mich als ihre neue Herrscherin anzuerkennen. Den Rest werden die Schwarzen Garden für mich erledigen.«

»Mit dem größten Vergnügen, Herrin«, versicherte der Hauptmann – und bekam dafür einen weiteren Tritt vonseiten Enoks ab, der zwar nichts bewirkte, aber klarmachte, dass der Gefangene auf dem Weg nach draußen weiterhin ein Hemmnis sein würde, vermutlich in der ebenso vagen wie aussichtslosen Hoffnung, doch noch befreit zu werden.

»Fesselt ihm auch die Beine und dann tragt ihn«, wies die Drachenfrau ihre Untergebenen deshalb an. Dann wandte sie sich um und setzte ihren Weg durch die dunklen Katakomben fort.

»Du hast nicht die geringste Ahnung, wer du bist, mein naiver junger Freund«, rief sie über die Schulter zurück. »Oder wer ich bin.«

Ein erbitterter Kampf war im Gange.

Während sich die Seeleute weiter zurückzogen, hielten die Orks zusammen mit Alannah und ihrem Diener sowie den drei Wildwüchsen die Stellung, um den Vormarsch der Zwergenkrieger aufzuhalten.

Längst war Rammar außer Puste, schlug nur noch sporadisch mit dem Hammer zu, und auch nur dann, wenn es sich wirklich lohnte, während Balbok neben ihm die rostige Axt scheinbar unermüdlich kreisen ließ. Auch wenn der dicke Ork es niemals zugegeben hätte – ohne seinen hageren Bruder, der Schneise um Schneise in die Reihen der Angreifer schlug und sie damit immer wieder zurücktrieb, wären sie vermutlich schon in Kuruls dunkler Grube gelandet.

Und ohne die Elfin …

Rammar hatte fast vergessen, wie erbittert sie zu kämpfen verstand. Oder war es in Wahrheit Beekas Kampfgeist, der sich hier Bahn brach? Rammar jedenfalls war froh, dass die Elfin auf ihrer Seite kämpfte, ebenso wie die Wildwüchse, von denen jeder seine ganz eigene Stärke in den Kampf einbrachte: Während Drel eine Art Geflecht errichtete, das die Angreifer am Weiterkommen hinderte, stach Gullwyn blitzschnell mit der Harpune um sich und durchbohrte einen Untoten nach dem anderen, hielt ihn mit den

Widerhaken fest, sodass Evan ihm den Kopf von den Schultern reißen konnte.

Schön anzusehen war das nicht, und angesichts der Übermacht machte es kaum einen Unterschied. Mit der Gleichmütigkeit von Kreaturen, die ihr Ende schon vor langer Zeit gefunden hatten, schleppten sich die Zwergenkrieger heran, türmten sich inzwischen gar aufeinander, um den inzwischen hüfthohen Wall aus fauligen Knochen und schleimigen Überresten zu überwinden. Rammar half weiterhin mit dem Hammer aus – doch der Boden unter ihren Füßen wurde mit jedem Augenblick noch heißer.

»Macht doch, beeilt euch!«, rief der Ork Pyaras und den Seinen zu, die sich seiner Ansicht nach viel zu viel Zeit für ihre Flucht ließen.

Diejenigen Matrosen, die noch in der Lage gewesen waren, am Tau emporzuklettern, waren inzwischen längst oben; die Übrigen, unter ihnen auch Durwain und Pyaras selbst, mussten am Seil hinaufgezogen werden, was sogar noch länger dauerte … zu lange, wie Rammar fand.

»*Shnorsh* noch eins, beeilt euch gefälligst!«, donnerte er hinauf, während er gleichzeitig den Hammer dazu benutzte, sich einen allzu zudringlichen Zwergenkrieger vom Leib zu halten. Zwar erwischte er nur dessen rostigen Schild, doch taumelte der Untote daraufhin in Reichweite von Alannahs Klinge, und die besorgte den Rest. Der beklemmend stumme Ansturm jedoch nahm immer noch an Stärke zu.

Woher all die untoten Hutzelbärte kamen, wusste Rammar nicht. Der Dunkelelf musste einst eine ganze Legion der haarigen kleinen Kerle mit nach Anwar genommen haben. Als die Angreifer den Knochenwall gleich an einigen Stellen überwanden, war die Stellung am Tor nicht mehr zu halten. Mit zusammengebissenen Zähnen enthauptete Alannah einen Angreifer, der seiner reich verzierten Rüstung nach einst ein Zwergenfürst gewesen sein mochte, dann gab sie den Befehl zum Rückzug.

»*Korr*«, stimmte Rammar zu. »Das ist das erste vernünftige Wort von dir, seit du zurück bist.«

Die Gefährten wandten sich zur Flucht, zogen sich im Laufschritt zum Säulenring im Zentrum der Halle zurück, wo Drel ein weiteres Geflecht zu spinnen begann. Durwain war inzwischen hinaufgezogen worden, nun wurde Pyaras von seinen Leuten emporgehievt, der als Kapitän bis zuletzt ausgeharrt hatte. Mit bedauerndem Blick sah Rammar ihn entschweben – er hätte ein ganzes Fass Blutbier gegeben, um mit ihm zu tauschen.

»Los doch!«, brüllte er hinauf. »Nicht einschlafen!«

Nun, da sie nichts mehr daran hinderte, stürmten die Untoten zu Hunderten durch das Tor, fluteten die Halle mit ihrer schieren Masse. Erneut begannen Balbok und Alannah auf sie einzuschlagen, aber es war nur noch eine Frage von Augenblicken, bis die Zwerge ihre Stellung an den Säulen umgehen und ihnen in den Rücken fallen würden …

»Zieht gefälligst schneller an dem verdammten Seil«, brüllte Rammar. »Wir wollen schließlich auch noch hinauf …!«

Man hätte meinen können, dass die Seeleute ihre Bemühungen daraufhin verstärkten, denn für Pyaras ging es nun rasch nach oben, und endlich verschwand er durch die kreisrunde Öffnung. Noch einen Moment lang war seine Silhouette im Gegenlicht des Fackelscheins zu sehen, dann war er weg.

»*Korr!*«, schrie Rammar. »Und jetzt lasst das Seil wieder runter, damit wir …«

Er verstummte. Denn das Seil kehrte nicht nur nicht zum Boden zurück, sondern auch der letzte Rest davon wurde eingeholt. Und im nächsten Moment war auch der Fackelschein oberhalb der Öffnung verschwunden.

»He!«, brüllte er und stieß die anderen an, die damit beschäftigt waren, auf die Untoten einzuschlagen. »Die verladen uns! Diese elenden *umbal'hai* sind abgezogen und haben das Seil mitgenommen …«

Keiner der Gefährten reagierte, alle hatten damit zu tun, sich ihrer Haut zu erwehren. Nur Alannah warf Rammar einen Blick zu, der knapp war, aber Bände sprach …

»Das … ist auf deinem Mist gewachsen?«

»Es ist der einzige Weg«, bestätigte die Elfin, während sie einen Gegner ins endgültige Jenseits schickte. »Die Untoten würden sonst das Seil hinaufklettern, während wir noch daran hängen – und dich, mein feister Freund, würden sie sicherlich überholen …«

»Elfenweib!« Rammar schäumte vor Wut. »Wenn ich dich in meine Klauen kriege …«

»Ich habe nie gesagt, dass es einen Ausweg gibt«, entgegnete sie. »Alle hier wussten das – und akzeptieren es.«

»So ein *shnorsh*! Keiner von denen, nicht mal mein dämlicher Bruder, würde sein Leben wegwerfen für …«

»Für Enok!«, brüllte Balbok und schlug so verheerend zu, dass gleich mehrere Köpfe rollten.

»Für den Kaiser!«, antworteten Nemion und Gullwyn wie aus einem Mund, und Evan verfiel dazu in lautes Gebrüll.

Das Hauen und Stechen ging weiter, auch Rammar blieb nichts anderes übrig, als sich daran zu beteiligen. Doch auch wenn die Gefährten sich heftig wehrten und nach allen Seiten hieben und droschen und ihre Gegner damit im Dutzend zu Staub zerfallen ließen, konnten sie doch nicht verhindern, dass genau das geschah, was Rammar vorausgesehen hatte: Die Untoten umgingen ihre Stellung zwischen den Säulen und kreisten sie langsam ein!

»Zum Beckenrand! Rasch!«, befahl Alannah, und sie zogen sich abermals zurück, bestiegen die Ummauerung, die den geheimnisvollen Pfuhl umgab und deren leichte Erhöhung ihnen ein wenig Vorteil verschaffte – zu dem Preis, dass sie nun nicht mehr weiter zurückweichen konnten.

Schulter an Schulter standen sie und verteidigten jeden Fingerbreit Boden, im Rücken das brodelnde *apiron*. Balbok hatte sich am einen Ende des länglichen Beckens postiert, Alannah am anderen, dazwischen die Gefährten, die sich ihrer Haut erbittert erwehrten. Beide, die Elfin und der hagere Ork, standen wie Felsen in der Brandung, die Wellen der Angreifer brachen sich an ihnen … aber nicht lange.

Als Rammar seinen Hammer in einem weiten Kreis schwang, kam er vor Erschöpfung aus dem Gleichgewicht und drohte in die

Masse der Angreifer zu stürzen. In seiner Not klammerte er sich an Balboks Schwertarm, worauf der hagere Ork seinerseits schwankte. Einen dumpfen Laut ausstoßend, ruderte er noch mit den langen Gliedern und streckte dabei – ob willentlich oder unwillentlich – zwei weitere Angreifer nieder.

Dann kippte er nach hinten ins Leere.

»*Umbal*, was …?«, konnte Rammar nur noch rufen.

Balbok klatschte bereits in die brodelnde Ursuppe, die sogleich wieder zu leuchten begann, während sie den dürren Ork verschlang. »Hilf mir«, konnte Balbok noch hervorstoßen, und für einen kurzen Moment war noch sein langes Gesicht zu sehen, das betreten aus den grünen Flammen blickte.

Dann war er verschwunden.

»Zum Stinkfisch«, schimpfte Rammar und überlegte noch, was er tun konnte, als schon die nächsten Angreifer heran waren und mit rostigen Spießen nach seinen Beinen stocherten. Mit dem Hammer räumte er ihre Waffen beiseite und ließ ihn dann auf ihre behelmten Häupter niedergehen. Doch für die, die er erschlug, rückten neue Kämpfer nach.

Und für diese doppelt so viele weitere – oder noch mehr, genau konnte Rammar es mit seinem überschaubaren Sinn für Zahlen nicht sagen.

Auch den anderen Gefährten erging es so, nur noch mit äußerster Mühe konnten sie sich die Angreifer noch vom Hals halten – und Rammar wurde klar, dass er wegen Balbok nicht lange traurig zu sein brauchte. Denn schon in wenigen Augenblicken würden sie sich in Kuruls Grube wiedersehen …

»Da! Nimm das! Und das!«, brüllte er, während er mit dem Hammer hierhin und dorthin drosch, der Erschöpfung nahe. Sein Atem rasselte bereits, seine Arme schmerzten so, dass er sie kaum noch heben konnte, vom Hammer ganz zu schweigen. Er sah in die gleichgültigen, leblosen Augen der Angreifer und wusste, dass es jeden Augenblick vorbei sein würde …

… als hinter ihm ein leises Plätschern erklang.

Im Eifer des Gefechts kam er nicht dazu, sich umzudrehen, aber als jemand neben ihn trat, eine klobige rostige Axt in den Händen, da wusste er, dass es Balbok war – von oben bis unten mit grünlichem Schlamm überzogen, aber springlebendig.

»*Achgosh-douk*«, sagte er nur.

»Da bist du ja endlich!«, blaffte Rammar. »Was fällt dir ein, einfach ein Bad zu nehmen, während uns hier der *shnorsh* bis zum Kinn steht, Faulhirn?«

Balbok antwortete nicht, sondern kämpfte lieber – dafür plätscherte es hinter Rammar abermals.

»*Achgosh-douk*«, sagte jemand auf seiner anderen Seite.

Wieder war es Balbok, diesmal allerdings ohne Waffe und Rüstung, also genauso, wie er einst auch aus Luraks Pfuhl gekrochen war, nackt und schleimig …

»Wo hast du deine Klamotten gelassen?«, wollte Rammar verblüfft wissen.

»Wieso? Ich hab doch alles an«, kam es von der anderen Seite – da stand Balbok noch immer in voller Rüstung, die Axt in den Klauen!

Zweimal wandte sich Rammars klobiges Haupt noch hin und her, dann fasste das leer drehende Räderwerk darin wieder Tritt, und er begann zu begreifen …

»*Achgosh-douk*«, drang es in diesem Moment von der gegenüberliegenden Seite des Beckens, und ein weiterer Balbok stieg aus den kalten Flammen, glänzend grün und so nackt, wie er einst in die Welt gekommen war.

Und ihm folgte ein weiterer. Schwitzend überschlug Rammar, dass es der vierte sein musste.

Und dann kam ein fünfter.

Und noch einer …

15.

TORMA UR'BALBOK'HAI

»Das hört ja gar nicht mehr auf!«, rief Rammar.

Es war, als wäre ein verborgener, tief in den Nebeln der Zeit vergessener Mechanismus in Gang gesetzt worden: Ein Balbok nach dem anderen entstieg dem *apiron*, über dem grüne Flammen loderten, während es so heftig brodelte wie der Kessel eines Zauberers. Und die neuen Balboks, die aus dem Becken kamen, standen dem Original an Mut und Entschlossenheit offenbar in nichts nach.

Obwohl sie weder Rüstung noch Kleidung hatten und sich ihre Waffen aus dem zusammensuchen mussten, was die Angreifer der ersten Welle zwischen ihren elenden Überresten zurückgelassen hatten, zögerten sie nicht, sich dem echten Balbok in seinem Kampf anzuschließen – und so prallten untote Angreifer und nachgemachte Orks in einem erbitterten Gefecht aufeinander.

»Gut so, gebt's ihnen«, rief Rammar und ballte in einer Geste des Triumphs die Klaue, während der Kampf mit neuer Heftigkeit entbrannte.

Ihrem Vorbild folgend, setzten sich Balboks Doppelgänger tapfer gegen die untoten Zwerge zur Wehr – mal mit dem rostigen Gerät, das sie vom Boden aufgelesen hatten, mal auch mit bloßen Fäusten. Das Gewölbe hallte wider von den heiseren Kampfschreien, die sowohl der alte als auch die neuen Balboks ausstießen, während sie die Angreifer wieder bis zu den Säulen zurückdrängten. Doch obwohl sich die Zwergenkrieger mit zäher Langsamkeit bewegten und den Balboks nur bis zur Hüfte reichten, waren sie doch allein aufgrund ihrer Anzahl tödliche Gegner.

Immer wieder ging ein Balbok nieder, worauf eine ganze Meute untoter Zwerge über ihn herfiel und mit rostigen Waffen auf ihn einschlug. Rammar verzog angewidert das Gesicht, als er sah, wie ein Doppelgänger seines Bruders im wahren Wortsinn verhackstückt wurde – auch wenn er Balbok manchmal am liebsten erschlagen hätte, nahm es ihn doch ziemlich mit, ihn ein so elendes Ende finden zu sehen, und das gleich mehrmals hintereinander ... das Original, an Kleidung und Rüstung deutlich zu erkennen, erfreute sich glücklicherweise noch bester Gesundheit.

Zusammen mit den Wildwüchsen und inmitten seiner Ebenbilder stand Balbok zwischen den Säulen und ließ seine Axt über den Schädeln der Hutzelbärte tanzen. Doch an den Flanken drängten sich so viele von ihnen, dass die Doppelgänger bereits wieder unter Druck gerieten. Und dies umso mehr, da das Leuchten im Becken erloschen war und ihm keine weiteren Balboks mehr entstiegen ...

»Was ist jetzt los?«, rief Rammar über den Kampflärm hinweg. »Wo ist der Rest?«

»Welcher Rest?« Alannah schüttelte den Kopf. »Ich sagte es doch schon, Margok hat das *apiron* verdorben. Es kann nichts Neues erschaffen, sondern nur mit dem arbeiten, was es vorfindet. Balboks Kampfeswille hat offenbar ausgereicht, um ein paar Dutzend seiner Art hervorzurufen – aber nicht mehr. Irgendwann ist auch er erschöpft, verstehst du?«

»*Douk*«, musste Rammar offen zugeben.

»Ihre Reihen wanken bereits!«, rief Nemion. »Wir müssen ihnen zu Hilfe kommen!«

»Das könnten wir tun«, räumte Alannah ein, »und dabei nach ebenso kurzem wie heftigem Kampf ebenfalls den Tod finden – dann wäre ihr Opfer völlig vergeblich gewesen. Oder aber ...«

»Was siehst du mich an?«, fragte Rammar.

»Muss ich dir das wirklich sagen?«

»Das ist nicht dein Ernst«, knurrte der dicke Ork.

»Mein voller Ernst – oder soll alles vergeblich gewesen sein, nur weil Rammar der Schrecklich Rasende sich fürchtet?«

Rammars Antwort war eine Kanonade an wüsten Beschimpfungen, die er zunächst auf die Elfin, dann auf die untoten Zwerge und schließlich auch noch auf seinen bescheuerten, sich nach Gutdünken vermehrenden Bruder losließ.

Dass er sich ebenfalls in das *apiron* begab, kam für ihn überhaupt nicht infrage. Wer weiß, was dann passieren oder wie es sich anfühlen würde, da drin zu liegen und verdoppelt zu werden? Schließlich wusste doch jeder, dass es so etwas Großartiges wie ihn, König Rammar den Schrecklich Rasenden, nur ein einziges Mal geben konnte!

Anderseits musste er zugeben, dass die Situation brenzlig war. Wohin er auch blickte, sah er Balboks Doppelgänger unter dem Ansturm der garstigen Angreifer niedergehen, und es würde nicht mehr lange dauern, bis sie auch dem Original zu Leibe rücken würden. Dann den Wildwüchsen, dem Zwerg und dem Elfenweib … und schließlich auch ihm selbst!

Dieses eine Mal hatte die Elfin also wohl nicht übertrieben. Ganz abgesehen davon, dass Rammar es in Zukunft nicht allein mit einem ganzen Heer dämlicher Brüder zu tun haben wollte.

Dieser Gedanke überzeugte ihn.

Nach einem kräftigen Grunzen hielt er sich den Rüssel zu – und sprang mit den Beinen voran in den Pfuhl.

16.

ROIMH-KURTA'HAI

Es war still geworden in der Tiefe.

Zunächst hatten man aus den Stollen der Zitadelle noch Kampflärm vernommen, das Klirren von Waffen und die Schreie von Verwundeten. Doch je weiter Lady Aderyn und ihre Gardisten sich entfernten, desto leiser waren die Geräusche geworden, bis sie zuletzt ganz verstummt waren.

Ob sie sich lediglich in der Weite der Katakomben verloren hatten oder die Untoten die Schlacht für sich entschieden hatten, war nicht festzustellen, und es konnte Aderyn auch egal sein. Sie hatte bekommen, was sie wollte. Ihre Gegner waren tot, ihr Erzfeind befand sich in ihrer Gewalt, und sie war mit ihren Leuten auf dem Weg zurück zur Oberfläche, wo ihre Flugechsen sie erwarteten.

Was konnte sie mehr verlangen?

Sie war der Verwirklichung ihrer Pläne so nah wie niemals zuvor in ihrem langen Leben. Endlich würde der Drachenthron ihr gehören, endlich würde sie die uneingeschränkte Herrscherin über ganz Anwar sein … doch warum überkam sie dennoch ein Hauch von Wehmut, während sie mit ausgreifenden Schritten die uralten Gänge durchmaß, auf dem Weg nach draußen?

Aderyn kannte die Antwort, aber sie wollte sie sich nicht eingestehen, schalt sich selbst eine Närrin. Wäre es wirklich möglich, dass sie, die neue Drachenkaiserin, Reue empfand? Und das wegen eines nichtsnutzigen Unholds, eines wertlosen Orks?

Sie schüttelte den Gedanken von sich wie ein lästiges Insekt, wollte nichts davon wissen. Balbok war inzwischen sicherlich tot, genau wie sein fetter Bruder, und das war gut so. Denn wenn es in der neuen Ordnung, die zu errichten Aderyn im Begriff war, für etwas keinen Platz gab, dann waren es halsstarrige, barbarische Kreaturen, die ihr auf Schritt und Tritt Schwierigkeiten bereiten und ihre Macht bedrohen würden, solange sie lebten.

Andererseits hatte zumindest der Hagere der beiden etwas an sich gehabt, das sie berührt hatte, und es gefiel ihr nicht, dass ausgerechnet sie, die nun alle Macht in ihren Klauen hielt, darauf würde verzichten mü…

Sie unterbrach ihren Gedanken jäh.

Ein Stück voraus, jenseits einer Biegung, die der Stollen beschrieb, war plötzlich Fackelschein zu sehen – in dem schon im nächsten Moment ein Trupp von Bewaffneten auftauchte!

Aderyn ertappte sich dabei, dass ihr Blick nach Balbok suchte. Aber sie fand ihn nicht. Alles, was sie sah, waren die Menschen aus der alten Welt, von denen Rammar ihr erzählt hatte. Und in ihrer Mitte ein bekanntes Gesicht, so schuppenbesetzt und grün wie ihr eigenes.

»Dufanor!«, stieß sie hervor und zog die Sägeklinge.

»Durwain«, verbesserte der andere gelassen. In etwa zehn Schritten Entfernung blieb er vor ihr stehen, scheinbar unbewaffnet, die Arme in einer schicksalsergebenen Geste ausgebreitet. »Wir sind nicht mehr das, was wir einmal waren.«

»Sprich nur für dich, Verräter«, gab Aderyn zurück. »Ich für meinen Teil habe unserem Erbe stets die Treue gehalten.«

»Vor allen Dingen hast du *dir selbst* die Treue gehalten. Was andere denken oder wollten, hat dich nie besonders interessiert, ob es sich nun um Curran gehandelt hat oder um uns, deine Gefährten. Das ist schon immer so gewesen.«

»Willst du mir erzählen, dass es dir nie um dich selbst gegangen sei?« Aderyn lachte auf. »Wir beide haben dieselben Wurzeln, oder nicht?«

»Das ist wahr.«

»Wie bist du hierhergekommen? Wie konntest du mich einholen?«

»Da wir dieselben Wurzeln haben, müsstest du es eigentlich wissen. Ich erinnere mich an diese Gewölbe ebenso, wie du es tust, Aderyn. Mit dem Unterschied, dass ich schon öfter hier gewesen bin und die Wege sehr viel besser kenne.«

»Ihr saßt da unten in der Falle! Wie konntest du den *anmarvora* entkommen?«

»Durch etwas, das dir fremd ist, Aderyn. Selbstlosigkeit.«

»Ich verstehe.« Sie schnaubte verächtlich. »Die Elfin und die Orks haben sich geopfert, um dir die Flucht zu ermöglichen.«

»Falls es dich tröstet, sie haben es nicht für mich getan«, versicherte Durwain mit einem Anflug von Spott, »sondern für den, den du gefangen hältst ...«

Er hob den Arm und deutete an ihr vorbei auf das Bündel, das drei der Gardisten trugen. Trotz der ledernen Stricke, mit denen es gebunden war, wehrte es sich, indem es sich krümmte und streckte. Selbst jetzt noch hatten die Bewacher Mühe, Enok unter Kontrolle zu halten.

»Wie rührend.« Die Drachenfrau verzog das Gesicht. »Unholde, die ihr Leben geben, um ihren Schützling zu retten ... und ausgerechnet dich senden sie zu seiner Befreiung.«

»Gebt den Gefangenen heraus«, sagte der Mensch, der neben Durwain stand. Er hatte graues Haar und wirkte ebenso hinfällig wie die übrigen Angehörigen seines Aufgebots, von denen sich einige offenbar kaum noch auf den Beinen halten konnten, sei es aus Erschöpfung oder Altersschwäche. Die Klingen in ihren faltigen Händen ließen sie in Aderyns Augen nur noch erbärmlicher wirken … Nattern, denen man ihre Giftzähne schon vor langer Zeit genommen hatte.

In dieser Hinsicht schienen sich die Bewohner der alten Welt nicht von denen Anwars zu unterscheiden.

Ihre Vergänglichkeit war ihr größter Feind.

»Oder was?«, fragte Aderyn deshalb ruhig. »Wollt ihr etwa kämpfen? Gebrechlich, wie ihr seid? In den Lumpen, die ihr tragt, gegen meine gerüsteten Garden? Mit ein paar stumpfen Messern gegen dies hier?« Sie hob drohend die Sägeklinge.

Im Gesicht des Menschen zeigte sich keine Furcht. Im Gegenteil, sein gebeugter Körper straffte sich, und seine Miene wurde nur noch entschlossener. »Ich«, stellte er sich ungefragt vor, »bin Pyaras, Kapitän der *Gorwal*. Meine Männer und ich haben die Barriere durchbrochen, die als unbezwingbar galt. Wir haben den Schrecken der Dunkelheit und den Gefahren des Dschungels ins Auge geblickt und sie überstanden. Alt mögen wir sein, aber du solltest nicht den Fehler machen, uns zu unterschätzen. Gib den Kaiser heraus, Drachenweib, und wir gewähren euch freies Geleit. Weigert euch, und du wirst sterben!«

Aderyn sah ihn konsterniert an. Sie beschloss für sich, dass mit diesem Menschen nicht zu reden war, und wandte sich stattdessen wieder Durwain zu.

»Ist das jetzt die Gesellschaft, mit der du dich umgibst?«, fragte sie. »Größenwahnsinnige Greise?«

»Sie sind Menschen«, gab der andere achselzuckend zurück. »Das mag manches erklären …«

»Du weißt, dass ihr keine Chance habt. Meine Kämpfer übertreffen die deinen an Zahl fast um das Doppelte. Und sie sind besser gerüstet und bewaffnet.«

»Das ist wahr«, räumte Durwain bereitwillig ein.

»Ihr seid es, die sterben werden.«

»Auch dies ist eine Folgerung, deren Logik ich mich nicht entziehen kann«, gab der ehemalige kaiserliche Berater zu. »Deshalb möchte ich dir hier und jetzt ein Angebot unterbreiten.«

»Ein Angebot?« Aderyn wiederholte das Wort mit genüsslicher Langsamkeit. Ein Lächeln dehnte dabei ihre grünen Züge.

»Nein!«, widersprach Pyaras aufgebracht. »Wir verhandeln nicht! Wir wollen den Kaiser, jetzt sofort!«

»Warum?«, fragte Durwain ihn direkt. »Weil die Elfin es gesagt hat? Hat sie euch nicht schon übel genug mitgespielt? Wollt ihr wirklich für sie sterben?«

»Wir haben es versprochen«, beharrte Pyaras. »Es war der Preis dafür, dass wir den Untoten entkommen sind!«

»Versprechen werden gegeben und gebrochen, Bündnisse entstehen und vergehen. Es ist der Lauf der Welt ...«

»Er hat recht!«, pflichtete einer der Matrosen bei, noch ehe Pyaras etwas erwidern konnte, und einige weitere seiner Leute bekundeten ebenfalls ihre Zustimmung.

»Wir haben schon mehr als genug getan!«

»Die Elfin hat uns das alles angetan!«

»Sie ist die wahre Verräterin!«

»Sieh an.« Aderyns Grinsen wurde noch breiter. »Vielleicht sind die Menschen der alten Welt ja doch nicht so töricht und nutzlos, wie ich annahm. Was ist das für ein Angebot, das du mir unterbreiten willst, Verräter?«

»Es geht dabei um diesen Ort«, entgegnete Durwain mit einer ausladenden Geste, die die gesamte Zitadelle zu umfassen schien, »und um die Geheimnisse, die ihm innewohnen ...«

»Sprich weiter.« Aderyn ließ die Klinge sinken und stützte sich mit beiden Klauen darauf. »Ich gebe dir einen Augenblick, um mich zu überzeugen. Danach werde ich meinen Leuten den Befehl geben, dich und deine Greisenschar in Stücke zu hauen.«

»Ich weiß, dass du diesen Ort vergessen hattest, genau wie die anderen Mitglieder des Rates«, fuhr Durwain fort. »Der Drachenkaiser selbst hat dafür gesorgt, und er hat das Geheimnis über all die Jahrhunderte für sich bewahrt. Doch als er des Regierens müde wurde, bat er mich, einen Nachfolger ins Leben zu rufen, jemanden, an den er die Herrschaft übergeben und dem er ebenso vertrauen könnte wie sich selbst …«

»Ihn«, sagte Aderyn angewidert und mit einem despektierlichen Blick auf den verschnürten Enok, der sie zornig anfunkelte.

»In der Tat«, bestätigte Durwain. »Natürlich konnte Curran nicht ahnen, dass dieser Nachfolger, dieser Spross seines Blutes, ein solches … Eigenleben entwickeln würde. Hätte er es gewusst, hätte er vermutlich von dem Vorhaben Abstand genommen.«

»Du beginnst mich zu langweilen, Verräter. Worauf willst du hinaus?«

»Natürlich wusste ich nicht, wie ich Currans Wunsch entsprechen sollte, schließlich bin ich weder Zauberer noch Weiser. Doch als Antwort auf meine Fragen weihte mich der Drachenkaiser in einige seiner Geheimnisse ein, hier, an diesem von der Zeit vergessenen Ort, an dem noch immer die Flamme der Schöpfung brennt … oder vielmehr das, was der Dunkelelf daraus gemacht hat. Wir alle, einschließlich des Kaisers, sind dieser Flamme entsprungen, und ich selbst habe ihre Kraft benutzt, ohne sie auch nur annähernd zu verstehen. Doch allmählich beginne ich zu begreifen, Aderyn. Die Elfin aus der alten Welt hat mir die Augen geöffnet!«

»Und?«, fragte Aderyn spöttisch. »Was hast du gesehen?«

»Möglichkeiten«, lautete die Antwort, »nahezu grenzenlose Möglichkeiten! Das *apiron* ist ein Quell erstaunlicher Kräfte. Es hat Enok geheilt und könnte auch dich heilen!«

»Du meinst, es könnte … den Fluch brechen.« Erstmals schien Aderyn interessiert zu sein.

»Davon bin ich überzeugt«, versicherte Durwain. »Der *Dragwaith*, den der Kaiser einst über dich und die anderen Räte verhängte, könnte durch die Kraft der grünen Flamme aufgehoben werden. Bedenke, was dies bedeuten würde: Wahre Unsterblichkeit, ohne auf den Lebenssaft elender Kreaturen angewiesen zu sein …«

Aderyn nickte – der Gedanke hatte durchaus etwas für sich, euphorisierte sie mehr, als sie gerne zugeben wollte. Kelon und Hirulon, ihre Berater, brauchten es ja nie zu erfahren, auf diese Weise konnte sie die beiden weiter an sich binden …

»Was schlägst du vor?«, fragte sie.

»Dass wir unsere Feindschaft beenden und uns verbünden«, entgegnete Durwain. Enok wehrte sich daraufhin nur noch mehr im Griff seiner Häscher, Kapitän Pyaras stieß ein entsetztes Keuchen aus.

Aderyns Augen verengten sich voller Misstrauen. »Zu welchem Zweck?«

»Wir haben einander lange genug bekämpft – von diesem Punkt an können wir beide nur noch verlieren. Stattdessen sollten wir unsere Kräfte und Fähigkeiten bündeln, wie wir es früher getan haben, um die Geheimnisse dieses Ortes zu ergründen. Die Elfin sagt, dass dem *apiron* noch weit größere Kraft innewohnt. Wenn wir sie uns zu eigen machen, können wir damit nicht nur ganz Anwar, sondern auch die alte Welt erobern und unterwerfen!«

»Nein!«, rief Pyaras entsetzt. Seine Blicke pendelten zwischen den beiden Drachenelfen hin und her, zwischen denen in diesem Augenblick ein gefährliches Einvernehmen zu entstehen schien …

»Du bist ehrgeizig«, stellte Aderyn fest.

»Ich bin aufgewacht«, erklärte Durwain. »Die Elfin hat mich geweckt.«

»Und du erwartest, dass ich dir das glaube? Dass ich mich mit dir verbünde, gegen die Kreatur, die du selbst ins Leben gerufen hast?« Erneut streifte sie Enok, der sich weiter heftig wehrte, mit einem abschätzigen Blick.

»Diese Kreatur«, beschied ihr Durwain kalt, »hat sich meiner Bemühungen als nicht wert erwiesen. Wenn jemals etwas von Curran in ihm war, so haben die Unholde es verdorben. Gleich wie ich ihn zu erziehen versuchte, es steckt mehr von einem Ork in ihm als von einem Herrscher. Er ist weder der Kaiserkrone würdig noch des Drachenthrons.«

»Elender Verräter!«, rief Pyaras aus. »Das werden wir nicht zulassen!«

»Niemals«, stimmte ein anderer Seemann zu – während andere

lautstark widersprachen. Die Saat des Verrats, die Durwain ausgebracht hatte, war bereits dabei, aufzugehen …

»Eure Leute scheinen Eure Überzeugungen nicht alle zu teilen, Kapitän«, stellte Durwain fest. »Vielleicht wird auch der Rest seine Meinung ändern, wenn ich ihnen sage, dass die Flamme der Schöpfung auch sie zu heilen vermag. Dass sie ihnen die Jugend und die verlorenen Jahre zurückbringen kann, die die Elfin ihnen genommen hat!«

»Ja!«, schrien die Seeleute, dass ihre rauen Stimmen sich überschlugen. »Wir wollen wieder jung sein! Wir haben es nicht verdient, für die Elfin zu sterben …!«

»Ihr lügt«, war Pyaras überzeugt. »Alannah hat gesagt, dass der Flamme Zerstörung innewohnt, dass ihre Kräfte von Margok verdorben wurden und dass er sie am Ende selbst nicht mehr kontrollieren konnte. Deshalb ist er geflohen …«

»Aber ich kann sie kontrollieren«, versicherte Durwain, bereits mehr an Pyaras' Leute gewandt als an ihren Kapitän. »Wendet euch von der Elfin ab und schließt euch Lady Aderyn und mir an – und ich versichere euch, dass ihr leben und die Jahre zurückerhalten werdet, die man euch mutwillig genommen hat! Glaubt ihr, Alannah schert sich um euer Schicksal? Sie selbst ist unsterblich! Euer Geschick kümmert sie nicht mehr als der Dreck an ihren Stiefeln!«

»Das … ist nicht wahr«, widersprach Pyaras erneut, doch sein Protest ging im Jubel der Meute unter. Durwain versprach den Männern das, wonach sie sich alle sehnten, was sich jeder von ihnen aus tiefstem Herzen wünschte – wie hätten sie da widerstehen sollen? Einer nach dem anderen ließ die Waffe sinken, bereit, sich Aderyn und ihren Schergen zu ergeben in der Hoffnung auf Rettung.

»Du bist sehr überzeugend, Durwain«, musste die Drachenfrau zugeben, »aber das warst du schon immer. Wenn ich dir vertrauen soll nach allem, was du getan hast, so benötige ich einen Beweis deiner Loyalität.«

»Jeden«, versicherte Durwain.

»Dann verrate mir das Geheimnis«, verlangte sie, ohne mit der

Wimper zu zucken. »Was ist nötig, um die Kraft des *apiron* zu entfesseln?«

»Ich weiß es nicht …«

»Falsche Antwort.« Aderyn hob wieder ihre Klinge.

»… aber da Curran in der Lage gewesen ist, diese Kraft hervorzurufen, nehme ich an, dass es sein Erbe war, sein Blut, das die Macht der grünen Flammen freigesetzt hat«, fuhr Durwain gelassen fort. »Das würde auch erklären, warum es Enok heilen konnte.«

»Weil er von Curran abstammt.« Die Drachenfrau verzog keine Miene.

»So ist es – was im Gegenzug bedeutet, dass das Blut in seinen Adern der Schlüssel zur Macht des *apiron* ist.«

»Nur das Blut?«, fragte Aderyn mit einem Seitenblick auf den Gefangenen.

»Das nehme ich an.«

»Muss er dazu am Leben sein?«

Das Zögern des einstigen kaiserlichen Beraters währte nur einen Augenblick. »Ich denke, nicht. Wenn meine Theorie zutrifft, so ist es nur eine Frage des Blutes. Auf irgendeine Art scheint es das *apiron* zu kontrollieren und zu formen. Das bedeutet große Macht, Aderyn – größere Macht, als der Dunkelelf selbst sie einst hatte.«

Die Kriegsherrin nickte, dann trat sie langsam auf Durwain zu. »Anders als du«, sagte sie, »bin ich nie eine Gelehrte gewesen noch von hoher Herkunft. Ich war eine Kriegerin von niedrigem Stand, jedoch ihrem Anführer treu ergeben. Ich war bereit, alles für Curran zu tun, hätte mein Leben für ihn gegeben. Doch er hat es mir nie gedankt, hat mich und die anderen in Unwissenheit gelassen, während er dich in sein geheimes Wissen eingeweiht hat.«

»Und ich habe dich nun an diesem Wissen teilhaben lassen«, entgegnete Durwain.

»Dafür gebührt dir meine Anerkennung.« Sie stand jetzt vor ihm, die kalten Blicke ihrer Reptilienaugen begegneten sich.

»Dann gilt unser Handel?« Durwain hielt ihr eine Klauenhand hin, damit sie einschlagen sollte.

»Er gilt«, versicherte Aderyn – und mit einer fließenden Bewegung hob sie ihre Klinge und rammte sie in seinen Unterleib.

Das Sägeschwert war mit derartiger Kraft geführt, dass es seine Kleidung und die an dieser Stelle nur dünne Panzerung seiner Haut mühelos durchdrang und sich tief in seine Eingeweide fraß. Die Schmerzen, die der Drachenmann dabei empfand, mussten namenlos oder kaum zu spüren sein, denn er brachte kein Wort hervor, starrt Aderyn nur ungläubig an, den Mund zu einem lautlosen Schrei geöffnet.

»Nicht doch«, sagte sie. »Hast du wirklich gedacht, ich würde dir vertrauen nach allem, was war? Nach dem Krieg, den du gegen mich geführt, nach dem Verrat, den du geübt hast?«

Durwain antwortete noch immer nicht, stand nur da, starrte auf den Stahl, der in seinem Körper steckte.

Aderyns Mundwinkel fielen herab, als sie die Waffe wieder herausriss und ihren Artgenossen mit derselben Klinge enthauptete.

»Das war lange überfällig, Verräter«, sagte sie leise und wandte sich dann an seine Gefolgsleute. »Und ihr«, beschied sie Pyaras und seinen Matrosen, »solltet euch jetzt gut überlegen, wem ihr in diesem Kampf dienen wollt …«

17.

EUGASH-KOUM

Die Schlacht war geschlagen.

Es war kein glorreicher Kampf gewesen – andererseits, welcher Kampf war das schon? –, sondern ein fürchterliches Gemetzel, das Heer der Orks gegen das der untoten Zwerge. Am Ende hatten die zigfachen Balboks und Rammars die Oberhand behalten, wenn auch zu einem hohen Preis.

Rammar drehte sich der Magen um, wenn er auf die vielen leblosen Ebenbilder blickte, die die Halle übersäten und die schon aufgrund ihrer schieren Größe schwer zu übersehen waren; und auch Balbok wurde ganz zweierlei, wenn er sich selbst dort liegen sah, reglos und allzu oft nicht mehr am Stück.

Mit dem langen Handrücken wischte er sich über die Augen – vermutlich, so nahm Rammar an, war ihm im Eifer des Gefechts Schweiß hineingeraten. »Die Balboks haben wirklich tapfer gekämpft«, stellte er fest.

»*Korr*, das haben sie«, gab Rammar zu. »Fast so tapfer wie die Rammars!«

»Aber von den Balboks sind noch mehr übrig«, hielt Balbok dagegen, wobei sich seine lange Miene wieder etwas aufhellte.

»Was du nicht sagst.« Rammar schnitt eine Grimasse. Trotz seiner Schwäche, was das Zählen anging, war auch ihm schon aufgefallen, dass der Pulk der überlebenden Balboks ein wenig größer war als der der überlebenden Rammars, und das trotz deren ausladender Leibesfülle.

Nun, da der Kampf vorüber war, standen sie alle ein wenig ratlos inmitten der Erschlagenen und der traurigen Überreste der Zwerge. Was an Rüstung und Bewaffnung noch halbwegs brauchbar gewesen war, das hatten sie sich genommen, sodass sie zusammen eine halbwegs schlagkräftige Schar aus sehr hageren und sehr beleibten Unholden bildeten. Und gerade Letztere spähten immer wieder unschlüssig zu ihrem Original herüber.

»Was glotzen die denn so dämlich?«, raunzte Rammar vor sich hin. »So stark und schrecklich wie ich werden die niemals werden, das müsste ihnen eigentlich klar sein.«

»Wir sollten ihnen danken, findest du nicht?«, fragte Alannah. Sie hatte nach Evan gesehen, der sich noch nicht zurückverwandelt hatte. Infolge der zahllosen Schnittwunden, die seinen Körper übersäten, war er im Moment wohl einfach zu schwach dazu. Mithilfe von Stoffstreifen, die sie aus ihrem Rock gerissen hatte, hatte die Elfin sie notdürftig versorgt. »Ohne ihre Hilfe wären wir nicht mehr am Leben.«

»Du hast nicht besonders überrascht gewirkt, als plötzlich so viele von uns aus der Grube kamen«, stellte Rammar fest. »Hast du gewusst, dass das passieren würde?«

»Gehofft, würde ich eher sagen.« Alannah lächelte. »Zum einen seid ihr beide Nachkommen Currans und habt damit nicht nur Elfenblut in euren Adern …«

»Erinnere mich bloß nicht daran.«

»… sondern gewissermaßen auch dasselbe Blut wie Enok«, brachte die Elfin ihren Gedanken zu Ende.

»Das erklärt doch gar nichts. Enok ist ja auch nicht gleich ein paar Dutzend Mal aus dem Becken gestiegen!«

»Nein«, gab Alannah zu, »aber als Erbe des Drachenkaisers ist er auch ein komplizierteres Wesen, als ihr es seid. Bei ihm hat es nur ausgereicht, um ihn zu erneuern – ihr hingegen seid … einfacher gestrickt, also …«

»Ruhe jetzt, kein Wort mehr.« Rammar schnaubte. »Jetzt ist mir jedenfalls auch klar, woher die Geschichten von Luraks Pfuhl einst gekommen sind. Weil nämlich die ersten Orks alle aus so einem Ding gekrochen sind.«

»Gut möglich. In vielen uralten Geschichten verbirgt sich ein Kern von Wahrheit.«

»Elfenweib«, knurrte Rammar, »seit der Lange und ich hier sind, haben wir unentwegt Begegnungen mit uralten Geschichten. Dieser ganze Kontinent ist voll davon.« Er sah zu Balbok, der mitten unter seinen Doppelgängern stand, erkennbar eigentlich nur daran, dass seine Rüstung aus Leder war und deshalb auch nicht rostig. Wie es aussah, schien er sich mit seinen Ebenbildern bestens zu verstehen – sie klopften ihm auf die Schulter und schienen ihn als ihren Anführer anzuerkennen.

Kein Wunder, sagte sich Rammar – wenn sie alle genauso dämlich waren wie Balbok, konnten sie ja auch nicht erkennen, wie hirnlos das Original war, von dem sie stammten.

Aus irgendeinem Grund gönnte er Balbok die Gesellschaft nicht. Schließlich war es höchst unnatürlich, inmitten einer Meute von Kopien seiner selbst zu stehen … aber vielleicht lag es auch nur daran, dass Rammar eifersüchtig war. Wenn Balbok jetzt all diese

Ebenbilder hatte, mit denen er sich so gut verstand, wozu brauchte er dann noch einen Bruder?

Natürlich hätte Rammar es ihm gleichtun und die Nähe seiner Doppelgänger suchen können. Aber obwohl sie ihm und den anderen unbestritten den *asar* gerettet hatten, konnte er die dicken grünen Kerle nicht leiden. Schließlich konnte es nur einen Rammar den Schrecklich Rasenden geben …

»Also, Elfin«, wechselte er gedanklich das Thema. »Nachdem der Weg nach draußen wieder frei ist, sollten wir zusehen, dass wir verschwinden. Mit etwas Glück haben der Drachenkopf und die Milchgesichter es inzwischen geschafft, Enok zu befreien, dann können wir …«

»Darauf würde ich nicht setzen!«, drang eine schneidende Stimme aus Richtung des Eingangstors.

Eine Stimme, die sie alle nur zu gut kannten.

Und, soweit es Rammar betraf, abgrundtief verabscheuten.

Im nächsten Moment traf etwas mit hässlich beiläufigem Geräusch auf dem Boden auf. *Tock, tock, tock, tock, tock* machte es mit rascher werdender Frequenz.

Dann rollte etwas aus dem Halbdunkel heran.

Es war grün und schuppenbesetzt, und zwei weit aufgerissene Augen starrten, so hatte es den Anschein, in stillem Vorwurf daraus hervor.

Durwains Haupt.

»Der Drachenkopf!«, rief Rammar heiser.

»*Korr*, und zwar nur der Kopf«, fügte Balbok hinzu.

Dann waren Schritte zu vernehmen, und Lady Aderyn trat in den Fackelschein, in Begleitung nicht nur ihrer Schwarzen Garde, was noch zu verschmerzen gewesen wäre; auch Pyaras und seine Seeleute waren bei ihr, die ganz offenbar die Seiten gewechselt hatten.

»*Shnorsh*«, knurrte Alannah, ehe Rammar es tun konnte.

»Alle Achtung«, sagte Aderyn und neigte spöttisch das Haupt, »ihr habt es trotz der feindlichen Übermacht geschafft, am Leben zu bleiben, mit welchen Mitteln auch immer«, fügte sie mit Blick auf die Schar der sich einander doch ziemlich ähnelnden Orks hinzu. Ein paar von den Balboks grinsten breit und winkten, worauf sie von den Rammars angerempelt und mit feindseligen Blicken bedacht wurden.

»Nicht zu fassen«, kommentierte der echte Rammar.

Wenn der Auftritt ihrer Feindin sie überrascht hatte, so ließ Alannah es sich nicht anmerken. Gefasst trat sie Aderyn entgegen, erst zwischen den Säulen blieb sie stehen.

»Du hast Durwain getötet«, stellte sie fest.

»Was hast du erwartet?« Aderyn zischte. »Hast du wirklich geglaubt, dass ich mir einfach wieder nehmen ließe, was ich durch List errungen habe? Aber Durwains Verlust sollte dich nicht allzu traurig stimmen, Elfin, denn im Grunde habe ich dir nur die Arbeit abgenommen. Er war auf dem besten Weg dazu, euch alle zu verraten.«

»Lüge!«, rief Gullwyn.

»Wirklich?« Aderyns Grinsen wurde lauernd. »Warum hat er mir dann berichtet, weshalb du hier bist, werte Nachkommin? Welche Kraft diesem Pfuhl und diesen Flammen innewohnt? Und welche wichtige Rolle der falsche Kaiser dabei spielt?«

Sie hob den rechten Arm, worauf mehrere Gardisten ein sich verzweifelt wehrendes Bündel heranschleppten und neben ihr auf den Boden warfen. Die Drachenfrau setzte einen Fuß darauf wie auf eine Trophäe.

»Enok!«, rief Balbok so gequält, als wäre er selbst es, den man gefangen und verschnürt hatte.

»Lass den Kleinen in Ruhe!«, verlangte auch Rammar, »oder ich werde dir …«

Sie bedachte ihn mit einem kalten Blick. »Willst du mir wirklich drohen?«

»Das letzte Mal warst du dir deiner Sache auch ziemlich sicher, Drachenweib – und es ist nicht gut für dich ausgegangen.«

»Das ist wahr, doch habe ich aus meinen Fehlern gelernt. Wie ihr sicher schon bemerkt habt, haben eure Leute die Seiten gewechselt und kämpfen nun in meinen Reihen.«

»Ist es das, was aus euch geworden ist? Verräter?«, fragte Nemion entrüstet hinüber.

Kapitän Pyaras wich dem anklagenden Blick von Alannahs Diener aus und sah beschämt zu Boden. Seine Mannschaft jedoch hatte damit ganz offenbar kein Problem.

»Von deiner Herrin wurden wir schon lange zuvor verraten, Zwerg«, rief einer erbost. »Sie hat uns vierzig Jahre unseres Lebens genommen!«

»Aderyn wird sie uns wiedergeben«, schrie ein anderer.

»Wenn sie euch das erzählt hat«, begann Alannah, »hat sie euch betrogen, denn Kriegsherrin Aderyn kennt das Geheimnis des *apiron* nicht. Noch kennt sie die wahre Macht, die den Flammen innewohnt!«

»Hört nicht auf sie!«, hielt Aderyn dagegen, »sie ist nichts als ein wütendes altes Weib, das seine Sache verloren sieht und darauf mit Verbitterung reagiert.«

»Was das Alter angeht«, konterte Alannah, »so bist du mir noch um ein paar Jahrtausende voraus. Und was den Rest betrifft, so glaube ich nicht, dass Durwain dir alles verraten hat. Wohl, weil er es selbst nicht besser wusste.«

»Er hat mir genug gesagt. Er hat mir verraten, dass Currans Blut dazu fähig ist, dem *apiron* heilende Kraft zu entlocken, und nichts anderes will ich vorerst tun. Genauso, wie ihr es ganz offenbar getan habt«, fügte sie mit einem abschätzigen Blick auf die unzähligen Balboks und Rammars hinzu. »Willst also ausgerechnet du mir vorschreiben, was ich tun soll und was nicht?«

»Die Macht der Schöpfung ist zu groß, als dass man mit ihr spielen sollte«, widersprach Alannah. »Der Dunkelelf selbst hat es versucht und ist daran gescheitert, und er war sehr viel klüger als du. Man kann sie nicht kontrollieren, sondern sich ihr nur ausliefern. Auf das, was dann geschieht, hat niemand von uns Einfluss.«

»Dennoch würde ich es gerne versuchen«, beharrte Aderyn mit vor Mordlust glänzenden Augen. »Also gib den Weg frei!«

»Wir sollen die größte Kraftwelle nicht nur Anwars, sondern von ganz Erdwelt einem von der Gier nach Macht und Rache zerfressenen Monstrum überlassen?«, fragte Alannah, und es schienen sowohl die Elfin als auch Beeka aus ihr zu sprechen. »Niemals!«

Aderyn grinste nur. »Ich wusste, dass du das sagen würdest«, versicherte sie – und im nächsten Moment ruhte ihre Sägeklinge am Hals von Enok, der ihr hilflos zu Füßen lag. »Wie Durwain mir freundlicherweise verraten hat, muss euer Schützling nicht am Leben sein, um die Kraft des *apiron* zu entfesseln. Sein Blut genügt – das Blut des Drachenkaisers!«

»*Douk!*«, rief Balbok entsetzt. Er stand jetzt ganz vorn an einer der Säulen, nur einen Axtwurf von Aderyn entfernt, und doch konnte er nichts tun, ohne Enoks Leben zu gefährden.

Stille trat in dem uralten Gewölbe ein, nur das Knistern der Fackeln war noch zu hören.

Die Zeit schien stillzustehen.

Es war der Augenblick vor der Schlacht, jener Moment, in dem jedem Beteiligten klar wurde, dass es kein Entkommen gab, dass Kampf und Blutvergießen unausweichlich waren …

Doch plötzlich regte sich etwas!

Es war Pyaras, der alle Scham und Lethargie von sich abschüttelte, sein Entermesser zog und sich damit auf Aderyn stürzen wollte – doch die Instinkte der Drachenkriegerin warnten sie. In einer blitzschnellen Geste, die beinahe beiläufig wirkte, fuhr sie herum und riss ihr Schwert empor, parierte zuerst den Hieb und ließ die Sägeklinge dann quer über Pyaras' Brustkorb gleiten.

In einem Blutschwall ging der Kapitän der *Gorwal* nieder. Die Gardisten und auch einige seiner Matrosen brachen darüber in Triumphgeschrei aus, in dem sich ihre eigene Blutlust und ihr Durst nach Rache Bahn brachen. Andere Seeleute standen starr vor Entsetzen, nun, da sie sahen, was ihr Verrat bewirkt hatte. Doch was auch immer sie empfanden, Aderyn war dadurch für einen Augenblick abgelenkt – und diesen Augenblick nutzte Balbok.

Der echte.

Wie ein Schatten glitt er hinter der Säule hervor, war mit zwei, drei großen Schritten bei Enok, packte ihn und riss ihn an sich. Und ehe Aderyn oder einer ihrer Gardisten reagieren konnte, hatte er ihn sich bereits wie einen erlegten Gnom über die Schulter geworfen und war auf der Flucht.

Die anderen Balboks eilten ihm zum Schutz entgegen, ebenso wie die Rammars, die alle lauthals lamentierten, und als die Drachenfrau und ihre Schergen endlich begriffen, was die Stunde geschlagen hatte, gingen die Orks zum Angriff über.

18.

UMM KRICH'DOK'DH

Mit wildem Gebrüll, das sich nicht nur nach einem guten Dutzend, sondern nach mindestens einhundert Kriegern anhörte, gingen die Orks auf Aderyns Leute los. Diese waren zwar, zumal dank der Verstärkung durch die Gardisten, bei Weitem in der Überzahl, jedoch hatten Soldaten und Seeleute nie Seite an Seite gekämpft und gelernt, ihre Schlagkraft zu vereinen, wohingegen die Unholde einander nur zu gut kannten – sie waren schließlich Brüder.

In einer Form von Arbeitsteilung, die sich schon in unzähligen Scharmützeln bewährt hatte, stürmten die Balboks vor und schlugen wild um sich, während die Rammars Sturmwalzen gleich hinterdreinrollten. Unterstützt wurden sie dabei von Alannah und den Wildwüchsen: Evan, der sich seinen nur notdürftig versorgten Wunden zum Trotz wieder in den Kampf stürzte, dem wütend blubbernden Gullwyn und Drel, dessen Arme zu langen Peitschen wurden, die zornig nach den Gegnern schlugen. Ein neuerliches Hauen und Stechen entbrannte – mit dem Unterschied, dass diesmal noch keiner der Gegner von vornherein tot war und auf beiden Seiten geblutet wurde.

Balbok unterdessen hatte Enok zu Rammar getragen. Gemeinsam waren die Orks dabei, ihren Schützling von seinen zahllosen Fesseln zu befreien.

»*Shnorsh* noch eins«, meinte Rammar, »du hast denen wirklich Ärger gemacht, was?«

»*Korr*«, stimmte Balbok grinsend zu, »es braucht halt einen Haufen Stricke, wenn man einen Ork aus echtem Tod und Horn fesseln will.« Mit den grünen Fingern griff er nach dem Knebel und zog ihn ihrem Schützling aus dem Mund.

»Danke!«, war das Erste, was Enok hervorstieß, zu Rammars Verdruss. »Ich wusste, dass ihr mich nicht hängen lasst!«

»*Korr*, das mit dem Hängen haben wir schon hinter uns«, stimmte Balbok zu.

»Was ist passiert?«, wollte Rammar wissen.

»Durwain«, sagte Enok nur. »Er hat uns verraten.«

»Ich wusste gleich, dass er so falsch ist wie ein ganzer Halbling.« Rammar rollte mit den Augen und stand auf. »Und jetzt lasst uns verschwinden, und zwar ganz schnell, solange hier alle noch beschäftigt sind«, fügte er mit einem Blick zu den Säulen hinzu, wo das Scharmützel tobte. Zu seinem Verdruss sah er wieder einen seiner Doppelgänger zu Boden gehen, durchbohrt von den Klingen gleich mehrerer Gardisten – während Alannah sich inzwischen zu Aderyn durchgekämpft hatte und mit ihr in wilder Folge die Klingen kreuzte …

»Wir sollen fliehen?«, fragte Enok ungläubig.

»Jedenfalls will ich nicht darauf warten, wie das Duell zwischen der Elfin und dem Drachenweib ausgeht.«

»Und unsere Brüder?«, fragte Balbok.

Rammar schnaubte. »Mir reicht der eine.«

»Und unsere Freunde?«

»Orks haben keine, schon vergessen?«

»Das ist nicht wahr«, widersprach Enok. »Ohne Alannah und die Wildwüchse wäre ich längst nicht mehr am Leben! Ich muss hierbleiben und ihnen helfen … und Pyaras! Er hat mich vor Aderyns Klinge gerettet.«

»Den Seefahrer kannst du vergessen«, knurrte Rammar. »Die Drachenfrau hat ihn aufgeschlitzt, er ist so tot, wie man nur sein kann.«

»Und wenn du dich irrst?« Die letzten Fesseln waren durchschnitten. Enok schüttelte sie ab und sprang auf, bewegte seine schmerzenden Handgelenke. »Sieh nach ihm, Rammar«, befahl er dann. »Balbok und ich kümmern uns um die anderen.«

»Was du nicht sagst.« Rammar grunzte. »Und warum sollte ich das tun?«

»Weil ich der verdammte Kaiser bin und es sage, deshalb!«, stellte Enok klar, und das in einem Tonfall, der seiner widerhergestellten Jugend zum Trotz nichts mehr von dem halbwüchsigen Knaben an sich hatte, sondern von Reife und Erfahrung kündete – und keinen Widerspruch duldete.

Rammar zögerte einen Augenblick, bass erstaunt.

»*Shnorsh* noch mal, ist ja schon gut«, maulte er dann, schickte sich aber an, die Anweisung auszuführen. »Man wird ja wohl noch mal nachfragen dürfen …«

»Und das ist alles, was du aufbieten kannst?«

Über ihre gekreuzten Klingen hinweg blitzte Aderyn Alannah feindselig an. Ringsum tobte der Kampf zwischen Orks, Gardisten, Wildwüchsen und Seeleuten. Doch die beiden Frauen hatten nur noch Augen für die jeweils andere, so als gäbe es in diesem Moment nichts außer ihnen.

Schon mehrmals waren ihre Klingen einander begegnet, und es hatte sich gezeigt, dass sie einander mehr als ebenbürtig waren. Aderyn aufgrund der zusätzlichen Kraft, die ihr das Drachenerbe in ihren Adern verlieh; Alannah aufgrund des jungen Körpers, den sie sich glücklicherweise gewählt hatte, und seiner kampferprobten Reflexe. Andernfalls hätte sie gegen die Drachenfrau nicht den Hauch einer Chance gehabt.

»Wir werden sehen«, stieß sie zwischen zusammengebissenen Zähnen hervor, »vielleicht bin ich ja noch für die eine oder andere Überraschung gut.«

Sie hatte es kaum ausgesprochen, als sie ihre Gegnerin mit einer Finte dazu brachte, ihren Block aufzugeben. Indem Alannah mit beiden Beinen vom Boden absprang, schlug sie abermals zu, wobei sie sich in der Luft um ihre Längsachse drehte, ehe sie weich federnd wieder auf dem Boden landete. Jeden anderen Gegner hätte ein solches Manöver völlig unerwartet getroffen und ihn vermutlich das Leben gekostet – Kriegsherrin Aderyn parierte den Angriff mühelos.

Und das aus gutem Grund …

»Bemüh dich erst gar nicht«, beschied sie Alannah mit einem bösen Grinsen. »Deine Technik im Umgang mit der Klinge, dein Wissen um elfischen Schwertkampf – es stammt aus denselben Quellen, aus denen auch ich einst schöpfte. Du kannst nichts tun, womit ich nicht rechnen, nichts planen, was ich nicht erahnen würde.«

»Ist das der Grund, warum du mich derart hasst?«, fragte Alannah, während sie einander lauernd umkreisten.

»Ich hasse dich nicht, ich verachte dich«, erklärte Aderyn mit vor Abscheu herabgezogenen Mundwinkeln. »Alles, was du bist und wofür du stehst, habe ich einst hinter mir gelassen.«

»Du hast keine Ahnung, wofür ich stehe.«

Aderyn lachte nur. »Ich kenne das Elfenreich und seine gekrönten Häupter, umweht vom Odem der Jahrtausende – dabei war es in Wahrheit nur der Gestank von Verfall und Verwesung. Das alte Reich war längst am Ende, es wollte nur niemand wahrhaben. Bis auf Curran, doch sein Vater der König wollte von alldem nichts wissen und den alten Weg weitergehen bis zum sicheren Ende. Also hat Curran neue Pfade beschritten …«

»… und sich mit Margok verbündet, der ihn später verstoßen und hierher verbannt hat«, ergänzte Alannah grimmig. »Besonders weit hat ihn sein Pfad also nicht geführt.«

Wieder trafen ihre Schwerter aufeinander, in schnellerer Folge, als das Auge eines Sterblichen es wahrnehmen konnte. Funken stoben von den Klingen, doch keine der beiden Kämpferinnen vermochte der anderen einen Vorteil abzutrotzen.

»Vielleicht nicht«, räumte Aderyn ein, »doch hat er fraglos etwas angestoßen … wäre es nicht so, wären wir beide nicht hier, und es gäbe nichts, worum wir kämpfen.«

»Das hat er«, gab Alannah zu. »Und wie immer, wenn einer etwas anstößt, ohne dabei das Ende zu bedenken, birgt es große Gefahr. Deshalb bin ich hier.«

»Um die Macht des *apiron* für dich zu gewinnen«, stieß Aderyn hervor. Hass flammte in ihren Augen.

»Nein.« Die Elfin schüttelte den Kopf. »Um es zu beenden.«

Aderyn lachte nur. »Siehst du, das unterscheidet uns. Denn obwohl ich um so vieles älter bin als du, habe ich gerade erst angefangen!«

Damit trug sie erneut einen Ausfall vor, diesmal so wütend, dass Alannah vor der Wucht der Hiebe zurückweichen musste. Nicht nur, dass die Sägeklinge schwerer war als ihre eigene, die Attacken, die die Drachenfrau übte, waren jetzt auch mit derartiger Kraft geführt, dass sie sie nicht mehr parieren konnte und ausweichen musste. Nun, da ihr Zorn entfesselt war, schien Aderyn zu einer noch schrecklicheren Gegnerin zu werden.

Wieder pfiff die mörderische Klinge heran.

Alannah duckte sich darunter weg und dreht sich zur Seite, hörte, wie die Klinge über ihr in das Gestein einer Säule krachte und eine Kerbe schlug, Gesteinsbrocken spritzten nach allen Seiten. Mit einer Verwünschung riss Aderyn ihr Schwert wieder heraus und hieb abermals nach ihrer Gegnerin, doch Alannah hatte sich blitzschnell hinter die Säule geflüchtet, die die Drachenfrau nun umrunden musste.

»Was ist los?«, zischte sie dabei. »Versteckst du dich jetzt vor mir? Ist dir endlich aufgegangen, dass das bisschen Geschick, das du hast, noch dazu in diesem zerbrechlichen Körper, mir nichts entgegenzusetzen hat?«

Als Antwort stellte Alannah sich ihr erneut zum Kampf. Wieder trafen sich die Klingen mit hartem metallischem Klang. Beide führten ihre Schwerter beidhändig nach der alten Art, doch anders als zuvor schien Aderyn jetzt im Vorteil zu sein. Ihre Ausfälle und Schläge hatten noch immer dieselbe Wucht und Schnelligkeit, wohingegen Alannahs – Beekas – Kräfte an ihre Grenzen stießen.

Der Atem der Elfin ging stoßweise, ihr Herzschlag raste. Nach all der Zeit hatte sie beinahe vergessen, wie es war, in einem sterblichen Körper zu stecken und seinen Unzulänglichkeiten ausgeliefert zu sein.

Sie geriet in die Defensive.

Als Aderyn sie erneut mit einer raschen Folge von Schwerthieben eindeckte, blieb ihr nichts, als weiter zurückzuweichen – bis sie das Becken des *apiron* im Rücken hatte und nicht mehr weiterkonnte. Sich mit beiden Händen an ihre Klinge klammernd, suchte sie die wütenden Schläge ihrer Gegnerin so gut wie möglich zu parieren, wissend, dass der erste Streich, der mit voller Wirkung zu ihr durchdrang, auch der letzte sein würde.

Unter den furchtbaren Hieben der Sägeklinge ging Alannah in die Knie. Tränen der Verzweiflung stiegen ihr in die Augen, die ihre Feindin mit heiserem Triumphgeheul quittierte.

Die Lust zu töten, ihre Gegnerin mit dem kalten Stahl zu durchstoßen, stand jetzt deutlich in Aderyns giftig grünen Augen zu lesen. Alannah fragte sich, ob diese das Letzte sein würden, was sie in ihrem langen Leben sah …

Im nächsten Moment kam der Hieb, dem sie nichts mehr entgegenzusetzen hatte. Alannah sah die gezackte Klinge heranzucken und erwartete den vernichtenden Streich … doch er erfolgte nicht. Denn plötzlich war eine rostige Axt zwischen Aderyn und ihr und wehrte den tödlichen Hieb nicht nur ab, sondern warf die Drachenfrau zurück.

»Das reicht jetzt«, knurrte eine große grüne Gestalt, die sich schützend vor Alannah stellte.

Balbok!

»Natürlich.« Aderyn spuckte angewidert aus. »Hast du schon wieder die Seiten gewechselt, du elender Verräter?«

»Ich will nicht gegen dich kämpfen«, versicherte der große Ork und klang dabei hilflos wie ein Kind, der klobigen Axt in seinen Klauen ungeachtet.

»Das ist dein Problem. Du hast dich für die falsche Seite entschieden. Und dafür wirst du jetzt sterben!«

»Wird er nicht – weil er nicht allein ist!«

Enok war hinzugetreten, eine Klinge in den Händen, die er einem toten Gardisten abgenommen hatte. Auch Alannah hatte sich wieder auf die Beine gerafft und hielt beidhändig ihr Schwert. So stand es drei gegen eine …

Mit einem flüchtigen Blick sah Aderyn nach ihren Gardisten, doch die waren in heftige Kämpfe mit den Orks verstrickt, zudem hatte sie sich im Eifer des Duells weit von ihren Reihen entfernt.

»Ihr habt genug Schaden angerichtet«, stellte Enok fest. »Ergebt Euch mit Euren Leuten, und ich sichere Euch einen fairen Prozess zu.«

»Einen fairen Prozess? Du?« Sie warf den Kopf in den Nacken und lachte, laut und hasserfüllt. »Mit welcher Legitimation, du elende Missgeburt?«

»Ich bin Currans Erbe! Sein Blut fließt in meinen Adern!«

»Aber weder bist du sein Sohn noch von seinem Fleisch, sondern nur eine Nachahmung! Eine Illusion! Ein Hochstapler, nicht mehr.«

»So wie die Orks dort«, konterte Alannah. »Dennoch lehren sie deine Gardisten gerade das Fürchten.«

Aderyn schüttelte den Kopf. »Ich werde mich nie unterwerfen. Ich war Currans Kriegerin, seine Waffenschwester und seine Geliebte. Wenn die Krone des Drachenkaisers jemandem zusteht, dann mir und niemandem sonst – und ich werde sie mir nehmen!«

»Versuch's nur«, forderte Enok sie auf.

Die Kriegsherrin verfiel erneut in höhnisches Gelächter, unersättliche Machtgier und die Überheblichkeit eines Lebens, das bereits zu lange währte, schwangen gleichermaßen darin mit.

Dann griff sie an.

Um ihre Achse wirbelnd, führte sie ihre Klinge auf halber Höhe und attackierte alle drei Gegner gleichzeitig, ehe sie blitzschnell mit einem Bein zustieß und Enok von den Beinen fegte. Alannah und Balbok setzten nach und gingen zum Gegenangriff über, doch die Drachenfrau wich ihren Hieben aus und sprang hoch in die Luft, landete auf dem Rand des Beckens.

Den Vorteil nutzend, den ihre erhöhte Position ihr gab, hieb sie auf Balbok ein, der den Schaft der Axt dazu benutzte, ihre wütenden Hiebe zu parieren – allerdings nicht lange. Das morsche Eisen gab nach und brach, sodass der verblüffte Ork plötzlich zwei Teile in den Klauen hatte, auf die er einigermaßen verwundert starrte.

Aderyn lachte und holte aus, und ihr nächster Hieb hätte ihm wohl das schmale Haupt gespalten, hätte Alannah nicht im selben Moment ihre ungeschützten Beine attackiert. Geblendet von Blutdurst und dem Bestreben, die Klinge in Balboks Haupt zu senken, achtete die Drachenfrau nicht darauf – und schrie gequält auf, als Alannahs Klinge in ihren Unterschenkel fuhr.

Das Panzerung ihrer Schuppenhaut verhinderte, dass ihr Bein durchtrennt wurde, doch der Schnitt ging bis in den Knochen. Aderyn brach auf der Seite ein und rang um Gleichgewicht – worauf Balbok ihr mit dem stumpfen Ende des durchtrennten Axtstiels einen Stoß versetzte.

Mit einer Verwünschung auf den geschuppten Lippen kippte Aderyn nach hinten ins Leere. Den Ausdruck in ihren reptilienhaften Gesichtszügen würde keiner, der ihn in diesem Moment erblickte, jemals wieder vergessen.

Überraschung schwang darin mit, Hass und namenloser Zorn.

Vor allem aber die Erkenntnis, dass ihre hochtrabenden Pläne am Ende waren und nichts und niemand sie vor dem würde bewahren können, was einen Lidschlag später geschah …

Die Drachenfrau fiel rücklings in das Becken. Flammen schossen empor, wie zuvor bei Enok und den Orks, doch waren sie diesmal nicht von grüner Farbe, sondern von einem orangeroten Leuchten erfüllt, und enorme Hitze ging davon aus, die die Gefährten blendete und zurückweichen ließ.

Aderyn schrie gauf.

Gewöhnlichem Feuer hätten ihre Haut und ihre Schuppen wohl zu widerstehen vermocht, doch diese Flammen waren anders, und nicht nur, weil das *apiron* sie nährte; sondern auch, weil noch das Feuer derer, die sich einst hineinbegeben hatten, noch immer darin brannte, und diesen Flammen vermochte keine Kreatur lange zu widerstehen – Drachenfeuer!

Wie eine Kreatur, die nach jahrtausendelangem Schlaf wieder erwacht und nun von unersättlichem Hunger erfüllt war, verzehrten die Flammen Aderyn. Sie fraßen sie bei lebendigem Leib, verzerrten ihre fremdartigen und gefühlskalten, doch einstmals so schönen Gesichtszüge zu einer Maske des Grauens …

»Aderyn! Nein …!«

Sich mit erhobener Klaue vor Feuerschein und Hitze schützend, wankte Balbok auf das Becken zu, sah blinzelnd in die lodernden Flammen.

»Balbok!«, kam es schaurig zurück. »Hilf mir …!«

Durch zu Schlitzen verengte Augen konnte der Ork erkennen, wie sie ihm einen verbrannten Arm entgegenreckte. Trotz der vernichtenden Hitze streckte er seine eigene Klaue aus und hielt sie in die Flammen, die sofort begannen, das Fleisch von den Knochen zu nagen. Der Schmerz war kaum auszuhalten, aber Balbok biss die Zähne zusammen, und um ein Haar begegneten sich ihre Hände … doch einen Lidschlag, ehe sie einander berührten, hatte es den Anschein, als würde die Drachenfrau von etwas gepackt und in den heißen Kern der Flammen gerissen.

Ihr gellender Schrei, der sich in Balboks Erinnerung einbrannte und den er nie vergessen würde, verhallte.

Dann war sie verschwunden.

19.

LASHAR'HAI

Das Drachenfeuer über der Grube erlosch so plötzlich, wie es aufgeflammt war. Von einem Moment zum anderen fiel das Gewölbe wieder in das nur von Fackelschein beleuchtete Halbdunkel zurück, das nun noch düsterer wirkte als zuvor.

Aus vielen Gründen.

Balbok stand wie angewurzelt, starrte auf seine rechte Klaue. Die grüne Haut war aufgesprungen und hatte sich an einigen Stellen schwärzlich verfärbt, Brandwunden übersäten sie, die scheußlich schmerzten und eitern würden … aber der große Ork merkte nichts davon. So wie er den Kampflärm nicht mehr wahrnahm.

Dafür hatte er noch immer Aderyns Schrei in den Ohren, sah

ihre grausig verzerrten Gesichtszüge vor sich und ihre Augen, in denen für einen kurzen Moment nackte Angst zu sehen gewesen war, ehe das Feuer sie aufgefressen hatte.

»Sie … sie ist tot!«, rief jemand. »Die Kriegsherrin ist tot!«

Es dauerte einen Augenblick, bis die Worte Widerhall fanden und ihre Bedeutung in die von Kampfeslust trunkenen Köpfe drang. Dann jedoch verbreiteten sie sich wie ein Lauffeuer, unter den Soldaten der Schwarzen Garde ebenso wie unter den Seeleuten …

»Aderyn ist tot!«, erscholl es reihum.

»Wir haben keine Anführerin mehr!«

Diese Erkenntnis änderte alles.

Eines Zwecks beraubt, für den sie weiterkämpfen sollten, ließen die Gardisten in ihren Bemühungen nach, und nicht wenige von ihnen wurden ein Fraß der Klingen, mit denen die wenigen noch verbliebenen Balboks und Rammars auf sie einschlugen. Andere ließen die Waffen fallen und ergaben sich, wieder andere wandten sich zur Flucht, zur Verwirrung der Seeleute, die sich auf ihre Seite geschlagen und erbittert gekämpft hatten – und nun treulos im Stich gelassen wurden. Unter lautem Geschrei hasteten auch sie davon, hinaus in die Dunkelheit, dem ungewissen Schicksal entgegen, das dort auf sie wartete. Evan jagte ihnen hinterdrein, vertrieb sie mit lautem Gebrüll, das durch den Stollen hallte und ihnen noch eine Weile auf den Fersen blieb.

Der Kampf war vorüber.

Der Sieg gehörte dem Kaiser und den Seinen.

Nicht nur die Wildwüchse, auch die Orks verfielen in lautes Triumphgeschrei. Die Balbok-Ebenbilder stimmten gar einen schrägen Siegesgesang an, unter Protest der beiden noch verbliebenen Rammar-Doppelgänger, die sich protestierend die Ohren zuhielten.

»Wir haben gewonnen, Rammar!«, rief der echte Balbok seinem Bruder zu.

»Was du nicht sagst, Faulhirn! Ich dachte, deine Sprösslinge wären allesamt kastriert worden, weil sie so schreien!« Schnaubend kam der dicke Ork angewankt, die reglose Gestalt von Kapitän Pyaras auf den starken Armen. »Hilf mir gefälligst mit dem Milchgesicht, das Drachenweib hat ihn übel zugerichtet.«

Das war nicht übertrieben.

Die klaffende Wunde, die Aderyn Pyaras beigebracht hatte, zog sich quer über seinen Brustkorb, von der rechten Schulter bis hinab zur linken Hüfte. Überall war Blut, längst hatte er das Bewusstsein verloren. Doch noch immer schlug sein Herz, und Atemzüge dehnten seine malträtierte Brust … auch wenn sie immer schwächer wurden.

Balbok kam Rammar zu Hilfe, gemeinsam trugen sie den alten Seefahrer zu Enok und Alannah. Die Elfin ließ einen prüfenden Blick über Pyaras' blutigen Körper wandern, dann schüttelte sie den Kopf.

»Können wir wirklich nichts für ihn tun?«, fragte Enok. »Er hat mir das Leben gerettet …«

»… und er hat mir die Treue gehalten, als sich alle seine Leute von ihm abgewandt haben«, ergänzte Alannah. Sanft strich sie Pyaras über die Stirn, entfernte eine Strähne schlohweißen Haars aus seinem blutigen Gesicht. »Verzeiht mir, Kapitän. Ich wollte nicht, dass es so kommt …«

»Weißt du, Elfenweib«, knurrte Rammar, »ich glaube, das würde er lieber selbst von dir hören.«

Und noch ehe Alannah oder Balbok oder irgendjemand sonst begriff, was er vorhatte, war der feiste Ork bereits dabei, mit Pyaras auf seinen Armen über den Rand des Beckens zu steigen. Einen Herzschlag später stand er schon bis zu den dicken Knien in der wabernden Urmasse und ließ den fast leblosen Körper des Kapitäns hineingleiten. Kleine Flammen umzüngelten ihn, die jetzt wieder kalt und grün waren.

»Natürlich«, folgerte Alannah, »Aderyns Drachenerbe hat die Zerstörungskraft des *apiron* entfaltet …«

»… während Currans elfisches Erbe Leben spendet«, ergänzte Nemion, der zu ihr getreten war. Der Zwergendiener blutete aus einer Wunde an seiner Schläfe, sein Gewand war besudelt und zerschlissen. Doch auch er hatte überlebt, und nur das zählte in diesem Augenblick.

Keiner der Gefährten wusste später mehr zu sagen, wie lange sie so gestanden und gewartet hatten – doch schließlich tauchte etwas aus den grünen Flammen auf, und Rammar bückte sich und zog es heraus. Schwerfällig kam es auf die Beine, sah sich inmitten des kalten Feuers um, als wäre es neu auf dieser Welt und würde nichts begreifen.

Und in gewisser Hinsicht war das auch so.

Balbok trat ans Becken und half seinem Bruder dabei, es zu verlassen. Rammar wankte und stöhnte leise. Kein Wort kam über seine Lippen, er beschwerte sich noch nicht einmal. Was auch immer in dem Becken vor sich gegangen war, schien an seinen Kräften gezehrt zu haben.

Die Flammen erloschen – zurück blieb Pyaras, der aufrecht im Becken stand und kaum wiederzuerkennen war.

Nicht nur, dass sich die Wunde in seiner Brust geschlossen hatte; seine Haltung war nicht länger die eines alten Mannes. Jugendliche Kraft straffte seine Glieder, Muskeln zeichneten sich unter dem durchnässten, noch immer blutbesudelten Stoff ab. Seine Gesichtszüge waren nicht mehr von Falten zerfurcht, sondern lediglich von Sonne und Wetter gezeichnet; und seine Augen blickten in einer Zuversicht, die Alannah schon sehr lange nicht mehr darin gesehen hatte.

Balbok half auch ihm dabei, dem Becken zu entsteigen. Der Kapitän bebte am ganzen Körper, konnte kaum glauben, was mit ihm geschehen war. »Ram-Rammar«, stieß er hervor.

»Was denn noch?« Der Ork wandte sich unwirsch zu ihm um.

Ein flüchtiges Lächeln glitt über Pyaras' erschöpfte, nun aber wieder jugendliche Züge. »Ich hatte recht, die ganze Zeit über. Du warst unsere Hoffnung.«

»Schmarren.« Rammar schüttelte unwirsch das klobige Haupt. »Ich wollte mir nur nicht das Geflenne der Elfin und des Grünschnabels anhören müssen. Das ist alles.«

»Danke dennoch«, sagte Pyaras.

Rammar grunzte nur. »Und jetzt verschwinden wir endlich. Ich habe die Schnauze voll von Drachenweibern und untoten Hutzelbärten. Du etwa nicht, *umbal*?«, fragte er, an Balbok gewandt.

»*Korr*«, stimmte dieser nickend zu. Doch ein heimlicher, wehmütiger Blick ging in Richtung des Beckens.

»Die Orks haben recht«, pflichtete Alannah bei, an Enok gewandt, »Ihr müsst jetzt gehen.«

»Und du?«

»Ich werde bleiben.«

»Genau wie ich«, fügte Nemion hinzu. Die beiden tauschten einen stillen Blick.

»Wozu?«, wollte Enok wissen. »Lady Aderyn ist tot und Durwain ebenso. Die Gefahr ist gebannt!«

»Für dieses Mal«, räumte Alannah ein. Beekas schlanker Körper straffte sich, als sie ihn ansah, ihre Stimme nahm einen offiziellen Tonfall an. »Eure Arbeit ist damit getan, Majestät, aber nicht die meine. Der Grund, warum mein Diener und ich hierhergekommen sind, ist von jeher ein anderer gewesen.«

»Dann … hatte Durwain recht. Du willst dir die Macht des *apiron* zunutze machen?«

»Nein.« Sie schüttelte den Kopf. »Der Urstoff wurde verdorben, schon vor langer Zeit, um Margoks Zwecken zu dienen. Niemand vermag ihn zu kontrollieren. Solange er existiert, stellt er eine Gefahr für ganze Erdwelt dar, folglich …«

»Du bist nach Anwar gekommen, um ihn zu vernichten«, folgerte Enok.

Sie nickte nur. »Ich spürte seine Präsenz. Selbst weit entfernt, auf der anderen Seite des Meeres, verfolgte sie mich in Träumen und Visionen, auch wenn ich mir deren Ursprung zunächst nicht erklären konnte. Der geheime Bund der ›Erben Shakaras‹, zu dem auch der getreue Nemion gehört, half mir dabei, das Geheimnis zu ergründen, auf einem langen Pfad, der mich an viele Orte geführt hat … zuletzt nun hierher, ans Ziel meiner Reise.«

»Darum also ging es Euch«, flüsterte Pyaras. »Deshalb all die Opfer, die wir bringen mussten …«

Alannah nickte nur. »Anfangs wusste ich selbst nicht, wonach wir suchen oder wohin der Weg uns führen würde. Zu alt war das Rätsel und zu verwirrend vielfältig die Spuren. Aber irgendwann wurde mir klar, dass seine Lösung in Anwar zu suchen sein musste, jenseits der Barriere.«

»Es gab also immer … einen höheren Zweck«, folgerte der Kapitän.

»Den gab es, dennoch kann ich Euch nur bitten, mir zu vergeben, Kapitän. Anders als Eure Leute, die ich bedauerlicherweise nicht mehr um Vergebung bitten kann.«

»Sie haben ihren Pfad gewählt. So wie Ihr den Euren«, entgegnete Pyaras.

Alannah nickte nachdenklich, dann wandte sie sich wieder Enok zu. »Lebt wohl, Majestät. Möget Ihr mit Kraft und Weisheit über die Euren herrschen, so wie einst mein Gemahl Corwyn es tat, und möge Euch ein langes Leben in Frieden beschieden sein.«

»Ich danke dir«, versicherte Enok. »Aber … warum so förmlich? Und warum verabschiedest du dich? Ich verstehe nicht, wieso …«

»Weil sie nicht vorhat, diesen Ort jemals wieder zu verlassen«, erklärte Rammar leise. »Und versuch gar nicht erst, es ihr wieder auszureden. Wenn sich das Elfenweib erst einmal etwas in den Kopf gesetzt hat, lässt es sich davon nicht mehr abbringen.«

»*Korr*«, stimmte Alannah lächelnd zu. »Da scheint mich jemand gut zu kennen.«

»Worauf du einen lassen kannst.«

Sie nickte und wandte sich an die beiden Orks. »Auch wenn ihr es wahrscheinlich anders sehen werdet – ich für meinen Teil bin dankbar für diese unerwartete Begegnung, die uns das Schicksal zukommen ließ.«

»Darauf kannst du gleich noch einen lassen, dass wir das anders sehen. Nicht wahr, Langer?«

»Äh …«, machte Balbok.

»Schnauze«, knurrte Rammar.

»Und ich bin euch dankbar«, fuhr die Elfin in ihrer Rede fort, die in orkischen Ohren wie eine Hasstirade klang, »auch wenn ich euch vermutlich niemals begreiflich machen kann, wie sehr – und auch wenn es euch vermutlich keinen feuchten *shnorsh* interessiert.«

»*Douk*.« Rammar schüttelte den Kopf.

Alannah lächelte abermals, dann beugte sie sich vor, und so leise, dass nur die beiden Orks es hören konnten, sagte sie: »Ihr beide seid Helden, ob es euch nun gefällt oder nicht.«

Mit dieser bodenlosen Frechheit, die an sich Grund genug gewesen wäre, auf der Stelle in *saobh* zu verfallen (dass Rammar es nicht tat, lag nur daran, dass er so erschöpft war), wandte sich die Elfin von den beiden ab und ihrem Diener zu, der inzwischen von unter seiner zerschlissenen Robe einen Gegenstand hervorgeholt hatte.

Es war der Kristall.

Und indem sie sich ein letztes Mal nach ihren Gefährten umwandte, begann Alannah, Zauberin und Hohepriesterin von Shakara, Königin von Tirgas Lan und Trägerin des Siegels von Syola, leise Worte in jener uralten Sprache zu murmeln, die auf die Tage Mirons und der ersten Elfen zurückging und von den ersten Geheimnissen handelte, vom Werden der Welt und ihren Kindern. Sie hatte kaum damit angefangen, als der Kristall in Nemions Händen zu leuchten begann – und plötzlich sprang ein Blitz auf ihre schlanke Gestalt über, hüllte sie für einen Moment ein und flutete das Gewölbe mit Licht, das so grell war, dass die Anwesenden die Augen schirmen mussten.

Es währte nur Augenblicke, dann erlosch es wieder, und das Gewölbe fiel erneut in düsteres Zwielicht.

Der Kristall in Nemions Händen war jetzt von einem blauen Leuchten erfüllt. Ihm zu Füßen lag eine junge Frau mit blassgrüner Haut bewusstlos am Boden.

»Beeka!«

Enok eilte zu ihr und fiel bei ihr nieder. Er rief ihren Namen, schob seinen Arm unter Nacken und Oberkörper und hob sie zu sich hoch – doch auch wenn die Elfin Alannah den Körper verlassen haben mochte, war Beekas Geist offenbar nicht in ihn zurückgekehrt.

»Balbok! Rammar!«, rief Enok aufgebracht. »Wir müssen etwas unternehmen, sie …«

Ein hektischer Blick zu seinen Ziehvätern sagte ihm, dass deren

Aufmerksamkeit nicht ihm galt – sondern Alannahs Zwergendiener, der soeben dabei war, den Beckenrand zu erklimmen.

»Nemion«, rief Pyaras entsetzt, »was …?«

Der Zwerg hatte den Rand erklommen und wandte sich zu ihnen um. Ein Lächeln unsagbarer Erleichterung lag in seinen bartlosen Zügen. »Alles wird gut«, versicherte er, auf den leuchtenden Kristall in seinen Händen deutend. »Alles wird gut, meine Freunde.«

Damit ließ er sich nach hinten fallen.

20.

TUR'DOK!

Die Gefährten standen wie versteinert.

Vor ihren Augen hatte sich Nemion in die brodelnde Urmasse gestürzt und war augenblicklich darin versunken.

Kein Laut der Klage oder des Schmerzes war dabei über seine Lippen gekommen, und anders als zuvor gab es keine Flammen, weder solche der Verwandlung noch solche der Vernichtung.

Mit fast verstörender Beiläufigkeit hatte das Urelement sowohl den Zwerg als auch den Kristall mit dem Bewusstsein Alannahs darin verschlungen, und nun war Stille eingekehrt. Eine absolute, vollkommene Stille, die bleischwer auf den Gefährten lastete.

Bis ein dumpfes Rumoren zu hören war …

»Hörst du das auch?«, fragte Balbok flüsternd seinen Bruder.

»*Korr*, Faulhirn«, erwiderte Rammar, während er sich mit zu Schlitzen verengten Augen im Halbdunkel umblickte. »Und es gefällt mir überhaupt nicht …«

Wieder ein Rumoren, das aus dunkler Tiefe zu kommen schien und sich die Wände des Gewölbes hinauf fortsetzte. Und hatte sich nicht für einen Moment auch der Boden bewegt, so als würde der Berg in seinen Grundfesten erschüttert?

»Ein Beben!«, rief Enok, und Drel stieß einen schrillen Warnpfiff aus – als bereits der nächste Stoß erfolgte, diesmal so heftig, dass man ihn nicht mehr ignorieren konnte. Der Boden wankte, ein furchterregendes Grollen war plötzlich zu hören. Gesteinsbrocken brachen aus der Kuppeldecke und fielen klickernd zu Boden oder in das Becken mit dem *apiron* – und in diesem Augenblick schien der Urstoff zu explodieren!

Eine grell flackernde Kaskade schoss plötzlich in der Mitte des Beckens empor, einem umgedrehten Wasserfall gleich und allen Naturgesetzen trotzend. Die Gefährten wichen erschrocken zurück, als sie bemerkten, dass sich im Inneren des Ausbruchs eine riesenhafte Gestalt abzeichnete … oder waren es nicht vielmehr *zwei* Gestalten, die einander bekämpften?

Konnte man in diesen Gestalten nicht mit etwas Fantasie eine Elfin und einen Drachen erkennen? Und stammte das Flackern nicht von blauem Elfenlicht und rotem Drachenfeuer, die sich in heftigem Widerstreit befanden?

Balbok und Rammar, Enok, Pyaras und die Wildwüchse, selbst die verbliebenen Doppelgänger – sie alle konnten nicht anders, als auf das atemberaubende Schauspiel zu starren, das sich vor ihren Augen abspielte, während das Beben immer stärker wurde und noch mehr Gestein zu Boden schlug. Dann plötzlich ein dumpfer Schlag, so als würde der Berg selbst sich unter Schmerzen aufbäumen, und ein markiges Knacken kündete von Sprüngen, die sich im Gestein der Decke bildeten …

»Worauf wartet ihr noch?«, hörten sie plötzlich Alannahs Stimme in ihren Köpfen. »Flieht endlich, ihr Trottel! Und nehmt Beeka mit! *Jetzt!*«

Es war, als würden die Gefährten aus einem Traum erwachen. Entsetzt sahen sie sich an, während der Kampf in der Kaskade weiterging und flackerndes Licht das Gewölbe erhellte. Und noch immer bebte der Boden unter ihren Füßen, noch stärker als zuvor. Nicht lange, und das ganze verdammte Gewölbe würde über ihren Köpfen einstürzen …

»Rückzug!«, ordnete Enok an, was eigentlich nicht mehr gesagt zu werden brauchte.

Rammar nahm die kurzen Beine in die Klauen und lief zur Pforte, gefolgt von den Doppelgängern – ob sie ihn als Anführer ansahen oder nur dem Trieb der Herde folgten, war nicht festzustellen. Pyaras, Drel, Gullwyn und Evan folgten, Letzterer in Gestalt des Raubtiers. Dem Instinkt zur Flucht gehorchend, wollte auch Balbok ihnen nach, aber dann sah er Enok mit der noch immer bewusstlosen Beeka.

Mit wenigen Schritten war er bei ihnen und lud sich kurzerhand die Kriegerin über die eine und den erfolglos protestierenden Kaiser über die andere Schulter.

Dann begann auch er zu laufen.

Mit ausgreifenden Schritten setzte er den Wildwüchsen hinterdrein, und das keinen Augenblick zu früh. Links und rechts von ihm krachten Felsbrocken herab, die aus der Decke brachen und beim Aufprall zerbarsten. In einem wilden Zickzackkurs rannte der große Ork auf das Tor zu, in dessen Bogen sich bereits tiefe Risse gebildet hatten. Wenn er einstürzte, ehe Balbok hindurch war, würde ihnen der Weg nach draußen versperrt sein …

Mit einem Kampfschrei, der eines *faihok* würdig war, machte Balbok sich selbst Mut und holte alles aus seinen geschundenen Muskeln heraus. Atemlos erreichte er die Pforte, huschte in gebückter Haltung hindurch, während rings um ihn Gesteinsbrocken zu Boden regneten.

Ein flüchtiger Blick zurück zeigte ihm das Becken mit der lodernden Kaskade. Nicht länger waren darin zwei Gestalten zu sehen, sondern nur noch eine, und es war nicht festzustellen, welche von ihnen den Sieg davongetragen hatte …

Balbok lief weiter, und nur einen Lidschlag nachdem er den Durchgang passiert hatte, stürzte die Pforte in sich zusammen. Gesteinsmassen gingen nieder, dichter Staub stieg auf. Balbok musste husten, doch obwohl der Gang jäh in Dunkelheit gefallen war und er keine Fackel hatte, rannte er weiter in der Hoffnung, zu den anderen aufzuschließen – und war froh, als er ein Stück voraus gelben Feuerschein erblickte.

Es war die Fackel Gullwyns, der mit den anderen die Säulentreppe emporstieg und die Nachhut bildete. Die wilde Flucht war ein wenig ins Stocken geraten, da kein anderer als Rammar vorn an der Spitze lief, auf der schmalen Treppe jedoch niemand an ihm vorbeikam.

Die Zitadelle der Tiefe war in Auflösung begriffen.

Was auch immer Alannahs Geist bewirkt hatte, die Elfin hatte ganz offenbar an den Grundfesten des alten Bauwerks gerührt. Welche finstere Macht auch immer es über die Jahrtausende bewahrt und die Zwerge zu ihrer unheilvollen Existenz verurteilt hatte, der Bann war gebrochen, das finstere Domizil hatte nicht länger Bestand.

Mehr als einmal glaubten die Gefährten, ein Flüstern zu hören, das aus den Klüften drang, allerdings klang es nicht verdorben und böse wie zu Beginn, sondern erleichtert und beinahe dankbar. Oder war es nur das Blut, das in ihren spitzen Ohren rauschte?

Nicht nur die Felswände ringsum, auch die Säule selbst erbebte, was Rammar endlich dazu brachte, seiner Erschöpfung zum Trotz zwei Stufen auf einmal zu nehmen. Auf diese Weise beschleunigte sich ihr Aufstieg wieder, und durch flackerndes Halbdunkel, das erfüllt war vom Rumoren der Tiefe und dem Staub geborstenen Gesteins, erreichten sie endlich die oberen Ebenen. Einer nach dem anderen erreichte den Stollen, auch die Doppelgänger – doch ihre Schritte verlangsamten sich zunehmend, sodass sie von den anderen überholt wurden. Als Balbok, der als Letzter kam, sie erreichte, traute er seinen Augen nicht.

Wie hatten sich ihre Ebenbilder verändert!

Die beiden verbliebenen Rammars wirkten ausgezehrt und eingefallen, die Balboks waren nur noch Schatten ihrer selbst. Das ohnehin spärlich gesäte Haar an ihren Hinterköpfen war ergraut, ihre Haut war fleckig und von Runzeln durchzogen wie ein Stück Dörrgnom. Erschöpft sank einer nach dem anderen zu Boden.

»Was macht ihr denn?«, rief Balbok entsetzt, während eine neuerliche Erschütterung den Stollen durchlief. Risse bildeten sich in der Decke, Gestein bröckelte herab. »Wir sind noch längst nicht in Sicherheit!«

»Wir … können nicht mehr«, stöhnte einer der beiden Rammars. Seine blutunterlaufenen Augen sahen ihn traurig an. »Unsere Zeit … geht zu Ende.«

»*Douk*«, widersprach der wahre Balbok, »das bildest du dir nur ein. Steht auf und folgt mir, wir schaffen das schon!«

Zumindest einige der Balboks schickten sich an, seiner Aufforderung nachzukommen, doch kaum standen sie auf den dünnen Beinen, gingen sie schon wieder nieder.

Der echte Balbok hatte jetzt einen dicken Kloß im Hals. Hilflos blickte er von einem Doppelgänger zum anderen, konnte im Schein der Fackeln direkt sehen, wie sie mit jedem keuchenden Atemzug schwächer wurden.

»Worauf wartest du, *umbal*!«, herrschte ihn einer der Rammars mit buchstäblich letztem Atem an. »Nimm gefälligst deine dürren Stelzen in die Klauen und rette dein jämmerliches Leben!«

»*Korr*«, stimmten die Balboks zu und winkten ein letztes Mal.

Balbok zögerte noch immer. Aber da er nicht noch mehr tragen konnte und die Stollendecke zudem bedenklich knackte, blieb ihm schließlich nichts anderes übrig, als weiterzulaufen.

»*Achgosh komhal douk*«, rief er zum Abschied über die Schulter.

»Halt das Maul und lauf!«, kam es zurück.

Da gab die Decke nach, und der Stollen brach zusammen. Eine dichte Staubwolke umhüllte Balbok, der die Zähne zusammenbiss und weiterrannte, Enok und Beeka auf den Schultern. Atemlos schloss er zu den anderen auf.

Durch dunkle Röhren und finstere, im Einsturz begriffene Schächte ging es nach oben, und mehr als einmal entgingen die Gefährten dem Einsturz nur mit knapper Not – bis endlich fahles Licht am Ende eines Stollens den Weg nach draußen wies.

Es war ein anderer als der, auf dem sie hereingekommen waren, aber wen kümmerte das noch? Die Orks und ihre Begleiter wollten nur möglichst rasch hinaus ins Freie und die Dunkelheit hinter sich lassen. Und mit ihr am liebsten auch die Erinnerung an all das, was dort in der dunklen Tiefe geschehen war.

Rammar war der Erste, der den Ausgang erreichte – und ihn um ein Haar mit der eindrucksvollen Gestalt verstopfte. Pyaras und Drel mussten von hinten schieben und Gullwyn schließlich seine Harpune benutzen, um dem Ork zum Durchbruch zu verhelfen. Danach war der Weg frei, und einer nach dem anderen stürmte hinaus, zuletzt Balbok mit Enok und Beeka.

Längst war der neue Tag angebrochen, helles Licht fiel ihm ins Gesicht und blendete ihn für einen Moment – und so sah er genau wie alle anderen nicht den steilen Abhang, der sich unmittelbar an den Felsspalt anschloss.

Balboks Versuch, sich mit den Armen rudernd noch irgendwie zu halten, scheiterte kläglich.

Der Abgrund verschlang ihn, wie er zuvor seine Gefährten verschlungen hatte, und er schlitterte auf einer halsbrecherischen Rutschpartie in die Tiefe. Seine wertvolle Last verlor er dabei, sodass auch der Kaiser und die Kriegerin die Geröllhalde hinabpurzelten und sich dabei mehrmals überschlugen – bis sie schließlich am Fuß des Hangs auf einer grünen Wiese landeten, deren weiches Gras ihren Sturz halbwegs auffing. So blieben sie liegen, stöhnend vor Schmerz und zu Tode erschöpft. Aber auch glücklich, dem Inferno in der Tiefe entronnen zu sein.

In diesem Augenblick schien ein schwerer Schlag die Erde selbst zu treffen, und aus den flachen Gipfeln der Roten Berge, die sich hoch über ihren Köpfen erhoben, schoss eine Kaskade weißen Lichts in den blaugrauen Himmel, eine Säule aus reiner Energie, die einem Vulkanausbruch gleich Felsbrocken und Geröll nach allen Seiten schleuderte.

Für einen Moment, der eine Ewigkeit oder nur einen Lidschlag währen mochte, blieb die Säule bestehen.

Dann verschwand sie, und mit ihr auch das Beben.

Die Welt war geheilt.

21.

STORAISH

»Elender *shnorsh*!«

Mit einer Verwünschung auf den wulstigen Lippen schoss Rammar in die Höhe. Sein Schädel schmerzte, er musste ihn sich gestoßen haben, als er die Geröllhalde herabgerollt war, und zwar so heftig, dass ihm für einen Moment die Lichter ausgegangen waren.

Jetzt fand er sich zu seiner Verblüffung im hohen Gras liegend wieder, und er war nicht allein. Auch die Gefährten waren zugegen, einer nach dem anderen erhob sich und sortierte seine Knochen. Nicht alle waren unversehrt geblieben. Drel starrte betroffen auf ein Stück Holz, das vor ihm am Boden lag und ehedem wohl zu ihm gehört hatte. Wie auch immer, es würde nachwachsen, davon war Rammar überzeugt. Aber wo, bei Gulz, war sein ebenso dürrer wie hirnamputierter …?

»Huhu«, machte jemand hinter ihm.

Rammar warf das klobige Haupt herum, nur um Balbok zu erblicken, der dort im Gras saß, die elend langen Beine von sich gestreckt.

»Du *umbal*«, fuhr Rammar ihn an, während er sich selbst auf die kurzen Stampfer raffte. Jeder einzelne Knochen in seinem gedrungenen Körper tat ihm weh, was ihm die Laune ziemlich vermieste. »Wieso meldest du dich nicht gleich, wenn ich schon nach dir suche?«

»Lass ihn in Ruhe«, verlangte Enok, der ebenfalls aus dem Gras auftauchte. An Stirn und Armen hatte er leichte Blessuren davongetragen, ansonsten schien er unversehrt zu sein. »Wir sind gerettet, nur das zählt.«

»Nicht alle von uns«, gab Balbok zu bedenken und machte ein langes Gesicht.

»*Korr*, die Elfin und der Zwerg haben sich geopfert«, stimmte Rammar zu – vielleicht, sagte er sich, war es auch das, was ihm so auf die Stimmung drückte.

»Das haben sie«, bestätigte Enok leise, »und damit die Welt gerettet. Es war ein uraltes Rätsel, das hier und heute gelöst wurde.«

»Und wie die Elfin es gelöst hat«, pflichtete Rammar bei und blickte an den steilen Felswänden empor, über denen sich Wolken roten Staubes ballten. »Für große Auftritte hatte sie schon immer einen Sinn, das muss man ihr lassen.«

»Sie war eine Heldin, vielleicht die letzte der alten Zeit«, bestätigte Pyaras wehmütig. »Aber wir sollten nicht um sie trauern, denn sie hat gefunden, wonach wir alle suchen: Bestimmung und Erfüllung.«

»Milchgesicht«, knurrte Rammar unwirsch und gestikulierte wild mit den Klauen, »willst du mich beleidigen? Sehe ich vielleicht für dich so aus, als ob ich trauern würde? Ein Ork aus echtem Tod und Horn weiß ja nicht einmal, was …«

»Rammar!«, fiel Balbok ihm plötzlich ins Wort.

»Ja doch, was ist?«

»Deine Klaue!«

»Was ist damit? Habe ich sie mir wieder abgebrochen? Das verdammte Ding will einfach nicht …?«

Der feiste Ork verstummte. Denn statt seiner künstlichen Klaue hatte er wieder eine natürliche an seinem linken Handgelenk, die grün war und kräftig und mit der er nach Herzenslust zupacken konnte …

»Da soll mich doch Bormods Hammer erschlagen«, entfuhr es ihm voller Verblüffung.

»Das *apiron* muss das bewirkt haben«, vermutete Enok, »ebenso wie bei mir.«

»Es ist das Gesetz der Schöpfung, genau wie Alannah gesagt hat«, meinte Gully, der sich zusammen mit Drel um den erschöpften Evanwolf kümmerte. »Das *apiron* kann verändern, aber es kann nichts aus sich selbst heraus erschaffen.«

»Korr«, stimmte Balbok zu, und sein Gesicht wurde noch ein wenig länger. »Deshalb haben unsere Ebenbilder es nicht geschafft. Sie waren zu schwach dazu …«

In diesem Moment ließ Beeka, die neben ihm im Gras lag, ein

Stöhnen vernehmen. Balboks Züge hellten sich jäh wieder auf. »Ich glaube, sie kommt zu sich!«

Enok war sofort bei ihr.

»Beeka! Wach auf, bitte! Ich bin es, Enok. Du bist jetzt in Sicherheit, alles ist gut ...«

Sie stöhnte leise und warf den Kopf hin und her wie jemand, der unter Fieberträumen leidet – doch dann schlug sie plötzlich die Augen auf.

Beeka blinzelte, blickte suchend umher. Und wenn es auch dieselben mandelförmigen Augen waren wie zuvor, lag jetzt ein anderer Ausdruck in ihnen, stand nicht mehr die Erfahrung eines jahrhundertelangen Lebens darin zu lesen, sondern jugendliche Unwissenheit ... und namenlose Verwirrung.

»Ma-Majestät?«, fragte sie flüsternd, als sie Enok gewahrte. Die Verwirrung in ihrem Blick wurde nur noch größer. »Wo bin ich? Und wie bin ich hierher...?«

»Du bist nicht du selbst gewesen«, erwiderte Enok lächelnd.

Beeka sah ihn fragend an, dann glitt ihr Blick zu den anderen, von Evan, Drel und Gullwyn über die Orks zu Pyaras. Letzteren betrachtete sie besonders lange.

»Ich ... kenne dich«, hauchte sie.

»Gut möglich.« Er nickte.

»Du ... beginnst, dich zu erinnern?«, fragte Enok vorsichtig.

Beeka überlegte, schien tief in sich hineinzuhorchen. Schließlich nickte sie.

»Auch ... an Alannah?«

Sie überlegte wiederum. »Ich weiß, was geschehen ist«, bestätigte sie dann, »und ich erinnere mich an das, was sie gesagt hat und getan ...« Sie schien angestrengt nachzudenken, griff sich an die Schläfen. »Es wird noch etwas Zeit brauchen, bis ich das alles wirklich begreife, aber ... da ist noch etwas. Etwas, das sie mir hinterlassen hat ... eine Botschaft ...«

»Für mich?«, fragte Rammar.

»Für euch alle.« Abermals blickte Beeka in die Runde. »Ich kann nicht behaupten, dass ich sie ganz verstehe, aber ...«

»Nun red schon«, verlangte der Ork.

»Alannah teilt euch mit, dass das *apiron* vernichtet wurde und mit ihm auch die Möglichkeit, Einfluss auf die Schöpfung zu nehmen, wie der … Dunkelelf es einst versuchte … Doch sollt ihr alle stets auf der Hut sein, denn das Böse ist noch immer in der Welt vorhanden.«

»Wenn schon«, blubberte Gully. »Aderyn ist tot.«

»So ist es«, pflichtete Evan ihm bei. »Wenn die Schwarzen Garden in Dragana erfahren, was geschehen ist, werden sie hoffentlich die Waffen strecken.«

»Dieser Ausbruch muss weithin zu sehen gewesen sein«, meinte Pyaras, zu den Gipfeln deutend. »Möglicherweise ahnen eure Feinde bereits, was die Stunde geschlagen hat.«

»Und wenn nicht, werden wir es sie wissen lassen«, versicherte Enok grimmig. »Ich habe mir den Thron einmal streitig machen lassen, aber ganz sicher kein zweites Mal. Wir werden in die Hauptstadt zurückkehren und die Verräter hinauswerfen. Und dann sollen endlich Frieden und Einheit in Anwar herrschen.«

»Ein guter Plan.« Beeka nickte, und ein Lächeln huschte über ihre Züge. »Alannah hat sich nicht in dir … in Euch getäuscht, Majestät. Und ich ebenfalls nicht.«

Ihre Blicke begegneten sich, und Enok erwiderte das Lächeln. Sehr viel länger, als es nötig gewesen wäre …

»He, und was ist mit uns?«, wollte Rammar wissen, auf sich und seinen hageren Bruder deutend, der sich ebenfalls wieder aufgerafft hatte, wenn auch noch ein wenig wankend. »Wie sollen wir jemals wieder zurück auf unsere Insel kommen, wenn weder der Drachenkopf noch die Elfin da sind, um ihren garstigen Zauber zu wirken? Hat daran schon mal jemand gedacht?«

»Durchaus«, versicherte Pyaras. »Wenn ich Alannah richtig verstanden habe, hat der Dunkelelf die Barriere zwischen den Welten mit denselben Kräften errichtet, die auch in der Zitadelle wirkten. Es ist daher gut möglich, dass mit dem einen auch das andere vernichtet wurde.«

»Gut möglich?« Rammar sah den Kapitän kritisch an. »Genauer weißt du's nicht?«

»Das muss er nicht«, versicherte Enok. »Sobald ich wieder auf dem Thron sitze, werde ich ein Schiff bauen lassen – ein großes Schiff mit festen Segeln, das in meinem Auftrag nach Norden segeln soll. Wenn die Barriere tatsächlich verschwunden ist, so soll es weitersegeln und euch nach Hause bringen. Und kein anderer als Ihr, Kapitän, soll das Kommando über dieses Schiff übernehmen«, fügte er an Pyaras gewandt hinzu.

»Ich … soll für Euch segeln?«

»Als mein Gesandter«, bestätigte Enok. »Auf diese Weise werdet auch Ihr nach all den Jahren wieder nach Hause gelangen, zurück zu den Euren.«

Einen Augenblick lang sah Pyaras ihn nur an, so als könnte er die Bedeutung der Worte nicht begreifen. Dann sank er auf die Knie nieder. »Danke, Majestät«, flüsterte er und vergoss dabei bittere Tränen sowohl der Freude als auch der Trauer um seine verlorenen Kameraden. »Warum ausgerechnet ich, Herr? Warum ausgerechnet ich?«

»Weil Alannah recht hatte, als sie Euch damals auswählte«, antwortete Beeka an Enoks Stelle. »Sie wusste um Eure Treue und Eure Beständigkeit.«

»Meine Treue?« Noch am Boden kauernd, schüttelte Pyaras den Kopf. »Hat sie dir nicht verraten, was ich getan habe, damals, in der Dunkelheit der Barriere?«

»Doch. Aber Alannah hat immer gewusst, dass das nicht Euer wahres Wesen ist, Kapitän – und sie hat recht behalten.«

Pyaras starrte stumm vor sich hin, so als würden in diesem Augenblick all die Geschehnisse, die seine Leute und ihn hierhergeführt hatten, noch einmal an ihm vorbeiziehen. »Danke«, flüsterte er noch einmal.

»*Alle* sind also zufrieden«, plärrte Rammar und breitete die kurzen Arme aus. »Wir hatten ein paar Verluste zu verkraften, aber jetzt sind alle glücklich. *Korr?*«

»*Korr*«, stimmte Balbok zu.

»Falsch, du langes Elend!«, herrschte Rammar ihn an. »An etwas hat nämlich keiner von euch *umbal'hai* auch nur einen einzigen Gedanken verschwendet!«

»Woran?«, wollte Enok wissen, als sich aller Augen fragend auf den feisten Ork richteten.

»Ich hasse Seereisen!«, zeterte Rammar und ballte beide Klauen zu Fäusten, während er mit den kurzen Beinen wütend das Gras in Grund und Boden stampfte. »Ich hasse sie …!«

EPILOG

Das Beben hatte aufgehört.

In einer gewaltigen Eruption von Energie, entstanden aus dem Aufeinandertreffen von Licht und Dunkelheit, war das *apiron* zerstört worden – und mit ihm auch die zerstörerische Macht, die ihm innewohnte. Es war der einzige Weg gewesen, die letzte Möglichkeit, und der Preis dafür war hoch gewesen.

Die Elfin hatte sich geopfert im Kampf gegen den dunklen Geist, den Margok einst in die Ursubstanz gebannt hatte in der Absicht, sie sich dienstbar zu machen. Doch dieses Ansinnen war gescheitert wie alle anderen Pläne, die der Dunkelelf in Erdwelt verfolgt hatte, vereitelt von Mächten, die außerhalb seines Einflusses standen und die sich immer wieder gegen ihn erhoben hatten, genau wie dieses Mal …

Und doch war etwas anders.

Denn im Schatten des Kampfes zwischen Licht und Finsternis hatte etwas überlebt.

Es war, als wäre die Kaskade der Vernichtung, die das *apiron* erfasst hatte, so damit beschäftigt gewesen, Margoks Erbe zu zerstören, dass sie alles andere dabei übersehen hatte. Und so war etwas der Vernichtung entronnen.

War *sie* der Vernichtung entronnen …

Einer niederen Kreatur gleich, die sich an den Meeresboden klammerte, während heftige Stürme die Oberfläche peitschten, hatte sie abgewartet.

Anfangs war es ihr wie bittere Ironie erschienen, dass ausgerechnet sie, die niemals Gnade gewährt hatte, solche nun selbst erhalten sollte. Doch je länger das Inferno andauerte und sie nicht davon erfasst wurde, nicht hinfortgerissen wurde von der Welle der Zerstörung, die über sie hinwegbrandete, desto mehr keimte in ihr die Hoffnung, dass sie es überstehen, dass es eine Zeit *danach* geben würde.

Dass es kein glücklicher Zufall war, der sie bewahrte, dass nicht ihr eigenes Zutun sie rettete, sondern etwas gänzlich anderes, daran verschwendete sie keinen Gedanken.

Die Erde bebte, der Berg schien sich zu winden wie ein gewaltiges waidwundes Tier, als die Kaskade aus ihm hervorbrach und sein Innerstes bersten ließ. Die jahrtausendealten Gewölbe der Zitadelle stürzten ein, Stollen und Hallen wurden verschüttet. Gipfel wurden in die Tiefe gerissen und dunkle Klüfte emporgetragen, Zugänge verschwanden und andere öffneten sich, aus denen noch Zyklen später der Staub vergangener Äonen quoll. Und aus einer dieser Spalten, die das Gebirge durchzogen wie die Narben einer durchlittenen Schlacht, kam sie hervor.

Sie war nicht mehr, was sie einst gewesen war, der Urstoff hatte sie verändert und sie gezeichnet. Doch das, was sie in sich trug, hatte verhindert, dass das *apiron* sie ganz verzehrte, hatte zumindest etwas von ihr am Leben erhalten. Es kroch mehr, als es ging, und sein einziger Antrieb war der Durst nach Rache, der in ihm brannte.

Einst hatte das Wesen auf den Namen Aderyn gehört.

Und es war nicht mehr allein.

ENDE

WÖRTERBUCH ORK-SPRACHE

ANHANG

WÖRTERBUCH ORKISCH-DEUTSCH

abhaim	Fluss
abor	sagen, sprechen
achash	Feld, Acker
achash ur'knom'hai	Friedhof (eigtl. Knochenacker)
achgal	Angst, Furcht
achgor	behaupten
achgosh	Gesicht
Achgosh douk!	Hallo!
Achgosh komhal douk!	Tschüss! (wörtl. »Ich mag deine Visage immer noch nicht«)
achgosh'hai-bonn	Menschen (eigtl. »Milchgesichter«)
achgosh-lairk	Graugesicht (Dunkelelf)
ahul	jeder, alle, alles
airun	Eisen, Stahl

akras	Hunger
akras'dok	hungrig sein
al	Hütte, Baracke
alash	Hut, Mütze
alhark	Horn
amhash	nur
amhorus	Verdacht
amousg	bei, unter
an	eins
Anartum	legendäres orkisches Genie
anful	»Erstes Blut« (ork. Ritual)
anmosh	spät
ann	in
anochg	gegen
anochg-sabal	Widerstand
anois	aufwärts
anor	einer, ein einzelner
ansou	hier
anuash	herunter, hinunter
anur	einmal

aochg	Gast, Passagier
aog	Tod (Alter)
aomurash	allein, einsam
argol	Westen
arkrosh	wieder
arsh	hoch
artum	Stein
artum-tudok	Steinschlag
asar	Hintern, Arsch
ash	aus, heraus, von
baish	Proviant, Essen
balash	Jüngling, junger Mann
balbok	dumm
balosh	Ballast
barkos	Stirn
barra	Mauer, Wall
barrantas	Macht
barrashd	mehr
barrichg	Kaiser (wörtl. »mehr-als-König«)
bas	Tod (im Kampf)

bas'dh	(im Kampf) Gefallener
batar	Boot
beul	Mund, Maul
beul ur'bunn	Bodenmaul
beul'dok	schimpfen, maulen
bhull	Ball
birr	Bier
blar	Schlacht(feld)
blark	warm
blarmur	Seeschlacht
blash	Geschmack
blashda	wohlschmeckend, geschmackvoll
blos	Akzent
bloshmu	Jahr
bochga	Bogen
bochl	Wahnsinn
bochlobh	(Kriegs)Front
bodash	Greis
bog	weich
bogash	Sumpf

bogash-chgul	Sumpfgeist
bog-uchg	Weichei
bokmorr	Moorgeist
bokum	Geist
bol	Stadt
bolboug	Dorf (Heimat)
bonn	Milch
borb	roh, grausam, brutal
borroush	Versuchung, Verlockung
bosh	Schwur
boub	Weib
bougum	wenig(e)
boun	Frau
bourka	Leben
bourka'dok	leben
bourtas	Reichtum
bouthash	Bestie
braithar	Wort
braithar'dok	schreiben
brakost	Frühstück

brarkor	Bruder
bratash	Fahne
brish	Bruch
brish'dok	brechen
brish-lonk	Schiffswrack
broigas	Hose
bru	Magen
bruchg	Betrug
bruchgor	Betrüger
brudhirk	reden, sprechen
bru-mill	Magenverstimmer (orkisches Nationalgericht)
brunirk	Gnom
bruork	Geburt
bruuchg	Lüge
bruuchgor	Lügner
bruurk	Urteil, Gericht
buaish	(Aus)Wirkung
buaish'dok	(be)wirken
buchg	Hieb, Stoß
bunn	Boden, Wurzel

bunta	Kartoffel
buochl	Fell
buol	Schlag
buon	Ernte
buun os koum	kopfüber, verkehrt herum
buunn	Berg
buur	Beute, Fang
buur'dok	fangen, fassen, erbeuten
buushounn	Gruppe, (Stoß)trupp
carrog	Klippe, Kluft
chgul	Ghul
chl	mit
chouna	schon, bereits
coultash	Ähnlichkeit, ähnlich
cour'dok	handeln
courd	Handel
cudach	Spinne
cul	zurück
da	zwei
dachosh	Heimat

daimash	Ochse
daimash'dok	kastrieren (wörtl. »ochsen«)
daorash	Vergiftung
darash	Eiche
dark	Farbe, farbig
darr	blind
dasok?	was?
datul	Tunnel
deish	danach
deok	Trank, trinken
dhruurz	Zauberer
dhruurza	Zauberei
dhuuroush	letzter
diaomoun	Diamant
diloub	Erbe, Vermächtnis
diloub'dok	vermachen
dirk	Niederlage
dlousdanash	Hilfe, Pflicht
dlurk	nahe
doichumachnaish	vergessen

doillal	Sattel
doirobh	schwierig
doirobh'dok	(be)hindern
dok	tun, machen
dol	verzögern, trödeln
doll	Wiese
domhon	Tiefe, tief
domhor	Geheimnis, geheim, geheimnisvoll
dorash	Dunkelheit, dunkel
dorashtul	Kerker (wörtl. »dunkles Loch«)
douchainn	Prüfung
douk	nein, nicht, auch: will nicht
dourg	rot
dourk	Echse
dous	Süden
dousash	Vorbereitung
dousash'dok	vorbereiten
drachg	Ärger, Wut
drachga	Drache

drachgа-boun	Drachenfrau
drachga-koum	Drachenkopf
drashda	jetzt
droash	schlecht
droash'dok	verschlechtern
drum	Rücken
dulchgoudas	Schwierigkeit, Hindernis
duliash	Teil
dunn	Mann
durkash	Land
durog	wagen
dusgash	Erwachen
duuchg	Eis
duusuul	bereit, fertig
eh	er, es
enok	Vogel
eolash	Wissen, Erkenntnis
eugash	ohne
eugash-koum	kopflos
eukior	Unrecht

fachg	Blatt
fada (orr)	weit (von)
faihoc	wild
faklor	Wortschatz
falt	Haar
faltash	Busch (bei Orks beliebte Frisur)
famhor	Riese
faramh	leer
fasash	Wüste
feusachg	Bart
feusachg'hai-shrouk	Zwerge (eigtl. »Hutzelbärte«)
fhada	lang
fhuun	selbst
firr	wahr, wirklich
firunn	Wahrheit
fithash	Rabe
fobh (orr)	weg, fort (von)
foisrashash	Information
forr	Horizont
fosh	fern, weit

fouk	sehen
foukor	Seher
fouksinnash	sichtbar
fouksinnash douk	unsichtbar
foul	Fleisch
foullsouchash	Enthüllung
foullsouchash'dok	enthüllen
four	Kerl, Ding
fourg	Wut, Zorn
frougort	Antwort
fruukoudum	Wache, Wächter
fruukoudum ur'iodashu	Nachtwache
fu	unter
ful	Blut
ful-birr	Blutbier (orkisches National-getränk)
fuom	Lärm
fuom ur'sabal	Kampflärm
fuurk	Verzögerung
fuurk'dok	warten
gabh	nehmen

galrush	Galeere
gaork	Wind
gark	Stachel, Spitze
garkash	»Stachelung«, unter Anführern gebräuchliches, äußerst schmerzhaftes Ritual
gark'dok	stechen
ghu	zu, nach
glash	Schloss, Riegel
glash'dok	verschließen
gloikas	Weisheit
glum	sauber
glum'dok	reinigen, säubern
gobcha	Schmied
gonmoush	Sand
gore	Gelächter
gore'dok	lachen
gorm	grün
gosgosh	Held
goshda	Falle
gou	bis

goulash	Mond
goull	Versprechen
goultor	Feigling
gourr	kurz
gouta	Pforte, Tor
gouta	Tor
grainnach	Igel
gramuda	hässlich, garstig
gron	Hass
gron'dok	hassen
gruagash	Jungfrau
gu	sehr, ziemlich
gubhirk	fast
guchl	Kohle
gukag	Blase
gulmag	Seeungeheuer
gurk	Stimme
gurk'dok	schreien
gusgul	Schimpfwort
'hai	die (Pluralendung)

huam	Höhle, Halle
ih	sie
imash	Abreise, Aufbruch
imiash	Aufbruch
imiash'dok	aufbrechen, weggehen
ioborrt	Opfer
iodashu	Nacht
iomagash	Not, Notlage
iomash	viel(e)
iomashdeok	saufen
iomor	rudern
irk	fressen
irkoun	Amboss
isoun	Huhn
itoun	Feder
kadal	Schlaf
kadal'dok	schlafen
kadal-gash	schlaflos
kagar	Flüstern
kaidrouchash	Bündnis

kaka	Kuchen
kalash	Hafen
kalumm	Boot (orkische Bauart)
kamhanochg	Dämmerung
kaol	eng, schmal
kaora	Schaf
kaos	Chaos
kar	Verrenkung
karal	Freund, Gefährte
kar'dok	verdrehen
karial	Liebe
karsok?	warum?
kas	Fuß
kash	Bein
kaslar	Landkarte
keol	Musik
khumne	Gedächtnis, Erinnerung
khumne'dok	nachdenken
kichg	fünf
kinntouch	sicher, gewiss

kinntouch douk	unsicher, ungewiss
kiod	Diebstahl, Raub
kiodok	stehlen, rauben
kiodor	Dieb
kionnoul	Kerze
kionoum	Treffen
kit?	wo?
kladash	Ufer
klogionn	Schädel
klogosh	Helm, ugs. auch Kopf
klouashdach	Übung, Praxis
kluas	Ohr (eines Orks)
knam	kauen, verdauen
knomh	Knochen
knum	Wurm, auch orkisches Längenmaß (ca. 30 cm)
ko, k'	wer
koinnoumh	Begegnung
kointash	schuldig
kointash douk	unschuldig
koll	Wald

kollrashor	Waldläufer
komanash	Jäger
komanta	Gemeinsamkeit, gemeinsam
komhal	immer (noch)
komharrash	Zeichen
komhorra	Rat, Beratung
komuchl	zusammen
komuchl-krichg	Zusammenkunft
korr	Einverstanden, allg. Bejahung
korr	ja
korrachg	Finger
korzoul	Burg
kouldrash	Kessel
koum	Kopf
koun-kinish	Häuptling (eines Ork-Stammes)
kounnorsh	Meuterei, Revolte
kourra	falsch
kourra'dok	fälschen
kourt	gerecht

kourtas	Gerechtigkeit
kousnash	Frage
krark	beben, (sich) schütteln
krich'dok	kommen
kriok	Ende
Kriok!	Genug damit! (wörtl. »Ende«)
kro	Tod (gewaltsam)
kro-blor	Schlächter
krobor	Gewalttat, Mordwerk
kro-buchg	Todesstoß
krobul	Keule
kro'dok	töten
kroiash	Grenze
kroimh	durch
kroir	bringen
krok	tot
krok'dh	Toter
krok'dokor	Henker
kronn	Thron

kro-sabal	Todeskampf, auch: Zweikampf, Duell
kro-truuark	Todeskommando
krun	Krone
krutor	Kreatur
kuannarsh	Anführer
kudashd	auch, ebenso
kul	Rückseite
kulach	fliegen, Flug-
kulach-knum	Lindwurm
kulish	Versteck
kum	behalten
kungal	Rauschmittel, Droge
kungash	Medizin, Heilmittel
kunnach	Korb
kunnart	Gefahr, gefährlich
kur	Drehung, auch: Verrenkung
kur	legen, setzen, stellen
kur	vier
kur'dok	(ver)drehen, auch: verrenken
kuroush	Einladung

kursosh	Vergangenheit
kurta	Fundament, auch: steinernes Haus
kuun	Fremder, fremd
kuuna	Fremde
lachg	Gesetz, Regel
laidork	stark
lairk	grau
lamhum	Hand
laochg	Krieger
lark	schnell
larka	Tag
larkor	Gegenwart
lash	Licht
lash'dok	kennen, erkennen
lashar	Flamme
liosg	Feuer
loin	Netz
lokrum	Laterne
lonk	Schiff
lonk-brish	Schiffbruch

lorchg	Fährte
lorg	Fund, Spur, Entdeckung
lorg'dok	entdecken, finden
loun	ver(folgen)
lounabh	Kind
lounor	Verfolger
luchga	klein
lum	Sprung
lumm	Klinge
lus	Gemüse
lus'dok	feige sein, sich (vor Feinden) fürchten
lus-irk	Vegetarier (wortl. »Gemüsefresser«)
lut	Wunde, wund
luusg	Faulheit
machin	Mahl(zeit)
madon	Morgen
mainn	Absicht
malash	Hund
malash-arralsh	Wolf

mark	gut
markok	reiten
markor	Reiter
mashag	Maske
mashlu	Schande
mathorr	Mutter
mathum	Bär
mill	verderben
milloush	Schaden
minras	Mine
miot	Stolz
’mo	mein
moash	früh
mochgstir	Meister
moi	ich
mor	groß
morbaish	Festessen/-fressen
mor’dok	herrschen
moror	Herrscher
morrsha	Moor, Marschland

mourashd	Fehler
mu	wenn
mu … ra	wenn ... nicht
muk	Schwein
muk'dok	kleckern
muntir	Volk
mur	Meer
murruchg	Made
murt	Mord, Mörder
nabosh	Nachbar
namhal	Feind
nifful	Nebel
nokd	erscheinen, sich zeigen
nou	neun
nou	oder
noud	Nest
nuarranash	heulen
nuash	neu
'nur	dein
obor	Arbeit

obor'dok	arbeiten
ochdral	Geschichte, Historie
ochgan	Zweig
og	an
oignash	Überraschung, überraschend
oindron	Sehnsucht
oinsochg	Angriff
oir	Gold
oirkir	Küste
oisal	niedrig
oishak	Jugend
okd	acht
okrisgol	Bericht, Rapport
ol	Luft
ol'dok	verschwinden
olk	böse
oltorr	Schimmel(pilz)
omhruut	Zwietracht
or	auf
orchgoid	Silber

ord	Hammer
ordashoulash	verschieden, unterschiedlich
ord-sochgash	Kriegshammer (Waffe)
orduchg	Befehl
orgoid	Geld, Bezahlung
orgomal	Streit
ork	Ork
ork-boun	Orkin
orkful	Orkblut
ork-loun	Orkling
oroumh	Zahl
oroumh'dok	zählen, rechnen
orson	für, um
orum	Lied
oruun	Arena
os(koin)	über
oslok	Traum
oslok'dok	träumen
ouash	Pferd
oudar	zwischen, dazwischen

oudarshoulachash	Unterschied, unterschiedlich
oulla	Null
ounchon	Gehirn
our	Osten
pirak	Seeräuber, Pirat
plik	Pisse
plik'dok	pinkeln
plum	Plan, Vorhaben
pochga	Furz
poibh	Pfeife
pol	Schlamm
pounsachash	Strafe
proinnsa	Prinz, Prinzessin
pusoun	Gift
pusoun'dok	vergiften
raash	gehen, laufen
rabhash	Warnung
radum	Ratte
rammash	dick, fett
rammashg	Speck

rark	Festung
rash	Rache
rashor	Bote, Läufer
ri	drei
richg	König
richgashd	Königreich
rochg	Rotz
rochgon	Wahl
roichgol	königlich
roimh	(be)vor
roimh-kurta	Entscheidung, Vorsatz, auch: Vorsehung
roub	reißen
ruchg	Tal, Schlucht
rurash	Suche
rurash'dok	suchen
rushoum	Glaube
ruuk	Verkauf
ruuk'dok	verkaufen
's	und
sabal	Kampf

sabal'dok	kämpfen
sabalor	Kämpfer
sabalor-slok	Grubenkämpfer, Gladiator
sai	sechs
salash	Dreck, dreckig
samashor	Schweigen
sammash	leise, still
saobh	Raserei
saobh	verrückt (vor Wut)
saorsh'dok	befreien
saorsha	Freiheit, auch: Befreiung
saparak	Speer
sgark	Schild
sgarkan	Spiegel
sgash	Messer, Dolch
sgimilour	Eindringling
sgirk	müde, erschöpft
sgol	Schatten
sgolraashor	Schattenwandler
sgorn	Kehle, Rachen

sgorn-glumor	Rachenputzer
sgorr	Fels, Gestein
sgudar	Darm
sgudar'hai	Eingeweide
shadag	Funke
shnorsh	****
shnorshal	Latrine (wörtl. ****haus)
shnorshor	****er (abwertend)
shourk	Reihe
shron	Nase
shron'dok	atmen
shrouk'dok	schrumpfen
shrouk-koum	Schrumpfkopf
shub	schwarz
silish	Gallerte, Gelee, Qualle
sioll	Blitz
siorrush	Ewigkeit, ewig
slaish	Schwert
slichge	Weg, Straße
slok	Grube

slug	Schluck
smarkod	vielleicht
Smok	Rauch
smok-foul	Rauchfleisch
smuash	Gedanke
smuash'dok	denken
smugal	Spucke
smugal'dok	(aus)spucken
snagor	Schlange, Reptil
snoushda	Schnee
sochgal	Erde, Welt
sochgash	Krieg, Kriegs-, kriegerisch
sochgash-bhull	Kriegskugel, Kaldront
sochgash-douk	Frieden (eigtl. Nicht-Krieg)
sochgash-lonk	Kriegsschiff
sochgor	Staatsgeheimnis
sochgoud	Pfeil
sochgoud's bochga	Pfeil und Bogen
sonash	Freude
sonash'dok	freuen

sou	dieses, das da
soubhag	Falke
souk	sieben
soukod	Jacke, Rock
soulbh	Glück
soulg	Jagd
soullash	Blick
soun	alt
sourbh	Bitterkeit, bitter
spogg	Kralle, Klaue
spoikash	gemein
sporsh	Spaß
spoulg	Splitter
spraka	Sprache
stal	Stillstand, Starre
Stal!	Halt!
stal'dok	anhalten, stehen bleiben
storaish	Abschied, Lebewohl
sturk	Stoff, Material
suash	herauf, hinauf

sul	Auge
sul'hai-coul	Elfen (eigtl. »Schmalaugen«)
sul'hai-coul-boun	Elfenweib (abwertend)
sulshoug	Schnecke
sutis	süß
tachorr	geschehen, passieren, sich ereignen
tachorrash	Ereignis
taitnouash	angenehm
taitnouash douk	unangenehm
takranash	Bauer
taram	Erdreich, Boden
tashol	Besuch
tasholor	Besucher
terk	heiß
tochg	Haus
tog	Graben
togol	Gebäude, Haus
torg	Angebot
torma	Armee, Heer
tornoumuch	Donner

tosash	Anfang, Beginn, Ursprung
tougamash	Zweifel
tougamash'dok	(be)zweifeln
tougasg	Lehrer, Lehre
toul	Wunsch, Wille, Absicht
toul'dok	wünschen, beabsichtigen
tounga	Zunge
trolok	Troll
trurk	Verrat
trurk'dok	verraten
trurkor	Verräter
truuark	Unternehmen
tuachg	Axt
tuark	Norden
tuash	Flucht
tudok	Fall, fallen
tul	Loch
tull	Rückkehr
tull	Untergang
tur	Turm

tur'dok	flüchten, fliehen
turturra	Folter(qual)
turus	Reise
tutoum	Sturz
tutoum'dok	stürzen, auch: sich überstürzen
uashdarum	Besitzer
ubal	Apfel
uchg	Ei
uchl-bhuurz	Ungeheuer
umbal	Idiot
umm	Zeit
unnog	Fenster
unur	Ehre
uochg	Grab
ur'	des, der (Genitiv)
ur'Kurul-krobul	Kuruls Keule
ur'Kurul-lashar	Kuruls Flamme
ur'Kurul-slok	Kuruls Grube
urku	du
usga	Wasser

usganash	Wasserfall
ush	Interesse
uule	anders, andere
uule'dok	ändern, wechseln
uuloun	Insel